刘先平大自然文学文集典藏

呦呦鹿鸣

刘先平◎著

时代出版传媒股份有限公司
安徽文艺出版社

刘先平

大自然文学

文集典藏

1981年4月，在四川参加大熊猫考察，途经红原、若尔盖草原。

刘先平，1938年11月生于安徽省肥东县长临河西边湖村。父母早逝。12岁离家到三河镇当学徒，后在大哥刘先紫的帮助下脱离学徒生活。求学道路坎坷，依靠人民助学金完成学业。1957年毕业于合肥一中。1961年毕业于浙江大学中文系。在合肥师专、合肥六中等校任教师。1972年之后，在安徽省文联任文学刊物编辑、主编。

1957年开始发表作品，先是诗歌、散文，后涉足美学。1963年，因一篇评论再次受到批判，停笔。20世纪70年代中期，跟随野生动物科学考察队野外考察数年。1978年，响应大自然召唤，重新拾起笔来，致力于大自然文学创作与思考……

他被誉为我国“当代大自然文学之父”。

他曾经两次横穿中国，从南北两线走进帕米尔高原。

他曾经三次穿越塔克拉玛干大沙漠，四次探险怒江大峡谷。

他曾经六上青藏高原，多年跋涉在横断山脉。

他曾经两赴西沙群岛，在大自然中凿空探险40多年。

他的代表作有四部描写在野生动物世界探险的长篇小说和几十部大自然探险奇遇故事。

他的作品共荣获国家奖九项（次）。其中有三届中宣部精神文明建设“五个一工程”奖、三届全国优秀儿童文学奖……

2010年，安徽省人民政府建立并授牌“刘先平大自然文学工作室”。

他2010年获国际安徒生奖提名。

他2011年、2012年连续两年被列为林格伦文学奖候选人。

他2018年获首届中国自然好书奖。

他2019年获第三届比安基国际文学奖。

他历任安徽省人民政府参事、安徽省政协常委和人口与资源环境委员会副主任、安徽省作家协会常务副主席、中国野生动物保护协会理事。现为中国作家协会名誉委员。1992年，国务院授予其“突出贡献专家”称号。享受国务院政府津贴。

刘先平大自然文学文集典藏

刘先平大自然文学文集典藏

呦呦鹿鸣

刘先平◎著

时代出版
时代出版传媒股份有限公司
安徽文艺出版社

图书在版编目（CIP）数据

呦呦鹿鸣/刘先平著. --合肥：安徽文艺出版社，2021.6
（刘先平大自然文学文集典藏）
ISBN 978-7-5396-7155-0

Ⅰ. ①呦… Ⅱ. ①刘… Ⅲ. ①长篇小说－中国－当代
Ⅳ. ①I247.5

中国版本图书馆 CIP 数据核字(2021)第 023359 号

出 版 人：段晓静
策　　划：朱寒冬　姚　巍　统　　筹：宋晓津　张妍妍
责任编辑：段　婧　姚　衎　装帧设计：张诚鑫

出版发行：时代出版传媒股份有限公司　www.press-mart.com
　　　　　安徽文艺出版社　www.awpub.com
地　　址：合肥市翡翠路 1118 号　邮政编码：230071
营 销 部：(0551)63533889
印　　制：三河市华东印刷有限公司 (010)61594404

开本：700×1000　1/16　印张：24.25　字数：350 千字
版次：2021 年 6 月第 1 版
印次：2022 年 1 月第 1 次印刷
定价：1200.00(精装，全 15 册)

卷首语

我在大自然中跋涉四十多年，写了几十部作品，其实只是在做一件事：呼唤生态道德——在面临生态危机的世界，展现大自然和生命的壮美。因为只有生态道德才是维系人与自然血脉相连的纽带。我坚信，只有人们以生态道德修身济国，人与自然和谐之花才会遍地开放。

——刘先平

序

呼唤生态道德

生态道德的缺失,造成了我们生存环境的危机。

感谢大自然!在山野跋涉的三十多年中,大自然给予了我最生动、深刻的生态道德教育,因而无论是我的描写在大熊猫、相思鸟世界探险的长篇小说,还是在野生动植物世界探险的奇遇,都是努力宣扬生态道德的伟大,呼唤生态道德在人们心间生根、发芽。

环境危机重压着世界已是不争的事实,人们都在纷纷追究其原因,并寻找济世的良方。环境危机实际上是生态危机。

建设生态文明,中国为世界树立了榜样,具有划时代的意义。生态文明的建设,必然呼唤生态法律的完善、生态道德的树立,从根本上消解环境危机,保护、营造良好的生态。

法律和道德是一切文明的两大支柱,也是人类文明的标志。几千年来,我们已有了处理人与人之间、人与社会之间关系的行为规范、法律法规、道德准则,却根本没有处理人与自然关系的行为规范。按《辞海》(1979 年版)中“道德”的释文:“道德是一定社会调节人们之间以及个人和社会之间的关系的行为规范的总和。”这足以证明:人与自然之间的关系根本未被纳入“道德”的范畴,缺失了生态道德;或者说,生态道德在这之前,根本没有进入我们的观念。这是认识的失误。

“生态”一词的出现，至今不过二百来年的历史，而生态与人、与生存环境的紧密关联，在时间上则是更近的事情。这也从另一个侧面反映了人类在认识自然、认识人与自然、认识人与环境方面的重大失误，更加说明了树立生态道德的紧迫和重要！如果不能在全社会牢固地树立生态道德的观念，就无法建设生态文明和人与自然和谐的社会。

正是生态道德的缺失，成了产生环境危机的重要原因。长期以来，我们在处理人与自然关系方面，根本没有建立系统的行为规范、树立道德，法律也严重滞后；因而对大自然进行了无情的掠夺，无视其他生命的权利，任意倾倒垃圾，没有预后评估、监测地滥用科技，造成了环境污染、资源枯竭、生态失去平衡，以致受到大自然的严厉惩罚，直到危及人类本身的生存，才迫使人类重新审视与自然的关系，规范人与自然关系的法律和生态道德才得以突显。强调生态道德，在于强调、突出它比之于其他道德的鲜明特点——人与自然的关系。我们急需建立对于自然应具有的行为规范，以调节人与自然之间的关系，消解环境危机，建设人与自然的和谐。这是时代向我们提出的重大命题。

比较而言，树立生态道德比制定、完善生态法律，有着更为艰巨的一面。法律是“由立法机关或国家机关制定，国家政权保证执行的行为规则的总和”，而道德是公民应具有的修养、品质，带有自觉或自我的约束。当然，对法律的遵守，也是修养和道德的表现。法律可以明令从哪一天开始执行或终止，但同样的方法并不适用于道德。比如某一行为并不违背法律，但违背了道德。这大约也就是媒体纷纷设立“道德法庭”的原因。生态道德在全社会的树立，是个艰难而长期的任务，需要启蒙和培养的过程，对一个人说来甚至是终生的，需要全体公民的参与和努力。

三十多年来在大自然的考察，七十多年的人生经历，使我逐渐深刻地认识到树立生态道德的重要、紧迫。三十多年前我所描写的青山绿水，现在已有不少面目全非。大片原始森林被砍伐了，很多小溪小河都已退化或干涸，有些物种消亡了……

记得1981年第一次到西部去,云南的滇池,四川的岷江、大渡河、若尔盖湿地……美丽而壮阔的景象,使我心潮澎湃。滇池早已污染、水臭。2007年10月,再去川西,所经岷江、大渡河流域,到处在建水电站,层层拦江垒坝。在一个山村水电站工地,村民忧心忡忡地诉说:大坝建成后,村前的小河将干涸,到哪去找吃的水啊?!这种只顾眼前的利益,无序、愚蠢的“改造自然”,对整个生态系统的破坏已有显示。我国最大的高寒泥炭沼泽湿地若尔盖,泥炭层最深达9米,它在雨季吸水,干季溢水,1千克干泥炭可吸蓄8—12千克的水。它是黄河上游的蓄水库,蓄水量相当于三个葛洲坝。枯水季节,黄河水的30%(一说40%)是由这里补给的。但在20世纪曾挖沟沥水采掘泥炭。现在湿地已大面积退化为草原,沙化、鼠害严重。最发人深省的是,在这里拍摄红军战士过草地时,竟然无法找到深陷的沼泽,只好人工制造。黄河屡屡断流,当然不足为怪了!

水是生命的源泉。水的污染给整个生物链带来的是灾难性的影响,使人类的健康、生命处于极不安全的状态。中国五大淡水湖是长江中下游湖泊群的代表,是中国人口最为密集地区的生命线,号称“鱼米之乡”。但只经历了短短的二十多年,其中的太湖、巢湖,已是一湖臭水,根本无法饮用。其他的也都面临着湖面缩小、污染等生态恶化。在经济发达的长三角、珠三角,水污染更是触目惊心。

大自然养育了人类,可我们缺失了感恩,缺失了对其他生命的尊重,妄自尊大,胡作非为。当人类对自然缺失了道德时,自然也会还之以十倍的惩罚!

我曾立志要为祖国秀丽的山河谱写壮美的诗篇,但只是短短的二三十年,我所描写的山川河流不少都已是“历史”“老照片”。

我曾冒着种种的危险和艰难,在野生动植物世界探险,无论是描写滇金丝猴、梅花鹿、黑叶猴还是红树林、大树杜鹃,都是为了歌颂生命的美丽,但是总也避免不了生命的悲壮——它们在人类的猎杀、砍伐、压迫下苦苦挣扎。即如每年要进行一次宏伟生育大迁徙的藏羚羊，或是给人类带来福祉的麝，或是山野中呼唤爱的黑麂……都无可避免地遭受着厄运。它们生存的空间，正被人类蚕食、掠夺。

这使我无限忧伤、愤怒，更加努力地呼唤生态道德的树立，也更寄希望于孩子。

正是大自然的生存状态，激起了我决心在一些作品之后写下后记，为过去，为未来，立此存照。

三十多年来，大自然以真挚、纯朴、无比的热情，接纳了我这个跋涉者，倾诉、抚慰……结下了深厚的友谊。

热爱生命，尊重生命，热爱自然，保护自然，保护环境，应是生态道德最基本的范畴。

我们来自自然，与自然有着血肉相联的关系。人类初期对自然是顶礼膜拜的。很多的部落，将动物的形象作为图腾。我们的祖先，对人和自然关系的认识，曾有过很多智慧的表述，如“天人合一”、盘古开天地的创世纪之说等等，至今仍是经典。

从世界教育史考察，对自然的认识，一直是教育的最基本、最经典的内容，讲述天体气象、山川河流、森林、环境和资源等等。以人类生存的环境、人类在自然中的位置作为人生的启蒙，在孩子们幼小的心灵中培植对生命的热爱、对自然的感恩。但这种优良的传统，随着人类社会、经济，尤其是科学技术的发展，逐渐淡化或消失。城市钢筋水泥的建筑，活生生地切断了孩子们与自然的联系。现在城里的孩子不知稻、麦为何物已不是怪事，甚至连看到蚂蚁也发出了惊呼。缺失生态道德的社会、科学技术的发展，不仅使自然失去了自然，更为可怕的是使孩子们失去了自然。

我希望用大自然探险奇遇，还给孩子一个真实的大自然世界，激活人类曾有的记忆,接通与大自然相连的血脉,接受生态道德的洗礼、启蒙,同时,启迪智慧的成长。大自然是人类的母亲,请千万不要忘记,大自然也是知识之源,正是在人类不断探索自然的奥秘中,科学技术才发展到辉煌灿烂。即使到今天,生命起源仍是最艰难的课题。

道德是一个人的品质、修养、不朽的精神。道德力量的伟大,犹如日月星辰。我一直坚信,只有人们以生态道德修身济国,人与自然和谐之花才会遍地开放。

2008 年 4 月 2 日

目　录

一　呦呦鹿鸣

四五月的三十九岗，正是花信勃发的时节。山坡、溪边、峰峦、幽谷……花开得比天上的云霞还要明丽。

碧蓝闪亮的沙参花、淡黄淡黄的黄连花、鲜红耀眼的凌霄花、素洁高雅的百合花……熏得风也沁香，浸得水也流彩。

一丛威灵仙花，花冠雪白粉嫩，恍如一朵白云飘浮在青葱葱的山坡上。早开的花，已结了小小的扁平瘦果；花柱还恋恋不去，在带刺的果尖上随风拂动，像是白孔雀的花翎。有谁能想起，兴兴旺旺攀扯的枝蔓，架起的竟是一座别致的观察所！

少年自然保护小组的蓝泉和报告发现了梅花鹿踪迹的小叮当，正伏在威灵仙花棵里，一人把守一方，透过昨晚在绿叶白花中制造的瞭望孔，注视着各自的区域，搜索梅花鹿的身影，等待着梅花鹿的出现。可是，只有朦朦胧胧的群山，山后天幕上几颗不断眨眼的晨星。

"咋噶郎！"

黑卷尾鸟的叫声，划破了寂静。

蓝泉轻轻地对小叮当说：

"黎明鸟开始领唱，山坡上快亮堂了。陈老师说过，鸟类清晨的鸣叫，和亮度有关系。"

"能排个时间表？"

“能哩！生物的睡眠、工作、生活，也受时间的节制。”

“听到么子鸟叫，就能晓得几点钟？”

“么事不能？这叫生物钟。”

“那，公鸡么事能在黑夜头报时？”

“正是生物钟要研究的。”

小叮当想起来了：蓝泉对丹顶鹤么事都是八月飞来，二三月回到北方；相思鸟么事小雪一到就成群结队往南飞；么事麦黄时，四声杜鹃鸟就来催收督种；迎春花、桃花、杏花、李花、梨花、石榴花、丁香、茉莉花，么事一月一月往下开，谁也不抢先……兴趣浓着哩！在听了老师说过生物钟的事后，他更入了迷了，悄悄对自己说过：将来一定要把这一切研究清楚……

黑卷尾鸟又响亮地叫了一声。

“嘻嘻！”小叮当笑了，“小鸟是黎明的闹钟，它们用歌声来报时，嘻嘻……”

话音未落，会婉转多变叫唱的乌鸫鸟亮嗓子了。鸟类世界开始苏醒：大山雀、小杜鹃、画眉、棕噪鹛、相思鸟、红翅凤头鹃、山树莺，在树梢上、草丛里、金银花藤下唱了起来。有时独唱，有时轮唱，有时重唱。绿茵如云的山坡上，洋溢着喜气洋洋、昂首奋发的勃勃生机。

在这片浑厚的、清脆的、拖着颤动尾音的鸣唱中，晨星退去了，天蓝了，山坡绿了，峰峦秀丽了，轻烟淡雾飘起来了……

“胖孩真的不来了？”

小叮当瞅着旁边空出的草窝窝，低声地说。

“会来的。别听他昨儿晚上大喊大叫上当了，嘴上说得凶，是心里急得慌。咱们自然保护小组要保护的对象是梅花鹿，可到现在，谁都还没缘见到这个宝贝哩！你说，谁的心不像被刺藤子捆扎的？”

蓝泉见小叮当不说话了，心里也活动起来，又说：

“就怕你昨儿听得不真!”

小叮当急了:

“咱的耳朵又不是装门面、配样子的！要是报了谎信,不怕被你们小组人的唾沫淹死！听得真真切切哩！花鹿就在这面山坡上叫——只要咱妈讲得对!”

说的也是真情——小叮当早已争着嚷着要参加自然保护小组哩。可是昨天傍晚,趴在这里几个小时,别说看到梅花鹿,就连一声像是鹿的叫声也没听到。反反正正的思摸,使蓝泉想起了小叮当来报信时的情景……

九花山区,绵亘逶迤的三十九岗有个山头很古怪:它没有峻峭的山脊,更没有参天的大树,平坦的山头上长满了密密的竹林。

本来,高山头上长竹子已经够怪了,它还怪上加怪:这种竹子也有水竹那么粗,婆娑摇曳的竿身却并不嫩青,全是一色金黄。竹节短,节疤粗,劈下来后,中间只有个小小的孔洞,差点就成了实心竹。金灿灿的竹竿,青翠翠的竹叶,被太阳一照,一片金碧辉煌！巍巍大山像戴了顶金帽子。

竹,叫金竹。山也沾光,叫金竹山。

在高高的金竹山下,有个金竹潭村。粉墙青瓦的金竹潭村有百来户人家,又是大队所在地,在这样的深山里该是数得着的大居民点了。

金竹潭中学就耸立在金竹潭村东头的银杏林旁边。

今年四月,学校响应科学大会的号召,从多方面培养人才,筹备成立课外各个学科的爱好小组。这时,正好接到省里希望在这里建立少年自然保护小组的通知。

消息一传开,很多爱好生物科学的同学都积极报名。经过挑选,暂时只录取了四位同学,准备在开展活动中逐步扩大。

省生物学会和团省委,正式委任来这个学校时间不长的陈炳岐老师担任小组的辅导老师，并说，不久还要派一位同志来协助陈老师工作。

值得这深山里人们夸口的，是奔驰在三十九岗峰峦上的梅花鹿。传说，这里的梅花鹿并不是从遥远的东北来的，它原是太上老君的坐骑，每天驮着老头儿云游四海。谁知，在云游中，梅花鹿看中了三十九岗的山水，偷偷下凡来到这里安家落户。自然保护小组保护的对象，即是这种珍贵稀奇的梅花鹿。

过去，常常能在大山上见到吃草、玩耍、奔驰、跳跃的梅花鹿。最近，像是所有的鹿都知道金竹潭中学成立了自然保护小组，要和它们交朋友，研究它们的历史渊源、生平爱好，而它们又害羞怕臊，于是全都躲了起来。

这可急坏了自然保护小组的组员，他们一有空就到大山上去找，又特意设立了通信箱，请住在各个山头、坑坞的同学见到后，赶快通风报信。

昨天下午课外活动时，住在三家屋的小叮当，风风火火地跑到学校找蓝泉。他转了一圈，没见到蓝泉，却迎面撞上了翠杉。小叮当对他有意见，气包包还鼓在小肚子上，本来不想跟他讲，可是一想到事情重大，也顾不得这些了：

“胖……胖孩——翠杉！快、快去……”

翠杉小名叫胖孩。他小时长得圆滚滚、肉乎乎的，像是个直冒热气的暄乎乎的馒头。长大了，脸还是没有拉长，像是吃了发酵粉一样。所以，“胖孩”这小名也就粘在了他身上。此时翠杉正在想心事，小叮当的喊叫把他吓了一跳：

“小叮当，出了么事？”

小叮当脸上挂满了汗珠，像是雨后竹叶上的水珠子，晶亮亮的。他顾不得擦拭一下，只是连忙咽了两口唾沫：

“咱找到了鹿！”

翠杉一听说这样的大事，十分惊喜。可是，来报信的偏偏是“话匣子”小

叮当,这使他不得不问一问:

“你——找到了小鹿?是在南山,”他故意顿了顿,眨巴了两下圆眼,不等小叮当接上话,又说,“还是东山?是在电影上,还是书上?”

那副把小叮当从上打量到下,又从下打量到上的眼神,使小叮当又急又气:

“你快把耳朵拉长点听着:是在咱家屋后的山坡上!咱倒怕你还在做梦看电影,醒了没?”

这下轮到翠杉的眼瞪得又大又圆:

“它没跑?还在那儿?”

“跑不了嘞!”

“逮到了?”

“没有。”

翠杉被闹迷糊了,鼻头上沁出了一颗颗细小的汗珠。他有一个特点:做事、说话,鼻头上好沁出汗珠珠,好像是情绪变化的显示器。有人根据这点,说:别看他面子上是个慢性子人,平时说话慢吞吞的,其实是个急性子。

“被火铳打死了?”

小叮当的头摇得像拨浪鼓,小脸憋得通红:

“你说的全不对!”

翠杉晓得小叮当的嘴快、话多,成天到晚像是牛脖子上挂的铃铛,走到哪,响到哪,今天是怎么啦?翠杉鼻尖上的汗星子都有黄豆粒子大了:

“既没逮到,又没打死,还能是瘸姑娘瞎舅子?要不,么事走不了?”

小叮当得意了:嘿嘿!连你也没想到这层?奇怪,还不同意咱参加自然保护小组哩!

“跟你讲吧:老花鹿坐月子,生小毛伢子了!”

翠杉一蹦三尺高,像是打足气的球:

“你亲眼见的?”

小叮当还从来没见过他乐得这样走形,更得意了:

“是亲耳听见的!”

这句话把球戳了个洞,肚子里的气呼呼叫往外冒:

“哎呀呀!小叮当,你可真是个小叮当!听了风,就是雨!烟囱冒烟,你以为天上失火。咱们是学科学的小组,不是捉迷藏耍子的。只靠你那两片干扁豆似的小耳朵,听都能听出是老鹿生小鹿,那还要长两只眼睛做么事?”

“么事不行?你只长两只眼睛好了,么事还要长两只耳朵?”

翠杉被堵得吐不出话,幸好蓝泉撵来了。蓝泉一听小叮当说发现三家屋后面山坡上有鹿,拉了他就走。翠杉将信将疑地跟在后面。

小叮当是冯家的独苗。三家屋居民点统共只有四户人家,没有孩子和他年龄相仿。父母出工了,小叮当只好跟鸡呀鸭呀玩,越玩越得味,越玩越带劲,和各门各界的大自然住客交上了一些朋友,从中得到了乐趣和启迪,产生了很多的心愿。

有次,小叮当在姨娘家做客,看到芦花鸡老是蹲在箩里不出来,很纳闷。姨娘撒了两把稻子,又端来一碗水,它还是无动于衷,只赖在窝里不动。

姨娘只得动手去抱它,它还直啄姨娘的手。小叮当奇得站住不走了:窝里好多的蛋呀!难怪哩,它一天要下这么多的蛋,哪有工夫吃食!

回家后,他一见老母鸡毛脚黑跳窝,忙搬了个小竹椅坐旁边看着。小叮当最爱它一身乌黑油亮的毛,连脚杆子上都毛拉拉的。他时常带它在山坡上捉蚱蜢、青虫、蝴蝶。

才顿把饭工夫,毛脚黑站起来,要往下跳。小叮当忙上去要按住它,毛脚黑一弓身子已跳了出来,连声咯咯嗒、咯咯嗒叫着。小叮当瞄到窝里只有一个蛋,转身又去捉毛脚黑。

毛脚黑被撵得满天飞,一会儿跳到桌上,一会儿钻到碗橱肚,把锅瓢碗盏扑得当当响，鸡窝也打翻了，蛋也砸了。妈妈不知出了什么乱子，慌慌张张从屋前菜园地跑了来。小叮当喊：

“妈妈，快把毛脚黑逮住！”

“么事？”

“它是个大笨蛋，只下一个蛋就跑了。”

妈妈这才松口气，让毛脚黑从身边溜了出去。小叮当不依，用头顶着妈妈的肚子：

“你赔，你赔！”

妈妈说：

“它一次只能下一个蛋！”

小叮当噘着个嘴：

“你包庇它！哼，就是包庇它！姨娘家的鸡，成天生蛋，一生一大窝。”

妈妈这才知道小叮当闹错了，笑着说：

“那是拿了好多的蛋，让老母鸡孵小鸡。”

不知是小叮当精工细料喂的，还是母鸡也通人性，没过两年，他家养的一只麻栗子鸡，真的一天生了两个蛋，再过一天，又下了个双黄蛋。虽然没达到小叮当要它一天生几十个蛋的愿望，但从此打开了他小小心灵的窗户。那时，他已读小学了，知识为他的幻想插上了翅膀，使他打定主意，要养出一种一天能下几十个蛋的鸡。

像这一类的研究题目，小叮当还有好多好多呢！

听说学校要成立各个学科爱好小组，他想：数学尽是那些数字，像条绳子弯来绕去，捆得脑子发疼……后来，他听说要成立自然保护小组，便跳着笑着去报名了。公布名单时，却没有他。翠杉告诉他：不吸收成绩差的、胆子小的。他又去缠蓝泉。蓝泉答应把意见反映给老师，等研究后再通知他。

对于找鹿的事,小叮当更是积极。他问妈妈:

“么子地方能找到花鹿?”

妈妈说:

“大山上。”

“它喜欢待么处?”

“大山上呀!”

“大山,大山,我知道不在咱家院里!”

一阵喜鹊的叫声闯来,才打断了这场调查研究。小叮当想起这一定是喜鹊在争窝,它们要下蛋孵小鸟了。他伸头向门外一看:可不是,五六只鹊子又叫又啄,有两只扭到一起,直打得掉到地下翻滚。它们争着占领溪边大树上像个刺球样的窝。

小叮当对一些常见的鸟的行为,可有一些研究哩!譬如说:四五只老鹰在山顶上盘旋,那下面一定有死掉的野牲口;黑老鸹又叫又飞,那儿一定出现了不寻常的事……

前年,他想逮只白头翁养,可就是找不到它的窝。后来,他发现有处小树棵里有白头翁叫,那可不像平时那样转舌子唱歌,而是细细地、低低地叫。以后才发现它飞进飞出。嗨!这个发现让他找到了用几根树皮、麻丝缠在杈枝上,像个深茶杯的漂亮的窝。窝里几只才长毛的小白头翁,听了响动还直张嘴,嗷嗷叽叽待哺哩……鸟儿难找,可以听鸟叫……

想到这里,小叮当的眼睛突然亮了,他连忙又找妈妈,继续进行他的调查研究:

“你听过花鹿叫吗?”

“听过的。”

“你叫给咱听听!”

妈妈一板脸:

“混伢子！有要妈学牲口叫的伢子？”

小叮当扑哧一声笑了，连喊了多少声好妈妈。但妈妈学不来鹿叫，只是说鹿叫声尖溜溜的，又说和麂子叫声有些像。（可是妈妈还不知道，同样是鹿叫，公鹿和母鹿、小鹿的叫声有多么不同，惊叫、召唤、兴奋、发怒等等的叫声又有多大的差异！）

这以后，小叮当不仅时时用眼瞄着大山，还支着个耳朵听山野中的各种音响。他想得也对，在这不是树就是草的大山上，不容易见到鹿，但它的叫声倒是能传得远，循着声音不就有门儿了吗？

这天放学后，小叮当正在菜园里帮妈妈挖马铃薯，突然听到山坡上么事叫了几声，震得他的心颤了一下。他说：

“妈妈你听，麂子在叫！不远，就在屋后山坡坡上。”

妈妈也凝神听了会儿，说：

“不像麂子叫，倒有些像鹿在吆唤。”

小叮当按住怦怦跳的胸口，急声问：

“好妈妈，你分得清？”

有了那天的事儿，妈妈留意了，拄着锄头仔仔细细听，说：

“麂子叫像鬼嘶的一样，嗓子又尖又细，刺耳朵。鹿吆唤的声音要顺耳些……对了，咱前天看到一只带肚子的鹿在山坡上转，约莫是要生小鹿了。”

小叮当霍地站起身子，甩下篮子，往外飞跑。

时间才下午五点多钟，太阳已转到大山的背后去了。深山区的小盆地里，太阳出山要比平原上迟一些，落山时又比平原上要早一些。

小叮当领着蓝泉、翠杉翻过一个小岭，往山坡上跑去。刚过三家屋，蓝泉收住脚，问：

“咱们是去撵鹿，还是去看鹿？”

小叮当停步了。翠杉还是一个劲往前冲，说话头都不回：

“当然是去看鹿,咱们又不是扛枪放铳打猎的。”

蓝泉说:

“有这么个冲冲闯闯去看鹿的?”

翠杉这才刹住了车,不好意思地笑了。

三个人来到小叮当家屋后的小竹林里,开始了前沿侦察。

这儿是金竹山的北坡,它南面和三十九岗只隔一条深谷。东边山腰上,有片小树林。小树林不大,却伸了条膀子搭到这边。山坡上遍地是五颜六色的野草、苦竹、山花。这些草长足了,有半人多高。六只小眼睛在山上扫了几遍后,也没找到鹿的影子。蓝泉忍不住问小叮当:

“你听到花鹿在哪边叫?”

小叮当用手一指:

“像是在那边的小树棵!”

——那是靠西一点的不大的灌木丛。灌木丛离三家屋的居民点不过一百多米,刚好落在一个小小的山坳里。其实,它算不上是个山坳,只是一个簸箕形的小坑。灌木丛不密,草倒是长得又厚又深。翠杉心里直好笑,说:

“那里蹲只小鸡下蛋还差不离,能隐得住花鹿?咱看老鹿一定是挑那边树林生小鹿!”

那是东山坡小树林伸过来的膀子,次生林里的树不密,也不高,但还墨绿绿的一片——蓝泉心里有些同意。

“它通知你啦?”小叮当对着翠杉就是一炮。

“它也没跟你讲悄悄话呀!”

蓝泉拿不定主意了。他看过在山岭中奔跑的花鹿,也吃过舅公送来的鹿肉,可是别说花鹿喜欢在哪里生崽,就是它乐意躺哪儿睡觉也搞不清!凭想象力去推测,怎么也得不出正确的结论。

自然保护小组成立没几天,陈老师每天忙得像天边的日头,从西边落下,又要紧紧赶到东山再升起来。他在准备各种各样的东西,还没来得及给他们讲课。蓝泉又想:这样简单的事,过去么事不留心?也没问过有名的老猎人舅公。尽吃懊悔药也没用,还是先解决眼前的问题要紧。他说:

“你们谁晓得,花鹿平时喜欢待哪儿?”

“它当然喜欢待林子里!”翠杉毫不犹豫地说。

“你是听讲的,还是亲眼见过的?”蓝泉问。

“咱想的。不信?你看,山麓的‘麓’字,不就是‘林’字下面才有‘鹿’吗?”

“说得倒有些道理……”

听蓝泉这么说,小叮当赶忙声明:

“咱是的的确确听到它在那边叫。”

冷场了半天。小叮当又喃喃地说:

“咱家那年老猫生小猫,躲得人都找不到。”

一句话,把翠杉、蓝泉都说乐了。

翠杉说:

“咱想起来了:野兽都是怕人的,那个小灌木丛离住家的近了,老鹿当然躲得远点。林子里反正要比小树棵里好藏得住身子!”

蓝泉想问题时有自己的道道,天快晚了,时间不容许多争辩了。他说:

“老鹿喜欢在哪儿生崽,对咱们说来是个未知数,谁也别忙着做结论。看见没?那边有一片开白花的刺棵子。”

在树林和小灌木丛中间,确实有片像是雪包包子的刺棵子。

小叮当说:

“那只是个花堆堆子,能藏得住鹿?”

“咱是说,藏到那边去,看两边都方便。”

这个意见立即得到通过。三个人溜进三家屋的小溪沟,猫着腰,走到了刺棵子旁边,爬上岸,一个接一个地钻进了花丛里。

这才看清了:是一丛长得特别旺盛的威灵仙花,间夹着几棵野蔷薇。各人用身子给自己压了个位置,就趴在那里观察起来了。翠杉、蓝泉专管树林子那片,小叮当看小灌木丛这边。

这正是蚕老枇杷黄、榴火飞红的五月。晚霞在天空中幻化起一朵朵彩云,青翠翠的山岭也罩上了一层迷离的余晖。山雀不叫了,只是在树丛里钻来窜去。

翠杉早就耐不住,想站起来蹬蹬腿、弯弯腰、说说话,一瞅蓝泉还像是木桩钉在那里,墨玉般眉毛下的眼睚也不眨,身边瘦小的小叮当也纹丝不动地趴在那里,他立刻安稳下来。

真急人!树林里平静得很,连只小兔子也没蹦一蹦。灌木丛里也没什么特殊情况,只有灰喜鹊在那里叫了几声。

三个人一直等到天黑,别说看到花鹿了,连麂子叫也没听到。翠杉直埋怨小叮当,说他想鹿想入了邪。小叮当嘴也不瓤,可总是没见到花鹿呀!哪怕只听到叫一声——随便什么野兽——也好!他只得用舌头打个坝子,拦住那些涌到嗓子眼的话。蓝泉一声未吭,倒是找到了小叮当的妈妈,仔仔细细地打听了有关花鹿的事情。

临分手时,蓝泉说,明早天不亮再来。小叮当要蓝泉喊他。翠杉很干脆:

"不来了,上了一次当,还能再吃一次亏?"

沉浸在鸟儿争鸣声中遐想的蓝泉,突然被身后响起的簌簌声惊醒,他回头一看,真是说曹操曹操到,只见胖孩正往里拱。小叮当笑了:

"你么事还来上当?"

"太馋人了,逗得咱一夜没睡稳。上当也要来!"

小叮当说:

"是小花鹿把你撞醒了吧?要不,有谁能叫你这个睡觉大王睁开眼?!"

这时,忽然传来了几下细微的异样声音。蓝泉连忙乜斜了他们一眼,小叮当和翠杉才关起了话匣子。

晨风紧一阵慢一阵地从山坡上拂过。苦竹叶还沙沙地响着。青草也一会儿弯腰,一会儿挺脖子。

稳重的蓝泉也急了。耳朵刚刚搜集来的声音又消失得无影无踪。他不是个憨性子的孩子,可是,一旦决定要做件事,他能管住自己,把心思全都用上去。他也不是具有特别天资的孩子,但他有恒心,做一件事一定坚持做完,有始有终。正因为这样,孩子们才一致选他当了组长。他现在就是耐着性子,在等待盼望的声音。

呦呦……央央——!

呦呦……央央——!

微风连连送来了几声美妙的声音,虽然细小,小叮当还是乐得差点从地上跳了起来。一点儿不错,昨天听到的就是这样的叫声。他瞟了一下两位小伙伴,他们的脸上都清楚地印出了字:听到了!听到了!

一点也不错,确确实实听到了。在西边,像是从小灌木丛那边传来的。

一切又都沉寂了下来,连小鸟也不知哪里去了。

“该不是小羊在叫吧?”翠杉的话,轻得几乎听不见。

“哼!那是羊叫?三家屋从来没人养羊。”小叮当连忙声明。

“树林里多好!么事要跑到……”

几声更响亮的叫声打断了翠杉的话:

呦——央央——嗯……!

“呦”声圆润润、甜蜜蜜。“央央”把鸣声顶到了最高点。尾音“嗯”后带有亲切的颤抖音。整个调子中充满了爱抚的情调。

千真万确,是鹿鸣!

一点不错,是从那片灌木丛中传出来的!

像是老鹿在吆唤小鹿！

不信？你再听：

呦呦——呦呦——！

像小鹿欢乐的叫声，短促而响亮，像是从银笛中蹦出的乐章，一点也没有了开头那尖细声音中带有的盼望、焦急、不安。

小叮当熟悉别的小动物的脾性，他凭着这些，展开了想象的翅膀：开头，大约是小鹿醒来找妈妈。它喊呀，喊呀，妈妈呢？哪里去了？没有了妈妈怎么办？正在它焦急、害怕、伤心时，响起了妈妈亲切的声音。爱抚立即使它快乐起来。

蓝泉和翠杉也摸到小叮当这边。一点轻微的响声，也使他们瞪大了眼睛。可是除了刚才听到的叫声，灌木丛里并没有什么特殊的地方。各色小花仍是随风拂动，小灌木晃着叶片。风紧点，青草马上起起伏伏，树棵子摇起枝条，花儿朵儿也抖抖索索。几个人的眼睛都瞪得又酸又疼了，别说看到花鹿走动，连蚱蜢展翅飞一下也没看到。

翠杉又犯疑了：

“该不是老沙牛吆唤小牛吧？”

确实，刚才的叫声，乍一听，倒是有些像老母牛吆唤小牛吃奶声。这一带草山多，养的牛也多，都是些小黄沙牛，散缰放牧在山上，任其自由自在地找草吃。

“没听到铃铛响呀！”小叮当好像是专门挑翠杉刺的。

这里养的牛，脖子上都挂了个铜铃铛。一是为了防野兽——嘀铃铃的响声，多少要给牛增加一点威风，添一些叫敌人害怕的声响；二是为了使用和晚上牵回来时好寻找。

是呀！刚才谁也没听到脆生生的铃声。

蓝泉把脸转向他们，说：

“先前，山雀子在树棵里钻来钻去，你们看到了？”

翠杉点了点头，点掉了鼻尖上的大汗珠子。

“现在呢？再仔细瞧瞧。”

小叮当刚才乐得忘了，现在一瞅，真的没见到一只山雀蹦来跳去，心里一下亮了——小山雀成天在小树棵里一边钻，一边叫着单音节的声音，孩子们都叫它“树窜子”，他忙说：

“嗨！有门道，有门道！”

一看翠杉脸上还是迷迷惑惑的神色，小叮当才又说：

“小山雀通知咱们：那里有动物在活动。”

翠杉连连拍头：怎么连这样简单的道理也没想到？

蓝泉说：

“性急吃不得热汤团。咱们耐着性子观察，一定能看出名堂。就像做数学题，两锤子砸不开方程式，急得冒火星还行？咱们又不是上山野耍的，还能三把两锹就完事？”

有耐心的猎人，总是有收获的。

不多一会儿，三个人都发现草棵里确实有点不一样，像是有个么东西，一会儿把草分开，一会儿又把草顶高。但是，那棵小树真讨厌，正好遮住他们的视线，稠密的碎小的叶片像是绿窗纱。

二 花鹿失踪

太阳出来了,从绿的山尖上升到蓝的天空,草坡上立即闪起无数的亮点点。

正在蓝泉动心思时,小叮当的手指差点戳到他的眼睛。

蓝泉连忙顺着手指看去——

真的,那片青草、小灌木有些特别,绿色中杂了些深黄色,黄色上又有几个白白的花点子。等到眼睛适应了这个颜色,奇迹随着一对黑黑的眼珠露出来了——哎嗨! 是只老梅花鹿哩!

一个发现,带来了一串发现。老梅花鹿正一忽儿低头,一忽儿抬头,不知在忙些么事……

看清了:它把颈子弯了过来,头正对着那一冒一冒的草堆堆哩——嗨! 是小鹿的脊背,还有小鹿的屁股,它一耸一耸的做么事?

“小鹿在喝奶!”

小叮当说得把握十足。

蓝泉浓眉往上一耸,高兴地想:像哩! 听舅公说过,小鹿吃奶时,和牛犊差不多,用嘴一下一下去冲撞母牛的乳房——对极了! 难为小叮当喜欢动物,他观察得很准确。

翠杉想:花鹿还真有办法哩! 它穿了那么一身漂亮的印着白花的衣服,就是让人难以找到它! 书上说过,这叫保护色。翠杉一想到“保护色”三字,不知为么事脸有点发烧。

三个孩子心里涨满了说不出的美、讲不出的甜。

“咱没吹牛吧？妈妈说得对嘛！咱也没听错嘛！”

小叮当从昨晚就开始受翠杉的气，憋到现在。

“是咱性子急了。咱一定提议，给你记一大功！”

小叮当说：

“咱们得赶快向陈老师报告！要不，这咋开始研究？用么法子保护？”

“对！咱这就去！你们在这儿看着！”翠杉已经支起了身子。

小叮当不同意：

“你是有名的‘胖迷糊’，太憨了。还是咱去，咱腿跑得快！”

“你去？不到太阳落山还能跑到学校？你是有名的管不住自己、贪玩的人！”

“谁说的？咱不是改了不少吗？既不看蚂蚁开仗，又不找果子狸的洞，这学期统共也才只迟到二十来次！”

一句话把蓝泉提醒了，他说：

“咱们还要上学。”

“谁来看鹿呢？又不能把它赶到猪圈里关起来。要是它不乐意这儿，转到别的山上咋办？到哪儿去找？”小叮当急得抓头皮。

找不到鹿，天天急。一下找到母子俩，还没高兴够，烦人的事又来了！这不是，咋个保护法？它可不是一本书，往书包里一装就行了，也不是一颗板栗子，捡起来，吞到肚里就完了。

“你妈妈不是说，刚生小鹿的老鹿，不会马上往山上去吗？”蓝泉想起了昨晚的事。

“要是豺狗、老虎、黑熊、野猪、豹子来了，咋办？”小叮当想的问题就是多。

翠杉说：

"哎呀呀！这么一点大事也定不下来。别争了，干脆点，你们去上学，咱在这里看着，晚上再补课。"

"要是老虎、豹子来了，你咋办？"蓝泉问他。

这一下把翠杉和小叮当都问住了。别说他们都没猎枪，赤手空拳，又是孩子，就是老猎人单身碰到这些山林中的霸王，也不愿轻易下手。

最后蓝泉决定他们一起跑到学校，找陈老师。陈老师是个头发花白、满脸皱纹的人。宽广的额头，黑黑的脸膛，像是经历了太多的风雨后水土流失的山岗，只有刚劲的线条和锋利的石棱子。看上去像个半拉老头子，其实他才四十开外。不信？你可细细瞅瞅，还能看出一点留下的娃娃脸型和青年气质。

当然，也正是这样，使这一切显得很不协调。他平时不大开笑脸子，可也没见他对谁粗声恶语过。他走路时特有的节奏感很强的步伐、做事时利利索索的举止，透露出他体格强壮。也许这正是他的雄厚资本，所以什么出力受累的事都有他参加。这多少改变了同学们乍见他时，那种无法名状的不顺眼感觉。

他的课讲得生动，条理清楚，板书恰到好处，这又为他赢得了不少教师和学生的尊敬。至于他的其他一切，连对于那些最爱打听消息的师生都是个谜。

听了三个孩子的报告，陈老师也高兴得合不拢嘴。他详详细细地问了发现的经过、地点。校园里响起了上课预备铃声。他连忙说：

"现在都去安心上课。我马上去看看，中午再一道讨论、研究。"

陈炳岐看着孩子们向教室走去的背影，不禁想起和他们初次相识时的情景。

那是他刚调来这学校没几天的事。有天，他刚从操场过，看到两个孩子在长满小灌木、杂草的角落争吵，心里有些奇怪：山区中午的太阳毒热，什么事使他们站在那里辩个不休？他不禁信步走去。

“你说它不是变色龙，拿出证据来。咱可有根有据！”站在北面、情绪激昂的孩子说。

“么事是变色龙、小爬虫？明明白白是石龙子嘛！”

对面的孩子说得平静，但语气中有股毫不动摇的味儿。

争论的话题使陈炳岐仔细地打量起他们：

站在北面的是个十二三岁的孩子——大大的圆脑袋，圆圆的脸，圆圆的鼻头，丰满得近乎也成了圆形的嘴，圆鼓鼓的腮帮子，甚至眼睛也是圆的。这一切都由他肉滚滚的体型，很协调地统一了起来。

对面的那个孩子，要比他高半个头，骨架大，方脸，满头漂亮的黑发，高眉骨上两道又黑又粗的浓眉，简直像是两块墨玉，晶莹闪亮的眼睛很有神采，微微突出的下巴，多少显示出一些粗犷的气质。

“刚才你不是看清楚了？这边，”胖胖的孩子用脚踢了一下乱石，“是一条全身金黄金黄的。那边，是一条翠蓝色的。可两条长得像一个模子刻出来的：扁头、四只脚、长尾巴。变色龙也是四只脚、一条长尾巴。虽然没有照片，可咱不会把它认错。金黄的爬在黄土里，翠蓝色的爬在蓝色花棵下。不是因为黄土、蓝色的花使它们改变了颜色，哪能是两种颜色？”

“变色龙就是这样，它在哪种颜色的环境，就能变成和那环境一样的颜色，保护自己。《小知识》上说得明明白白，是因为它皮肤上每个细胞都装了几种颜色，它想要么样颜色，么样颜色就显出来了。”

“你说的是变色龙，咱说的是石龙子。石龙子和变色龙是两种动物。三十九岗也不是今天才有一种蓝色、一种黄色的石龙子！”方脸的孩子心平气和。

“哎呀呀，你么事要顽固到底？咱过去也不晓得石龙子就是变色龙，看了《小知识》上说的变色龙，一想，着啊！咱这里的石龙子不就和它是一个妈养的吗?! 原来‘石龙子’是土名,‘变色龙’才是它的大名,就像咱小名叫胖孩,大名叫赵翠杉,你能说赵翠杉不是咱胖孩?”

“凡是见到一个胖子,就能说那人是赵翠杉? 这和数学上讲的逆定理不一定成立一样。”

“唉! 真拿你这个蓝泉没办法。”胖孩子有些无可奈何。

方脸的叫蓝泉的孩子说:

“这样吧,你去逮一条黄色的,咱去逮一条蓝色的,它们要是当场就变,咱就信了。”

石龙子是这里爬行动物的优势种,要逮两只当然不费事。叫蓝泉的孩子把手里那条蓝色小爬虫往小胖子手里那条黄色的旁边一放,四只眼睛就盯着它们了。

胖孩子满脸都是汗水,圆鼻头顶着一颗颗大汗珠,讷讷地说:

“真……怪,它么事不……变呀?”

蓝泉一言不发。

“兴许是时间短了,也兴许是天太热了吧?”

圆脸的胖孩仰头望着方脸的蓝泉。

“胖孩,你么子时辰把‘胖迷糊’的名字丢掉一个字就好了。”

圆圆的脸上,圆圆的大眼只是眨巴着。

“把‘糊’字丢掉。学东西只能迷,‘糊’了闹笑话。”

“坏了,咱正想通过它研究出一种能变颜色的衣服哩! 嘿! 那真是顶呱呱的伪装服,躲到哪里,你都别想找到……唉! 闹了半天,它还是条石龙子!”

陈炳岐忍不住笑了起来,两个孩子才发现了他。陈炳岐连忙走过去,很亲切地向他们说起变色龙——又叫“避役”,皮肤每个细胞中都有红、黄、赭、绿四种色素,每种都可根据栖息地的颜色扩张和收缩。它这种现象在仿生学上得到了应用。他还说到变色龙生活在热带非洲,而这里才是亚热带的北缘,继而又指出变色龙和石龙子在分类学上的不同特征……

两个孩子都乐了,从此就和这位懂得很多动物学知识的物理老师亲近了起来。不久,小叮当也缠上来了。

现在陈炳岐急急忙忙向三家屋走去。他很快就找到了孩子们说的地方。他观察了金竹山北坡的地形、植被、生境以后,有了个总的印象。确实,也只有树林和灌木丛两处能存住鹿。

鹿为什么要从高山地带走到低山地区产崽呢?为什么又偏偏挑中了小灌木丛那边呢?以隐蔽和远离居民点说来,树林里的条件好。难怪孩子们要发生争论。他的专业知识已使他作了一些推测,这些推测还要通过观察来证实,还有待于对栖息在三十九岗的梅花鹿生态进行全面考察和研究。

这边,也只有那片威灵仙花丛是个隐蔽的地方,孩子们挑选的观察点基本上是正确的。但他也看出了问题:威灵仙花丛和灌木丛之间的距离远了,观察也不太方便。

他现在可使用的观察仪器,也只有自己的两只眼睛,其他一无所有,连一架小倍数的望远镜也没有。灌木丛西北方向不远处,几片奇形怪状的石头兀立在那里。从岩石的长势看,那里可能找到隐蔽的地方。

陈炳岐绕到三家屋的西边。正如他估计的,小石峰后面有个可以隐蔽的地方,只是中间要通过一块缺少遮拦的山坡。

他折了一些树枝,很快地扎好了一个伪装树丛。他把伪装树丛放在前面,推一截,匍匐前进一段。别看只有十来米的距离,他用了二十多分钟才到达目的地。

他慢慢把头伸上去,两只眼睛刚移到豁口,展现在面前的一幅场景,使他喜欢得透不过气来:

一只体格健壮的梅花鹿,正逗着一只小鹿崽。老鹿用嘴拱拱小鹿的脖子,当小鹿也伸出嘴来,想亲亲妈妈的脖子时,老鹿马上退了几步。小鹿只得往前走,前腿倒是不费事地跨出去了,长长的后腿却趔趔趄趄的。眼看小鹿快要够着老鹿的嘴了,老鹿又向后退去。

小鹿真够娇的,两次没够到妈妈的嘴,马上赖在那里不走。老鹿只得又往前走两步,用嘴亲吻小鹿的脖子。小鹿还是不动,细溜溜地叫了两声,大约是委屈、不满的表示,使妈妈心软了,它又迁就地往前走了一步……

谁知小鹿突然跃起,一下钻到妈妈的前胯中间,还未等老鹿往后退,它又拱了一下,毛茸茸的头马上撞到了妈妈的后腹,一口含住了奶头,一拱一拱地吮吸起奶汁了。老鹿被这个调皮的孩子感动,立即疼爱地回过头来,用舌头舔着小鹿的屁股。

动人的情景,使陈炳岐想起教孩子学步的妈妈。是的,老鹿在教小鹿走路哩。它们毕竟要生活在高山野岭,这里只不过是个临时育婴休憩的地方。大自然是富有的,也是冷酷的。还有比大自然更冷酷的生存竞争,在等待着这只刚出世不久的小鹿,也包括它的妈妈。

陈炳岐是学动物学专业的。青春的梦,曾随着开发祖国动物资源的尖兵,在峰峦上驰骋,在蓝天中翱翔……有过多么美好的向往啊!从大学毕业到现在,已经过去二十多个年头,美好的向往却变成了痛苦的回忆……

现在,历史又翻开了新的一页。要集中一段时间研究梅花鹿华南亚种了(暂时只得这样称呼)。可是,千真万确,他是第一次在野外观察这个山野的精灵、大自然的骄傲。

他从动物学的角度观察着梅花鹿,在记忆的屏幕上,和梅花鹿的东北亚种、山西亚种、四川亚种、台湾亚种……进行着比较、分析,再储存到记忆的仓库中去。

回来的路上,陈炳岐满腔洋溢着喜悦。对于粉碎"四人帮"以后,一年多来翻天覆地的变化,他觉得是历史的必然。但是,在他刚接到被委任为自然保护小组辅导员的通知时,却仍像有个小动物撞到胸中,使他感到吃惊、莫名其妙,甚至手足无措。

他觉得自己早已被生物学遗忘了,又有谁还记得这个从“垃圾箱”里爬出来的人?可是,现在,这个可爱的动物,已披着一身美丽的毛衣,迈开四蹄,生动活泼地闯进了他的生活。这使他感到,即将来临的生活未必会是遍地开满鲜花,因为,毕竟是崭新一页的开始。

山区的孩子,除了住在学校附近的,大都在学校用午餐。孩子们把饭碗一放,都来到了陈炳岐的房间,小小的房间里立即充满了欢声笑语。

自然保护小组的四大员是蓝泉、赵翠杉、张强生和翠杉的姐姐翠枝。山区的学校本来就不大,初一才一个班,三十多个学生。自然保护小组成员也占了近七分之一了。

陈炳岐觉得自己缺少做学生工作的经验,这样的小组又是才建起的,如果从自然保护的意义说,那倒一点不用夸张,是划时代的事情,怎样开展工作,需要摸索经验。开始时,人少一点,工作可能好做一点。如果工作开展起来后,对孩子们健康成长确有好处,事物本身必然会吸引更多的人。再说,山区较大,要做好自然保护的工作,更应该多建立点。

小组正在讨论问题,小叮当一头闯进来了。梅花鹿的发现,已使他具有了不容怀疑的参加讨论的资格。上午,陈炳岐虽然没有对他进行什么表扬,但心里已开始喜欢上这个活泼伶俐的孩子。

陈炳岐过去听冯叮当的班主任介绍:这孩子平时管不住自己,上课好做小动作,话特别多,学习成绩差一些,他的胆子似乎和他瘦小的身材成正比。

自然保护小组没有吸收小叮当,首先是蓝泉来打抱不平:

“么事不让从小喜爱动物的冯叮当参加?”

接着,他说了不少小叮当和动物打交道的故事。

陈炳岐原来就没有存什么成见,经蓝泉这么一说,心也动了:既然是个小组嘛,就是个集体,集体中应该互相帮助。自己在少年时代也有过不少小毛病,不正是学习小组和共青团组织帮助自己成长的吗?他想第二批就吸收小叮当,没想到生活本身,却这样自然而又迅速地解决了。

孩子们讨论得热烈,提出了一大堆的问题。陈炳岐再一次强调了保护珍贵动物的意义!接着拣当前最紧要的事讲了。对如何观察、怎样做观察记录的问题,他讲解得格外详细。他特别强调观察是科学发现的开始,还引用了巴甫洛夫的话:“应该先学会观察。不学会观察,你就永远当不了科学家。”因为他从孩子们的谈话中发现,有人以为“研究”才带劲,“观察”这个词太平淡了。

陈炳岐很坦率地告诉孩子们:这个地区的梅花鹿,是去年一个叫王陵阳的老师带领的考察组,在考察紫云山珍贵动物时发现的。到目前为止,连动物学界也很少有人知道这里出产梅花鹿。人们一提到梅花鹿,总想那是东北大森林中的特产。因而还没有动物学工作者研究过这里的梅花鹿,究竟它是属于华南亚种,还是一个新的亚种,还有待于大家今后的研究。

除了书本上的一些知识外,在实际中,关于这一带梅花鹿的知识,他也不比他们多多少。就像今天已碰到的问题——梅花鹿生崽时为什么不挑选树林,却偏偏挑了个离居民点近的小灌木丛?这个问题就值得研究。研究清楚了,对将来保护鹿、找鹿,多少能提供一些线索。否则,在这千山万壑的崇山峻岭里,哪儿能找到它们的踪迹?怎么开展保护工作?更别说在开发利用梅花鹿资源时,还要捕捉相当数量的鹿哩!

小小的房间里更热闹了。翠杉说:

“咱前年看过一部电影,记录东北饲养梅花鹿的故事,经过训练,梅花鹿还能像牛一样被赶到山上放哩!咱们要是能逮到鹿,办个小养鹿场多带劲!”

“又能为国家增加财富,又能研究,这叫一举两得。”强生说话,还有板有眼哩!

小叮当一听,更是兴高采烈,忙说:

“咱们明天就去逮！把娘儿俩一下逮来！”

翠杉说：

“拿什么逮？拿你家的鸡罩？梅花鹿可不像小鸡小鸭，跑起来像飞一样。你的两条小腿又细又短，能撵上它？”

小叮当也不服软：

“逮不到老的，咱不能逮小的？它才生下来没两天，能跑过咱？”

“这事靠不住。听咱舅公说，小鹿生下来就会跑，可不像小狗小猫。要不，它不早就让人逮完了？现在山上还能有？”

蓝泉说得有根有据，这才叫小叮当不叮当了。陈炳岐想：还有比捕捉梅花鹿更复杂的事哩！看到蓝泉的话已起了作用，他也就把问题引到怎样保护了。

在议论纷纷一阵之后，陈炳岐要蓝泉履行组长职责，把问题归纳一下。蓝泉说：

“咱们是自然保护小组的，第一得保护它，国家规定，它是属于一类保护的珍贵动物，这说明了它的地位，说明了它的数量已经不多。咱们是保护小组的，更不能让人去伤害它，也要防着别的野兽去吃它。第二，保护梅花鹿是为了研究它、利用它。陈老师也说了，只有了解了它的习性，才能更好地保护它。咱们碰到了这样的好机会，就得抓紧观察、认真观察。”

这话大家都同意了，并且决定轮流值班。

“夜里也要值班吗？”

小叮当问。

翠杉说得很干脆：

“当然要值班！不然，它出了事谁知道？……对了，你胆子只有芝麻大，连夜路都不敢走，这下怎么办？”

“你见过咱看鹿时害怕了吗？”

小叮当抗议了。

陈炳岐说：

“梅花鹿不是夜行性动物，一般说来，夜里不会行动。特别是在产崽育崽阶段，更不会随便在夜里活动。夜里不需要值班。你们还得注意休息，注意安全，也不能影响正常的学习。先按大家讨论的办。省里的同志来了后，还要进一步研究，目前我也没有更好的主意。”

事情就这样决定了。

第二天，陈老师亲自领着他们，伏在威灵仙花丛下观察了一次，并教他们怎样做记录。同时，为了不惊动鹿，陈老师规定了只能隐蔽在这里观察，不能再接近。

在观察仔鹿的形态特征时，发现小鹿身上的白色梅花点子洁白如雪，衬得它黄棕色的毛更鲜艳。特别是在它右侧腹部的上方，靠近后腿和脊背的地方，有个花点特别大。这还不算奇，怪在那个花点子不圆，倒是有点弯弯的。

小叮当说：

“真奇怪，简直像个新月牙儿！”

翠杉说：

“唔！挺有诗意的，它还没名哩！咱们给它填出生证，就填个小月牙儿吧！”

“多拗口。还不如叫小月亮！”小叮当说。

“好！这名字好听！老鹿就叫月亮妈妈。可以！行！中！”

翠杉带头赞成，谁也没了意见。小梅花鹿大约还没想到，它的命名典礼是这样简单。

谁知，天有不测风云。曾经叫你高兴得欢蹦乱跳的事，也能突然叫你跌入失望的深渊，陷进无比焦急的愁闷。

事情仅仅隔了一天。第三天的早晨，轮到蓝泉、翠杉值班。

蓝泉还是趴在威灵仙花、野蔷薇架起的观察所里，通过瞭望孔，观察着前面的小灌木丛。他，高眉骨上两道墨玉下一双眸子，像晶莹的晨星一样闪烁，似是焦急地询问：

小月亮哪里去了？么事听不到它呼喊妈妈？么事也听不到老鹿吆唤它的孩子？

蓝泉在黎明鸟还未开喉时，就赶到了这里。现在，天早大亮了，他还是趴在这里。有只小蜜蜂老是在他头上嗡嗡作响，飞起落下，他没有歪一下头表示不满，可也不晓得这位昆虫界的朋友，今天么事这么亲热？一阵微风拂过，几点露珠打到身上，一阵细雨蒙蒙、茸淡淡的花粉从眼前飘下，这才使他想起：钻进花丛时，头上一定沾满了花粉。

小月亮哪里去了？连叽也不叽一声，小蹄子也不挪一挪。现在可不像前天头次来看你，还要在绿茵茵的草丛中辨出你的保护色……莫非你也是个焐被窝筒的小懒虫，像小胖孩，此时还在梦里把手指头当棒子糖咂巴着！

蓝泉心里翻来颠去地思摸着，就像做数学题一样，一个问号解不了，马上引来一系列的问题。问号和焦急你催我拥，净往脑子里挤。

小月亮，你快叫一声吧！哪怕是轻轻的一声，咱蓝泉也能听得清！

小月亮妈妈！只要你哼一哼，咱蓝泉心里也一块石头滚到底，落实了、轻松了。

四下静静的，只有悠悠忽忽的风，轻言细语地走过草地、树冠，倒是黑脸勾嘴鹛半天一声，叫得挺响、挺得意：

鬼——！鬼鬼——！

鬼，这事还真鬼呢！昨儿临放学，翠枝、强生跟他和翠杉交班时，说得清清楚楚：小月亮母子，愉快地生活在它们家里。傍晚时，它妈妈还教了一节跳高课。蓝泉又一次翻开了观察记录簿，上面正是这样写的。

他记得明明白白，陈老师一再说过：梅花鹿不是夜行性动物，在通常情况下,夜间只睡大觉,不活动。么事只过了一夜,就不见了?

迟到的翠杉,慌里慌张往花丛里拱,一边擦汗还一边说:

“咱怕闹钟放在桌上响得不够劲,特意放到枕头旁边,谁知它净作对,罢工了。姐姐一喊,咱慌得脸都没洗就跑来了。快告诉咱,今早,小月亮妈妈给它上么子课了?”

“还上课哩!到现在,连它们的影子也没见到!”

蓝泉又愁又急,说话的调子也变了。

翠杉以为是来迟了,蓝泉故意逗他,圆圆的胖脸上,依然是睡眼迷离:

“它也学咱,想长成个胖子,睡糊涂了?不跳芭蕾舞给你看,还能不唱山歌给你听?”

蓝泉一丝一毫没有耍嘴皮、逗乐的意思:

“你来看吧!”

一片阴云罩在蓝泉脸上。翠杉慌了,连忙瞪大眼睛去看,支起耳朵去听。

看了半天,什么也没看到;听了半天,什么也没听到。前两天,不但清清楚楚听到花鹿的叫声,就是它们在灌木丛中活动的身影,也看得明明白白呀!翠杉感到问题严重了:

“你来了后,没发现什么异常情况?”

“没有。风平浪静,浪静风平!”

“让小叮当说上了:奇怪!不能急,咱不急,你也别急,让咱想想……这个事嘛……这个事嘛,还是要先查清小月亮究竟是睡懒觉了,还是玩累躺下了。”

“咱来得不比前天晚。就是玩累了,该先看到它玩!”

“姐姐说,昨晚交了班,她又来这儿,直到老鹿和小鹿都躺倒,才回了家。它们夜里可不活动,还能是被虎大爷、豹二爷拖走了?”

“谁晓得呢?”

“咱们报告陈老师去!”

“你真迷糊。夜里陈老师就走了,到车站去接省动物学会派来的人,不到傍晚回不来。”

翠杉不断擦拭圆鼻头上冒出的汗,还直抓头皮:

“咋办呢?哪个办法呢?……”

嗨!天下的事就这样巧,偏偏是出在陈老师走了的时候。梅花鹿还能会掐善算?

“再等一个小时,要是还见不到梅花鹿,咱们再想办法。”

好在今天是星期天,用不着担心上课的事。

三 蹄印消失的谜

两个孩子趴在花丛里，熬过了难耐的一个小时，小花鹿、老花鹿还是没有出来亮相。

他们只得从观察所里撤退出来，又绕到三家屋的西边。两人叽咕了一阵，决定先由蓝泉爬到几块石头那边，学着陈老师的样子观察。

蓝泉趴在石头上，把视线中的灌木丛分成了四小片，一片片搜索、比较。一点梅花鹿的痕迹都没有。他又把刚才观察的次序倒过来，再从一棵树、一块草地搜索，还是什么也没有。胖孩已向他发来了几次询问的信号，回答么事呢？他心急火燎……

两个小伙伴躲在一棵小树下商量，想亲自到跟前看一看。可是又一想：万一梅花鹿还躲在那里，本来没事，倒是让他们一搅，把梅花鹿吓跑了，那可怎么办？可要是真的发生了意外情况，他们还像个傻子样守在这里，白白地丧失掉可以想办法的宝贵时间，又怎么办？

真是难坏了两个小伙伴。左想右想，很难有个万无一失的办法，特别是陈老师又不在学校。从各种情况分析，出事的份儿多，最后，他们俩还是决定去看看，揭开这个谜。

竹林边的桃树下，落了好多桃子。翠杉嘴馋，顺手捡了个就往嘴里塞，还没咬两口，又酸又苦，连忙吐了出来。

“难怪你让肉坠住了，是个馋猫嘛。桃子才露红，毫毛长多长，还能好吃了？是昨儿夜里刮大风吹掉的！”

翠杉哭笑不得，连连咂着嘴。

两人又往前搜索，爬进了灌木丛。忽然，他们像是被蛇咬了一样，同时唰地站了起来，大眼瞪小眼，心里像翻腾着嚼碎了五味的果，说不出什么滋味。

哪里还有梅花鹿的影子！

草丛里只有一粒粒黑不溜秋的鹿粪，被吃过的草苗苗、树叶子，和小月亮母子睡觉时压过的草窝，留在松软土地上的蹄印。鹿粪散发出一股气味，说不出是鹿膻，还是草青气。真是一幅鹿去草地空的凄凉景象。

两个孩子围着灌木丛转了两圈，也没有发现花鹿的尸骸和其他可疑的痕迹。他俩一屁股笃到地上，一句话也没有。两张面孔上流露着失望、焦急和惋惜……

还是蓝泉打破了沉默：

“咱们再搜索一遍吧，看有没有别的野兽的足印，有没有人的脚印。”

翠杉没精打采地站了起来，和蓝泉分头在草丛中转悠着。松软的草地上，只看到深深浅浅、大大小小的尖蹄足印，像是做桃糕的模子。再盯着瞧，桃尖子变成了一个个小花点子，小花点子又变成了小花鹿背上那块月牙儿形的白斑，白斑又变成了小月亮，在他面前模模糊糊地跳动。眼一眨——还是那重重叠叠的尖尖的蹄印。

“除了花鹿的尖桃蹄印，什么都没看到。”翠杉说。

蓝泉却只顾看自己的脚下：

“胖孩，来，看看这里的足印。”

翠杉连忙靠了过去：

“还不是花鹿的蹄印子吗？咱还当你发现了情况。”

“你注意看嘛！这足印到哪里去了？”

蓝泉的声音是急切的。

翠杉一震。还真有点名堂哩！这行蹄印的尖子朝外，又深又大的蹄印旁、蹄印后，还有一行又小又浅的蹄印。桃形的蹄印，像是一条若断若续的小水溪，流出了灌木丛，一直向山上爬去。

这一新的发现，使极度失望、困惑的翠杉，看到了一线希望。他跟在蓝泉的后面，边走，边寻找。

两个孩子只顾寻找花鹿的蹄印，一会儿沮丧、徘徊，一会儿又满怀信心，奋力向前。花鹿像是有意和他们捉迷藏，在松软的草地上走走，又溜到碎石坡上。

蓝泉和翠杉还缺少生物学知识，对梅花鹿的生态了解更少，否则就能从步链上发现一连串问题，地下留存的足迹会告诉他们重要的情况。现在，他们还只能采取这样简单的方法，寻找需要保护的珍贵动物。

蓝泉和翠杉终于精疲力竭地坐到石头上，又陷入了失望、焦急。

事情很简单：花鹿的蹄印到这里断线了，消失在一片光秃秃的石坡上。

开头，他们还以为情况会和已经碰到过的一样，在失去蹄印的地方附近，一定能再找到那两个形影不离的大小桃尖子。事实给他们兜头泼了一盆冷水，情况已经起了变化。老鹿带着小鹿走上了一片石头岗。石头岗上全是袒胸露腹、面目狰狞的黑石头，只有从石缝里挤出来的一两棵小草在微风中摆动。

石岗的尽头是个大哨口。这一带的山区里，猎人常把两山或几座山相交会的地方叫哨口。一般说来，这样的地方总是个小山坳子。猎人通过长期积累的狩猎经验，极端注重哪些哨口是野兽从这山到那山的必经之地。这有些像是咱们平时说的交通要道，或交通枢纽。

石岗尽头的哨口，正是猎人注意的大哨口。野兽到了这里，南去，可到三十九岗大山；西去，可达三根尖主峰；东去，能抵望觉岭。这是从大的方向讲，其实山连着山，岭套着岭，数也数不清，分也分不赢，这叫两个孩子往哪个方向找呢？

翠杉说：

“这下倒干脆，连蹄印也没了。刚才是无影有踪，现在是无影无踪了！像是浮在水上的小鱼，打了个花儿就不见了。”

蓝泉反而展开了沉思的眉头：

“从情况来看，花鹿没被野兽吃掉，只是跑掉了。你分析分析看，它是为着么事跑掉的？”

“为么事？兴许是待腻了……对了，陈老师说过，等小鹿学会了各种本领，老鹿还是要带它到高山去的，这样的山存不住鹿！”

“那它为么事要违反生活规律，在黑夜里跑掉？再说，小鹿生下来才几天，为么事不等它多学点本领？”

“为么事，为么事，还是为么事！倒像是咱把梅花鹿夹到胳肢窝里！你问咱，咱还要问你咯！咱又不是它表叔二大爷。它想在夜里去，咱管不了，你能管得了？”

蓝泉可没动气，反而从翠杉的回答里，觉得自己的想法有些道理。

“么事这样急躁？不能动动脑子？”

“还么事哩！咱们是省里要求成立的自然保护小组。这关系到对整个三十九岗梅花鹿的保护问题，是保护岗上的一个纽结。在动物学家的花名册上，过去还没有这种鹿。这个任务还不重要？好不容易发现了一老一小，三天没到晚，神不知鬼不觉，从咱们鼻尖下面没了！比山窝窝里的云消得还快。咱们怎么交代？拿什么交代？”

别看翠杉是慢性子，平时慢吞吞，但到了节骨眼上，他也会起急，话成串。蓝泉也被他的真情所感动，说出的却是另外的话：

“就拿你这急躁劲儿去交代？”

翠杉闷闷不语，静了会儿，才说：

“依你看，是因为么事？”

蓝泉说：

“咱也没想透，总觉得是腊月天打雷，反常哩。说是老虎、豹子、豺狗来拖走的吧，别说没见到尸骨，连一点一滴的血也没看到。要不是这些咧嘴拖舌头的家伙来了，谁又能把鹿撵走？”

“你说得有道理。”翠杉赞同地说。

“对了，陈老师说过，以食草动物为食物的食肉动物，像豺狗这类野兽，有时是成群结队出来找食，还有计谋和狩猎的方法哩！不一定马上能逮到猎物，先要使劲地追哩！鹿跑得飞快，也够老豹子它们撵的。”

“老鹿能跑掉，就怕小鹿遭殃。”翠杉说着说着，一骨碌站了起来，那架势，像是要和残害梅花鹿的猛兽拼一场。

蓝泉连忙说：

“从发现小鹿那天起，咱就注意打听消息，没听说有老豹子、老虎下山。”

山区里有这样的习惯：凡是碰到豹子、老虎这样的猛兽往居民点窜，谁看到了，都有义务给邻近的村子打招呼，特别是猎人，更有这样的责任。那些家伙常常伤害家畜，有时还伤人。

“要是它们才下山，还没被人发现呢？”

翠杉说得也有道理。

蓝泉又说：

“可现在也没发现它们的脚印呀！”

翠杉忽然想起了一件事：

“会不会是哪个莽撞的汉子，一枪把鹿放倒了？”

“不是说过没见到血印子吗！再说，小叮当家就住在这里，枪一响，他们还听不见？这样的大事，小叮当还不早通知咱们了？”

“这也不是，那也没理，究竟是么事呢？花鹿还能是投河上吊了？”

蓝泉不紧不慢地说：

“咱想了，花鹿肯定是跑掉了。第一，从眼下看来，花鹿还在；第二，花鹿么事跑了，是个未知数。咱们先不用着急，重要的是想办法赶快找到它。”

“咱同意，马上分头找吧。你往东，咱往西，找不到活的，也要见到死的。”

“就咱俩？人太少了。快吃中饭了，你的肚子咕咕叫，咱的肚子也咕咕叫。咱们先回去，找翠枝、小叮当、张强生商量商量，看还有别的好办法没有，再分头出发。”

“行！就这样办！”

翠枝、强生和小叮当一听说看了几天的花鹿销声匿迹了，无疑像是晴天霹雳砸来。

谁也没想出更好的办法。除了小叮当跟翠杉结伴，其他三个大孩子全都单身钻进了深山。

五月的风，掠过了山岭，落进了峡谷，潇潇洒洒地吹过溪水，穿过盛开野花的坞壑，飞腾上高空，把生物世界的各种信息播撒到逶逶迤迤的千里大山。

蓝泉站在花鹿蹄印消失的石头岗，观察、分析着他负责搜索的那片山岭。他看中了东边苍苍莽莽的林海，心想：鹿要是躲避敌人，一定会往那边跑，那里边要躲个鹿，还不像藏根针一样！

他刚拐过一个小山膀子，迎面走来了一个五十多岁的长脸大汉。那人的草帽很自在地偏到脑勺上，露出了亮亮的额头，一杆火枪神气活现地横在肩上，迈步洒脱、利索。长脸大汉见蓝泉仔细打量他，很不高兴地磨过头，折转到另一条小路上。

蓝泉原来想问问他见到小花鹿没有，一看他的样子，也就没有开口。他大概也是运气不好，磨破了鞋底也没碰到只野兽，到现在还两手空空，难怪不舒心哩——蓝泉心里想。没走几步，蓝泉又想起了另外的问题，心里一惊……可是，已见不到那人的影子了。他懊悔得直跺脚。

等到蓝泉吭哧吭哧进到森林时，他突然止住了脚步。森林里奇妙的树木，丰富多彩的植物，美味的蘑菇，黑油油、肉乎乎的木耳，珊瑚花一样晶莹可爱的银耳……这些，都是很诱人的。

是害怕了吗？不错。有时，森林像个幽暗的深渊，那里面也隐藏着毒蛇、猛兽。

对蓝泉说来，闯林子不是第一次，他懂得它的脾性。他想的不是这些，而是——按气候带论，江南属于亚热带北缘，因而，这里的森林也就带有了亚热带森林的色彩。生存竞争、相互依存的规律，使植物世界尽量利用可贵的土地、空间，形成了多层次的植物群落。在森林中走路，要么沿着采集林中各种资源的人蹚出的路影，要么就得带着柴刀为自己开辟道路。从一方面看来，它的任何一个角落，要藏只鹿，是大海藏针；从另一方面来说，要找到一只鹿，也就是大海捞针！

怎么办？浓眉下的两颗黑眼珠转悠着……办法有了，这是个基本可靠而又简单的方法。蓝泉从森林中退出，判别了花鹿进林的可能方向，然后沿着林子边缘仔细寻找起花鹿的足印。

他走过草深齐腰的草甸子，小心谨慎地踏着树桩通过了沼泽地，蹚过了带来深林信息的溪水，从一片片争俏比艳的花丛中穿过……只看到几堆野猪的粪便、黑熊糟蹋过的蜂窝，还有像小牛蹄印一样的足迹，就是没有发现他已有些熟悉的桃形蹄印子！

蓝泉从这山走到那谷，从谷底又爬到高岭，最后只得失望地坐到溪边。

他刚歇过气来，抬头看看西去的太阳，计算了一下时间，准备再往南边去看看。他站起来了，眺望着长满深草和小灌木的山排，为自己寻找、挑选着路径。他扫描的视线刚到达山排的中间时，停在那里不动了——

有片灰黄的东西，在小树林中晃了一下，又融进了青翠的山岭中……那片灰黄的东西，像是一张憔悴的荷叶，在绿水中漂来荡去，时不时碰到了回水湾,几个漩子一打,又向前漂去,漂到水浅的地方,才露出了一根荷秆……啊!是顶草帽!

蓝泉的心怦怦地跳动起来——一点儿不错,草帽下是个人影,他扛着一杆火枪,正在寻找什么。

那个长脸大汉么事又转到那里?么事使他在这一带转来转去?刚才见他没背猎人盛放猎物的背篓,已使蓝泉怀疑起他的行径,懊悔得跺脚;现在,疑窦更深了:

真的被翠杉说中,梅花鹿是被人看上、撵走的?蓝泉也是不久前才听陈老师说,梅花鹿属于国家规定的保护动物。省里根据紫云山科学考察组的报告,颁发了禁止狩猎珍贵野生动物的布告。可是,在这深山里根本没见到这样的布告;就是见到了,凭着一张布告,能叫人不再打那开出的长长名单上的野兽?

不对,这人个条不高,不像是那个长脸大汉。蓝泉心里想:上岭时碰到了一个打猎的,现在又碰到了一个!他们干吗都在这一带转悠?猎人是不大跑空路的,眼下正是忙季,么事有这么多人出来打猎?看样子,不像是出来捡只把兔子、野鸡的,倒像是有更大的胃口……

蓝泉接受了教训,不再去正面碰这个人了,要证实怀疑,只有得到证据才行。他在溪边重新给自己选择了一条路,这是条很难走但是非常隐蔽的路。蓝泉要跟踪这个打猎的人,抓住他的手腕子再和他算账。

蓝泉充分发挥了爬山的本领,想使劲追上那顶飘动的草帽。不知是因为距离太远了,还是那个戴草帽的人也是惯于走山路的,他们之间始终相隔着一大段距离。这虽然叫蓝泉着急,倒也没叫他灰心,浓黑的眉头紧了紧,又松开——主意出来了。

蓝泉借着一些次生乔木的掩护,接近了断崖。他爬上了崖下的一棵小树,伸手够到了崖上挂下的一根葛藤,试了试劲,往上一猴,呼呼地蹿上去。

到了崖上,他往右一拐,穿过一片草地,一下就插到了戴草帽人的背后。两人相距不过二三十步。

前面边走边看的猎人,个子确实不高。从背影看来,倒像是个瘦子。草帽压得低,看不清他的脸面。

蓝泉心里很得意:显然,猎人并没发现后面有盯梢的,他仍然和这里其他所有猎人一样,把火枪扛在肩上,只顾左右搜索,大步向前,头也没回过一次。

正当蓝泉得意时,猎人停住了脚步,侧过身子,偏转头,扫视了一下左右两旁的山岗。蓝泉紧张得连忙缩下身子,连大气也不敢出一口。

猎人的注意力集中在他左前方的山坡。蓝泉这才偷眼看清,那边的山势变了,虽也是山排,山排下却是笔陡的石壁、深谷,山排上是石坡。一码赭色石头坡上,只有稀稀拉拉的草。

奇怪,这样的石岗上能有什么野兽?没野兽,他么事到这儿来呢?

四　赭石坡上

猎人正看着在赭石岗上飞动的一块影子。蓝泉抬头,一只展开巨大翅膀的老鹰,正急速地在上空盘旋。它紧闭着粗壮尖利的勾嘴,闪着冷冷的目光,扫视着山岭,搜寻着猎物。锯齿般的翅棱,像是两把锋利的阔刀,劈开蓝天,纵横飞掠。

蓝泉虽没亲眼见过老鹰怎样猎食,倒是看过鹞鹰子抓小鸡。它在高空叫出一串串模拟唤鸡的声音,小鸡以为是主人投食,连忙奔来,它却一摇膀子,抓起小鸡就走。

蓝泉心想:他想打老鹰?可他的枪么事还扛在肩上,动也不动?还没见过这样的猎人!

老鹰是发现了有人想伤它,还是厌倦了这种枯燥的飞行?它已向高空盘去(蓝泉哪里知道,它是在扩大搜索的范围)。

突然,有只黄灰色的小动物,像箭一样在山坡上飞驰。正当蓝泉看出那是一只野兔时,老鹰已斜过膀子,追了过来。赭石坡上一片魔影跟随野兔飞动。

兔子,是种温和而可爱的三瓣嘴小动物,在童话中常被描写成热爱和平、宁静、友好的形象。它弱小,受尽食肉动物、猛禽的欺凌。在生存竞争中,它的防卫武器主要是机智、伶俐,加上四只善奔有力的短腿。但是,在黑鹰的攻击下,它显得那样无力,就像最快速的汽车遭到飞机的袭击一样。更为严重的是,小兔被追到这块绝地上,它失去了植物世界绿色帷幕的掩护……

“啊啊!”

老鹰猛叫一声。尖锐、凌厉的声波撕破了寂静的山谷,震撼人心。那股咄咄逼人的狠劲,使它像是颗长翼的黑色炮弹,带着呼啸,对准小兔射来……小兔拼命地跑着,简直是贴着山坡飞。

蓝泉急得要喊起来。

可是,那个猎人还是把枪横扛在肩上,一手半托半按着枪托底部,站在那里一动不动,像是泥塑木雕的。

黑老鹰尾巴向上猛翘,头向下一扎,挺出腿,伸开利爪,冲向兔子……

蓝泉闭起了眼睛。

等到蓝泉睁开眼睛时,闯入眼帘的黑老鹰却已升起,正缓慢地爬高。它的爪下空荡荡的,腿又收缩在肚皮下。

蓝泉惊奇了,连忙向山坡上寻找——嗨!一块稍稍凸出的石头下,正藏着一个黄土土的毛团子哩!多机警的小兔!它突然躲到黑老鹰攻击方向背面的石头下,避开了致命的一击。

经过两三次盘旋以后,黑老鹰从懊丧中恢复过来,又抖擞起精神,有力地扇动了两下翅膀,掠过灰兔躲藏之处的上空。

小灰兔也施行起推磨子的战术:老鹰从前方来,它溜到后面;老鹰一歪膀子,闪到了左边,小灰兔转到了右边。

除非老鹰能够垂直起飞降落,否则,还真难下手哩!但是大型的鸟类,它们都无法做到这一点。

蓝泉想起陈老师说过,有的鸟,甚至如飞机需要跑道一样,有一段加速的过程,才能起飞。譬如:美丽的天鹅起飞时,需要一定的水面作为跑道。起飞时,天鹅紧扇两只宽大雪白的翅膀,两只有蹼的脚迅速而有力地在水上轮换拍打,奋力击水,溅起云雾一样的水花,划出一道如烟似霞的闪光的带子,逐渐升高，离开水面。升腾到了天空，天鹅才慢慢收起双腿。这种壮观而又优美的景象，在公园里吸引着无数的观众。其实，这是它起飞时必不可少的助跑。

陈老师还说过这样一个故事。一群天鹅，不知是因为飞累了，还是被丰美的食物所引诱，落入了森林中的一口小池塘。等到它们再作旅行时，却发现这口小池塘的水道太短了，周围的森林太高太密，它们起飞后，无法达到森林的高度，越过树梢，跃入蓝天。从此，再也听不到它们像吹奏铜管乐一样的歌声，它们每天只是伤心而又绝望地哼着。

后来一些好心的猎人发现了它们，在砍伐了一些树木以后，美丽、洁白、优雅、高贵的天鹅，才离开了“囚禁地”，回到蔚蓝的天空，自由歌唱，自由飞翔。

黑老鹰虽然无法立即抓到小兔，小兔却也无法摆脱掉敌人——一边是深谷，一边是山坡。唯一的出路，只有跑过一段光秃秃的石头坡，冲到蓝泉和猎人停留的这片绿色的海洋中。那时，老鹰也只好望“林”兴叹了。

蓝泉对猎人不满，为么事不举枪把老鹰打下来，帮一帮小兔的忙？要不是寻找小鹿的任务使他清醒过来，他都想夺过枪来，亲自揍下老鹰。

力量悬殊的相持，是不能长久的。相持是意味着双方都在为更激烈、更残酷的搏斗作准备。

小兔有好几次想趁敌人不注意时溜走，结果又被迎头逼回来。黑老鹰又采取倾斜状圆圈式的盘旋，两次企图从侧面袭击，可小兔躲开了。

经过这一连串的挫折后，黑老鹰失去了刚才的凶悍、刚健，没精打采地半天扇动一下翅膀，随着上升的气流，懒洋洋地滑翔，盘旋的半径也愈来愈大。蓝泉感到它那黄黄的眼珠子似乎还在盯着那块石头，不过，可能是既不甘心，但又不得不罢手吧！

小兔一看魔影不在面前飘来晃去，两只后腿猛然一蹬，离开了石头，向树丛中飞奔。谁知它刚暴露在山岗上,似乎早就算到了这一招的黑老鹰,奋力一摇膀子,侧转了身,斜刺扑来。

蓝泉不禁轻轻叫了一声:

“完了!”

小兔智穷力竭,被吓得高高纵起一跃,却重重摔了下来,跌在一棵长着稀疏枝条的小树下。是摔疼了,还是摔重了?只见它微微晃了两下身子,就一动也不动了。而黑色的利箭却正向它射来。

小兔,小兔,你么事在这节骨眼上摔了跤?快爬起来,快呀!赶快跑!两把黑亮亮的刀向你劈来了,锋利的弯钩子向你伸来了……

黑老鹰乐了。为了更好地攫取猎物,它潇洒而自如地轻轻一转,摆平了身子,冲向了小兔。

只见小兔前脚轻轻一动,一根被压的树枝猛地向上弹起。黑老鹰见一条黑影抽来,马上偏头。谁知已经迟了,树枝正抽在它的眼睛上!意外的突然袭击,打得它惊慌失措,连连扑拉翅膀……

小兔早已射出几丈远,驰骋在山岗上。

靠着丰富的飞行经验,黑老鹰终于飞了起来。它虽然吃了苦头,但毫不气馁,还没爬到一定的高度,扭头摇膀子又追。

小兔对黑老鹰的刁滑、凶恶估计不足,没想到它这么快又追了上来,只得更快地飞奔。这个估计上的差错,使小兔濒临绝望的境地。谁知,还有更意外的情况在等待着它。

正当它运足力气飞奔时,突然发现前面有个它更加害怕的草帽,草帽下站着一个人。小兔只打了一个愣怔,连忙拐弯。这个弯拐得太急了,差点使它翻个跟头。它不顾一切,又转头向回跑去……

这个突然的动作,正是黑老鹰意外的收获,缩短了距离不说,又处于最有利的、正好可以展开迎头痛击的位置。

小兔似是惊慌失措，就地打了个滚，仰面躺倒。它紧紧地蜷起四足，放在急速起伏的肚子上，睁大血红的眼睛，死死地盯着向它劈来的敌人。

动物世界，从来没有文明的法则。黑老鹰也未产生怜悯举手投降者的丝毫情感。它兴高采烈地伸出了利爪，准备先猎取胜利的果实，然后再带到天空，采取投掷法，处死这个兔崽子，美美地大吃一餐！

猛然间，小兔用尽平生的力气，哗啦一声，放出掏洞挖土的利爪，拼命喊叫……

黑老鹰惨叫一声，扑棱起翅膀。小兔以迅雷不及掩耳之势，翻转身，撒开腿就跑，卷起的一片片羽毛在后面飞旋、飘荡……

黑老鹰挣扎了几次，好不容易才飞了起来。一滴一滴的鲜血从天空落下。

蓝泉心里比吃了蜜还甜，一直目送那黄土土的身影消失在山脊后面。他没想到，这个温和、善良、弱小的兔子，在危险时刻，竟能毫不畏惧，拼死一战，居然打败了凶恶的敌人！这使他想得很多、很远……要不是那顶灰黄的草帽子又飘动了起来，他会还沉浸在愉快的遐想中。

他一清醒过来，马上想起了丢失的梅花鹿，想起了这个“草帽子”的古怪。在这一二十分钟的空对地的厮杀中，他始终没有动一动。他是个猎人，么事不打鹰呢？……

是因为鹰肉不好吃？蓝泉听老辈人说过，鹰肉又紧又没滋味，吃它，像嚼一块烂木头，还有一股难以名状的怪味。可他又么事不打兔子呢？兔子肉可是又鲜又嫩，也能卖上大价钱……

可以肯定：“草帽子”不是一般的猎人！

难道他是为梅花鹿而来的？一点不错！否则他不会在这里转悠！不会连兔子也不要……对了，他怕放枪引起山谷的震响，惊动了梅花鹿……一点儿不错，只有打梅花鹿的人才不轻易放枪……

蓝天上飘起一条条雪白的云带，扯起缕缕云丝，像是把千件轻纱、万卷蚕丝抖到了碧蓝的江水里，随着流淌、漂洗。

太阳快落山了。画眉鸟、黑领噪鹛一个劲地唱着，婉转、悦耳的歌声在山岭上回荡。小文鸟成群地飞来飞去。山树莺、白头鹎都在繁忙地叫着、飞着。

蓝泉继续紧跟在“草帽子”后面。“草帽子”迈步很均匀，既不快也不慢。有的地方，他低头瞅瞅；有的地方，他扫上两眼，只顾走路。刚到山脊上，灌木丛和次生林突然断头了。前面是斜斜向下的山坡，齐膝深的山茅杂草像绿毯一样，把山坡盖得严严实实，跟踪的蓝泉失去了隐蔽。

情况逼得蓝泉要当机立断，采取措施。要么放弃跟踪，随他往哪里，明天再说；要么……虽然这不是他计划中的，但又有什么好办法呢？梅花鹿失踪已经整整一天了，再这样前也不是，后也不行，真的被他找到……

“站住！”

“草帽子”被这突如其来的喊声震得一惊。

蓝泉原来不是想这样喊的。不知么事，话一出嗓门，却变得如根棒槌一样砸了过去。变了的腔调，把自己也吓了一跳。蓝泉钻出了树林向前跑去。

蓝泉看“草帽子”停住了脚，枪还扛在肩上，头也不回一下，便紧了紧脚步。下坡路，更增加了他的汹汹气势。蓝泉没收住脚步，眼看就要和那人撞上。谁知“草帽子”却猛然一转身，两手抓住了蓝泉的肩膀，把他按住，像是按着一根要打的桩。

两人一抵面，四只眼睛都瞪得又圆又大，惊奇得说不出话来。

草帽下，一张白皙、透红、瘦削的脸面，两道粗重的眉毛躺在高耸的眉骨上，眉梢还戳出了几根白色长寿眉。尖尖的鼻子，短粗的胡子密匝匝的。稍稍向外突出的下巴，方方的。下陷的眼眶中，两颗黄眼珠正把严峻、惊讶的光射在蓝泉的脸上……

“舅公！”

从惊慌中醒来的蓝泉，轻轻地嗫嚅了一声。

“混伢子，么样旋子风，把你从学校卷到了山上？”

舅公的目光还没从外孙子的脸上移开。

蓝泉怎么也没想到被自己一直盯梢、跟踪的灰黄草帽下的人，是亲舅公！

雷大爷做梦也没想到，从林子里冒出来的孩子，是自己的亲外甥女的儿子！

蓝泉不情愿地一扭身，从叫人肩膀酸疼的手中挣出。

蓝泉对舅公又亲热，又敬畏。么事？

——在这千里大山的东边，有座白鹿崖。白鹿崖的远远近近，聚居着一部分畲族兄弟。相传，这部分畲族兄弟是从福建、江西、浙江一带迁徙来的。由于长期的封建反动统治，加上其他种种历史原因，为了民族的生存和发展，畲族兄弟采取了小集中、大分散的布局，生活在祖国南方几省的崇山峻岭中。解放后，畲家人翻了身，成了五十多个民族大家庭中的一员，和各兄弟民族和睦相处，过着幸福的生活。

正是由于这样的情况，除了在畲族人的节日里，否则即使在畲族人的聚居区，也很难从服装上认出畲族人。但是，对民族学稍有些知识的人，还是能从面貌、生活习惯上，看出畲族人的特点，从蓝、雷、钟三大古老的姓氏上，分得清谁是畲族人。（畲族史诗中记载了古老姓氏的来源，很富诗意：“长子盘装姓盘字。二子蓝装便姓蓝，第三儿子正一岁……雷公云头响得好，笔头落纸便姓雷。……女婿名字身姓钟。”后来，盘姓奔向大海，从此失传。）

畲族的风俗习惯，对母亲家的亲属特别尊重，舅甥之间也特别亲密。

尽管蓝泉喜欢舅公，可失踪的梅花鹿在他的胸口又撞又蹦：

“舅公，是么样野兽的足印子，把你引到了山上？”

雷大爷被外孙子这反常的、不开笑脸的神情闹蒙了。常说：天上没有乌云，地下没有阴影。是么事让这小伢儿这样？平时一见到我，蹦跳得比山雀还要欢，今儿咋的？

雷大爷在外孙子的脸上瞅来睃去，还是没看透他的心思，只觉得有件不寻常的事在孩子心里翻腾。雷大爷不禁软下了脸：

“学校放假了？单身一人闯到深山老林干啥？碰到老虎、豹子，可不是玩的！”

雷大爷说着坐了下来，又来拉蓝泉坐下。蓝泉没理茬儿，口气一点也没软：

“你见到老虎、豹子了？”

“凤凰是找灵芝，才往大山飞的。蜜蜂是为酿蜜，才钻进花朵。咱不是为碰到老虎、豹子，才到山上来的。”

“你来找么样奇花异草？”

这种审问的口气，让雷大爷有些作气。自打解放这么多年，谁还敢以这样的口气，对他这位刚强、好义、勤劳的老人说话！

“小燕子还在窝里，老燕子喂食的时候，就教它该怎样叫唤。你长得都快有老舅公高了，娘老子还没教会你怎样说话？”

雷大爷还不知道，小外孙子盯他梢到现在哩！

蓝泉一想，真的，咋能这样跟舅公说话？要是让爸爸、妈妈知道了，不赏两巴掌才怪哩。他连忙挨着坐到雷大爷身边：

“好舅公，咱心里有急事，你别生气，要打要骂都成！只是快跟咱讲，你扛根枪到山上做么事？”

雷大爷的气消了一些，他掏出烟袋，一边吸着，一边想着是么事令孩子这么急，又老是追问。

“想知么时好下种，心里得记住二十四个节气。咱先问你，现在是么季节？”

“这还用问？麦子割了，秧也插了，眼看端午节就快到了。”

“说得不错。田也耘了两遍，咱得扛枪上山了。”

说到这里，雷大爷故意把话打住，想看看蓝泉的动态。

“这不是眼前的事吗？枪还在你怀里！舅公兴致好，扛枪到山上闲溜达看风景、晒太阳、散心思。”蓝泉也在使心眼子。

“亏你还是畲家的孩子！眼下正是花鹿长茸、下崽的时候，咱能躺在家里，等它送货上门？”

“打梅花鹿？”蓝泉强按住自己没跳起。

“不打梅花鹿，还能打毛冠鹿？毛冠鹿不长那个宝贝疙瘩的茸角角，就像马驹子头上不长角一样。”

看看，这不是？咱瞅他的样子就像！要不，么事连小兔子都不打呢？竹篓子也没背呢？咱一点没怀疑错。蓝泉心里想归想，可面子上还装作平平淡淡的：

“打到了？”

“前两年，咱腿上的老伤发作，不好使，没带班子上山。几个伙计吵得像麻雀打架，说是尽让旌泾来的班子牵了肥。这两天，耘田耙一放，伙计们又吵着要上山。咱说，今年春上冷得长，约莫茸还没长好。没熟的瓜，摘不得。不问季节，站到杏树下，只能望着青杏淌口水哩！他们硬是不听。这不，上山转了两天，也没看到一个中意的，铳子都没响。”

提起这事，雷大爷对性急的伙计确实有些意见。

蓝泉听说他们没打到鹿，松了口气。舅公说带了个班子出来，使他想起碰到的那个人：

“那个长脸大汉，也是你带出来的？”

“噢，他叫蔡光金。咱这班子有七个人哩！”

蓝泉觉得情况基本上摸清楚了，干咳了两声壮壮胆，很庄重地说：

“梅花鹿不准打了！”

雷大爷偏着个头，重新把蓝泉上上下下打量了一番，又以为是自己听错了：

“你说，么子不准打？”

蓝泉以为六十多岁的舅公耳朵背了，只得放大喉咙：

“舅公，你听清了，是梅花鹿！”

“哈哈！”雷大爷刚才瞅着蓝泉那副模样就气得想笑，现在笑得更开心了，“野兽山上长，谁打归谁有。这是千年古话，万年的章程。你能管住斑鸠在哪棵树上拉屎，八哥在哪条河边撒尿？谁能管住不准打花鹿？”

蓝泉也有些沉不住气了：

“咱们能管住不准打。”

“进庙的修佛，入伙的打劫。咱还不知道你是哪门子人呢！”

“咱们是自然保护小组！”

“活了几十年，这是第二遭听说不准打花鹿。头遭是三十多年前的事，那是石门王山霸说的。这几年，新词像猴子翻纱帽——层出不穷，可也没翻出这个‘自然保护小组’来！”

“刚刚成立的。过去又没有，你当然没听说。”

雷大爷无论如何也不相信这样的话，哪能有这样的事呢？再一想，这里兴许是有啥弯故经：

“啥人也不准上山打猎？”

“眼下专管保护梅花鹿。陈老师说，等以后考察清楚，看看还有啥珍贵动物，再列名单。”

雷大爷从蓝泉话里的“陈老师”三字中，觉察到了问题。

“是你们学校兴起的？”

蓝泉点了点头。

“癞蛤蟆不吃人，样子难看。小伢子，吓人一跳！咱还以为国家规定的！”

这句话倒提醒了蓝泉：

“是呀，是国家规定的！陈老师说，前几年，林业部门因为自然生态系统遭到破坏，好多珍禽异兽被乱捕滥杀，公布了应该受到保护的野生珍贵动物。梅花鹿在里面，属于第一类哩！”

雷大爷用手指点了点蓝泉：

“你以为舅公连政府的法令都不晓得遵守？公社、大队从来没宣布过这事呀！再说，咋个保护法？你能织个大网把这大山罩起来？你能用铁链子把豺狼、老豹子、老虎的腿都锁起来？”

蓝泉张了几次嘴，可也没想好该说的话，只好说：“咱们反正一定要护住梅花鹿，不让猎人打，不让别的野物伤害它！”

雷大爷无法相信这样的事情，但似乎明白了孩子为啥在山上转悠，虽然没想到被当成怀疑对象盯梢，但也约莫清楚孩子注意到了他：

“真是捡个红枣当火炭吹，你们这些小萝卜头子，是为这事在山上转？”

“咱也在找花鹿。”蓝泉又作试探，“我们的花鹿丢了，是你们撵走的吧？”

雷大爷想：今儿是怎么回事？像是给人推到白鹿崖下的雾谷里去了，尽是叫人猜不透，摸不着。猎人最注重道德，他打猎几十年了，小心谨慎做人，生怕在打瞌睡的时候，做下一星半点留下当话柄子的事。除了过去在石门国碰到的事以外，谁也没疑心他会抢走别人正在跟踪的鹿！到老了，还被人疑成个贼！还是自己的亲外孙，这话到哪儿去说？

“你们……你们养了花鹿？”

蓝泉听出舅公的话音，只好从在三家屋后山坡发现小月亮母子，讲到它们失踪……

雷大爷听完了蓝泉一枝一节、详详细细的说明，肚里的气消了不少。他们毕竟是求上进、做事认真的孩子，又是老师要他们做的，也许真有些自己还不明白的道理哩！

“你见过哪个真正的猎人打草鹿?”

“咱说的是梅花鹿,不是草鹿!”

蓝泉赶快声明。

“咱们打猎的人,把能下崽的母鹿叫草鹿!”雷大爷用烟袋锅在蓝泉头上敲了敲,“仔鹿更没人打。猎人只打长茸的公鹿,又叫茸鹿。母鹿不长茸。这就像是公鸡只能打鸣,母鸡才会下蛋一样明明白白。真正的猎人别说不打草鹿,还要护着哩!把母鹿打掉,生不了小鹿,山上哪还有茸鹿打?”

这下轮到蓝泉发愣了,这样简单的道理,咱怎么没想起呢?

“舅公,你说真正的猎人不打母鹿、小鹿,这不是说,也有人打母鹿、小鹿吗?”

雷大爷的眉毛一拧,声色俱厉:

“咱碰到了这样的人,饶不了他!咱带的班子里,没人敢做这样缺德的事!”

蓝泉不得不相信舅公的话,可是心里的疙瘩还没解开——小月亮的命运不清。

“舅公,依你看,咱们的小花鹿是碰到了么事,才急慌慌在夜里跑掉了?”

“唔,从你讲的估摸,不像是去了野兽……”

雷大爷是个谨慎人,只讲到这里,蓝泉再怎么问也问不出话了。

找了一天也没见到小月亮的影子,蓝泉又累又愁地往学校走去。

蓝泉的身影刚消失在山岗上,雷铜岭一紧腿,跟了一段路。到了岔路口,他却猛折身子,蹚着深草,向三家屋走去。

五　不卷尾巴的狗

“小叮当,快走！你要能把太阳磨蹭得不落山,咱就在这里陪你过年。”

树林很密,又阴暗,看不清小叮当在干什么,也听不到他走动的响声,眼见用话还拽不过来,翠杉只好往回走。单独和小叮当出来,翠杉处处显出大哥哥的样子,总是想方设法照顾他。

小叮当站在一条小溪旁。翠杉看他正向远处出神地看着,推了他一把。小叮当打了个趔趄,等到站稳,紧张地拉住翠杉,转过脸来:

“你看!”

翠杉像被什么猛然撞了一下,冲击得透不过气来,瞪大了已经够圆的圆眼,探着个身子,一步也不敢迈,生怕眼前那个宝贝儿会展翅飞了:

“蹄印！是只花鹿的蹄印?”

声音细微得像是在问自己。

“不是明明白白摆在你跟前吗!”

翠杉下到溪边,左打量,右研究:

“着啊！是花鹿的蹄印！乖乖隆地咚,它跑到这儿了……”

翠杉一蹦三尺高,似乎是在宣布一个重要的发现。

“嗓子眼不能捏小点吗!”

翠杉高兴都来不及哩,还在乎这句搡榜人的话？小溪边有一片流水冲淤的沙岬,沙岬上留下了四五个尖尖的楔子一样的蹄印。有两个印子特别深,楔子尖正对着潺潺不息的流水。

“小月亮渴坏了,跑到这儿找水喝!咱说要钻林里找嘛,老在山头上像寻魂似的转悠,有么用?这不,嗨嗨!还真是有缘碰破鼻,无缘寻不见哩。”

一想到不久前和小叮当的争论,翠杉的得意劲,简直要把蓝天戳个洞,圆圆的脸上闪光流彩的。

和蓝泉、强生、翠枝分手后,翠杉就领着小叮当爬岗攀岭,急急忙忙从这个山头转到那个山头,似乎是掐准了小月亮母子一定躲在哪个山头,只要把分给他们的山头跑完了,花鹿当然也就会走出来。谁知一根鹿毛也没见到。小叮当叽咕:

“站在山头上瞄瞄就能找到鹿?”

翠杉说:

“还能每棵草都扒拉扒拉?那要到么个牛年马月,才能把这片山岗岗跑完?”

等到空跑了一个个山头,小叮当又提意见了,这次态度很坚决:

“再不和咱商量商量,就这样胡乱跑,咱们就分家。”

翠杉一想,他人小,身体单薄,要是真的分了家,那不是欺负他吗?别人不说,自己也抬不起头。又一想,这样漫山跑,没个重点,也是有点问题的。于是,他停住了脚,和小叮当商量起来。

翠杉想,既然山头上不见花鹿的影子,看模样还是钻森林里去了,立意要往林子里找。这样不是既有了目标,又有了重点吗?

谁知小叮当说,小月亮和它妈妈就没往深林跑,连小树林都没去,还是往像三家屋后面那样的小灌木丛里找吧。翠杉鼻翼一扇:

“别犯经验主义,那是老鹿坐月子的地方,老豹子、豺狗撵得紧,还能再藏到那样遮不住屁股的场地?”

翠杉看小叮当不言语,来了个激将法:

“咱想起来了,你胆子小些。这也难怪,长得一把骨头,胆子还能不是瘦瘦小小的? 你坐林子外面等着,咱进里头找。”

小叮当急了:

“爬山翻岭到现在,见咱输给你了吗?”

这倒不假,翠杉使劲跑也没落下他。于是他俩统一了意见,钻进树林。此时小叮当只顾思摸蹄印带来的种种问题,来不及对翠杉的话挑刺,说:

“它像吗? 是花鹿的小蹄子踩的?”

“怎能不是? 咱和蓝泉在三家屋后的山坡上看这种蹄印,把肚子都看得发撑——头子是尖的,有两个蹄块子,像做桃糕的模子一样,后来又指给你们看了。”

翠杉认准了一件事,从来不容别人怀疑。

小叮当却没他这样干脆:

“要说像桃子,不如说像枣核尖哩! 头子尖溜溜的,也太小了点。”

“老鹿的蹄印大,小鹿的蹄印小。”

“没见到大蹄印子呀! 老鹿呢? 奇怪!”

“唉! 说咱胖了迷糊,你是瘦子也迷糊。咱和蓝泉分析了:老豹子、豺狗一来,把它们娘儿俩冲散了。”

“能断定是老豹子来了?”

“照你这样说,花鹿还真能是被太上老君牵了回去?”

噗瑟瑟——一阵阵响声把两个孩子吓了一跳。

俩跟抬头一看,原来是两只松鼠从那边枝头打到这边树梢,红红的两颊像是化好了妆准备登台。小叮当捡了个石头砸过去,那两个小东西尾巴一甩,不见影了。

小叮当老觉得像小鹿的蹄印,可又有些古怪,但说不出所以。翠杉又说得头头是道,他也没门儿了。想了想,他还是提出怀疑,说:

“能断定是小月亮来这里喝水?”

“哎呀呀！咱的冯叮当同志,小月亮本来就是靠喝奶,这是你亲眼见的。娘不见了,它不喝水还能吃奶糕?”

“糟糕！小月亮没奶喝,会饿伤了身子。”小月亮吃不上奶的问题,打动了小叮当,他急得跺起了脚,“咱们赶快想办法。”

“这回咱俩想到一块了,事不宜迟,立马行动。沙上印了清楚的足印,回到岸上的看不清了。”

“小鹿走过去时,留下了路影子,那不是吗?”

真的,林下的地上,藤条、金刚刺长得很兴旺。在这样的地上找蹄印,可不是容易的事情。要是净找小鹿落蹄的地方,半天也难迈出一步。翠杉愁过这事,经小叮当一说,他才发现:小鹿经过的地方,不是把草带倒了,就是把叶子碰翻了——断断续续的影子,像是天上飘忽的云丝一样。翠杉从心里佩服起小叮当的眼力。

小叮当在前面领路,他们循着这条绿蒙蒙的影子往前寻找。

笃笃笃！笃笃！

树林里传来很响的敲树声,像是尖头锤子在敲击,小叮当却步了。

“是啄木鸟。”

翠杉猜到了他的心思。

小叮当脚步快了一些。啄木鸟他熟悉,这一带有好几种,羽毛有绿的、黑的、斑的,他都认得,但那是在小树林里,或村前屋后、校园里。小叮当虽然生活在大山,但还从来没单身进过这样大的林子,也没听过啄木鸟在树上的敲击声有这样大、这样响。也许是林子上空回音大的缘故吧！

哈——哈！哈——哈！

这种似是怪物的笑声,被森林的回声一改造,格外粗粝而又洪亮,乍进森林的人,能听得头皮发炸,汗毛竖起。但刚才翠杉已作了说明,而且正走在身

边,小叮当的胆子也就壮了。他一边随手捡了个石子向枝头砸去,一边还轻声对翠杉说:

“是只绿的。”

果然,一只羽毛绿亮亮、光闪闪的啄木鸟飞起来了。翠杉心里说:这家伙真鬼哩!他还识鸟音!

不一会儿,路更难走了,翠杉只好到前面,用钩头柴刀开路。山区的孩子一上山,腰里就别把柴刀。这柴刀插在木匣子里,木匣子两头有绳,拴到腰上。小叮当妈妈就小叮当这么个宝贝疙瘩,从来不准他进林子、深山,当然也不轻易让他带这样的兵刃利器。

一棵枯树倒了,但梢头搭在另一棵树上,刚好拦在路前。枯树上面长满了鲜红的毒菇,翠杉不想动手搬,举起柴刀就砍。嘿!一刀还砍不断,翠杉狠狠用劲再砍。半拉牵挂的烂树倒下了,轰隆一声。不远处也响起了哗啦啦声,一只小野兽跃身而起。

“小鹿!”

翠杉提脚就追!

身后的小叮当连忙撵上,只见前面的草丛、小灌木乱晃。棕褐色的脊背、竖起的耳朵、闪亮的眼珠时时在草缝、树隙闪动。

别看那家伙不大,跑起来又快又精又刁。它紧紧贴着深草、小树,就是不让你仔细瞅瞅它。

没撵多远一截,前面那个小东西就消失在树林里了。

翠杉一边跑,一边高兴地说:

“嗨!三家屋后不见它的影踪,谁知是跑到这儿藏猫猫来了。小叮当,能不能撵上它,就看你的了。”

小叮当气喘吁吁的:

“奇怪,么事没看到它身上的梅花点子?”

“你想找那月牙儿？那是望着月亮摘桂花——想得挺美！它不是在三家屋后的窝里，站那里等你照相，现在是跑反，逃命！草这样深，小树棵子这样密，连身子都看不清，还能看到梅花点子？”

“么事也不叫呢？”

“嘿嘿！可惜你不是它妈，吆唤不出那种声音来。要不，兴许它还应你一声。”

“那……”

“小叮当，你别再这呀那的。咱问你，没看着它眉毛胡子是实，可它大样子像不像鹿？这该看得清了吧？”

“倒是像哩！”

“着啊！这还不行?!”

等他俩好不容易撵到刚才小鹿消失的地方，别说找到它，连原来影影绰绰的路影子也没了。两人刚要分开往左右去寻，呼隆一声，像是踏响了埋的地雷，从身后深草棵里蹿出了小鹿。

等到小鹿的踪影再一次消失后，连翠杉也只好停下喘气擦汗了。早半天和蓝泉在金竹山没少跑路，实在有些累了。但是，汗还没干，小鹿又在眼前浮现出来，像是有意挑逗他。

“小叮当，咱俩不能歇，它也累哩。咱们喘过了气，它也歇出了劲。一鼓作气撵下去。只要抓住它，路也不用你自个儿走了，咱把你和它穿成个裢褡，往身上一背，你在后，它在前。”

小叮当笑了，胖孩今天的嘴，么事这么甜蜜蜜的！是扒了一窝蜂蜜吧？

“行！抓不着，能知它窝哪儿也是胜利。”

翠杉已经站起来了，小叮当一把拉住了他：

“听听，么声音？”

鸟雀扑扇翅膀，急急忙忙向远处飞去。

一阵风掠过树林，掀起了轻波碎浪。

森林里异常寂静，连一声鸟叫也听不到。

“没么事，走吧。”

小叮当一边站起来，一边说：

“奇怪，么事静得连雀子都不叫？”

还没挪两步，翠杉站住了。连他也听到了咔嚓一声，随后，树林里又重归静寂。翠杉从刚才像是枯枝被踩断的碎裂声，感到那是个大家伙，他有点紧张了——常听大人说在森林里遇到了豹子、黑熊……

翠杉用力按了按小叮当的肩，两人半蹲半跪地隐伏了下来。

小叮当用手指了指左前方的小灌木。翠杉看到了，灌木在直晃动哩！不一会儿，隐隐地露出了野兽褐灰色的毛衣，接着，它的嘴脸、身型都暴露出来了。

“唉！”翠杉长长地舒了口气，“把咱吓坏了，原以为是山神爷爷看咱跑得辛苦，送来了熊掌慰劳哩，谁知是你家的小白脸来找你了。快吆唤它！”

小叮当只是瞪着眼，瞅着那家伙。直到翠杉用胳膊肘拐了拐他，他才嗫嗫嚅嚅地说：

“不是咱家的狗。这家伙嘴大，舌头也拖得长，耳朵尖竖竖的。咱家小白也没这样大的身架子。真奇怪，哪里来了这样一条大狗？奇怪！”

“唔，还真不像哩！喏，屁股上也没长两块白毛，尾巴也比你家小白的漂亮，蓬蓬松松的毛，多像刚才看到的松鼠尾巴……对了，还不如说是拖了把大扫帚。”

“拖了把大扫帚……别不是狗……”

“真有你的，不是狗还能是狼？”

“难说……”

“亏你还养狗哩……着啊，你养的小白是条土狗，只有看鸡看鸭、接你送你的本事。咱可见过大狼狗,电影上见过军犬,有次到城里还见过警犬。军犬、警犬就是这样威武、吓人。就算它是狼吧,你也不用怕,有咱哩!"翠杉在小叮当面前晃了晃明亮的柴刀,"它也不是吃素的,你别胆子小就成。"

小叮当却偏过头去,用脸试了试风向:

"咱们在下风,要跑也来得及,它又未发现咱们。"

翠杉说的那条狼狗,真的没理会他们,只顾在地下嗅着,走自己的路。

扑噜噜一声,躲在附近的小鹿沉不住气,跑动起来了。狼狗哼也不哼,只是紧了紧肚子,撒腿就追。

正迈步的翠杉被小叮当死劲拖住:

"慢,咱看它有些奇怪——它的尾巴到现在也没卷一下,只是拖着。咱家的小白可是摇头摆尾的。"

翠杉说:

"你忘了,咱们么事要钻林子?是条狼狗,问题不大。要真的是条狼,还非要从它嘴下救出小鹿哩!"

说完,他一拧身子举着柴刀冲了出去,但也没忘了留下一句话:

"你在这儿待着,别动!"

接着,一声响亮的喊声震动了森林:

"冲啊!啊啊啊啊!"

小叮当随手捡了块大石头站了起来,可腿不听使唤,无力、迈不开,只是慢慢地跟在后面。

刚才小鹿灵巧地和狼狗兜着圈子,紧紧贴着深草和小灌木。眼看狼狗兜头拦住,它却一折身子往左跑,狼狗连忙向左扑去,小鹿呼啦一下从右面突围了。狼狗只顿了一下,连忙掉头追赶。小鹿已蹿到一棵大树的后面。

翠杉惊心动魄的喊叫,惊愣了正在追逐小鹿的狼狗。它偏过头来,闪着阴冷泛绿的眼光,血红的舌头舔了一下嘴角,喉咙里低沉地咕哝了一声,表示了愤怒。

不知是因为它也有些怕翠杉，还是因为唾手可得的美味即将失掉，它一弹身子，又去追小鹿了。

别看翠杉平时有些迷糊，危急时刻脑子反而异常清醒。譬如刚才的一声大喊吧，就很有些名堂，一是为了给自己助威，二是为了试探一下是狼还是狗。

他想，如果是狗，这一声不说吓跑它，也该引起它叫唤；是狼，它可能要向自己扑来。是狗，撵走完事；是狼，还得认真对付。

他心里也不是一点不怕狼，只是老是放不下小花鹿，再说还有小叮当在旁边哩！

谁知这家伙既没向自己扑来，又未逃走，虽说叫了一下，可那也能算“叫”吗？只能说是哼。

但是，从它那绿闪闪的冷眼、拖长挂涎的舌条，翠杉已发觉它是狼！翠杉定了定神，又奋力追了上去。他相信手里的柴刀锋利，更相信自己的勇敢和力气。

狼不费吹灰之力就追上了小鹿。小鹿利用灌木丛做屏障，左腾右挪，不断突破敌人的拦截。狼恼火了，腾地跃起身子，越过小灌木，猛扑东躲西藏的小鹿……

“狼！胖孩——那是狼！”

小叮当一直盯着那蓬松的尾巴，他多希望它能卷一卷啊！妈妈说过，狼是铜头铁尾豆腐腰。既然是铁尾，当然不能像狗那样收舒自如地卷尾巴。那家伙到现在也没卷一下尾巴。在它纵身跃起时，小叮当从那姿态、跃起的高度、龇牙咧嘴的样子，判断出是条狼，连忙向翠杉发出警告。

翠杉更加不顾一切地往上冲去。

小鹿机警地躲过了狼的一扑，突围后，转到翠杉的背后。

斗争、追逐的形势迅疾转变。原来是狼追小鹿，翠杉追狼，现在位置猛然调了过来，翠杉站到了中间，成了小鹿的屏障。

翠杉原先是一心要从狼嘴里夺下小鹿，不顾一切，穷追不舍。但是，眼前这个阵势使翠杉有些慌了，他连连向后退去，举着柴刀的手无力地、不自觉地落了下来……

小叮当发现它是狼后，小腿禁不住抖了起来，但一看翠杉连连后退，恶狼却对着翠杉伏起前身，后身往后一矬——他懂得这个动作的意思。这时，他蹦跳的心反而静了下来，只感到有股滚烫的热流涌了上来……

“呵！呵呵！”

小叮当冲出去了，不知哪里来的一股劲，手里的石头带着嘶嘶的呼啸声飞了出去。

突发的失声喊叫使恶狼怔了一下，它不由得偏过头来，正好，遭到了石头的重重一击。翠杉一听小叮当的喊叫，猛然定住了神，举起了明亮的柴刀，向狼砍去。

恶狼没扑到翠杉，又转头向小叮当扑去。

叮当一看狼向自己冲来，吓得扭头就跑。

翠杉举刀就追：

“绕树转，别怕。”

一句话提醒了小叮当，他立刻躲到树后转过脸来，严密地注视着狼的动作。

翠杉追上了，跟在狼后蹦跳，总想瞅准机会给它一刀。可惜，柴刀太短了，他急得大喊：

“坏蛋！别欺小的，够种的跟咱干！”

是因为翠杉有武器呢，还是一心要报复小叮当的一记石头，抑或是算准了小叮当胆小、体弱、好欺？恶狼只是向小叮当连连扑去。

混乱中,翠杉终于捞着了机会,砍了狼一刀。狼疼得猛抽身子,翠杉的柴刀也飞出老远。

恶狼掉头对准翠杉,无比愤怒地长长嗥了一声。这一声震得树叶瑟瑟作响。它猛地蹿了上去,张嘴对着翠杉就咬。

只听嘶啦一声,翠杉的衣服被撕开了。接着,翠杉又被它的尾巴狠狠扫了一记,脚下一滑,扑通一声跌倒。

小叮当又叫了一声,冲了过来。

恶狼扭过身子,再度向已经坐起的翠杉发起攻击。

“哎嗨!”

赤手空拳的翠杉,看到血盆大口正对着自己,来不及多想,本能地一挺身子,摆出了应付恶狼的姿势。说时迟,那时快,小叮当也跟着冲上去,他正要死命拖住那根尾巴,突然,耳畔却响起了两下清脆的响声:

叭! 叭!

六 青翠翠的山岗

翠杉眼疾手快地一把卡住了狼的喉管,却又被狼撞倒在地。狼像癞皮狗似的一下压到他的身上,还连连挫动它那滚烫的肚子,压得翠杉有点喘不过气来……

当小叮当从急剧变化的、激烈的战斗中清醒过来时,他看到的是怎样一幅景象啊——

翠杉满脸是鲜红的血,一双圆眼射出无比明亮的光辉,双手死死卡住狼的脖颈。狼侧歪着身子倒在翠杉的身上,一抽一搐的,那条蓬松的尾巴也在一抖一颤的。

"胖孩!"

"小叮当!"

小叮当刚把狼从翠杉身上拖开,自己也像骨节散了架,瘫到了地上。

翠杉坐了起来,挨到小叮当的身边,抱住他的肩头:

"你没有受伤吧?"

"你满脸都是血,身上也是。"

翠杉一抹脸,脸上黏糊糊的,一看双手,也都是鲜红的,慌得他使劲在草上擦手。

小叮当嘴直扁,眼里汪着泪水,看着翠杉被撕破的衣服、还在流血的伤口。翠杉连忙说:

“你别害怕,咱没觉着身上疼哩！不要紧！”

说着站了起来,又拉起了小叮当。

狼的头骨被掀掉一大块,还在淌血,白花花的脑浆也流出来了。靠前胛的腹部,也有一个洞口在往外冒血,血是乌黑的。它的眼还睁着,眼果子像死鱼眼珠鼓了出来……

小叮当不禁厌恶地向后退了两步,翠杉却拦住他。

一阵踏得小树、杂草哗哗响的脚步声,惊得他俩同时回过头。透过树林,他们看到一个人正向这边大步走来。

那人的一身装扮,在这深山里很显眼。

头上戴顶草帽,上身穿件蓝色的夹克衫,两根宽带勒在肩头和腋下,下身是条蓝裤子,只是雪白的长山袜紧紧地扎到膝下。身上背着草绿色帆布包,手里提了支枪。步履轻捷,像是阵穿林的清风。来人一声不响,两只眼睛却像启明星那样注视着他们,那是在询问哩！

小叮当和翠杉都不自觉地活动了一下身子,证明哪里都没受伤,一切都是好好的。

“狼是你打的?”

小叮当眼睛瞅着那人手中的枪。

那人却用眼神指了指翠杉：

“多亏你这小胖子摔倒,给了一个最佳的射击时机。”

嘿！声音清脆脆的,是个女同志哩！真的,她一拿下草帽扇汗,短发也随着落到了耳下。

翠杉惊得张大了嘴,只顾瞅着这位热汗涔涔、清清秀秀的中年妇女。你瞧,她刚才说话时,还露出了一个微微能看出的梨窝子哩！

她放下了枪,顺手拉过翠杉、小叮当,忙着检查他们的身体。

小叮当看着她紧领、紧袖口的衣服,觉得有些眼熟,又一把抓起她的枪,更奇怪了,这枪怪特殊哩！三根枪管,下面并排的两个管子口径大,上面的一个管子口径小,什么人用这种特殊的枪？她是干么事的?

“是两个勇敢的孩子,撕扯了好几处伤,也不吭一下。”

说的声音不高,但话语像是明净、凉润的清泉,流淌在两个孩子的心上,使他们感到甜滋滋、凉爽爽的。孩子们还没看清楚她是怎样动作的,那背包已放到地下解开了。她迅速取出一小盒外科急救的药物,用红药水涂抹翠杉肩上、胳膊上的伤口。

“怎么和狼碰上了?”

“找小月亮。”小叮当想起问话的是生人,又连忙补充,“找鹿的。”

这女同志一听说找鹿,立刻抬起眼打量了一下翠杉和小叮当:

“冯叮当同学,你是说,前天发现的两只梅花鹿不见了?”

两个孩子更惊讶了。嘿嘿,她咋知道小叮当的名字？又么事能知道小月亮？神哩!

小叮当眼睛一亮,他想起来了:这身衣服是野外工作服,他在电影上看到的考察队队员,穿的就是这种衣服。怪道她的脸庞也有点熟,是在一张照片上看到的。小叮当乐了,兴奋地说:

“你就是动物学会派来的辅导员?”

女同志微微地笑了,笑容挂在微微翘起的嘴角上。她心里说:这个瘦小、黄毛头、长脸、薄薄嘴唇的孩子,真机灵哩！她再看翠杉睁着圆眼、张着个嘴、憨态可掬的神态,更乐了:

“胖孩,你说呢?”

翠杉一变神情,惊乍乍地说:

“坏事,你俩走岔了。咱们陈老师半夜就去接你了!”

这把她逗得笑出了声:

“哎呀！不得了,咱可赔不出你们的陈老师!”

小叮当看到她眉梢露出了一丝丝狡黠的痕迹——对呀！陈老师桌子上玻璃板下的那张照片，和这一模一样的神情。他连忙用膀子碰了下翠杉。翠杉哎哟一声，说：

“你嫌它还不疼，是吧？”

小叮当一看正碰在他伤口上，便噘起了小嘴，连连在那上面吹了两口。

远处森林里响起了喊声：

“喂——！方玲！”

像是听到了一声号角，两个孩子一骨碌爬了起来，放开了喉咙：

“陈老师！在这啊——！”

陈炳岐做梦也没想到，赶了几十里山路，从车上接下来的，竟然是老同学方玲。他们自从一九五七年大学毕业分配后，有二十年没见过面了，后来又失去了音讯。直到前不久，他才接到了她从东北的来信，又联系上了。他想起来了：难怪省里只通知他何时到山外车站接人，只字不提来人名字……

好浓的雾！远山近水，密林翠竹，全被一片混混沌沌的白雾裹了进去。

他们相见时难以描摹的情景，随着飞驰的云雾在飘逸。他们一边在崎岖的山路上跋涉，一边谈着二十年来坎坷的生活……

真是奇妙而古怪的天地！他们一会儿像是在海底，穿行于暗礁、险流当中，一会儿像是在高天飘游，行进在海市蜃楼的幻境，四周是揭不开的重重帷幕、撕不碎的层层魔幛。舍身撞去，竟然又虚无缥缈，若有若无。

强劲的山风，吹散了山峦上的浓雾，五月的骄阳，照得残雾销声匿迹。他们走过了一个个供行人休憩的凉亭——江南山区，由于路途险恶，小气候多变，暑天酷热，隔几里路就筑有一座供征途跋涉者休憩的小亭——前途还长着哩！他们没有时间停留，没有工夫唏嘘叹息。

到了山顶，陈炳岐指了指远方的群山：

“你看那白云下横卧的群山！”

方玲取出了望远镜：

“是东西向的起伏的山峦？”

“对。这座山很有特色。你看，它一个山峰连着一个山峰，像是一浪压着一浪，一共是三十九个山峰，这就是有名的三十九岗。

“每一个山峰都是由东南、西北向，或东北、西南向的山拱隆起来的，它的立体投影图，大概很像一枝横放着的麦穗。

“传说是三十九条青龙，争先恐后抢夺一颗宝珠，忽然霹雳一声雷响，化为三十九道山脊。

“它地质情况特殊，植被情况特殊，连小气候也很特殊。”

“从这里眺望，它的植被大约主要是由灌木丛和草本植物构成的，只有小片森林。在三十九岗周围，大都覆盖着茂密森林。特殊的环境，总是蕴藏着特殊的生物世界。”

“只有等咱们在工作中摸清——我也才到这里不久。”

两人就这样一路走着，一路谈着。

陈炳岐百思不解的事，弄清楚了——正是方玲向省里介绍、推荐，才给他下达了那样的委任。这些天，陈炳岐也正盼望着省里派来的同志，他虽然从自然保护小组知道了未来工作的大概，但是具体的任务不清楚。他问方玲，方玲反而奇怪，说：

“你不知道？那真得挨板子啰！”

“还是那个题目——关于动物资源的保护、开发和利用？”陈炳岐真的又惊又喜。

“是的。奇怪吗？”

怎么说呢？这是他们二十多年前当学生时就研究的题目。这个题目曾给他们带来了幸福、欢乐，却也带来了灾难。

“从题目本身看，人类对它的研究没有止境，不断有新的问题，跃进到新的水平。譬如说，现在谈动物资源的保护，就必须和保护自然生态平衡联系起来。可是，从我国的具体情况看，倒确实有令人痛心的地方。五十年代，咱们的科技水平与世界上的先进水平差距不大，问题出在停顿了这么多年。”

“是的。但是……”

“只要有一定的条件保证，科学水平能追上去。咱们的这段不平常的经历，却正好说明祖国一定能繁荣富强。但是，可怕的是蛀虫，自己队伍中的蛀虫，不清除掉，他们还要作祟。”

“是的。”

虽然分别了二十年，但方玲对陈炳岐的思路还是很清楚的。

突然，陈炳岐停住了脚步，欣喜地说：

“听！”

呦呦——央央——嗯嗯——！

一声，两声，又是一声，伴着和煦的微风。

“鹿鸣！”

古老的《诗经》上的诗句，从方玲的心里跳到了嘴上：

“呦呦鹿鸣，食野之芩。”

陈炳岐应声琅琅：

“我有嘉宾，鼓瑟鼓琴。”

两人都笑了，笑声里有幸福的回忆、美好的向往。

“是呀！咱们古老的《诗经》上已记录了一百三十多种植物、两百多种动物。多丰富的生物资源！连孔老夫子都说《诗经》能教给人们很多动植物的知识。可惜，别说研究工作了，连中学的生物课都被砍掉了……”

陈炳岐很感慨，这也是他愿意并决心搞好少年自然保护小组的一些想法。

方玲想到了刚才中断了的话：

“动物学会的王陵阳同志,去年带了个组对紫云山短尾猴进行了考察。考察的成果,扩展了大家的视野,使大家更清楚地看到动物资源的丰富、自然保护的必要。国外在几十年前,甚至是一个世纪以前就开始的工作,咱们到现在还没全面铺开。对于动物资源心中无数,又怎能谈得上保护、开发、利用呢?”

陈炳岐还沉浸在深深的感触中:

“直到王陵阳同志的考察报告发表以前,从事动物学工作的同志,还很少有人知道,在紫云山、九花山这样一个广大的山区,生存着一种梅花鹿。这是一个不可理解的事,但不幸的是,这又是千真万确的事实。”

“综合考察、普查的工作要搞。王陵阳同志带领的考察队,已三上紫云山了,但是,从目前的人力、物力来看,还无法在省内全面铺开。从科技队伍说,中间缺少了一代。所以,科委和动物学会从整体计划出发,建议咱们先从保护梅花鹿开始,它现存的数量不会多了,大约早已少于要抢救的临界线。要摸清它的生态、数量,提出在现有条件下可以立即进行,而又能很快见效的保护、开发方案;同时,尽可能将这一带的野生动物资源普查清楚,以一点带动全面。”

哧溜一声,一只脊毛赤红的野兽越过山路,向右前方的草丛扑去。一只毛色鲜亮的野雉,咯咯地飞起。几片羽毛随风飘荡。

砰!

陈炳岐刚举枪,方玲已跑出一大截了。等到野雉落下,方玲正好捡着。两人配合默契得如优秀的乒乓球双打运动员。她高兴地说:

“环颈雉!”

陈炳岐已提着枪去追那个扑鸡的野兽了。方玲看了一下附近的景观,判断了野兽可能逃跑的方向,也迅速追去。

她虽然没看清那只红毛野兽是什么,但从陈炳岐迫不及待跟踪追击的情况,推测出可能是他想采集的标本,再从那野兽的皮毛、体型以及猎食雉类,又大致推测出它的属类。

搞动物学基础学科的同志,和地质队员一样,见到好的标本,一定要采集到手才甘心。区别在于矿物标本是死的,动物标本是活的,水里的会游,地上的善跑,天空的能飞,还有那掏洞打眼的,不仅要有机会发现,还要有一套硬功夫才能够采到。

狡猾的红毛野兽,在山岗上没有摆脱掉追击,一转头钻进了森林。这片森林的范围并不太大,陈炳岐向方玲做了个手势,两人就分头向里包抄。

正在搜索野兽的方玲,突然听到喊叫声。虽然森林有时能把声音搅混得面目全非,但她还是听出是孩子惊呼的声音。她在野外工作的经验,使她丢开了原来的目的物,快速向声音传来的方向奔跑。

一见两个孩子正和一条恶狼打得难解难分,沉静的方玲也急了。她庆幸自己配备了一支新式猎枪,比双管猎枪的有效射程要远得多,但她无法射击,怕误伤了孩子。

当一声令人毛骨悚然的狼嗥震动了森林时,方玲更加感到不安。她觉察出了危险——这是狼准备决斗的一种前兆。

危急的情况,迫使方玲就地立定、举枪,随手打开了步枪的保险,瞄准,选择射击的时机……

陈炳岐在树隙里闪过,老远地,方玲就说:

“你采到的是红狐吧?”

陈炳岐举了举手里的猎物。

翠杉和小叮当像是几年没见到老师,立即向前飞跑。

陈炳岐一见两个孩子这副模样,吓了一跳,等再看到地下的死狼,更是吃惊。没容方玲开口,两个孩子争着抢着把已发生的事情讲了一遍,话语中充满了对方玲的崇敬和感激。

陈炳岐听说小月亮母子失踪,心里一惊。听小叮当说已从狼嘴边救下了小鹿,他又宽了心,忙问:

“小鹿呢?”

“不是小鹿。”

翠杉的这句话把大家都闹糊涂了,三个人的眼睛都盯着他。翠杉一点也不急,只是平平静静地说:

“咱冲上去救它时,它躲到了咱身后。这下看明白了,它还有两根长牙伸在外哩!”

“公黄麂!”小叮当脱口而出。

黄麂是这里常见的动物,孩子们对它还算熟悉。要是平时,小叮当的机关枪、迫击炮全要向翠杉开火了。可是,今天,在有过森林中这场难忘的经历之后,他觉得,误将麂子足印当成小鹿的蹄印,自己也有一份责任。

更重要的是,他开始发现,胖孩是那样勇敢,值得钦佩,就连不同意他参加自然保护小组的事,也可以不算回事了,甚至连胖孩有时迷糊得可笑,也是一种憨憨厚厚的好性格了。所以,他说:

“开头,咱没认准就咋呼了。”

这反而把两位老师都说得心里热乎乎的。方玲说:

“怪不了你们,它们原来就是一个家族的,蹄印当然有相似之处。这倒提醒了我们,要赶快用科学知识把你们武装起来。”

陈炳岐虽然没说什么,但想到下一步的工作,心里不禁咯噔了一下——野外工作碰到的困难,将比原来设想的更多。他看看天色不早,顺手扛起了狼。方玲把红狐架到爬山包的上面,领着两个孩子出发了。

他们走出森林,才发现太阳已经沉落大山,远天漫起了大片大片的火烧云。

他们一路上有说有笑,不多一会儿就走出山谷,拐过山嘴子。在晚霞、余晖笼罩中,眼前浮出一座秀丽的山村。古老的银杏林弥漫起迷离的烟霭。他们随着清清的蜿蜒溪流进入村子,不断碰到从院墙里探出的花枝。小道是青石砌的,走起来响声都是悦耳的。学校在东头,水溪从门前绕过,才奔向一条大河。

学校已为方玲准备了房间,陈炳岐还是先领她到了自己的住处。校长、同事也都来见过了面。

刚吃完晚饭,孩子们像是一群小鸟飞了进来,房间里立时热闹起来。

翠枝和强生也没有发现小月亮母子的踪迹,蓝泉报告了下午跟踪老猎人的情况。

他的话一完,几个孩子都情绪激昂地嚷开了:

“你么事不把他抓起来?”

“鹿一定是被他撵走的。”

“说不定就是他打的哩!”

急得蓝泉连忙分辩,说他舅公为人如何厚道、如何正直。但这一切有么用呢?

路上,方玲听陈炳岐说已发现了一对梅花鹿,正好又听见了鹿鸣,很是高兴。别说目前对在这里栖息的梅花鹿还一无所知,就算是有所了解,在这千里大山中,怎样才能寻找到梅花鹿,也是迎头的大课题。

见都见不到,又从何谈起保护、研究?没想到开头竟是这样顺利。当得知小月亮母子失踪后,她和陈炳岐都感到高兴得太早了,问题还有复杂的一面。蓝泉的情况介绍,更大大地震动了他俩。

小月亮母子毕竟只是一对梅花鹿,只要没有遭到意外,它们还会生存在大山上,但打鹿队的出现,无疑是个危险的信号。陈炳岐了解过,往年一到猎茸季节,有一二十个打鹿队成天在山上转!

这不仅会使已经有灭绝危险的鹿群受到极大的损害，而且也使他们根本无法开展有条不紊的保护工作。

雷大爷和这一带的打猎队，不知道梅花鹿是属于国家一类保护的珍贵动物，这一点不奇怪。九花山地区传统的以猎为生的猎人不多，打鹿又是季节性很强的狩猎活动，猎人都是以农林为主，且又都分散在各处，有关部门更没组织、指导猎人的狩猎。从自然保护和珍贵野生动物保护说来，工作刚刚开始，一切的一切，正需要他们来开拓！

在这以前，他们只是明确了工作任务，现在却感到了落在肩头的担子的分量！

他们曾以东北梅花鹿的生态，对这里鹿茸成熟的时间作过估计，虽然这里气温较高，茸的成熟期要早一些，但还没想到采茸的季节已经到了——雷大爷带领的打鹿队已出现在山上就是标志。

陈炳岐踏着大步在房间里来回走动，好像这样能使自己的心情轻松一些：

“必须采取有效措施，立即制止这种滥杀、滥猎梅花鹿的情况。生物史上惨痛的教训太多了，一种珍贵动物可以毁于一旦，要想恢复种群，却要经过千辛万苦！”

“是的！是的！”

陈炳岐还回旋在自己的思潮中：

“无论如何，要保住三十九岗这个基地，它北有长江隔绝，南边和华南梅花鹿的主要产区间隔得又那样远。有谁能肯定，栖息在这里的梅花鹿不是一个新的亚种呢？”

“是的。从今天初步的观察看来，它的栖息环境可能很独特。大自然要对它们进行选择，它们也要选择大自然。咱们要做的工作多着哩！”

孩子们虽然未必完全明白老师们的心情，以及他们说的意思，但陈老师激昂的语言、方老师简洁深沉的话,具有同样强大的感染力,使他们感到问题的严重、事情的刻不容缓!

接着,大家又讨论了一些具体问题,对小月亮母子的去向,作了种种推测。

陈炳岐感到还有许多事情要和方玲单独讨论,采来的红狐标本、打来的狼都还需要解剖,再说孩子们累了一天,也该休息了,就宣布会议结束。

方玲准备解剖的器具,陈炳岐将红狐拿到桌子上,开始工作。

气氛已经缓和了一些,又有这样有趣的解剖可看,几个孩子哪里愿意马上离开?

“难怪‘尖嘴货’是骂人的话哩!你们看,这狐狸的头是三角形的,脸也是三角形的,眼是三角形的,嘴更是三角形的。一点不错,是个尖嘴货。”

强生长得壮实,脸上成天像是涂了彩,红扑扑的。他的数学成绩好,很快就发现了红狐头部形态的特征。

“只是脊背上的毛赤一些,么事叫红狐?”

翠枝也很有兴趣。她长得比弟弟漂亮,瓜子脸上生了副少有的连心眉,显得有股特殊的神气。苗苗条条的身材,一点也没影响她具有山村小姑娘的健壮体质。

小叮当说:

“陈老师在路上说过,狐狸生在不同的地方,毛色有差异。红狐的毛能长得像火一样红。还有黑狐、银狐哩!是贵重的皮毛兽,皮毛能做高级大衣。咱们三十九岗的动物资源丰富着哩!”

听小叮当这么一说,孩子们都用手摸起红狐的皮毛,确实光滑柔软。翠枝又发现了问题:

“哟!尾尖上还是白的!”

“别瞧不起这一小撮白毛,听老师说这是分类学上的特征。喏!它耳背的毛还是黑的哩！早知道野兽的白毛、黑毛、鼻子、眼有那么多讲究，咱今天也不会闹出那么大的误会！”

翠杉有板有眼地说起了话。

刚才，几个小伙伴已知道了他们下午发生的事，但经翠杉这么一说，还是乐得不行。

强生笑着说：

“胖孩，真有你的。么事，看了狼，把它当成了狗？又么事那样抬举麂子，把它当成了小月亮？”

翠杉说：

“这叫不打不相识，咱下次可认得它们了。你呢？要不好好巴结咱，咱可不教你。等到狼坐在你家门口，你还以为是狗在替你看家哩！”

“哟，这还给你学出了本事哩，么时辰才能改掉你那迷迷糊糊的性子？”

姐姐翠枝一边笑，一边说他了。其实她平时最爱这个弟弟，总是不厌其烦地帮他拾掇落下的事情。

小叮当扯了扯强生：

“你不用巴结他。老师说了，今儿的事说明要赶快用科学知识武装大家，要不，在野外碰到的事故更多，自然保护的工作都没法做啦！”

两个老师不言不语地忙着做自己的工作，但对孩子们的话一句也没漏掉，心里暗暗地欢喜。

那匹大狼真吓人哩！虽然只是一具僵尸，但还是那样凶相毕露。

蓝泉想起过去对小叮当不公平的评价，对翠杉说：

“胖孩，该给小叮当平反了吧？”

“嘿嘿！嘿嘿！着啊！咱早给他‘胆小’平了反，没想到他人虽瘦又小，胆子长得不比咱胖子的小！”

小叮当臊得脸上通红的：

“不准讲,快别讲！咱当时吓得小腿肚子打战战,魂都像是被狼抓走了。后来是胖孩带动我的。”

蓝泉觉得小叮当一下长高了,长大了：

“今后呢?”

小叮当稚气的脸上,显出股庄重：

“跟着翠杉,跟着大伙,咱的胆子能大起来,咱能成为一个勇敢的人!”

七　从现场开始侦破

鸟类苏醒后的争鸣声，使方玲醒来。她向窗外望去，在微露的晨曦中，树冠还是一团团黑影，看不到鸟儿鸣叫时那种引颈昂首的姿态。凭着专业知识，她还是从这一片嘹亮、悦耳、顿挫有节的大自然的歌唱中，分出了画眉、黄鹂、八哥、黑脸噪鹛、棕噪鹛、发冠卷尾、红嘴相思鸟……南国清晨时鸟类的叫声，和北国的大不相同。这种情调使她感到亲切、兴奋。

微风从窗外悠悠吹来，送来了阵阵湿润、清新的淡淡香味。是树冠上飘来的，还是石榴花、金银花、芍药散发的？

她想静静地躺一会儿，像个赖被窝筒的孩子。二十多年来，第一次这样舒心地睡了一夜，第一次这样安适地欣赏着窗外黎明的景色，第一次感到醒来后的甜蜜……

方玲起床后，盥洗完毕，走到陈炳岐的房间。他正在收拾背包、擦枪。方玲看两个标本都已被整理好了，显然是他连夜劳作的成果，于是瞥了他一眼。

陈炳岐见她闪着关切、责备的眼神，笑笑说：

“躺到床上后，和星星讲了老长时间的话。我想反正睡不着，不如干脆把活做完，今天干更要紧的事。”

方玲看到他嘴边挂着天真的笑容，那笑容中有着幸福的快意。

陈炳岐刚要开口叫她回去换鞋袜，却见她已把雪白的布山袜筒整齐地扎在腿上——一副野外工作的装束。看来，她已摸透了他心里想的是什么。

陈炳岐领着方玲，径直向金竹山奔去。

方玲看到前面有个小小的村落，绿树中露出四幢房屋的青檐、粉墙。

“不是叫三家屋吗？怎么多出了一家？”

“老三家屋解放前就倒塌了，血吸虫病夺去了很多人的生命。这房子是解放后新盖的。”

方玲站在三家屋后，观察着金竹山的景观。山区早晨特有的袅袅晨雾，弥漫在山坡上。她掏出了野外工作手册，用指南针定了方位后，迅速地勾了个景观草图。

草深，露水又重，还没走到小月亮母子临时的栖息地，他俩的山袜就都被打湿了。方玲看到路旁漂亮的百合花很可爱，弯腰摘了两朵，闻了闻那股清香，连自己也不知道为什么，竟把它们插到胸前的衣袋里。

到了灌木丛，他们只站在旁边观察。这个簸箕形的小山岙，不仅小灌木长得好，草也长得比别处肥美。陈炳岐指着靠上的陡坡，说：

“看样子，那里可能渗出了一些地下水，否则，灌木丛、草地长不到这样好！”

方玲正要答话，却被一阵纷杂的脚步声打断。

一群孩子从小叮当家的后园，向山上飞来：

“咱早就算到了，老师一早准到这儿来，胖孩还不信哩！”小叮当老远就叮当开了。

翠杉只是憨厚地笑笑，没有辩白。看来，孩子们也有问题要研究，花鹿牵扯着他们的心哩！只顾往前跑的翠杉，被方玲一把拉住。

“那里暂时还不能闯进去。”她顺手查看了翠杉昨天的伤口，“还疼？”

翠杉一挺身子：

“急着找花鹿，它没工夫疼。”

孩子们都停住了脚步，但对不让进入灌木丛有些不明白。

陈炳岐说：

“你们都看过惊险小说和电影，侦察破案时，首先要注意什么？”

“这个嘛，唔！当然是保护现场了。”翠杉不紧不慢地说。

“对了，要找到小月亮母子的行踪，也得先保护现场，那里能提供很多无声的情报。”

“哎呀！咱们昨儿已跑进去踏来蹚去好几回了。”蓝泉有些懊悔，“以后可得注意这一点。”

小町当憋在肚子里的话直咕哝，一看能插上嘴，他忙说：

“老师，咱妈说，昨儿到三十九岗摘金银花的巧妹讲，她听到了小鹿叫。咱们去吧，翻过金竹山，再爬三个岭就到了。”

金银花又叫忍冬，细长管状的花冠很美，初开时银白银白的，经过几天露水滋润，会变成黄灿灿的，因此，得了个“金银花”的名字。金银花花香轻悠、沁人，又有人叫它香花。在江南的有些小镇，清早常有扎成一把一把的金银间杂的花束卖。卖花女孩“金花——银花啰”的悠扬声，为山城增加了特殊的风韵。它是常用的清热解毒的中草药，性寒、味甘。夏季，有人爱用它泡茶。采药的孩子要半夜上山，在露水未干时，采集含苞待放的花蕾。眼下，正是上山采金银花的季节。

陈老师说：

“先不急着到那边去。目前最重要的倒是要认真看看这个地方，了解了解梅花鹿的脾性，找找小月亮它们的去向。”

翠杉说：

“咱和蓝泉昨天把这儿都翻了个遍，后来又叫来强生他们。再看，还能看出朵花来？”

“是的，咱们就是要在这里找出花儿来。你们不信吗？”

方玲的话，勾起了孩子们的好奇心。

张强生、小叮当帮着陈老师用皮尺量灌木丛的面积。蓝泉和翠杉循着花鹿走去的方向，寻找最清晰的蹄印。翠枝常在山上打猪草、采山菜，对那些用绿色表现生命、用花朵表现风采的植物世界，有种特殊的感情。她主动帮助方玲识别灌木丛中的各种植物。

大家都分头忙了起来。

到计算面积时，小叮当抓瞎了：天哪！菱形、四边形、长方形、正方形的面积，他还马马虎虎能对付，可这是块说方不方、说长不长、既不圆又不呈菱形的地，叫他咋算呀！

小叮当急得绕着小灌木丛团团转，他拿着笔没写两个字，就把铅笔放到舌尖上舔舔，像是舌头上堆满灵气。可他写不了两个字，又只好停下了，看着强生只顾低头唰唰地写，心里更不是味儿……唉！咱过去么事不尽心学习哩！

陈老师将小叮当那副抓耳挠腮的模样，早已看在眼里，后来就对张强生使了个眼色。强生看到了小叮当那副窘态，理解老师的意思，就告诉小叮当怎样把整块地切割成三角形、长方形……一向对数学头疼的小叮当，马上对数学有了好感。

灌木丛主要是杜鹃和小树。草地中以狗尾草、紫花地丁为优势种。其中，有种每根叉生的分茎上有五至七片对生叶，开着一轮一轮紫色的小花，组成轮伞花序的植物，引起了方玲的注意。翠枝说：

"这是靠山红。"

方玲鉴别了以后，告诉她：

"学名叫丹参，也有叫紫丹参的。这是种常用的中草药，可起行血活血作用，性微寒，味苦，活血祛风。"

方玲采了棵在叶腋上开着紫红色花朵的草，看了半天，也没认出叫什么。翠枝说当地叫它灯笼棵。方玲还是想不起它的学名，只好放到了标本夹里。

蓝泉看两位老师忙着测量,又是采花、掐草的,心里总弄不明白:这与我们找小花鹿有什么关系?

“方老师,咱们这样调查,是为了闹清么事?”

方玲看孩子们都围了过来,说:

“你们说,一种动物要生存,和自然条件有什么关系?”

“最要紧的是吃东西,肚子填不饱,活不下去。”

“花鹿吃草,牛呀羊的,也吃草。”

“豺狗吃鹿,撵兔。它吃荤,不吃素。”

方玲说:

“都说得对。但是,不管哪里,都有它们吃的食物吗?譬如梅花鹿的主要食物是草,石头上长不长草?冬天的山坡上也能这样绿油油一片?不管什么草它都喜欢吃?”

“不行,不行!草要长得好,和土质、水分、阳光、湿度都有关系。”

“和虫也有关系。虫多了,能把草吃光。”

“不怕,青蛙能吃虫,鸟也吃虫。咋葛郎鸟最喜欢吃树上的‘吊死鬼’哩!”

“有机物和无机物的概念,你们学过了吧?”方玲问。

七嘴八舌的孩子们静了一静。

“阳光、温度、水、空气、土属无机物,植物、昆虫、动物、微生物属有机物。”蓝泉不慌不忙地回答。

方玲心里喜滋滋的:

“是的。不把有机环境和无机环境搞清楚,就无法了解动物的脾性,这在生物学上叫生态学。你们刚才讲的,尽管是生活中常见的事,但包含了很多的学问。

“譬如说草通过土壤吸收水分、养料,从空气中吸收二氧化碳,再进行光合作用,制造成蛋白质、淀粉等,它是自养性的。鹿吃草,把低级蛋白质制造成高级蛋白质。鹿又是豹子的食物。这些动物都要靠吃别的生物来养活自己。鹿粪给草施了肥,草长好了,保持了水土……从这一方面看,三十九岗的野草、树木,本身就是一笔大的资源财富……"

"对了！这叫食物链,咱在书本上看到过。"翠杉读的课外书确实多,"把这个链子研究透了,能从链子上的一个环扣,推测出其他的事来。昨儿陈老师说过,咱们这儿狼不多,若是狼比常年多了,这就可能是因为能消灭它的老虎、豹子少了,这又可能是因为森林被砍伐得多了,破坏了这些凶家伙的生存环境。"

"是的。其实,它还包括了生物群落的生态问题。比如:豹子、鹿、草、水、土、阳光……它们之间有什么相互作用？它们之间的比例,怎样才最有利于人类呢？自然保护研究的就是这样的问题。这些问题对于你们可能深了点,但每做一件事的时候,多想想,多问问,就会逐渐提高的。"

"咱懂了。刚才,陈老师领着测量这片地方,是想知道花鹿住的情况。像是到了人家家里,先看看房子,再看看他家吃的是啥粮食。"

小叮当忽然有所得。他喜欢和小动物打交道,对方玲的话,理解得快一些。

方玲说:

"讲得有些道理。听说你们开头还争论花鹿究竟是在树林里,还是在这块小灌木丛,对吧？咱们现在的调查,就是要解开这个谜。老花鹿放着宽敞、安静的大房子不住,偏要到这个小草棚子来产崽,图的什么？总是有道理的。"

"下次再听到鹿叫,就不到树林找,先找像这种小灌木丛,是吧?"翠杉也转开了脑子。

"当然不能只凭这一次就断定这样,但从很多的事实中,能得出一定的规律，指导以后的工作。学科学，研究科学，其实是……”

“对客观世界的认识过程！”

孩子们异口同声地说起来，接着兴奋地议论着。

翠枝说：

“方老师净注意这些杂草，大概是在了解花鹿吃些什么。”

小叮当说：

“那当然，被吃掉的越多，说明花鹿最喜欢它！不信？你们看，靠山红、灯笼棵被吃得只剩几棵了……对呀！昨儿要是知道黄麂和鹿各自喜欢吃么东西，说不定就知是麂子不是鹿哩！”

蓝泉很受启发，他心想：原来这些不显眼的事，还有这么大的学问，今后一定要多学习，多思考……

方玲和陈炳岐听着孩子们的议论，看着他们兴奋的样子，心里有说不出的高兴。

由于昨天的经历，翠杉他们更认真地辨认鹿的蹄印。可是，他们总是寻找不到完整的足迹。只有在靠坡上的小小水凼边，留下的一个小鹿的蹄印比较清晰，但也被谁踩坏了一角。蹄印大约是小鹿来喝水时留下的。

小叮当和翠杉蹲在那里左看右看，那个凹凹的印子，像是颗种子，马上能长出小鹿来。然而，除了小叮当昨天说过的，小鹿蹄印没有那样尖溜溜之外，怎么也找不出和黄麂蹄印不同的地方。他俩很失望，蓝泉他们也有些丧气，全都闷闷不乐地走到老师那里。

陈炳岐和方玲只顾测量蹄印，方玲还照着水凼边的蹄印认真地描摹，等画完了最后的一笔，她才对孩子们说：

“知道吗？这是小鹿前蹄右足留下的印子。”

孩子们立刻兴奋起来。没想到还有这样奥妙的事！

等到再来找左前蹄和后蹄的足印时，地下却已一片模糊。蓝泉和翠杉晓得昨天莽莽撞撞在这里兜圈子，破坏了现场，给工作带来了损失。陈炳岐看他们那副懊悔莫及的样子，说：

“也不能全怨你们。老鹿和小鹿在这儿住了几天，它们又是玩又是闹的，足印当然要被踩乱。”

翠杉说：

“要是能认清蹄印，昨天也不会遇到那样的事情了。”

陈炳岐说：

“蹄印只是整个步链的一部分，但没有它又组不成步链，研究步链是重要的事。可惜昨天只顾忙活别的事情，忘了把黄鹿的蹄印也测绘下来，否则倒是可以比较一下。资料积累多了，总能找出它们的特点，有利于今后的野外工作。”

这时，翠杉发现小叮当对他射来了特殊的目光，翠杉眼睛一亮，会心地点了点头。没出两天，他俩果然又去森林，描来了黄鹿的蹄印。虽然画得不很准确，但两位老师还是满心喜悦地表扬了他们。

在灌木丛外面，小叮当和翠杉虽然也找到几个花鹿的蹄印，但没有一个整体的足迹。他俩只好分别测量，东拼西凑的，到最后也没能画出步链图来。

生活中的亲身经历是最可宝贵的，倘若翠杉、小叮当没有昨天在森林中的遭遇，纵然老师说破嘴皮，也未必对今天的工作有兴趣，更不会感到如此亲切。现在，孩子们已不像刚才那样急着提问题，倒是偏着个小脑袋，扑闪着大眼睛思索开了。

不一会儿，翠杉嚷了起来：

“小叮当，小白脸来找你了。”

一只小狗正从三家屋向山坡上跑来，翠杉迎了上去：

“来，握握手呀！”

小狗不情愿地一扭身子，躲开了翠杉，直向小叮当扑去。小叮当把右手

一伸,小狗乖巧地抬起了右前爪,放到小叮当的手里。小叮当握住,还有意显示地抖了两下:

“早上做么事?不看着鸡呀鸭的?”

小狗叫了两声,又叼住小主人的衣角……孩子们一哄而上,都争着要和小狗握手。小叮当说:

“它来找咱有事……”

谁理这话!都一个劲地乱糟糟。小狗眼看走不掉,只好应付地抬起右前爪,和孩子们一一握手。

“别闹,别闹!它是来找咱回家的。”

“哈哈,一定是有么子好吃的,喊你回去哩!”

“鸭婆跟鸡公打架了,叫你回家排解。”

小叮当顾不上跟伙伴拌嘴,排开众人就往山下飞跑。小狗跟着也蹿出去追小主人去了。

方玲看小狗怪好玩的,又奇怪怎么叫“小白脸”这样一个怪名字。

翠杉挺得意地解释说:

“方老师,你没发现它的特点?小狗全身是灰褐色的,连鼻子都沾了点灰,臀部两边却是雪白的两块毛。小白脸是咱叫出了名的。小叮当只喊它小白哩!”

小狗正起劲地跟在小叮当后面跑着,屁股后面两块白毛一颠一晃的,显得挺滑稽。

两位老师都笑了。陈炳岐听孩子们说过这条狗,它原是被人家扔掉的,小叮当看它嗷嗷叫着挺可怜,死乞白赖地要妈妈把它抱回家。晚上,小叮当要带小狗睡,可小狗动一下,叫一声,又把他吓得哇哇叫。闹得妈妈一夜要起来好几次,气得爸爸天一亮就要把小狗扔出去。

还是小叮当的眼泪、鼻涕救了它。山区里食肉目的小野兽多,又有天上飞的鹞鹰,养鸡鸭很不容易。小狗在防止那些天上地下的偷儿时,很立了几次功,这才慢慢取得了“合法”的地位。

事情还有出人意料的哩。山区的居民点分散,孩子们上学常要跑几里路,甚至于十多里路。小叮当是个惯宝宝,胆子又小,妈妈、爸爸只好每天轮换着到金竹潭接送,真是不小的负担。

孩子们又都刮脸羞他,说他出娘胎时就不该剪脐带,一直拴在妈妈身上多好!

后来,小叮当训练狗接送他,到了学校,向小白下个命令,小白就回家去尽它的天职。妈妈一看该放学了,又唤小狗去接儿子。久而久之,小白接送主人都不需吆唤了。

有一天,放学后同学们都走了,蓝泉留下修课桌,忽听到校门口有呜呜咽咽的哭声。他急忙到门口一看,只见小叮当坐在石头上,捂着个小脸哭,旁边还有两个淘气鬼,紧一句慢一句地说奚落话。

蓝泉一问,才知是小白到现在没来接他,小叮当一个人不敢回家。蓝泉二话没说,拉起小叮当就走,一直送到家。原来是他妈妈疏忽,把狗锁到了屋里。

从此,同学中传开了:冯叮当是胆小鬼!

“陈老师!”

小叮当一出家门,就对着山坡上喊了起来。

陈炳岐不知出了什么事,往前去迎他。

“是咱妈叫小白来喊的。咱说有事嘛,没事它不会叼衣服。咱妈说,西岭上人讲,看到了打鹿队在撵鹿!”

陈炳岐连忙问:

“打鹿队现在在哪儿?”

“不晓得现在撵到哪儿,说是向尖子山方向去了。”

孩子们很急,有的嚷着要去追,有的说要把打鹿队的人抓起来……

陈炳岐说:

“这样吧,蓝泉跟我和方老师追打鹿队,其他同学先回去上课。留心向同学们打听情况。”

八　鼻子遭殃

陈炳岐等三人在山上跑了一天，也没见到打鹿队的影子。直到太阳傍山时，他们才又转回到西岭，向人们打听打鹿队的情况。有人说，只见一个老头子从山窝里抄出了鹿，也不放枪，只是扛着杆火铳子跟后撵。从对老头子形象的描摹看来，蓝泉一口认定那就是他舅公雷铜岭。

一连两天，鞋都被山头磨离了一层，陈炳岐和方玲既没见到鹿，也没碰到打鹿队，倒是增加了不少对三十九岗自然环境的感性认识。

随着岭头坞脚的跋涉，一个重要的决策，由朦朦胧胧的感觉，逐渐形成了具体的计划。这个计划关系到自然保护小组未来的方向，关系到梅花鹿种群的生存和恢复。他们正为这个计划繁忙地准备着。

蓝泉也在课外活动的时间，和翠杉他们分头在四周的山上跑，希望发现花鹿的踪迹。真是经一事，长一智，小叮当随时都把小白带着，以免再和猛兽遭遇。小白倒也帮了他们几次忙。连陈炳岐听了后，都想将来到野外工作时，能把小白带上。

晚上要开会，今天从山上回来得早。快到三家屋时，陈炳岐和方玲碰到了小叮当他们。

刚到小叮当家门口，小白连连嗅了几下，提起快步往院里蹿去。小叮当吆唤几声，它才喷着灰白的鼻子跑了出来。没走几步，它又溜了回去，在竹林边嗅呀掏的。

突然，哧溜一声，从石缝里跑出了一个体型长长的棕黄色的小动物，准备向屋里蹿。小白连忙往门口一拦，那小东西只得折转方向，撒腿猛跑。这下正中小白下怀，它一收腹，攒劲追赶。

“黄鼠狼子！”张强生喊了起来。

“小白，快追！”小叮当连忙下达命令，又挺得意地向翠杉炫耀，“咱说它么事不进屋哩，原来是发现了偷鸡贼。”

小叮当一回头，翠杉不见了——他早已跟在小狗后面跑走了：

“小白脸，追呀！”

“别让黄鼠狼跑了！”

孩子们呐喊助威，叫得连天响。黄鼠狼子原来就惊魂未定，现在更吓昏了头，只顾顺着山旁水田边的小路跑。这就使它犯了致命的错误。

陈炳岐对方玲说：

“真是一只黄鼬！”

两个老师也被孩子们狂呼的兴奋所感染，加快了脚步。

黄鼬身子拉得几乎成了条直线，快得看不清它的腿在迈动，倒像是安了轮子在转。它几次想往山上跑，都因为坡太陡，只得维持原来的路线。

小狗的脊背一弓一撑，落地的后腿像是弹簧，把它弹得飞快。它紧紧地贴着山坡跑，防止黄鼬窜逃。

四条腿对着四条腿，展开了激烈的竞赛。小狗使出了攻击时在速度方面的本领。奔跑并非黄鼬的看家本事，但无洞可钻，又失去了遮掩，它只得拼命跑。

在这场对抗赛中，虽然善于奔跑的小狗占着优势，但在黄鼬灵巧动作的比较下，它还是显得笨拙了些。眼看有两次小狗可以马到成功，却都被黄鼬灵巧地躲开了。小狗反而跑过了头，等到折回时，黄鼬又突破了它的拦截，从它鼻子底下溜掉了。

小狗体重大，储存的能量多，时间和距离对它都是有利的，追捕者和逃犯之间的差距不断在缩小……

“当心！小叮当，快唤回狗！”

听了陈炳岐的警告，只有蓝泉止住了脚步，其他人谁也没有理睬。

小白猛地往前一蹿，伸出前蹄扑去。黄鼬眼看完蛋了，它把屁股往上一撅……

一霎间，追逐的场面出现了戏剧性的变化。小白像当头挨了闷棍，一下趴到地下，连连打了几个滚。

黄鼬从从容容地慢步拐上了山坡，又偏过头来，乜了敌人一眼，似乎是在说：“哼！让你尝尝味道！”然后，自顾消失在丛莽、乱石中……

“出了么事？”

“奇怪！”

“哎呀！不好！”

孩子们乱成一团，有的跺脚，有的挥拳，有的惊慌，有的咂嘴。

小白像得了摇头疯，只顾甩着头，痛苦地喷着响鼻子。

跑在前边的翠杉也像被传染上了什么，回头就跑，齉声齉气地嚷叫：

“黄鼠狼放屁，味道难闻死了！”

张强生拧起了眉头，捏起鼻子，连连向还在后面跑着的翠枝说：

“不能来，臭死了，冲得人要吐！”

小叮当啥也不管，紧跑两步，追上了小白，伸手要去抱它。小白却摇着尾巴，满地转圈子。

陈炳岐对方玲说：

“黄鼬使出防卫武器了！”

“是的。”

小白又跑到水边，把头插到水里直摇动。头一出水，它又使劲喷着鼻子，用前爪扑打、擦抹着。

孩子们都呆呆地看着小白那副痛苦模样，只有小叮当急得跟着小白前后跑。

小白疯狂地跑来跑去，烦躁得一会儿在草上擦鼻子，一会儿又跑到小溪边的沙滩上使劲地擦着，直擦得皮破血流，鼻子上露出鲜红的肉来……

方玲和陈炳岐，也是第一次亲眼看到黄鼬喷放臭液所具有的威力。

蓝泉目睹这情景，忍不住问：

“陈老师，它真的有救命屁，到危险时用力放出来？”

“这个传说不对！”

孩子们见陈老师回答得这样干脆，都奇怪了，难道它还有更秘密的武器？

陈炳岐很平静地说：

“动物世界的法则是相互竞争，适者生存。它们都有两种本领：获取食物，保存自己。黄鼬吃什么，你们知道吧？”

翠杉说：

“这谁不知道！常说黄鼠狼给鸡拜年——没安好心嘛！鸡、鸭它都吃，才凶哩。”

张强生说：

“它还吃老鼠、小鸟、蛇、鱼……对了，还吃兔子哩！”

翠杉说：

“你别胡扯八拉的！说它吃老鼠、吃蛇咱都信。它生得灵巧，又能钻洞打眼的。说它上树捉鸟也还马马虎虎讲得过去。说它抓鱼、捉兔子，那不简直成了海陆空能手了？”

“你别光鼻头上冒汗。咱说了你再评，翠枝还能当见证人哩！咱爸爸喜欢做些山里小营生。有一次爸爸起夹子时，发现有只夹子炸了，夹子上的索也被咬断了，却不见了黄鼠狼，只留下了一撮毛。爸爸东找西找，找到了个洞,他气得拿锹就挖。你们猜,那洞里有么东西?”

翠枝见强生打住了话头,大家又都急巴巴地等着下文,就说:

“他爸爸奇哩!嚷着叫人来看,洞里有四五条干鱼,还有条泥鳅。最怪的是有六七只活老鼠,叽叽叫,旁边还有一堆稻穗子、苞米粒子……”

“你是生怕强生的话摔地下跌碎,忙不迭捧着?着啊!老鼠是活的,它不跑还等你去参观?”翠杉一下抓住了有理票子。

翠枝用手指点了点他:

“你呀!不把话听完就死争硬抬,么时辰也改不了迷糊性子。老鼠的腿都被咬断了,往哪儿跑?”

陈炳岐连说:

“这真是新发现!黄鼬还能逮了老鼠进行饲养,搞储粮备荒?”

“是的。它狡猾,胆子大,视觉又锐敏。这倒是给研究动物行为的同志提供了好资料。”方玲说。

翠杉听得眼睛更圆了,张着个嘴,头却不停地摇。想了一会儿,他又说:

“你们别把它吹上了天,方老师那天说过,狐狸可能对付它哩!”

“那是以臊对臊。解剖时,陈老师指给咱们看过,红狐后脚的中间有个小洞,能分泌出一种恶臭。”蓝泉说。

陈炳岐对蓝泉的回答很赞赏,连连夸奖:

“蓝泉很有见解。学习中,应该发挥这种联想能力。”

大家都把眼光投向蓝泉。翠杉仍不服气,又提问了:

“陈老师,你刚才说黄鼠狼不会放屁嘛,怎么一会儿又变了?”

连方玲也被翠杉说乐了。她喜欢翠杉这种爱争爱问的性格,亲切地对翠杉说:

“是的。但没说它不放臭液!”

“从哪里放?咱们都没见到。”强生也发出疑问了。

“它的肛门部位有根臭液分泌腺。下次咱们采只解剖，让大家看看清楚。”

翠杉这才恍然大悟：

“唔！是液体，不是气体。咱把形态搞错了，真以为是放屁哩！将来把臭液研究清楚了，说不定还能派上用场哩。”

孩子们都笑了。只有小叮当抱着小白，心疼得笑不起来。

“咱赞成胖孩的话，么事不能模仿制造出这种气味？驱逐野兽也有用场。”蓝泉说，“陈老师，你怎么能看出它要放臭弹了？”

“黄鼬已到了危急的时候，更主要的，还是从它奔跑的姿势看到了它在收缩肌肉——聚集喷射时需要的动力。”

翠杉从心里敬佩这两位老师，他们对事物观察得多细！咱真得好好学习。

强生也听得特别专心，说：

“回家得把这学给咱爸爸听，防备上当。爸爸每年冬天都打黄鼠狼。听收购站讲，它的皮毛长短适中，底绒厚，颜色又鲜又亮，是制造皮大衣、皮帽子的高级材料。”

“狼毫笔是用它尾巴上的毛做的。”蓝泉毛笔字写得好，对笔较了解。

“是的。黄鼬是种经济价值高的野生动物，我国每年要产几百万张皮子。这等于增加了多少棉花！”方玲很有感触地说，“可惜，咱们对‘资源’一词理解得太狭隘了，没有很好地研究，对它的利用还停留在原始的基础上。这次研究梅花鹿，也正是开发动物资源的一个小题目，梅花鹿的经济价值更高。咱们的工作，直接关系着这样的大问题。”

孩子们听得心情振奋，感到科学在向他们召唤。

陈炳岐回到房间，紧张地投入进一步考察的准备工作，包括装填猎枪使用的霰弹。

方玲忙着去拟订射击训练的计划，选择打靶场所。忙了一阵，陈炳岐把蓝泉找来了：

“蓝泉，你舅公家住在哪个山头？请他给咱们当顾问，行不？”

蓝泉连忙说：

“咱舅公可好了，远远近近的人都挺敬重他。他对集体可热心哩，请他帮忙准行！”

陈炳岐通过蓝泉的介绍，对他舅公的情况了解了一个概貌。

舅公叫雷铜岭，今年六十多岁。在畲族中，他是难得的一个好猎人，但不是专业猎人。他以猎鹿为主，猎鹿取茸对技术要求高，他是那一带唯一能当师傅、带班子的。在打鹿队中，师傅就是队长。解放前，生活很苦，那时候，畲家人有几个不淹在苦水里！解放后，翻了身。老人只有一个女儿，出嫁了，眼下，只有老两口在一起生活。

他家住在白鹿崖。白鹿崖在三十九岗东头边边上。那里是个好地方，出的各种野兽多。相传出过一种纯白的鹿，像银子铸的。一年四季，山上的野果子不断，出名的是天香蜜枣……

陈炳岐想了解一些畲族人的生活习惯，蓝泉倒是回答得很干脆：

“陈老师，你看出咱有么不同？不是和同学们一样吗？听老人说，过去是地主、老财逼得我们畲族人单住。现在已没这样的村子，没有啥要顾忌的！你去了就知道，咱畲家人是怎样待客的！”

最后，蓝泉又补充了一句话：

“咱妈说，舅公是个热心快肠的人，就是脾气有点怪。”

“你说说，怎么个怪法？”

“咱说不清。反正是咱去的时候，他亲热得很。他故事可多哩，啥事都晓得，啥事都会做。我又有些敬畏他，他平时不大开笑脸。”

“你能说得再具体点吗？”

蓝泉想了一会儿说：

“就说前天在山上碰到的事吧，咱老觉得他没有把事情说清，没把话说完。可能是因为咱是孩子家，有话不好对咱说。”

陈炳岐还是没有得到一个清晰的印象。蓝泉又想了半天，说了这样一件事：

“有年，舅公砍倒了不少树，养起了香菇。香菇味虽鲜美，可养香菇的人要经受难挨的罪。春去冬来，总算没白付辛苦，两场雪一下，香菇飞飞叫地往外长。谁料香菇惹来了野兽，也惹来了人贼。人比野兽更厉害，每夜要毁一大片。

“舅公暗暗观察，瞄上了一个人，这人三天两头在香菇场的山头上转。那天，舅公有意撞上前去。那人连夸香菇长得如何旺。舅公向他说了种菇子的苦处，又送了他一篮子香菇，还说：‘想吃再来。就是别学有的人夜里来摸，既找不到长好了的，又糟蹋了小的。再说，咱下了不少吊弓防野兽，谁在夜晚来，不经意踩中了，那多不好！’那人连声说：‘说得在理，谁要做没良心的事，就该得报应。’

“下半夜，舅公在香菇棚里听到一声响。他坐起来，给炭盆里添了火，吸够了烟，才提了枪出去看看。

“舅公刚走到养菇场，就听有人喊救命。他走到跟前，借着雪光一看，正是白天来的人踩发了弓，被吊到一棵青冈栎上。

“一问，那人一口咬定是跟着野兽转晕了，误走到菇场来的。舅公知道他是撒谎，便说：‘你打野兽，为什么不带枪？’那人支支吾吾，一会儿说在这里，一会儿说在那里。舅公帮他找来找去，也没找到枪，倒是在地上捡到了一条口袋。在舅公严厉的追问下，那人才承认是来偷香菇的。舅公讲：‘你早认了账，不是早就放下了你？何必多受这份罪！白天就给你打过招呼，你偏不信。’那人一再求饶，舅公才将他从吊上放了下来。

“临走,舅公又从棚里给他装了一袋子香菇,说:‘要吃,再来,只是别干这黑夜的生活。摔折了胳膊腿,看你咋个养家糊口!’

“舅公从不提这事。我妈听人说了去问他,他还嘱咐:‘别瞎讲!常说,为人厚道,隐恶扬善,平生不做亏心事,才是正理。’

“陈老师,你说我舅公这人怪不怪?”

蓝泉结束了他听来的故事。

方玲曾跟金竹潭中学校长谈自然保护小组工作的设想,并提出了一些要求。校长对开发生物资源这一课题很感兴趣,对如何办好各个学科的科学小组也很关心,表示学校将全力支持。他希望自然保护小组能做出榜样,取得经验。至于需要抽出一些学生集中活动一段时间,他不仅赞成,而且对如何补课作了具体布置。方玲没想到问题解决得这样顺利。

几个孩子来开会时,看见桌子上放了一张画。画的是一只母鹿正在喂奶,还亲昵地用舌头为小鹿舔理毛衣。小鹿腹部右侧靠脊背处,有个大大的弯月牙儿。孩子们乐了。

“小月亮,小月亮!看看,这个大花点子!”翠杉首先叫了起来。

强生左瞅右瞧,又退后几步看看:

“嗨!还真像小月亮和它妈哩!个条儿都差不多。”

“谁画的?”

翠枝低声问陈老师。陈炳岐向方玲努了下嘴,翠枝高兴了:

“方老师,这张画送给我吧!”

翠杉抢着说:

“给我,给我!是我说它像小月亮的!”

蓝泉说:

“胖孩,这画你不能要,该给你姐。”

“么事?”翠杉的眼瞪得溜圆。

“你会给它做鞋、缝衣?”蓝泉说得一本正经,但看到翠杉那副丈二金刚的样子,又说,“你这个小迷糊老弟,睁眼好好看看,这下面是什么?”

翠杉凑近去看:画的下角,有着一大一小用铅笔勾的蹄印。蹄印旁有字,注明长宽的尺寸。另一溜小字写着肩高、身长、前后蹄距、裆宽……各种尺寸。蓝泉看翠杉的眼比刚才瞪得更圆,说了:

“咱没瞎扯吧,这些尺寸可都写得清清楚楚……”

翠枝忽然想起:

“方老师没见到花鹿,她是照什么画的呀?”

陈炳岐见孩子们都想要这幅特殊的画,说:

“方老师,你就给他们吧!”

方玲说:

“行呀! 谁拿去都行。倒不要给它缝衣做鞋,但得把这对花鹿找到,让我用实物核对核对,究竟像不像。我不光送这张画,还另外有奖哩!”

孩子们听了,一个个欢蹦乱跳。

一直没说话的小叮当也被吸引住了:

“奇怪,方老师咋能画得这么像?”

“数学也不是吃干饭的! 解方程不就是用已知数求未知数吗?”强生说。

“咱们只知道量蹄印、步链是为了认动物,还没想到,数学能派这样大的用场!”

小叮当大大开了窍。

蓝泉说:

“陈老师,这是给花鹿做档案,是吧?”

陈炳岐点了点头:

“蓝泉说得有些对了。每只梅花鹿都不可能一样,总是有差别的。不同大小、性别的梅花鹿,它们的步链都应该有区别……”

“方老师没见到花鹿,更没给它量过,怎知道它多长、多高?”

翠枝急着要搞清方老师是怎样求出来的。

方玲说:

“讲得简单一点。一只梅花鹿是个整体,步链、裆宽、蹄子大小和它的整个身体,比如身长、肩高、体重,都有一定的比例。就像一个大个子,不可能只长个小小的脚一样。”

翠枝说:“啊,明白了! 和缝衣服一样,只要知道领口、肩宽,就能裁上衣;晓得腰围,能裁裤子。”

翠杉高兴了,一拍大腿,说:

“咱想起来了,书上介绍过北京周口店的猿人只发掘出一个头盖骨化石,科学家根据它,复原了北京猿人的形象。着啊! 就是这个道理。”

孩子们这样强的接受能力,使两位老师心里充满了喜悦。

“方老师也是这样画出小月亮母子的样子的,只不过是根据东北梅花鹿的常数推测的。从动物学的常识看来,同一个种的,南方的总要比北方的小一些,因而,除了实际测量的数字外,其他的估计、推测数误差都是有的。

“如何修正? 只有将来捕捉到了梅花鹿,从群体中得出各个比例常数,才能接近科学的数字。正如蓝泉说的,咱们从现在起,要给梅花鹿建立档案材料。

“当然,这当中还有许多工作。工作做到了家,可以逐渐做到通过梅花鹿留下的一些信息,认出是哪一只。说不定,真的有一天,咱们能按图索骥哩!”

孩子们觉得这些知识既新鲜,又有趣。翠杉说:

“咱们明天就去找小月亮?”

“是的,要去找。要到三十九岗去找。找小月亮、大月亮、圆月亮、弯月亮,很多很多的月亮。”

方玲说着，自己也笑起来了。

翠杉却听傻了眼。孩子们也都有些莫名其妙，你看着我，我瞅着你。

方玲觉得可以趁此机会，给孩子们上一课。她尽量用通俗的语言表达：

“大家这两天对生物资源有了些认识。从人类发展史上看来，最先抚育人类的是生物资源，如狩猎得来的野兽，吃的粮食、各种植物等。科学愈发展，人类愈认识到开发生物资源的重要。

“如何合理利用生物资源，使人们在自然界中能更好地生活？如何保持生态平衡，是生物学既基础又尖端的研究课题，全世界的科学家都在致力研究。

“比如，全世界都在解决吃的问题。现在的耕种地，只占地球上陆地面积的百分之九，养活了四十多亿人口。如果能提高陆地利用率百分之一，大家算算，可以多提供多少食物？有的科学家根据生态学和地理学推论，将来如能把可利用的土地面积扩大到百分之几十，那就能够养活五百亿人口。这个数字多惊人！

“可利用的土地，和可耕种的土地有区别。譬如，咱们大山区，能种植粮食的土地少，可利用的土地却很多，但这些土地大都荒芜了。其实却蕴藏着大量的生物资源，梅花鹿就是其中之一。

“梅花鹿的经济价值，是所有动物资源中数得着的。鹿茸是四大名贵兽类药之一，《神农本草》记载：‘鹿茸益气强生，齿不老。’鹿筋、鹿尾、鹿骨、鹿肾、鹿胎，包括整个鹿的内脏、鹿肉，都有极高的药效。鹿肉纤维细，味美，容易消化，是肉食中上乘高品。要是每个山头上都养起梅花鹿，这是多大的一笔财富！

“我国人口众多，解决吃饭问题是重要的任务。我和陈老师曾根据已有的一些材料估计，只要咱们把科学上已取得的成就，用到实际管理和生产中，四年后，仅猎获野生动物，每年可达到近十亿斤的肉食，皮毛生产可达到几千万张。在国际市场上,皮毛一向被称为'软黄金'。大家想想,这是一个多么诱人的前景!

"我们自然保护小组的任务,当然不仅仅是保护小月亮、老月亮的问题,重要的是学习动物科学。我们要研究的是整个梅花鹿资源的状况和利用的问题,要是能把我们这里的山山岭岭都变成天然的养鹿场,那多有意义!"

方玲讲话时孩子们常常插入一些有趣的问题,有时又乐得鼓掌,招惹得好几位老师都来旁听。

大伙议论了好一阵,陈炳岐宣布了计划:当前首要的工作是要迅速制止打鹿队进山,认真地保护现有的梅花鹿,同时考察清楚这里梅花鹿的状况。只有这样,才能考虑如何恢复野生梅花鹿的种群。在条件具备的时候,捕捉鹿群,建立小型养鹿场,以供继续科研和进行实验性的生产。

准备第一批抽出蓝泉、翠杉、冯叮当参加考察组。翠枝和强生留在学校,专门作定点观察。附近的几个点,已选定了。同时还要积极进行宣传,组织学校的同学帮助工作。

考察组将踏遍整个三十九岗,追踪花鹿的足迹。

没摊着这次进山的翠枝、张强生有些意见,但方玲说明目前的困难和工作的需要后,他们也都乐意了。

沉浸在对未来考察生活向往中的孩子们,怎么也没想到这个决定的做出,是多么不容易。且不说两位老师从挫折、苦恼、思索中,制订了今后的行动计划,仅仅是带领他们去进行野外工作,就经历了一场激烈的思想斗争。

怎么说他们也只是十二三岁的孩子,跋山涉水去三十九岗,谁知有什么样的艰难、危险在等待着他们!对热爱科学工作的两位老师说来,这些都不算什么,必要时连生命都可献出,然而,他们是孩子,要对他们的安全负责。

就拿小叮当来说吧,他妈妈能同意他们把这个宝贝疙瘩带到荒僻的大山,餐风宿露吗?然而,方玲一开口,出乎意料,回答是那么痛快:

“交给老师咱还不放心？一千一万个放心！伢子们成才要紧，咱还正愁着他像个软壳蛋哩！”

这是信任，也是重托！世界上哪有不承担义务而获得的信任？他们决心带好孩子，搞好考察。

这些天来，孩子们都被即将进山考察的行动所鼓舞，一个个有说有笑。唯有小叮当一直话很少，闷闷不乐。陈老师十分诧异，询问原因。翠杉说：

“他的小狗被黄鼠狼的臭液搞得认不得回家的路了。小叮当把它带回去后，它不吃不喝，只是跑来跑去，到处擦鼻子。小叮当心里难受哩。”

连陈炳岐也没想到，从此，这只狗竟然成了废物！它完全失去了嗅觉能力。

夜深了，陈炳岐和方玲还在起草给省动物学会和科委的报告。除去汇报工作，说明打算外，着重要求省里赶快给九花山区邻近的几个县发通知，严禁组织打鹿队。

陈炳岐站起来，活动活动腿脚：

“你把这种忙得喘不过气的生活又带来了！”

“不乐意？”方玲用一种调皮的声调说。

“说真的，我愿在工作中累得哼，也不愿闲得唱！可是，二十年来，就是不让我从事我热爱的生物科学研究，把整整二十年不值一文地糟蹋掉了！真教人痛心！就是罪犯吧，也应该让人赎罪呀！连这一点点权利也不给！知识成了罪恶，科学成了魔邪……你还记得我题在你本子上的那段话吧？”

方玲应声而起，他俩琅琅地读着：

“宁愿让生命在火热的生活中燃成灰烬，也绝不让生命在安闲中腐烂！”

“是的，你曾说过，一块铁与其放在那里生锈、腐蚀掉，不如打把锄头，在开山劈土中，磨损得形迹俱无！”

方玲说着，沉静的脸上升起了漫天的朝霞。她仿佛看见二十年前英姿勃勃、心雄志大的陈炳岐立在汹涌澎湃的大河旁。

“是的,宁愿让生命在火热的生活中燃成灰烬,也绝不让生命在安闲中腐烂!”

九　白胡子鸟

“银带子!”

小叮当只急促而又轻轻地喊了一声,就钻到路旁的树丛里。翠杉和蓝泉也哗哗啦啦地跑开了。刚才还是肃穆的行军队伍,立刻炸了营。

正在爬陡坡的前锋陈炳岐不知出了什么事,慌忙靠着山石,把肩上的枪抓到了手里。他刚把头回过来,就见一道闪光从眼前划过,天外飘来了一条耀眼的练带,像是驾着惊涛骇浪,波澜起伏地从蓝天凌风向绿树飞去……

后卫方玲也被小叮当的喊声惊得一怔。她放眼望去,见一只雪白银亮的鸟,正扇翼展尾飞向林间。靛蓝色的头部,顶着一片枕冠,特别是那长长的尾羽,像是两根白锦缎的飘带,随风拂动摇曳,潇洒而又闲逸。她舒了一口气,也提脚向林间走去。

“胡子,白胡子,奇怪不奇怪? 鸟还长胡子。”

小叮当指着天空。

“还真奇怪咧。”翠杉沉吟了半晌,“唔,说不定是个白胡子老头鸟。”

“嘻嘻,你真会想,那还该有个小伢子鸟?”

“怎没有? 黄嘴丫的就是!”

“多漂亮的鸟!”蓝泉也赞赏了。

这个像银带子样的小鸟,有意逗他们,停停飞飞,飞飞又停停,几个孩子一直撵到这里。小鸟快活地在树上跳来跳去,好一会儿,不跳了,站到枝上,脖颈子一晃,冠羽一耸,灰蓝色的嘴微启,一串洪亮激昂的鸣声响彻了树林。歌声从两声一度,变为四声一度,再从一度四声,转到一度二声。银色的胡须随着顿挫的音节颤颤抖抖的,别有一番风韵。

翠杉感到身后有动静,回过头来,看到是陈老师提了支枪悄悄地来了。乌亮亮的猎枪直刺翠杉的眼,他用手触了触枪身,又使了个眼色。陈炳岐没有理会,只是沉浸在大自然音乐会的精彩节目中。

那只森林中的精灵,不知是因为感到了危险,还是突然想起了什么事,骤然一松冠羽,扎下身子,射了出去;忽而又一拍膀子,再爬高向上冉冉飞行,似是有个什么虫蛾在它嘴角扑了几扑……

"你成天说采集标本,临走还要咱们在这次考察中多注意。上次为了一只臊狐狸,追了半天。这会儿,这样稀奇古怪的鸟送到枪口上,么事又不采集?"

翠杉对陈老师不理他的茬,提抗议了。

"正是稀奇古怪的鸟,才打不得哩!"小叮当也有他的理。

"咱们是研究科学的打不得,谁能打得?难不成是神仙鸟?"

小叮当卡壳了,想了一下,说:

"反正不叫白胡子老头鸟呗!"

这时,方玲和蓝泉也跟了过来,师生一行又上了路。孩子们还在一边走一边争论:究竟是什么鸟?翠杉一口咬定是"白胡子老头鸟"。方玲被翠杉的憨劲逗笑了:

"是的,翠杉说得挺形象。"

陈炳岐说:

"辞典上称它为三光鸟。你们这里叫长尾巴鸡……"

"不对!"没想到他的话一出口,就遭到蓝泉的反驳,"长尾巴鸡不在咱三十九岗过冬,春天才飞来。公鸟拖着长长的尾子,毛的颜色像板栗壳。也有老人叫它紫带子。它们的颜色不一样。”

“咱的话还没说完哩。它的学名叫寿带鸟。很多鸟的名字和它们的形态、生态有关系,譬如黄鹂、紫箫鸫、锦鸡、白鹇、丹顶鹤、画眉等等。寿带两个字就很有点来历……”

蓝泉没等陈炳岐把话说完,便眨着墨玉般浓眉下的眼睛问:

“‘寿’字是生命和岁数的意思……”

“唔,两根长长的尾巴毛,倒是像带子……着啊!还真给咱瞎猫碰上了死老鼠,它的尾巴毛和它的岁数有关系?嗨嗨,蓝泉,这下给你要研究的生物钟增加了新内容!”翠杉得意起来,“这就是一只白胡子老头鸟!”

陈炳岐很高兴:

“翠杉说得对。只要心细,就能出才智。寿带鸟的雄鸟随着年龄的增长,栗色逐渐衰退,直到通体成了雪亮亮的银子一般,头部却仍保留着靛蓝色,刚才大家都看到了。只是这只寿带鸟的胡子很特殊,咱过去也只听讲过,今天还是头次见到……”

“那为么事不采集?”翠杉又转到这个问题上了。

“因为咱们是做自然保护工作的。寿带鸟是消灭害虫的能手,应该受到人们的保护。古话说:‘劝君莫打三春鸟,儿在窠中望母归。’反映了群众对保护自然的朴素感情。鸟类是森林的卫士,而眼下正是鸟的繁殖季节,打一只鸟,要害一窝鸟。当然,非采的标本,还是要采的……”

“唔,原来是这样……”翠杉喃喃地说。

“那这个‘鸡’字也有意思?”蓝泉语文成绩一向好,刚才陈老师的话把他的思路打开了。

“鸡亚科的雄体老龄鸟,都可能长胡子。不过,咱还没专门研究过。”陈炳岐说。

爬过了一段险坡,道路又跌进了峡谷。散落的望春花,在墨绿的山谷林海中,如繁星一样闪烁。

方玲看孩子们翻山越岭一点不含糊,心想:生活在出门就爬坡的大山区,这是种特殊的锻炼。

经过对寿带鸟的有趣争论,孩子们对面前飞来飞去的鸟,立刻亲切了起来,不时问老师:那花翎子的叫么名字?那叉尾子的又属哪一种?还有白头冠的、绿眼眶的……两位老师耐心地一一答复:那只飞的是棕脸莺,这只叫的是锈脸钩嘴鹛,还有灰林䳭、松鸦……

"这里的海拔在一千米左右。"陈炳岐对身后的方玲说。

老师并没有拿仪器测量呀!叮当奇怪了,还未等方玲答话,就张口问:

"你么事知道?也教教我们。"

方玲说:

"陈老师说的没啥奥妙。一是迟开的望春花报的信,它现在才开,说明幽谷在高山,气温比较低,今年春寒又长。再就是你们刚才议论的各种鸟。鸟类的分布和山地的高度有关系,在低山生活的鸟,到了高山就难看到。"

"真没想到鸟还有这么大的学问,咱们只知道鸟在早晨啼叫和亮度有关系哩!"连比较稳重的蓝泉也惊叹起来,"自然界真是知识的海洋!知识的海洋多浩瀚!"

到了一个岭上,蓝泉告诉大家:

"那个伸出来的山崖子,就是白鹿崖了!"

放眼望去,云层遮住了山尖尖。白云下,一块巨崖凌空探出,像翘首眺望那碧蓝的穹野。

"它不像花鹿的头!"翠杉对崖石的形象又发议论了。

蓝泉说:

"白鹿崖的名字,不是由它来的。"

"那你把它的来历说说吧!"

“你去求咱舅公吧,他还没跟咱讲哩!”

路沿着山脊向上盘旋,各色的沙粒,让路边渗出的水一润,鲜艳悦目。可路就不好走了,胶底鞋踏在上面,一不当心,滑溜一大截。好在两个老师想得周到,只让他们每人背了只小包,一个跟一个稳步前行。

山脊陡,两边的林子又密,一丝风也不招,把他们一行人累得气喘吁吁。

刚刚走完彩色的沙子路,一阵山风带来了一股清香。眼前豁亮,浓密的枣林展现在面前。

“小叮当,加油!”

蓝泉回身招呼同伴。

枣林在一片小山坞里。枣树枝条上,淡黄色珠子一样的小花,在阳光下闪着。进入林子,枣花的味更浓了,飘出一阵阵的芳香。树冠上一片嗡嗡的响声,无数的蜜蜂紧张地飞来飞去。

“蓝泉,这就是结甜得腌心的蜜枣的枣树?”小叮当问。

“当然是的!”翠杉有些想当然。

“也是,也不是。”蓝泉看翠杉马上就要抗议,忙接着说,“蜜枣是用这树上结的枣子做的。摘下来后,要纵向切割出很多裂口,然后放蜜糖煮、养浆、烘干……经过十几道工序,才制成甜得腌心的蜜枣。没加工过的枣子,也并不比金竹潭的枣子甜多少。”

“咱们家的枣树花都快落完了,它才刚开哩！总是有些不一样。”翠杉又显示他的憨劲。

蓝泉说:

“什么不一样？这里山头高,天冷些,花开得比金竹潭那边要晚一点。”

翠杉没词了。

穿过枣林,岭上村寨的影子从绿树缝里露了出来。七八户人家,全都依山布屋,错落有致。

雷大爷家在村子的顶东边,白鹿崖的下方。偏僻的山村,一下来了这么多人,有妇女,有小孩,还有背枪的,立即惊动了寨上的人们。有认得蓝泉的,早就对着雷大爷家喊开了:

“大妈,你家来客啦!”

从屋子里走出一位六十多岁满头银发的老大妈,她笑呵呵地站在门口,迎接客人。

蓝泉像只燕子,一下子飞到了老人的身边:

“舅奶奶!”

方玲也紧走几步,亲亲热热地拉起了雷大妈的手:

“大妈!来你家打扰了!”

雷奶奶笑得眼睛成了一条缝:

“怪道今早花也开得稠,鸟也唱得欢!快屋里坐。女同志家,背了这样大的包,累坏了,快放下来。”

老人不容分说,帮着方玲放下了包。几个孩子,围前绕后甜蜜蜜地跟着喊奶奶。平时静惯了的大房子里,立即喧闹起来。

这房子是这一带常见的两层普通楼房。但一跨进门,方玲就发现了房子的奇特。门廊浅,和天井只隔一个宽宽的走道。过了天井,房子突然跟着山势上升了,高差使后路房子拔地而起,高高耸耸,有雄踞山崖之势。自然形成的台阶、地平,似乎是将山崖凿平的。

楼上房子沿天井成了走马通道,比这里常见的四角有楼梯的房子少了两个梯子,而且大大拓宽了楼上实际的使用面积。看来主人在设计房屋时很费了一番心机。

更叫两位老师惊讶不已的,是走马通道的栏杆上有一幅幅的木雕镶嵌,雕出了芙蓉出水、玉兰凌风、芍药披露、玫瑰含苞,还有四时瓜果。特别是东西两角,一边一只梅花鹿,或昂头凝视,或奔腾跳跃,茸角俊美,姿态矫健,栩栩如生,似乎呼之即出。

“艺术品,真正的艺术品!”方玲赞不绝口。

“南边的紫云山是历史上新安画派的发源地,三十九岗这一带的木雕艺术大约也受影响。这刀法多娴熟、精细!豪放的造型中又透出股秀气!”陈炳岐说。

“咱舅公呢?”蓝泉到屋里、院里也没找到舅公。

“看看,乐得咱照前不顾后的。听说蜂场出了事,天亮就被人喊走了。泉伢子,好孙子,你快去把你舅公找回来。认得养蜂场吧?”

“甭找,咱在崖上已看到了一群凤凰,没想是落到老树破屋的!”

随着声音,陈炳岐看到门口站着一位容光焕发、精神抖擞、目光灼灼的老人。他忙迎上去:

“雷大爷身体真好!难怪还能带班子上山哩!”

雷大爷低了低头:

“承情你祝福!不行啰!前两年差点儿瘫掉了,腿上的老伤发了。请坐。”

“早就听说雷大爷是打猎的行家,很想拜识。那天听人传你在西岭,特意赶去,没见着。今天登门来向大爷讨教了。”

“老师太过誉了。泉伢子,快提水泡茶!”

不知为什么,方玲发现,在陈炳岐说话时,像是有片云雾,迅速地掠过了雷大爷白净的脸膛。

蓝泉没去泡茶,忙着向舅公一一介绍了领来的客人。

陈炳岐打量了一下堂屋,没发现多少畲家的风俗特点,只是堂屋中间保留了火塘。高山地区,冬天比较冷,一般的人家都是用火桶(杉木做的圆柱形的桶,比板凳稍高一些),底有栅栏形的隔板,隔板下放火盆。山区烧柴,留下的炭火就撮到火盆里。火桶里有个凳子样的木结构装置,人坐到里面,既暖和，又舒服，且不碍胳膊、手做事。畲家人过去取暖都不用火桶，只是围在堂屋中间的火塘边烤火、欢宴、对歌、劳作、研讨生活。这些年来，有的畲族兄弟看中了火桶，不用火塘了。

来的客人，很自然地围坐在没有火的火塘旁边。

雷奶奶泡了一大壶茶，提来了一篾箩粽子、五香茶叶蛋。雷大爷又端来了一缸子蜜、一盘堆山的蜜枣。雷奶奶忙着招呼大家：

“吃吧，老师带着学生吃！穷山荒角角，没东西能端上桌面的。金丝琥珀枣是去年留下的。蜂蜜倒是难得的枣花蜜，泉伢子舅公昨儿才挖出来的。”

陈炳岐对着一大篮粽子，忙问：

“今儿初几了？”

雷奶奶说：

“看把你们忙的，明儿是端午。”

一只大花猫，喵喵两声跳上了桌子。小叮当一见花猫的毛色油光贼亮，斑斑斓斓，伸手就去抱。猫很温驯地把肥嘟嘟的身子压到他腿上，不断喵喵叫。小叮当给了它几口吃的，它还是可怜而又贪婪地叫着。雷奶奶抓住它的颈搭皮要甩，小叮当哪里肯，把花猫抱得更紧。

客气要得罪主人的，再说肚子也确实饿了。方玲拿起五香茶叶蛋刚要往嘴里送，便闻到一股说不出的特殊香味，不禁端详起来。陈炳岐低声说：

“这儿人家喜欢栽小茴香，山上桂皮多，茶叶也好，又上色，又美味，煮出的茶蛋的味儿就更特殊了。”

翠杉听雷奶奶说了金丝琥珀枣，就注意先向枣子进攻。咬了一口，里面不只有糖粉粉，还夹着桂花哩！又连着咬了一口，枣肉又厚实又有弹性，枣花蜜香搔得鼻孔酥酥痒：“阿嚏！”

翠杉又响又亮的喷嚏，引得大家哄堂大笑。

正在这时，门外有喊声：

“雷大哥!”

接着走进了一个大汉子,看上去快六十岁的人了,但肩不板,腰不勾,满头黑发。只是走路时右脚微微有点踮,但步态仍然轻快。微黑的脸膛上透出了精明。他外衣敞开,雪白的衬衣露在外边。

“哎哟,不晓得你满屋客。”

陈炳岐他们都站起来了。

来人忙不迭地说:

“请坐,请坐。咱是常客,别打断了你们吃点心。”

雷大爷既不起身,又不介绍,两位老师只好站在那里。来人转过身子,向外就走:

“找雷大哥说句话,没别的事,不打扰了。”

这时,雷大爷还是一言不发,但已起身随着来人往外走去。

蓝泉刚才就觉得面熟,现在想起来了。他瞅舅奶奶进灶间提开水时,用手碰了碰陈炳岐,小声说:

“就是这人。咱在山上找小月亮时碰到了他。名叫蔡光金,是舅公班子里的。”

陈炳岐不觉一怔。旁边的小叮当说:

“别是来喊舅公去打鹿?”

一句话把大家都说得紧张了起来。蓝泉也不征求老师意见,提脚就往外走。陈炳岐刚想把他喊住,雷大妈已提了水出来。

刚才还是欢欢乐乐的气氛,一下变得沉闷起来。陈炳岐看翠杉只是心不在焉地瞅着手里的枣子,想到可能要引起雷大妈的疑心,于是找话说:

“里面装的是白糖桂花,核儿早挖掉了。”

翠杉猛地一惊,翻过来掉过去地看着枣子,似乎是要找出剖枣取核的痕迹,可是怎么也找不到。他“啊啊”两声,说:

“我以为枣核煮软了呢。”

雷大妈又招呼两声请吃，两个孩子还是提不起精神。

蓝泉回来了，脸色有些尴尬。

不一会儿，雷大爷像个没事人儿，也走进来，坐到原来的位子上。

雷奶奶看几个客人像是有点拘束，忙不停地把蜂蜜往他们碟子里舀。方玲又向他们使了个眼色，几个孩子才又大口大口地吃起来。

雷大爷只顾抽烟，呼呼两口，噗的一声，将还带有烟丝的灰吹到了左手掌心。小叮当早已被这一连串的动作弄得发呆了。雷大爷是用竹节旱烟袋抽黄烟，杆子红润润、油亮亮的，还坠着个么玩意儿。烟窝子小，只能抽几口，烟瘾大的人，猛地一口就抽完了。自制的烟叶，香味足。对这种旱烟，当地人美称“一口香”。

小叮当倒不是没见过人抽旱烟，只是把火红的烟灰吹到手里让余丝燃完，这叫他奇了：不烧手？不疼？老人悠悠闲闲地抽烟，眉梢也没动一下。

蓝泉嘴里嚼着粽子，问：

“舅公，你在山上看到小月亮没有？”

蓝泉又问：

“舅公，咱跟你讲的那两只花鹿，你在山上见到没有？”

雷大爷慢慢抬起了眼皮，不满地看了蓝泉一眼。他原来想说：你啥时把它交给了我看管？但看到其他几位都是头次踏进门槛的客人，只说了声：

“八哥嘴里含了食想唱歌，一张嘴，肉也掉了，歌也没唱成。你嘴里东西吃完再说话，别噎了。”

蓝泉从话中已听出了味儿，不敢再问了。翠杉却没注意这些，跟着问：

“舅公，咱们心都急得笆斗大。您老要是看到了小花鹿，说一声，咱们就宽心了。”

雷大爷说：

“没看到你们管的花鹿，也没见到有豹子、老虎的，估摸着是跑到高山上了。”

翠杉千不该万不该，又加上了一句话：

“听说你在西岭看见了鹿，还跟后撵了。”

雷大爷气得胡子往上一翘，但还是稳住了劲，只是把烟锅在鞋底上重重敲了两记，然后才说：

“碰巧撞上一头草鹿。”

几个孩子哪里知道，他们关于花鹿的简简单单几句话，已经惹下了麻烦。

雷大爷在崖上看到蓝泉领着背枪的人来，心里就犯了嘀咕，疑疑惑惑回到家里，又听蓝泉介绍是他们的两位老师，想起和他在山上的说话，心里更加怀疑……几个孩子又是花鹿长小月亮短的，这来意已经挑在脸上……老人心里气直鼓，胀得难受……

方玲心细，发现了雷大爷的情绪，但不明白是为什么。是不欢迎这些不速之客吗？不对，山区的猎户人家都是好客的。她第一次和雷大爷接触，还摸不着他的脾性。然而，在短短的时间里，她已觉得雷大爷是个正直、厚道的畲族老人，但不明白是什么事使他不愉快，满腹心事……她低声向蓝泉说了几句话，蓝泉就领着小伙伴们出去玩了。

陈炳岐已从方玲刚才的神色中，体会到了她的意思，同时，又有了上次和蓝泉谈话的经验，说话就比较注意。他缓缓地说：

“雷大爷，咱们是来向你讨教的，想请你当自然保护小组的顾问。”

老人心里想：“顾问”，多好听的名字，抓不到辫子，想用圈子套？

陈炳岐耐心地从自然保护的意义，谈到保护野生珍贵动物的重要性，正想再由科学研究往生物资源的开发利用上讲一些道理，无意中碰到了方玲投来的制止的目光。他也正感到自己说的话不对雷大爷的口味，只见雷大爷毫无表情地坐着只顾低头吸烟，于是赶紧刹住了话头。正在这时，小叮当他们跑进来，要求雷大爷带他们去白鹿崖看看。两位老师也很有兴致。

雷大爷只得尽主人的义务，率领他们师生到崖上去，暂时打破了僵局。

十　白鹿情深

出了门,在陡峭山路上没走几步,微微地听到了断断续续的嘤嘤声。陈炳岐以为是枣林里采花蜂群的躁动,也没在意。刚爬上石岩,眼前豁然开朗,天也蓝了,云也白了,山也小了。

两位老师和孩子们像是来到了天外海市,别有洞天。他们惊奇地眺望着远方,又打量着脚下的白鹿崖。

翠杉说:

“白鹿崖不是天生的,一定是在哪里制造好了,抬到这里来的。”

理由是山上的石头是青的,沙是赭红的,而这块石头雪白,白得像块汉白玉。

小叮当说:

“谁有这大力气,能把像座山一样的石头抬来?”

翠杉说:

“哪里见到这样大的光溜平滑的石头面子?当篮球场也不嫌小!没有石匠锤子、凿子,开不了这样平!没经过琢磨,没这么光滑!你在哪个山头见过这种天生的石头?”

小叮当说:

“它么事没有琢磨的印子、焊接的缝呀?你能找到?真正奇怪!”

白鹿崖探出了山体,背倚三十九岗最高的第一峰,面临深峡幽谷,无垠无际的群峰,掀起巨涛细浪,扑扑啦啦地向前涌去。

方玲被崖下深谷中飘浮的云雾吸引了。开头,她以为是山谷中起云,可这朵“云”只是悬浮在那里,像是一朵硕大的雪莲,开放在碧绿的深潭。

雷大爷看到了方玲投来的询问眼光——细弯弯眉下的眼神,是那样真诚,使人无法拒绝——只得淡淡地说:

“那是白鹿溪溅飞的水雾。”

不错,他们在山风的呼啸中,听到从峡谷中传来的轰鸣声,它是那样深沉而又遥远。陈炳岐想起出门不久听到的嘤嘤声,原来不是蜂群的翼动声,而是流水冲击的声音。但看不见闪光的瀑布,甚至于连水流也没见到!

雷大爷领着他们拐过白鹿崖的山嘴,又斜向西南,往第一峰上爬了段路。

立即,一条银闪闪、喧腾奔突的溪流拦住了去路。溪水从山峰上流来,直泻白鹿崖下。

走到一座便桥处,他们看到这里用石头拦了个半截弧形坝子,再用劈开挖空的树作为导水管,引了一部分水流越过山脊,向村子里流去。这使方玲想起在雷大爷家看到用竹笕引来的清泉。

他们缓步下谷,仰望飞瀑、水雾,又是另一番景色:

溪水从白鹿崖下来后,山谷断头,突然失去了水道。这就形成了很奇特的现象:由于山体还有着一定的坡度,并不是悬崖断壁,水也未能冲出垂挂下去,但由于常年的水冲浪刷,崖石上又形成了一条似有似无的水道。水流在黑森林的崖上乱蹦乱跳,撞击出一股股向上飞蹿的水柱。它们比赛着,一个比一个蹿得高,一个比一个更奔放,有的像是喷泉一般,俨然是条喷泉林立的河流!

没一会儿,这条银蟒像是厌烦了在青森森的山岗上滑动,起身一跃,向山谷扎来,落到石潭,爆发出沉雷般的轰响,激起的水花飞溅几丈高。

飘忽着一条条彩虹、一圈圈光环、紫色的晕轮、金色的灿星、蓝色的光斑……犹如礼花喷射般绚丽多彩。

方玲觉得白鹿崖下的飞瀑,和她过去所看过的瀑布都不一样,只觉得奇特、别致,可是一时也说不清它奇在哪里。

雷大爷也沉浸在壮美的大自然中,心头的阴云似乎已被穿谷的风吹去。他脸上浮出虔诚的笑意:

"没看到它奇在哪咯?"他像是看出了方玲的心思。

"石潭里还有股喷泉!"陈炳岐脱口而出。

"哈哈!"雷大爷豪爽的笑声在山谷里回荡,"好!你是我的客人中第一个答对了的!有心机,有眼力。"

经这么一点拨,大家又细细分辨,果然看出有股泉水向外喷涌。这喷泉迎接着崖上飞下的白鹿溪,使周围激起汹涌的一圈圈巨浪。这是一幅多么赏心悦目的图景啊!

一条银河从九天飞降,一口山泉从地层深处喷射,两股泉流都充满着青春的活力,迸发出惊天动地的音响……

老人掏出了自己的鹿皮烟荷包,抽出了红亮亮的短烟袋,从上面解下了一个什么东西。方玲发现老人的手微微地颤了一下,心里不禁升起迷惘。但见他一抬手,庄重地送到了陈炳岐的面前:

"陈老师,请你收下这个小物件,它已跟咱几十年。咱早许过愿:不管什么人,谁第一口能答出这个奇事,它就是一个畲家人送他的彩头。"

陈炳岐有点不知所措,连忙接到手。方玲也被这突如其来的举动所吸引,立即凑近来看:

这是鹿角雕刻的一只白鹿。茸角显出它的健美,悬起的一只前蹄透出它的优雅。那回首顾盼的一瞬,更是淋漓尽致地刻画出了眉目间深深的眷恋、对幸福的渴望……

"白鹿!"两人同时惊喜地叫起来。

孩子们也都围了过来。

“是鹿角雕的！”

“出自大爷的手艺？”

一直微笑的雷大爷看到陈炳岐赞不绝口，更乐了：

“白鹿是神鹿。咱只雕过两只，那一只，四十年前送给了一个汉族大爷，他是我的救命恩人，又是我师傅。”

老人陷入了沉思，又感慨地说：

“白鹿崖和畲家人有着解不开的缘分。没想到，我雷铜岭和汉族兄弟有着格外的情分！白鹿崖，白鹿崖……”

小叮当见雷大爷正在喜兴头上，赶快抢着说：

“舅公，我们早就想听白鹿崖的故事了。蓝泉说的斩头不连尾的皮毛影子，撩得人心痒痒的，你快给说说吧！”

孩子们都嚷嚷开了。

雷大爷说：

“蓝泉？呵呵，他嘴角的丫黄还没褪尽，上三辈子已离开了白鹿崖，他哪里能招得清？”

雷大爷找了块干净石头坐下来，大伙都围到了他的身边。老人美美地吸了会儿“一口香”，说开了白鹿崖的故事：

传说咱们雷家的老祖先，有那么老两口，带着一窝孩子从赣南山被撵出来，跑到三明山开荒。三明山人烟少，荒地多，畲家在山脚开了畈里的地，又围上了坝。第三年，稻子长得堆金子，正要开镰，地主带着官差来量地。畲家人只好把苦水往肚里咽，求了一天一夜，才准许开镰，租子是三七，地主得七成。

稻子收完，人就被撵走了。第二年只得又往山腰去开荒，地刚种熟了，地主又来撵。十年没到，被撵上了山顶。

山顶上种庄稼难养家糊口，全家人只好分开，一人一担稻箩出去找地方安根。先找到的好地方，留给了年迈的双亲；再找到的好地方，留给最小的兄弟……

最后，剩下老大没寻到安根的场地，挑了担稻箩往北走。听说有块群龙盘珠的宝地，他要去找那美好的地方。

老大没有弓，没有箭，又没有火枪，只有一根紫檀扁担、一对箩筐。他有种特殊的本领——玩扁担。

扁担在他手里，就像有了生命，拿在手里是刀，是枪，老虎、豹子近不得，甩出去，是支追魂的箭，天上的鸟、地上的野兽统统脱不了身。

这天，老大来到了苦蒿山。苦蒿山是座石头山，没水又没土，一棵小树也不长，只生了些苦蒿蒿。他又饿又渴，眼看累得走不动了，路口忽然出现了一家客店。

开店的是个虎背熊腰的大汉，只是那张咧到耳门的嘴叫人生厌。那个烧锅的哑姑娘，倒是眉清目秀。

老大没钱买吃喝，咧嘴大汉提出赌赛的条件，看谁先把那垛柴劈完。老大要是胜了，可以饱饱吃喝一顿；要是输了，卖身三年。

劈柴开始了。老大斧头挥得像车轮转，咧嘴大汉却一会儿往屋里转一圈。赛得太阳落进了山，又赛得太阳出了山。老大胳膊酸了，想歇口气，那边的大汉却正劈得欢。眼看他那垛柴快劈完了，老大又急又心慌。

哑姑娘连连使眼色，老大心中升谜团。等到大汉又向屋里转，哑姑娘开口说话了：

“他弟兄十人一模一样，轮班换手都劈柴，你一个人怎能赛得赢？他们都是豺狼变化的，专门守在宝地大门前。快跑吧！否则，生命难保全。”

原来姑娘也是被这群豺狼抓来，关在这里当奴仆的。

老大提起扁担撒腿跑，十弟兄化成豺狼后面追。

打退了豺狼六次的攻击，打死了六只豺狼，老大才突出了重围。谁知前面怪石挡了路，插翅也难飞。正当危险万分时，他听到一声鹿鸣。

山前站着一只雪白的鹿，两只尖耳朵前后转，黑黑的眼珠望着老大。眼看老大向它走来，它才扭头往前跑去。后面的四只豺狼，更是嗥叫凶狠地猛追。

白鹿在青翠的山岗上飞驰，像是朵白云被风吹逐。老大在峰峦上紧紧跟随，好比雷公扯闪。只要白鹿一声轻唤，老大就浑身又添了力气。一路上，老大又打死了三只豺狼。

翻过六十六座岭，越过了六十六条涧，三天三夜，追到了一片草山。从脚下山头数起，整整数到三十九岗，山岗断头了。

剩下的最后一只豺狼，舍掉老大，直扑银白雪亮的鹿。

白鹿跳到山石上，伸颈长叫一声：

呦呦——！呦呦——！央央央——嗯——！

千山万壑全都响起了一阵阵鹿鸣……

豺狼吓得一愣怔，老大乘机甩出扁担。豺狼倒下死了。

白鹿高兴地偏过头来，向老大闪着乌黑明亮的眸子，又长长地叫了一声。

这个岗头，那个山岙，花鹿一群一群向这边奔跑……

老大又惊又喜地站在那里。白鹿不见了——一个美丽的姑娘站在山崖上。啊！这正是救他的哑姑娘啊！一串歌声飞了起来：

山青青，
天蓝蓝，
要数三十九岗水最甜。
绿绿的草，
红红的花，

三十九岗是花鹿的家。

老大慢慢走到姑娘跟前,姑娘拉他站到崖上。

老大他举目眺望:啊!一道道山岗全向山峰奔来,多像三十九条青龙飞挪腾跃!老大明白了:脚下就是群龙盘珠的宝地。

老大问姑娘:“水在哪里?”

姑娘手一指——来路上涌起一股哗哗的泉水,往崖下奔去。

老大把扁担随手往下一扔,谷里冒出了突突的喷泉。

姑娘把脸贴到畲家小伙子的脸上,畲家小伙子把嘴贴到姑娘的嘴上……

山上的泉正好接到谷下的泉口上……

从此,他们在崖上安了家。这片千里大山,才有了畲家人的后代。

……

雷大爷讲到动情的地方,往往用的是畲族的语言,虽然听不懂,但有韵有辙的琅琅声倒是优美悦耳。这时候,蓝泉就充当了翻译。畲族有自己的语言,但没有文字。他们常在节日或集会时,由长辈说唱有关畲族起源的长篇叙事诗,以激励和鼓舞他们的后代。

听完了雷大爷的故事,师生们都受到一次生动的教育,从而也看出畲族人民开发山区的艰难困苦。

回来的路上,小叮当问陈炳岐:

“真有白鹿吗?”

“可能有,考察队曾在神农架发现了白熊、白色的麝。过去,还见过发现白色猿猴的报道。”

“它和寿带鸟一样,变色与它的年龄有关系?”

“没听说。一般都认为可能是个别变异性。”

雷奶奶把晚饭张罗得很丰盛。雷大爷往桌边一坐,花猫又跳到他身上,用长胡子触着他的手,不断咪咪叫。雷大爷夹了点肉给它。

雷奶奶用指头敲了敲猫头:

“馋猫必懒!它让你给惯坏了,客人还没动筷子,它倒先吃上了。”

雷大爷却只顾摩挲花猫。

摆了满满一桌山珍美味,雷奶奶还直抱怨老头子没提枪捡只新鲜野鸡来。

吃饭间,雷奶奶又不断给方玲夹菜,使方玲很过意不去。吃凉拌粉皮时,陈炳岐问方玲是什么做的。她还以为和北方的一样,无非是豆粉或葛粉之类。

陈炳岐说:

“那天指给你看的薜荔藤还记得吧?在老枫树上攀了一身。它的藤和根,都是中药。它的果子淀粉很多。这凉粉就是用它做的,吃了能清暑败毒。有人又叫薜荔凉粉果,中医常用鲜薜荔果催乳。这也是一种植物资源。可惜,现在利用率不高。”

方玲一听,又多吃了几口,细细品味,果然有股凉丝丝的药味儿。

在这儿,蓝泉也成了小行家。他不断地向小伙伴们介绍,什么蕨蕨菜啦,酱鹿肉丁啦,野鸡肉松啦,等等,都是大家没吃过的。孩子们吃得更加津津有味了。

雷奶奶看方玲很爱吃这些菜,高兴得不得了:

“方老师,你是哪地人?”

“出生在山东阳谷县,在青岛长大的。以后到东北读书,一直在那儿工作,调来没多少日子。”

雷大爷笑呵呵地说:

“呵呵,是《水浒传》上武松打虎的地方,那方水土,尽出英雄好汉。”

雷奶奶说:

“妇女们骨子软，难为你能跋山涉水的，还能无牵无挂、清清爽爽走得开。家里的孩子不想你？”

陈炳岐扑哧一声笑了，笑得三个孩子莫名其妙，也跟着傻笑。

雷奶奶看着这副景象，又见方玲脸上火扑火燎的，光抿着个嘴笑，忙问：“大妈说错话了？”说着，一手搭到方玲的肩上，半揽半抚着，“你们是有知识的人，不要计较你大妈。常言道，不知不怪罪嘛！”又点了点蓝泉，“也不跟你舅奶奶说一声。”

蓝泉只是似懂非懂地笑笑。

围着火塘喝茶时，陈炳岐看气氛轻松了，几次把话头往梅花鹿的身上扯。可别的题目，谈论时挺热烈，一提梅花鹿，雷大爷就低头抽烟，一声不吭……

葫芦里装的是啥药？有什么疙瘩解不开？是因为猎鹿的技术性强，不愿向外人传授？

这天晚上，大家就在雷大爷家歇宿。

小叮当悄悄地问蓝泉：“那个姓蔡的找舅公么事？”

蓝泉说，他见那人正跟舅公低声说话，远了听不见，只得借着院墙往前走。他还没走两步，舅公像是背后也长了眼，猛然回头，狠狠地瞪着他，他吓得连忙跑了回来。

小叮当说：“一定不是好事，要不，么事鬼鬼祟祟？”

翠杉更是把小叮当的怀疑当成了肯定。

陈炳岐叫他们不要瞎猜，赶快休息。

陈炳岐辗转反侧睡不着。他在思索着这一天的种种情况，考虑着下一步的打算。时间这样紧迫，工作尚无头绪，他心里很焦急。

楼下老两口房间里忽然闹腾了起来，先是此起彼落的斥责声，间夹着坛坛罐罐的叮当声。

陈炳岐想：发生了口角？为什么？

刚沉静了一会儿,又闹了起来。只听老两口你一言我一语的,虽然讲的是畲家话,听不懂,但从语气中能听出是责骂声,木器家具也一阵磕碰……

陈炳岐想:两位老人为啥动了火气?还能动手动脚打起来?他想起来去调解一下,但是想到雷大爷在白天的情绪,外人的出现可能把事情搞得更糟。他想叫蓝泉去,可小家伙已睡得呼呼的了。

陈炳岐又想:这儿顶多只能住一天了。让孩子们休息好。不管雷大爷愿不愿帮助,自然保护小组都要开始投入工作了。否则,各路打鹿队都进山了。特别是蔡光金的出现,更增加了问题的复杂性。也许他们正在组织打鹿队,而恰在此时我们闯了来,这怎能叫领班子的师傅雷大爷高兴?……

十一　白腹山怪

清晨。

两只小鸟在树上一唱一和，热烈而又甜蜜。其间，时而曼声吟哦，更显得缠绵，娓娓动听。

“什么鸟?”蓝泉低声问。

鸟儿的歌声，把几个人都引到了后院的门前。

陈炳岐看着正在吐出清脆音节的鸟，红玉般的嘴，鲜艳的橘红色胸毛，黄白色的眼圈，觉得它是那样神气。陈炳岐说:

“红嘴相思鸟，也有叫红嘴玉的。”

方玲长期生活在北方，虽不熟悉这种鸟，但是从羽毛和叫声的差异中，看清了是雌雄一对。她早已听说这一带是红嘴相思鸟的产地。这种鸟外形俊俏，鸣声甜美，雌雄比翼，常被当作爱情和吉祥、幸福的象征。自从组织生产以来，红嘴相思鸟产量很高，出口量大，备受国外欢迎，人们还把它作为贵重的礼品赠送给亲朋。这两年，产量有下降的趋势。是因为生境遭到了破坏，还是由于捕捉的数量超过了合理的控制数，抑或兼而有之?在省里时，王陵阳同志曾要她注意这件事。

方玲转身要去取枪，想采标本。陈炳岐却对她摇了摇手。她不明白是什么意思，陈炳岐用手指了指树。

树是高大的乔木，叶子大，又都长在枝条的顶端。幼枝上几片大叶子都簇拥着一枝柱状的白色花，像是万年青似的。蜜蜂在那很奇特的花形上飞来飞去。随风还送来阵阵清香味儿。

方玲弯弯的眉梢向上一抬，投去询问的眼光：什么树？

“厚朴。”陈炳岐小声说了句。

方玲想起来了，厚朴是入药的经济树种，性温味苦，常用于引气。剥制后的树皮、采摘晾干的花蕾，都是较贵重的药材。霰弹打上去，一大片，会伤了树。

陈炳岐又说：

“采相思鸟标本的机会很多，这次就算了。”

雷大爷家的后院低于屋基，还要下几级台阶。一方的院墙，利用了山体的陡壁建成。这后院简直是个百草园，各色花草争芳吐艳，大多是名贵的中草药，诸如黄连、三七等。也有用来观赏和作芳香物的，像美人蕉、芍药、玫瑰。这里常用玫瑰花泡酒，制玫瑰糖。屋檐下放了七八桶蜂。

方玲从蜂桶的样式和进进出出的蜜蜂，看出是这一带农民喜欢养的中国蜂。

左边的院墙下，栽了五六棵无花果树，美丽茂盛的叶片下，结着一颗颗肥大的果实。另一边，堆放杂物的棚子里，排列了整齐的一截截树段。这排树段吸引了三个孩子的兴趣。

翠杉说：

“蓝泉，你舅公真古怪，这样的烂树棍还当宝收着！”

蓝泉也在想：是啊，树都烂通了一个个小洞洞，早该烧掉或扔掉。咳！还尽是些枫树，不发火的柴火！

小叮当有些学乖了。他看那些洞洞眼都差不多大，还挺圆的，又没黑蜂钻来钻去，转悠着眼珠说：

“不像是没有用的烂树棍子……”

“你别光说不像,得说出是么东西,派什么用场。”翠杉说。

小叮当虽然说不清,可也有理攥着:

“你动动脑筋呀,你说说,么事把它身上钻了这么多差不多大的圆洞洞?”

蓝泉觉得小叮当说得有点门道,随手拿了根树段看,说:

“这洞洞眼是有意打的,旁边还能瞅见钻头的痕迹哩。”

这时陈炳岐也走过来,拿了根树段仔细看,又用鼻子闻了闻,说:

“不是种的银耳菌,就是下的香菇菌。”

这才解开了三个孩子的疑团。他们过去只是到山上采过野生的香菇、黑木耳,没有见过银耳,只听说能人工培育,还没见过是咋个种法呢!孩子们都嚷着要蓝泉舅公介绍经验,回去也要试验种一些。

陈炳岐和方玲从后院的一切,看到了主人的爱好和性格,这都有助于对老人的了解。刚才,他俩正为昨晚陈炳岐听到的老人的争吵发愁。雷大爷思想上的疙瘩是什么?

大家回到屋里。陈炳岐注意观察两位老人的脸色,老两口像是么事也没发生,陈炳岐更是百思不解了。

方玲帮雷大妈刚把早饭端上桌,花猫又迈着轻盈的步伐,无声无息地来到桌子边,瞟来睃去找主人。雷大爷刚挪板凳,它一伸腰跳到了主人身上,喵喵叫了两声。谁知,雷大爷劈头一巴掌,打得花猫头一缩。它还按照惯例,赖在身上不走。雷大爷拦它腰一提,把它摔了丈把远,骂道:

“滚!不中用的东西,只有喵喵叫的能耐,混账东西!”

花猫委屈地哼了哼,又溜到桌子旁。雷大爷正要抬手打,雷大妈已一棍刷了下去:

“打死你这个好吃懒动的赖货!还有脸要吃的?”

花猫疼得一哆嗦,窜得老远。雷大妈真的动了肝火,撵过去又打,花猫一下钻到米桶的后面。雷大爷也抽了棍子从这头打。老两口从两边夹攻,花猫只是一个劲哀哀地叫唤……

不知所措的陈炳岐和方玲心里不是味儿,话中似乎有音啊……

方玲走去拉住雷大妈:

“什么事惹得你生这样大的气?”

雷大妈还是没松手里的棍子:

“方老师,你别拉,这个吃里爬外的货,气坏了人。”

雷大爷一声不响,只是用棍子往米桶后戳。缝小,猫蜷缩到里面,打又打不着,捣又捣不到。雷大爷急得要挪米桶,桶又重……

方玲好不容易劝阻了雷大妈。她放下了棍子说:

“方老师,当初咱就说不让养这个猫。你大爷捡它回来时,瘦得皮包骨头,没两个月,吃得肥嘟嘟的。平时看它那副馋相,晓得是只懒猫,还没想到这样不成器,捉不成老鼠也算了,见了老鼠还躲,你说气不气人!”

三个孩子一声不响地呆呆坐在那里。陈炳岐也没挪动身子,心里七上八下。雷大爷搭上了腔:

“不打死也要撵走!咱活了这大把年纪,还没见过这样的脓包!”

雷大妈大约是察觉了方玲和陈炳岐的神色,缓了口气解释说:

“昨儿夜里,不知哪里钻来个大老鼠。这懒猫趴在凳子上不动。老鼠在箱子、柜边溜来溜去,它也不动,从它面前跑,它还不哼一声。你大爷捡起鞋砸去,老鼠钻到床肚里。你大爷把猫抱到床边,你猜怎么着?它吓得像筛糠样地抖,撑着个腿,死赖着往后退。气得你大爷把它甩得老远……”说着,雷大妈转身往里间走。

雷大爷也歇了手,说:

“讲起来都寒牙,没想到世上还真有怕老鼠的猫!”

这时,雷大妈拎了只长耳朵的野物出来了:

“大伙瞧瞧,就是这么只老鼠,把它的魂都吓掉了!”

大家全被这只罕见的大老鼠惊动了。方玲走过去,伸手提了过来,沉甸甸的。

蓝泉说:

“舅奶奶,你说错了吧,这哪是老鼠?”

“像小兔的耳朵,肚又大,腰又圆,要不是这样肉滚滚的长尾巴,说是兔子,保险没有人讲不是!”小叮当说完了,又摇起头来,“真是古怪,难怪花猫害怕。”

翠杉不说话,只是把头左右歪着瞧。

陈炳岐看了看野物的嘴,知道是大型鼠类。他对啮齿动物太熟悉了,不仅熟悉,而且有种特殊的感情,因为这与他生活道路上特殊的经历有着那样密切的关系。若是在丘陵或湖滩地区,他能闭着眼睛说出放到手里的是社鼠,还是小家鼠、黑线姬鼠。虽然对于山区的啮齿动物接触不多,但陈炳岐还是从它薄薄的大耳朵片子,就能否定它属于把耳隐于毛被内的竹鼠。背部自头顶到尾部基部是一码的棕褐色毛,背上刺出了很多的针毛,腹部毛色雪白。

“雷大爷,你过去见过这种老鼠?”

“见过,叫山老鼠。”

“它能上树,在树上偷果子吃。栗子树、马尾松,甚至杉树它都爬,学名叫白腹巨鼠,是个害东西!”陈炳岐又抬头看看方玲说,“你记得吧?那年咱们毕业实习时,还用支架石头的法子打到两只,肉鲜嫩肥美。你们女同学都不敢吃,咱们可解了馋。”

“哪儿是怕呀,只是心里怪腻歪的。”

雷大妈额上的皱纹都推挤到顶了:

“你俩早就在一起做事?”

“二十多年前在一个大学念书。”

雷大妈舒开了脸,似乎有了新的领悟。

雷大爷没有注意这些细节,他只管大声历数这种庞然大鼠的罪状:

“鬼东西才糟蹋人哩!净拣可口的东西吃。竹园里的笋子,它一毁一大片。要是种香菇,碰上了它,专吃大的,扒拉掉小的,别想收到好香菇。常时只在小水沟边、山芒丛棵里活动。不晓得么事招了它,昨晚窜到家里来了。”

陈炳岐逗笑地说:

“想必是大妈做了那么多香的甜的辣的,把它给招来了。”

雷大妈笑了:

“无怪这死猫怕它,这老鼠也够凶咧,龇牙咧嘴的。害得我和你大爷东追西撵,打又打不到,折腾了半夜,你大爷才把它挤到柜缝里,拿棍子打它,它还咬棍子。大约闹得你们一宿没睡好吧!”

方玲和陈炳岐这才一块石头落了地,二人会心地微微一笑。

陈炳岐刚一示意,方玲忙去解开背包。雷大爷看他们拿来一盒子刀呀剪子,不知么事。

“陈老师是要解剖白腹山怪。”翠杉响响亮亮地说。他觉得叫“山怪”比叫“巨鼠”更有味。

他看到雷大爷迷迷惑惑的神色,不禁得意起来了:咱们请你当顾问,你不搭理,原来你也有不知不晓的事!咱们陈老师比你学问多,也没像你那样拿架子!

陈炳岐手持雪亮的解剖刀,熟练地选好下刀的部位。在方玲的帮助下,他几刀子就打开了白腹巨鼠的胸膛、腹腔,略略检查了各种器官,首先取下了它的胃,接着切下了肾脏。方玲连忙拿来装了药水的瓶子,陈炳岐顺手将鼠肾放了进去。陈炳岐将解剖刀递给了翠杉,要他看看胃容物。

翠杉挺神气,不,简直是有些炫耀。他拉开了架势,先打量该从哪里下刀,然后才郑重其事地划刀。剥开了鼠胃,一股臭气直向他冲来,可他装得么味儿也没闻到,认真地剔出一样样尚未消化完的东西。

蓝泉和小叮当在一旁报着能认出的笋子、松果子。嗨！还真的找出一丁点儿香菇哩。后来，他们又争论起乱糟糟的一团肉，是偷吃的麂子肉，还是野鸡肉……

雷大爷看得惊叹不已，见方玲很慎重地将瓶子放进包里，忍不住问：

“那是么样宝物，金贵到这样？”

“不是宝物，带回去化验。啮齿动物不仅糟蹋粮食，还传播可怕的细菌，引起瘟疫。陈老师想顺便查查白腹巨鼠是不是一种疫病的宿主。”方玲说。

雷大爷不禁打量起这位满脸皱纹、头发花白的陈老师。虽然他不知道方玲说的疫病的具体内容，但他四十年前听说过鼠疫的厉害，脑子里留下了很深的印象。

“听说做这种工作很危险！”他担心地说。

“只要了解它的规律，多加小心，也不可怕。你们打猎不是也常常碰到危险吗？搞科学也是这个理。”

陈炳岐把这种一谈起来就会令人变色的事，说得如此轻松。雷大爷禁不住把眼光盯在他身上——他并没有慷慨激昂，口若悬河，但正是这种无所畏惧的平静姿态，打动了老人的心。老人的心里掀起波澜，发现了他身上有一种可贵的品质。

方玲看到了雷大爷这样的神情，不觉说了句：

“他做过这种工作。”

是的，他做过这种工作，虽然这不是他的专业。雷大爷没有怀疑方玲的话，但雷大爷怎么也想不到，这话勾起陈炳岐回想起一段难以忘怀的过去……

二十年前，他失去宝贵的科研工作的权利后，被遣送到了一个荒湖滩，和一群同命运的人成天在泥泞中滚来爬去，垦殖荒芜的土地。

不久,农场有人得了伤风感冒,谁也没有注意。奇怪的是,得病的人很快就再也爬不起来了。

场部的医生有点莫名其妙。

陈炳岐从死亡者的病状,发现了一些可疑的地方,但在这里,生物学的知识并不赋予他发表意见的权利,更不会安排他去进行研究。

陈炳岐从细微的迹象,预见到可能引起的可怕的后果,又想到这些人所具有的知识对社会主义建设的可贵,一种对祖国、对人民的责任感,鼓舞了他的勇气。他决心将自己学的生物学知识贡献出来。于是,他和同一个小队曾经学医的小王,作了商量,决定偷偷地进行工作。

当时,农场的鼠害很严重,老鼠大白天也敢穿梭于草棚的宿舍、食堂、仓库之间。陈炳岐他们就以消灭老鼠为由,向管教干部要一些做捕鼠夹的铁丝。这个要求倒是很容易达到了,因为老鼠啃衣服、偷粮食时,并不分辨政治面貌。

死亡继续威胁着人们的生命。

很快,小王的工作有了进展,他从病人发病的整个过程,证实了陈炳岐的怀疑:确实是一种危险的出血热。

但陈炳岐的工作碰到了困难,他缺少必要的仪器进行化验。

后来,他想起老花眼镜可作放大镜用,就向一位老同志借了来。这下,工作起来方便多了。

他在老鼠身上发现了一种小小的寄生虫。根据他和小王所能想起的,过去的资料都说这种小虫并不吸人的血,原因是它口部的构造并不具备可以吸血的条件。但工作的进展,使陈炳岐愈来愈怀疑是它带来了病源。

如果在正常的条件下,这一切是不难通过实验得出结论的。但是,连他们的讨论都是偷偷地进行的,又怎能公开这一切呢?“蛊惑人心”“抗拒改造”的帽子,随时能戴到他们的头上。这时,小王又向他发出另一警告:

“老陈,你的工作不能再进行下去了。起码的防护条件都没有,老鼠身上的病源很容易传染给你。”

陈炳岐只笑了笑,什么话也没说。他更热心于做捕鼠夹子,还动员别人帮他做。但他从来不准别人去放置,理由是他们不知道放置在哪里,怎样放置才能打到老鼠。他更不准别人沾老鼠的边。

有天,小王发现陈炳岐躲在宿舍,胳膊上反扣着一只玻璃杯,凑近一看,见杯子里有几只小小的黑色小虫正叮在他皮肤上。小王惊吓得脸都变了色,伸手就要打下杯子。陈炳岐敏捷地躲开了。小王语不成声:

“你……你疯……了,玩……命……”

“别嚷! 你是怕别人不知道?”

反扣的玻璃杯使陈炳岐行动不便,他急得直摇头。

“用自己的身体做这种试验,在医学上是绝对禁止的。”

小王一点也不让步。

陈炳岐只是静静地说:

“能眼看着这些同志倒下去?”

“假设你证实了怀疑,那这种出血热的病毒进入血液,几天后你也就报销了。”

“假如我发病了,怀疑也就得到证实。我的观察记录,你的见证,不都可以修正错误的结论? 这种流行的出血热也就可能得到控制。”

“可是……”小王的眼睛湿润了。

“不要说了,你我都懂得,科学的目的,是为人类谋幸福的。”

事实证明了陈炳岐的怀疑:小虫吸血。

事实也证明了小王的警告是对的:陈炳岐开始发病了。

小王协助农场医生,对陈炳岐进行了紧急抢救。经过一场难以想象的搏斗,陈炳岐终于从死亡线上挣扎了回来,但留下了痛苦的后遗症。

出血热很快得到了控制。灭鼠运动也在农场里开展起来。陈炳岐和小王挽救了农场无数人的生命。可是,有谁知道,他们所付出的代价呢?

……

“咱们也想办法打他几只,消灭这种害人的白腹山怪。”翠杉说。

胃容物的检查、记录,使孩子们更痛恨起这种家伙,它吃的全是山里的好东西哩!

“老师说过,要保护生物资源,同时还要消灭害兽。”小叮当怕老师们没时间来理会这件事。

陈炳岐正想作进一步了解,忙回答说:

“可以,咱们做几只夹子,晚上再去它窝的附近支几块石头,稳稳能打几只。现在正是它的繁殖期,消灭一只,等于消灭几十只。”

雷大爷高兴地说:

“好!队上养在枣林的蜂子,前晚不知被么野物掏开了一箱,偷了蜜不算,还把箱里搅得一塌糊涂。说不定偷蜜的贼就是它们!”

陈炳岐知道一些老猎人有自己的特殊脾性。雷大爷是专门猎茸的行家,不注意这些小兽是可以理解的。就像平时说的“打架还找个对手”,否则似乎要降低身份。所以,他很直爽地说:

“还没听说过它偷蜜。不过,我看你们这里的地势,倒可能出一种青鼬,也有人叫黄子,黄褐色的毛衣,有猫那么大,只是身子没那样粗。它凶狠,有时连小麂子都敢欺负。它特别喜欢吃蜂蜜,别名又叫蜜狗子。偷蜜的大约就是它。这倒是要想法子早早除掉,否则,蜂箱还要受损失。”

雷大爷显得亲近了:

“没想到陈老师还真在行哩!讲得有知有识,等会儿就请你去看看吧!”

“雷大爷过奖了。我虽然学的是这一行,倒有二十多年没摸边,这不,找上门来向大爷求教了!”

怪了,刚刚还有说有笑、语稠声高的,一眨眼,雷大爷又闷不作声了。究竟为的哪门?

这顿早饭吃的时间真不短。

陈炳岐又想开口说梅花鹿的事,先在心里把要讲的话颠来簸去,虑着每个字。雷大爷却一摔烟袋,立起身子往院里走。刚看到他挪步子,还没见他怎么迈脚,人已到了院门了。陈炳岐心里一惊:猎人的腿脚好快!

雷大爷老是注视着天空。一会儿,大家也都看到了一只深色的大蜂子,在蜂桶旁边飞来飞去。蓝泉紧张地喊了声:

“胡蜂!”

不错,是胡蜂。虽然它也是蜂,却是蜜蜂的敌人。这家伙不仅专门偷蜜,还伤害蜜蜂,往往是头往下一扎,就能抓走一只正在蜂桶旁忙碌的工蜂,把它杀死。蜂群不堪其苦,常常整群逃亡。

蓝泉手快,摸了根竹竿跟后撵。

雷大爷急得直搓手,找不到顺手的家伙。拿了苍蝇拍打,胡蜂落的地方太高;拿竹竿打,它又飞了。它飞行速度很快,累得雷大爷东奔西突,连连扑空,倒是打得蜂桶里的蜜蜂乱嗡嗡。

陈炳岐抽身往屋内走去。

翠杉和小叮当在一边目瞪口呆,不知该怎么办。方玲也干着急。雷大爷和蓝泉仍然追着胡蜂来来去去跑。正在忙乱得不可开交时,只听砰的一声,一只胡蜂落到地上。

雷大爷也不顾惜他的药草了,径直跑到埫子上,找到胡蜂,连连跺了几脚。

空气中有了股火药味。陈炳岐手中双筒猎枪的枪口,还有一丝丝蓝烟在缭绕。

雷大爷转过身来,说:

“谢谢了,陈老师！除了一害抵上百件好事!”老人拿起陈炳岐的枪,仔细地打量起来,“嘿！没想到这两根管子的,还能打胡蜂子。”

“是应急的办法。咱找颗装十三号铅砂的子弹,铅砂小,只有芝麻粒子大,一次能装一百多粒,火药也填得多些,打小型的鸟,对付山里常有的大牛蜂,倒是有些灵光,还没想到今天能用上。这是碰巧了!”

这里猎人用的都还是火枪,又称铳子。刚开始学放枪的人,装的小粒子铁砂多一点。老猎人不干这样的事,铁砂多,虽然命中率高,但是伤口多,打坏了野兽的毛皮就不值钱了,同时也有损猎人射击技术的名誉。一般只装一根圆柱形的铅条,或是一颗铁弹子。

再说,老猎人中还有条不成文的老规矩,除了遇到特殊情况,或对付特别凶狠的野兽外,一般说来,打一只野兽,只准放一枪。若是仅仅伤了野兽,没打死,也不能再放枪了。再补一枪,这枪就叫“关门铳”,意思是这次出来,再也打不到野兽了。

这时,只准用刀去和野兽格斗,直至猎获。

所以,要求猎人使用没有准星等瞄准器械的火枪时,要百发百中,而且要打中要害部位。正是因为这样,好的猎人总是懂得一些解剖学的知识。

陈炳岐向雷大爷介绍了双筒猎枪的性能,又特意启开一颗霰弹的封口,将铅砂和火药倒了出来。雷大爷抬头看了一眼方玲。陈炳岐懂得他是询问:她也会放枪？山区里还没见过妇女扛枪放铳的,虽然有背自动步枪的女民兵。

方玲从屋里拿来了她的枪。雷大爷一看是三根管子的,更感新奇。

翠杉还能放过这样可以大大炫耀老师的机会？忙抢着说:

“下面并排的两根是装霰弹的。上面一根,装步枪子弹,专门对付凶的、狠的、大的野兽。那天咱们遇到了狼,幸亏方老师放枪,叭的一声打倒了狼,救了咱们。”

看着翠杉这副逗人相,陈炳岐又补充说:

“使用猎枪是野外工作的基本功,方老师也不例外。连蓝泉他们,在临出发前也进行了射击训练哩!”

雷大爷对他们像是刚认识似的,把他们师生从头打量到脚,又从脚打量到头。

正在这时,门口闯进了一个慌慌张张的人……

十二　山寨呼啸

慌慌张张闯来的是养蜂员。他报告了养蜂场昨晚又遭了殃,野物跑进去掏翻了两只蜂箱。

雷大爷听完,拉了陈炳岐就走。方玲领着蓝泉他们也跟了出来。雷大爷回过头来说:

"泉伢子,回去帮你舅奶奶拔菜,要不就去看看书,别把功课忘了。"

语气是命令式的、不容商量的。蓝泉愣住了。小叮当一伸舌头。翠杉噘起了嘴。

"让他们一道去吧! 你们也别总把咱们当客待。"方玲说。

"小孩子家该在学校里读书,这野山荒岗地跑有么名堂? 到那里嘴快手快,碍事!"

方玲这才听出了话里的味儿,赔着笑说:

"领他们出来是让他们学科学知识的。你看,我和陈老师读了几年大学,到现在,没见识的事还多着哩! 蓝泉他们都是听话的孩子。"

雷大爷也不好再说什么。一行人穿过枣林,向放蜂箱的地方走去。

方玲根据蜜源情况估计,以为是个有相当规模的养蜂场。谁知到跟前一看,只有七八箱蜂。蜂箱的式样和这一带养中国蜂的蜂桶大不一样,很容易区分。方玲告诉小叮当他们,这种蜂是意大利蜂。

"雷大爷,你们队养蜂没多久吧?"陈炳岐看了蜂箱的摆设和周围的布局。

“咱们这里,不知从哪代起,就开始养蜂了。只是现在队里对养蜂七嘴八舌,赞成养洋蜂的嘴多,赞成养土蜂的嘴少。人少话不响。洋蜂流蜜是多,没想到太难服侍,娇得像独生的伢子。”

为这事,雷大爷心里也憋了不少的话。

陈炳岐说:

“意大利蜂流蜜量大,优点不少。我曾思摸过这事,它毕竟是从外面进来的,对本地的生活环境不习惯,像是人到了外地,水土不服一样。再加上养蜂的人对它的脾气摸不准,常常在这方面吃苦头,受损失,弄得不好,整箱整箱的蜂子都会死掉。中国蜂,优点突出,土生土长,适应环境,养蜂人也摸到了它的脾性。这叫互相了解,事情办得好,收效大。”

雷大爷连连点头:

“全是地道话,对事看得透。”

翠杉说:

“咱在报纸上看到一篇文章,讲改造土蜂和科学养蜂问题。还说有个人做了有趣的实验,他只是想了一些点子,按科学的方法管理,嗨嗨,产蜜量增加了一倍。”

“是的。如果再能在土蜂中进行筛选,将来一定能培育出有咱们自己特色的好蜂种。”

“着啊! 可以把产蜜量最高的蜜蜂的酿蜜信息,移到土蜂身上。这叫遗传工程学。方老师,对吧?”

雷大爷惊讶地看了翠杉一眼,那神气似乎是说:这伢子还不简单哩。

“对。现在已经有人在做这方面的工作,还有像你们这样的孩子在想这个工作,这件事,大有希望!”

蓝泉家里养了蜂,他比其他孩子的实践知识多。他说:

“咱们村有人也养了意大利蜂,咱和他家比较过:今年开春,咱家的土蜂开始出桶采蜜了,他家意大利蜂还没动静,靠喂糖水过日子,过了十几天,它们才出箱采蜜哩!以后,咱又发现,早上土蜂已采蜜几个来回,意大利蜂还赖在箱里。傍晚,天很早,意大利蜂就收工不干,土蜂还在花上忙活着!”

“嘻嘻!又让你找到研究生物钟的好对象了。”小叮当一向佩服蓝泉。

陈炳岐高兴地说:

“蓝泉不愧是个物候观察迷,观察得很细致,学习就该有这个劲头。咱也观察过,在小气候带变化大时,意蜂不出动,土蜂照样出去采蜜。在蜜源稀少的情况下,土蜂采蜜的积极性也很高,尤其是抗病能力强。这些优点可以再诱导、强化,产蜜低的问题也好解决。”

雷大爷心里想:么叫“遗传工程”?不懂。自己活了几十年,还没给蜜蜂上工、放工记过时哩!可说到养蜂实践,他的话就多了。他对陈炳岐说:

“去年队上议这事时,要有你在场,说不定养的就是土蜂了。虽说土蜂出蜜少,但咱们能多养点,山里的蜂子多,只要有心找,不怕逮不到蜂王,哪需花那么多钱去买一箱?”

一提逮蜂王,两个孩子都瞅着蓝泉笑,小叮当又掉转头瞅着翠杉笑,翠杉也只顾憨笑。和他们一块走的方玲,不知他们演的是哪一出哑剧。

“意大利蜂有意大利蜂的长处,蜂群壮,产量高。我的意思是也别把土蜂丢掉,科学要解决提高土蜂产蜜量的问题。”陈炳岐补充了自己的意思。

他们谈谈说说,不觉来到被糟蹋的蜂箱跟前。只见满地是蜂脾、幼蜂和流淌的蜜,幸而蜂王还没跑掉。养蜂的人已作了一些处置。

方玲和陈炳岐在周围观察了一圈,终于发现了偷蜜贼的一些足迹,从足迹分析是蜜狗光顾过这里。方玲仔仔细细地给蓝泉他们说了周围的景观,和蜜狗的生态、足迹特征。

回来的路上,方玲由蜜蜂谈到了丰富的昆虫资源,从虫体、虫产、虫行几个方面说明了对昆虫资源的开发和利用。比如蚕蛹不仅可以吃,蚕蛹油还是医学上重要的药物原料。

翠杉说,他南山大姑家是有名的蚕桑之乡,那里用蚕蛹喂貂,发展了养貂事业,“综合利用”。

讲到虫产时,孩子们除了对紫虫胶、放养在女贞树上的白蜡虫产的虫蜡生疏外,对蚕丝、蜂蜜、蜂毒、蜂王浆等知识都很熟悉。

雷大爷对放养白蜡虫很有兴趣,详详细细问了各方面的情况,因为这一带的女贞树很多。

讲到虫行时,翠杉说,他看到报纸上介绍,美国的不少农场主在农作物开花时,到养蜂场去租用蜜蜂授粉,能达到增产的目的。

雷大爷感到方玲的话像露珠,滴滴滋润在花枝上,打骨朵的苞子开放了,嫩嫩的叶子伸腰了!小伢子们提出了那么多天真的问题,争论得那样热烈,他的脚步不自觉地慢下来了,伴随在老师和她学生的左左右右……

等到他发觉自己的脚和他们正合着一个节拍走动时,他有些惊慌了。在这惊慌中,他明白了老师坚持带孩子们来的意思,他为自己说出的话懊悔……

他重新打量起方玲:生着一对弯弯细眉,文文静静,四十多岁还未成家,一谈起科学就像是白鹿溪那样,浑身是劲。溪水挂帘的飞瀑,人们多远就能看到它的气势,白鹿崖下的喷泉,却不是每个人都能一眼看得清啊……

老人在思索他们昨儿来后的一言一行。他们的谈吐、他们的作为,异样而又教人感到入耳、悦目。不像近年进山的一些山外客,总是一边谈路线斗争、阶级斗争、割资本主义尾巴,一边打听木耳、香菇、樟木板的价格,想买到便宜的山货。就像那馋嘴的和尚,一边敲着木鱼念“阿弥陀佛”,一边把鸡鱼鹅鸭肉使劲往袈裟里塞。那些人到他家来,他家成了叫卖的集市。这两位老师来了后,他家成了讲学的学堂。几个孩子呢,也开口闭口地说自然保护的一些事……

自然保护,野生珍贵动物保护……这些都是雷大爷头次听到的新名词。当心,前几年,五花八门的新名词像是变戏法的口袋,一翻一个花头……四十多岁的妇女还不成家——古怪。还有这个满脸皱纹的半拉老头,说是老师,不如说是打铁的……他们究竟要干什么?还得看看。雷大爷心里的疙瘩还未完全解开。

中饭时,来了个人找雷大爷,看看雷大爷不起身,才低声说:

“蔡老三在队屋等你。”

雷大爷只哼了声,那人就走了。

方玲和陈炳岐按计划带着地形、地质资料,领着蓝泉他们上山,进行实地考察去了。他们前脚走,雷大爷后脚就出了门。

“奇怪,昨儿咱们刚到舅公家,来了个蔡光金找舅公,今儿又来了个蔡老三找舅公。面不露,光叫人传话,玩的是么把戏?”

刚出村子,小叮当忍不住提出疑问了。

翠杉说:

“说不定蔡老三就是蔡光金,蔡光金就是蔡老三。今儿是为了躲咱们的眼,故意不显身。”

蓝泉一跺脚,说:

“陈老师,咱去看看。经胖孩一说,咱想起了,那个蔡光金好像又叫蔡老三。”

“昨儿的事,你忘了?你去,舅公又会不高兴的。”陈炳岐说。

“咱现在明打明去,见了人,也明打明说禁止打梅花鹿。咱们是自然保护小组的,说不服他们,也能冲散他们,只要让他们打不成鹿就行了。”

翠杉和小叮当拍着手说:

“我赞成!”

陈炳岐不觉放慢了脚步:这也许是个办法……再一想,不禁脱口说出:

“不行。一块什么石头压在雷大爷心上,咱们还没摸清,硬冲硬闯会把事儿搞糟的。”

方玲有自己的看法,她认为雷大爷今天的情绪有了明显的不同。姓蔡的频频来找他,可以认定是为了组织打鹿队,因为猎茸季节已经来了,它有时间的紧迫性;但也能看出他们的意见还没有统一,否则,不会连续找雷大爷。然而,是雷大爷不愿去呢,还是对班子的组成有分歧?她和陈炳岐还得不出正确的结论。

的确,雷大爷一直回避和他们谈梅花鹿的事。是因为要去打鹿吗?陈炳岐也听说过,打鹿队的组织从来不是公开进行的,总是由师傅悄悄通知他愿意吸收的队员。

因为猎鹿取茸不仅季节性强,而且是种集体狩猎活动,每个队员都要在班子中担负一定的责任。如果公开组织,有人要求参加,而师傅觉得他不合“把子”,麻烦事就来了,可能招了人怨,导致打鹿队还没出门只得散伙,或是行猎失败。

如果在他们经过这样的工作后,雷大爷还是要带领猎队去采茸,他们也没有什么好办法去阻拦,就只有周旋于三十九岗了。但是,在这样层层叠叠的大山里,若是他们有意回避,就是有天大的本事也难以找到他们。是的,方玲说得对,问题将更加复杂,仅仅依靠这样一支小小的队伍,是无法做好保护工作的。

经过讨论,他们只有两个办法可选择:继续抓紧时间做雷大爷的工作,争取得到这位老猎人的帮助,万一失败则独立工作。困难肯定很多,但只要努力奋斗,工作还是可以开展起来的。

那时将兵分两路:一路在三十九岗巡回检查,制止猎鹿;一路四处走访,摸清打鹿队的情况,寻找有丰富经验的猎人协助工作。

今天的实际考察,就是准备工作中重要的一项。

晚饭后喝茶，洋溢着轻松愉快的气氛。陈炳岐和小叮当他们一边做着捕兽夹，一边讲着生物学上的一些奇闻逸事。方玲在旁整理野外工作的用具，不时插上几句。讲着讲着，连两位老人也被吸引过来。

天色渐渐暗了，山岭上空漫起鱼鳞一般的霓霞，红色的鲜艳，金色的耀眼。

小叮当催着去下捕兽夹，到了出发时，陈炳岐却只点了蓝泉和他一道。理由是人多了留下的气味重，偷蜜贼和白腹山怪要生疑，有蓝泉领路就行了。小叮当和翠杉虽然盼了个空，但听说明早还可以去看现场，就在暮色中把他们送出了门。雷大爷又再三叮嘱蓝泉别领错了路。

孩子们对老师的亲热劲，连雷大妈也很受感动。老两口平时比较清静，这两天，房子里欢声笑语不断。两个老师像是孩子头儿。方玲是个妇女家不说了，难得这个头发花白的陈老师，还有这副孩子心。雷大妈对方玲说：

"约莫陈老师在家也是这样，孩子们只亲他，不亲娘。"

问得太突然了，方玲还未转过弯子，雷大妈又说：

"也像泉伢子他们上中学了？孩子他妈做啥工作？"

方玲这下才听明白了，说：

"不。他没有孩子，还是个单身汉。"

轮到雷大妈磨不开筋了，这些有知识的人，么事都怪！四十来岁的妇女不成家，现在又来了个寡汉子。她不能不提出问题：

"大学毕业的老师，人不秃不麻，又不缺腿少胳膊的，还能没人看得上？头上都落层霜的半拉老头子了，想单身一生？"

雷大妈审视着方玲。谁知，她温和的脸上像是刮起了三九的寒风，老人不禁从心尖上泛起了凉气。

雷大爷重重地咳嗽了两声，无疑是要大妈停止发问的信号。

怎么样才能使这两位善良的老人，理解陈炳岐在生活的道路上所经历的问题？方玲掠了掠鬓发，从从容容地说起了她认识的陈炳岐：

那还是1956年，在生物系学术委员会举行的学年论文答辩会上，陈炳岐的《关于动物资源的开发及利用》获得了第一名，方玲的《关于动物资源的现状及保护》获得了第二名。由于这两个题目之间明显的联系，学术委员会建议他们合作，共同准备毕业论文，并指定了指导教师。

从这时起，方玲算正式认识了陈炳岐。其实，陈炳岐在系里是个出类拔萃的人物：校运会上一百米、二百米短跑的冠军是他，出席省里“三好学生”代表大会的是他。只不过俩人同级不同班，平时没有打过交道。

在准备毕业论文的过程中，方玲逐渐发现，陈炳岐那娃娃型的面孔，和他纯真得像孩子一样的人品，是多么和谐地统一在一起。他没有忧虑，没有畏葸，明朗、坦率，就像是湛蓝湛蓝的天空，一丝云也没有。

“这样的人，没有姑娘爱？”雷大妈忍不住问。

“那时的大学生，都一门心思学习。国家和人民把自己送到学校，不学好知识，拿什么去建设祖国？”

“毕业后呢？”

是的，事情就正出在毕业的时候。陈炳岐在准备毕业论文时，翻阅外文资料，找到了他所需要的阐述生物的遗传和变异的遗传学方面的材料。它在工农业生产、国防、医学、探索生命起源奥秘中的巨大作用，引起了他极大的兴趣。特别是自1953年，科学家阐明了主要的遗传物质脱氧核糖核酸的双螺旋分子以来，遗传学在各方面突飞猛进地发展。

遗传工程学在按照人们需要，去创造或者改变生物工作中的诱人而广阔的前途，大大地打开了陈炳岐的眼界。他认为这是一个重要的学科，应该引起重视。

可是，当时是不准说这一切的。有人劝他偷偷研究，不要公开呐喊。原因是苏联的一些科学家批判了遗传学，认为它是为资产阶级服务的。这不仅没有使陈炳岐动摇，反而使陈炳岐愤怒，在科学上怎能容许这种形而上学的东西存在呢？能为人类谋利益的事为什么不能提倡？应该有人站出来讲。他向学术委员会作了呼吁，而且在自己的论文中特意加上了一段。

“你们叫什么来着？……对呀，不是能百花齐放、百家争鸣吗？”雷大妈虽生活在深山里，但对这样的名词，倒是没费多少脑子就想起来了。

“就因为他争鸣，有人早给他做好了帽子，一顶是‘反苏’，一顶是‘美帝走狗’。”方玲激愤了。

“怎么扯上……”大妈对政治上的事说不利落了。

“苏联有部分科学家不赞成这个学说，他赞成这学说，这不是反苏？这个学说，开头是一个美国科学家提出来的，这不就成了帮美帝讲话的走狗？”方玲坐不住了，站了起来，“那时正在反右派，他又为别人抱不平。”

雷大妈也为年青的陈炳岐担忧了：

“心太直了，太厚道了。后来……”

“还能跑得了！”

“遭难了！”雷大妈伤心地说了一声。

雷大爷的烟锅灭了，他坐不住了，一骨碌站了起来。翠杉和小叮当也早已停止了手上的活儿。

夏夜的风，凉润润的，它从白鹿崖下的山谷里吹来，传来对口泉沉闷的水声，又卷起了啸声，摧动林涛，呼呼地滚动，震撼着山峦……

方玲停停又说：

“事情还未完哩！他被送到一个荒湖滩的农场去改造。半个月没到，他又给省里农垦部门写了封信，说是根据他所了解的资料，这个湖滩不能开荒种地。”

“是发配去的呀！也不是请他当专家，啧啧……”雷大妈懂得戴了“帽子”的人，是不能乱说乱动的。

“是的。可他说，别看眼前得了一点地，种了一点粮食，但湖面减少了，蓄水量也小了，汛期一来，洪水难以排出，这样做的结果是破坏了自然生态的平衡，对渔业、气候都有影响……”

“这么说不罪加一等?”雷大妈心都揪起来了。

“是的，人家说他是攻击新事物，抗拒改造。他说，保护自然生态平衡是关系到子孙后代的事，等把话说完再杀头也行。”

雷大爷把烟锅磕得嘣嘣响，放开了喉咙：

“有骨气!”

方玲接着把科学上的事作了解释，还有陈炳岐在农场研究老鼠，防治出血热，救了很多人的性命，等等，几乎把陈炳岐这二十年的生活，都细细说了一遍。

大妈不断擦着涌出的泪水，大爷却像一根柱石一样，立在火塘边，动也不动。

一阵脚步声往门口响来。吱溜一声，门开了，陈炳岐和蓝泉走了进来。

雷大爷迈开大步迎了上去，一把抓住了陈炳岐的手：

“牙齿和舌头还有磕碰的时候。陈老师，咱错怪你了!”

陈炳岐不知发生了什么事，手足无措地愣在那里，只感到老人滚烫的手在微微地颤抖。

“泉伢子没把话讲清楚！也怪你大爷心地狭，以为你们是疑心咱打了你们看的花鹿，追着屁股跟来，改头换面调查，把老头子当成了贼！没想到你是这样一位铁铮铮的汉子。

“我姓雷的活了六十多岁，经过了不同的世道，原以为只有扛枪的人才不怕死，谁知你们这些做学问的人，也得把脑袋吊在裤带上！谁不想过安稳自在的日子？谁愿意光着头往刺棵里钻？还不是为了国家，为了大伙儿都能过上好日子！当今，你不计前怨，又挺着胸脯干起来了。可咱……不说了，明天起，大爷领你们上山！”

三个孩子咧开了嘴，拍起了响巴掌。方玲的眼角挂着泪花，但也跟着孩子们拍起手来。

令陈炳岐百思不解的疙瘩，被雷大爷自己解开了。他从雷大妈、方玲和两个孩子的神情上，估摸出为什么会出现这样意想不到的变化。

“谢谢你，大爷！一个人的遭遇比起一个国家的命运，算不了什么！常说：家不和，被人欺；国不强，被人凌！祖国遭难大。要想不受外国人欺侮，要想繁荣昌盛，要想安居乐业，只有万众一心，真心实意地把‘四化’搞上去。”

“你，陈老师，心地朗朗！大爷懂得你的心意。你说的科学上的事，咱朦胧得很，可咱晓得，这是对国家、对人民大有益处的好事！这事办成了，前途大着哩！我老头子愿意领着你们到三十九岗兜圈子。”

“是我没把话说清，让大爷……”

“不说了，怨咱想岔了。”

大妈还放不下那份关心，低声问方玲：

“他现在还没有……？”

方玲说：

“大妈放心……”

雷大妈凑到方玲跟前，深情地说：

“别怪大妈嘴碎，都四十多岁的人了，见的世面又多，还能看不上一个中意的？像陈老师这样的人就好嘛！”

方玲低着的脸，像是被傍晚的云霞映了一样，眼里汪着晶莹的泪花，思绪又回到了二十年前，浮出了校门前分别的场景：

在被迫离开学校的那天，孑然一身的陈炳岐提了简单的行李去车站。到了学校门口，陈炳岐还是禁不住回转身子，久久地望着失去活力的校园，矗立的教学大楼，昏黄灯光下的图书馆、实验楼、标本室……在夜色笼罩中，一片朦胧。陈炳岐心里默默地说着:再见了,母校! 尽管你给了我不幸,我还是怀念你,怀念着你给我的知识,给我的教育,给我的力量……

当他强迫自己掉头时,几乎撞翻了一个人——方玲! 确确实实是文文静静的女同学方玲,就是在夜色中他也看清了她嚅动的嘴唇、庄严的神气。不知什么时候,她悄悄地来到了自己的身后。他们互相注视着,谁也没有说一句话,就像是平静的海面——但海的深处,汹涌着动人心魄的惊涛骇浪!

能说什么? 方玲的到来,于他既是热切的希望但又意外。多少朝朝暮暮,他们在一起探索大自然的奥秘,共同经受挫折的烦恼,也一道享受过胜利的喜悦。似乎是没有想到爱情,但爱情已悄悄地播下了种子。

陈炳岐像是个只顾和季节争夺时间,忙于耕耘、收获的庄稼汉,成天在科学的天地奔波……在经历了这样一场冰雹严寒之后,他想也没想过撒下的种子还能生根、发芽。方玲正庄重地站在他的面前,脸上还挂着笑容——那是苦涩的、令人心灵战栗的……

还是方玲打破了凝固般的沉默:

“走吧!”

她拿起了他的行李,伴着他,默默地走着。陈炳岐几次都张开了嘴,要说话,但每一次,都被她制止住:

“一切的一切,我都知道,你别说了。是的,你不要说了。高尚、纯真的情感是不需要说的,是能够互相感应的。我相信生物电、脑电波的学说,咱们的频率是一致的。”

火车的汽笛一声接着一声,撕扯着心,催促人们分离。方玲拉住陈炳岐的手:

“你把我的心带走了,它将伴着你、随着你跋涉坎坷崎岖的道路。”

陈炳岐深沉地说:

“我把心也留下了,谁知它给你的是辛酸还是欢乐?”

……

雷大爷眼前似流过潺潺的小溪、磅礴的飞瀑、奔涌的江河、无垠的海洋……他也说不清,么事看着方玲的举止,就像是见到了这些江河湖海的化身,现在,看了陈炳岐,就如见到了嶙峋的山岗。是因为两者之间有着同样的灵魂、同样百折不回的性格?他觉得这些形象已经重合在一起了。

两个热血青年,仅仅是那么两句话,就把命运互相紧紧地拧在了一起,在二十年的音讯断绝中,相互默守着信任,相互等待着。一旦狂风吹散了乌云,方玲经过千难万险,从遥远的千里之外,踏着陈炳岐的足迹,从北方找到江南。就像小小的溪流,历经千重大崖、万重高山,还是奔到了无垠的大海……

是怎样一股心劲呢?老人虽然洞悉人情世故,但开始时,对于两位陌生的从事科学研究的人并不知深浅,而且感到困惑。

现在,他用自己的人生经验归结为简简单单的一句话:不能舍着命爱自己的事业,也就不能为自己爱的人作出牺牲。只要是一颗坚实饱满的种子,播到土里,总是要生根、发芽、长大、开花的!任是什么风雨也摧残不了的!

什么是他们的事业?几十年前,师傅的一句话突然跳了出来,那是当师傅细细玩味了从自己的手里接过去的白鹿之后说的:

"有意思,咱们都爱鹿,把它的脾性摸得透熟,还把它奉为神物,祈它保佑。真怪,咱们又都打鹿……爱它,又要打它,真是一笔理不清的冤枉债,到哪天才能……"

那时,他还不理解这句话,多少年,也还只是咀嚼话的味道。但现在,他感到有一点儿明白了,似乎悟出了一些依然说不清的道理……

孩子们一会儿乐,一会儿忧,一会儿恨,一会儿喜,他们簇拥在老师的身旁,围在舅公的身边,觉得他们的两位老师和舅公是世界上顶顶好的好人,是顶顶值得亲近的人。虽然还不能细细地分清,理解这当中的种种——那还需要他们在生活中深刻体味——但有一点是明白的:

美好的东西，科学知识，并不是从天上掉下来的，需要奋斗，需要抗争。要有献身精神，要有大无畏的勇气！对于前人用生命和鲜血换来的知识，应该爱它、学习它、发展它，用它为人类造福！

这些敦厚纯真的道德营养，将哺育着他们，伴随着他们茁壮地成长……

雷大爷从沉思中惊醒，激动地说：

“大难不死，定有后福。老婆子，拿我窖存的陈年玫瑰酒来。喜庆的酒，谁都得喝！”

应着老人洪亮的声音，山林卷起一阵更壮阔的苍苍莽莽的涛声，它呼啸而来，又奔腾滚过……

十三　溢满奶浆的峡谷

一派繁忙的景象，使深宅高房充满了生气。

蓝泉、小叮当、翠杉忙得满头大汗。斧砍声、锯拉声、锤砸声、欢笑声响成一片。山区的孩子都挺能干，艰苦的生活磨炼了他们。不久，一方方带腿的宣传牌子就做好了。

昨天晚上形势急转，两位随着新中国成长起来的生物科学工作者，在科学道路上坚韧不拔，一心为了祖国的精神、对待生活的态度，深深地感动了畲族老人，赢得了真诚的尊敬。

夜深了，雷大爷还在滔滔不绝地谈鹿，从白鹿的故事谈到花鹿的分布，从三十九岗讲到了鹿街……

鹿街，多新鲜的名词！孩子们以种种传说，在脑子里画了许多五光十色的图画。雷大爷答应将带领他们去探索鹿街的秘密。

自然保护小组的顾问上任了。为了保护自然生态的平衡，为了拯救濒临灭绝厄运的梅花鹿，讨论会进行得热烈而严肃。他们重新审查了原订计划，确定了今后行动的方案：采取一切必要的措施，严禁打猎队猎鹿取茸；向群众宣传，保护正在产崽的母鹿；同时考察这个特殊生境中才有的梅花鹿的现存数量、生态特点；制订出保护、研究、开发利用的规划。

展现出的前途是美好的。但是，两位老师和顾问都非常清楚，通向前途的道路是艰险的。首先，时间将是个无情的压力，猎茸的季节性决定了所给予他们的时间短暂，而像巨龙似的三十九岗又是那样广漠，等待他们跋涉的千山万壑又是那样复杂而奇特，简直是谜一样的世界。

还要知道，这是一支什么样的队伍啊！其中有着三个十二三岁的娃娃哩！

雷大爷商量似的说：

“三个孩子行吗？是不是让他们就留在这里？”

“不行。”方玲的话音不高，语气却十分坚定。

雷大爷不是不明白两位老师的用心，可是，摆在面前的是这么个难题，就像是摆九连环一样，一环扣不上，环环脱节……雷大爷又抬眼看着陈炳岐，希望他能理解自己的为难之处。

“咱们是想了又想，才决定带他们来的。科学的未来是他们的，咱们终究要把攀登科学高峰的接力棒交到他们手里。他们应该比咱们更强，冲刺的力量才更加有力、勇猛！”

陈炳岐像是自言自语，又像是回答雷大爷询问的目光。

蓝泉他们坐不住了，骤然感到满腔的热血在升涌，神色庄严，像是三名正待出征的战士。

小叮当说：

“咱们坚决服从命令听指挥，决不会耍小孩子气！”

雷大爷脚板一跺：“好，有志气！”

终于，一个最佳的方案被筛选出来。

当夜，陈炳岐向省科委写了书面汇报，建议省科委和林业部门采取相应的措施；同时，写信给学校，汇报了工作进展情况，并要求翠枝和强生配合做好工作。

叫人高兴的事情是多的，但忧愁和欢乐总是伴生的。就像是大河大江的奔流，也还有回水旋涡。

雷大爷对两位老师采取的措施，满心赞成。陈炳岐询问每年来打鹿的班子有多少，雷大爷说有十二三个。可是，当问到具体的地方、师傅的名字时，雷大爷又沉默了。这又是什么缘故？

陈炳岐想起了蓝泉介绍的情况，难道是触犯了老人给自己规定的生活信条？唉，一个人的思想、脾气，多复杂！

幸而，在介绍梅花鹿时，雷大爷无意中提到过几个地方，以及师傅的名字，总算是多少了解了一点儿。

他们按预定计划，要将宣传牌安放到进入三十九岗的交通要道口。在这方面，雷大爷又是很热情的，他说出了哪些地方该放宣传牌，哪些地方不必放。事实证明，他不愧是个猎鹿的能手、三十九岗的活地图。

“方老师，布告拟好了吧？”翠杉问。

布告很简短：“为了保护生物资源，为了有利于科学研究，国家早已规定：梅花鹿属于国家一级保护动物。自即日起，三十九岗地区，严禁捕猎梅花鹿，请各猎队、猎人自觉遵守国家法令。”在落款问题上，颇费了一番心思。最后，署名定为“金竹潭自然保护小组”。

方玲说：

“自然保护的规定，应该有法律的约束力量。我相信，不久的将来，在全国人民代表大会上，一定会制定自然保护法。否则，自然保护还是一句空话。”

蓝泉虽然刚刚踏进中学校门，一手隶书字倒写得挺漂亮。抄写布告的任务自然落到他的身上。

小叮当念念不忘小月亮：

“这下好了，谁也不敢再碰一下咱们的小月亮了。胖孩，你说，咱们这回到鹿街能找到小月亮和它妈妈吧？”

翠杉似乎是很认真地想了一番：

“难讲。有件事你没做好!”

“么事?”

“名字不是你起头叫出来的吗?”

“这还用问?大伙都同意了。”

“你征求过小鹿和它妈妈的意见吗?”

“……”

“问题来了,不晓得它认账不认账。要是小月亮也跟着它娘赶集,到了鹿街就能碰着面。可是,尽管你喊‘小月亮’‘老月亮’‘月亮乖乖’‘月亮姑奶奶’,它还只顾仰着脖子不认账,那不是白喊了吗?”

蓝泉忍不住说:

“胖孩,你说什么鬼话?净磨嘴皮不干活!”

小叮当最近大有进步,他常常能叮得翠杉当不起来。只听他叫了一声:

“胖孩……”

翠杉见小叮当的下文老是不出来,急了:

“你有什么高论?”

“咱喊了你吗?真奇怪!”

“你……”

“给你起个名字叫胖孩,先征求你的意见没有?你一开始就同意了?”

“小叮当,你学鬼了,没想到中了你的圈套。”

小叮当倒没有像平时斗赢了嘴时的扬扬得意相,反而一本正经地说:

“咱是说,可以让它承认这个名字。陈老师不是说,可以建立第二信号系统吗?咱们将来办了养鹿场,得给每只鹿起名字,要不就乱套了。在大山上,也要给它们起个名字,让它们承认。要不,咱们保护小组去检查时,怎能认出张三、李四、王二麻子?”

翠杉真的信服小叮当了:

“嘿，小叮当，刚才说你学鬼了，现在咱要说你学灵了。行，以后选你当‘命名组长’，专给每只梅花鹿起名字，还要研究出办法，让它们认账！”

蓝泉觉得他俩谈得很有意思，说：

“陈老师讲过，动物靠各种各样的信息联系。以后，从研究信息开始，说不定真能研究出好办法。”

翠杉说：

“又来个要研究信息的专家了。它和你说的生物钟有么联系？着啊！这下小月亮不仅没了危险，下次只要站三家屋后头一喊‘小月亮！’，说不定还真能有花鹿呦呦答应呢。”

这时，蓝泉听到舅公在远处说话，洪亮的话音里带着喜悦和兴奋。舅公走过来了，笑容使他变得那样可亲，蓝泉像是见到另外一个舅公。陈老师走在他的后面。

“伢子们，都来看看。再滑的鲶鱼溜不掉渔夫张的网，再横的螃蟹躲不开抓它的手。这熊玩意儿没躲掉老师给它安排的命！”

雷大爷手里举着的捕兽夹，夹着一只头朝下的小野兽。它扭着腰肢，不服气地翘起头，龇着尖利的牙齿。

孩子们围上来，七嘴八舌地议论开了。

“看看猫怕它不！”

真的，那只地位已一落千丈的肥猫，早已躲到一边，缩颈蜷身地偷偷瞟着这位仍不失威风的来客。

“毛倒是漂亮，像水彩颜料中的柠檬黄！”

“说它像猫，倒不如说它像黄鼠狼。”

“它和黄鼠狼都属于鼬科，同科的动物，总是相似的。”陈炳岐说。

“是蜜狗吧？它不怕蜂子锥它？”小叮当问。

雷大爷说：

“往年在山里见过这东西,今天才晓得偷蜜的贼是它!听人说,它厉害哩,能跟老虎、豹子干仗。”

这样小的家伙,能斗过豹子和老虎?孩子们都不信。

小叮当说:

“舅公见过?”

“没见过。咱不稀罕和这些小玩意儿打交道。听人讲,它躲在树上,老虎、豹子从下面过,它马上尿尿,尿到哪块,哪块肉就烂了。它再从树上跳到老虎背上,趴得紧紧的,老虎想咬,咬不到,伸爪抓,抓不到。它倒在老虎肋条处咬洞。老虎疼得没命地跑,穿山越岭,这小东西用爪子钩到老虎的皮肉里,像是个骑士一样,紧紧抓着。老虎倒下了,它就扒开老虎的肚子,把心、肺、肝、胆全吃掉。有人讲它胆子大,是吃了老虎胆的缘故。哎,这都是‘山海经’,我也不信,只是说着让你们乐乐。”雷大爷很有兴致地讲着。

孩子们真乐了。有的说,这倒像是寓言中写的狮子和蚊子打仗的故事。有的说,全是瞎编,逗人……临了,都拿眼睛看着他们的陈老师。

陈炳岐把捕兽夹翻了过来,又用棍子压住了蜜狗的脚,说:

“这爪子是角质,弯成了钩形。”

“着啊!它生活在森林里,为了爬树、逮鸟,爪子非弯成这样不可。咱见过工人爬电线杆,脚上套的扣子和这才像哩!”翠杉很高兴地说出他的发现。

小叮当说:

“它的门牙大,犬齿锋利。这爪子、牙,都是它猎取食物和跟敌人干仗的武器。”

陈炳岐说:

“说得都有道理。在鼬科中,它是比较凶狠的一种,虽然不能吃老虎、豹子,倒是有人见过它能捕食獐子。这样的小动物,能捕食獐子那样大的动物,可见它多么凶悍、机警、灵活了。它的犬齿像短刀,能够切割、刺穿其他动物的皮肉。食肉类的动物都具有这样尖锐的牙齿。牙齿发展进化，成了它们强有力的攻击和防守的武器。正因为有这样的武器，蜜狗胆子也就特别大，大白天都敢出来猎取食物。”

和山林打了一辈子交道的雷大爷，对陈炳岐说的很容易明白，但是，更叫他高兴、佩服的，还是陈炳岐的计算。他忍不住说：

“出门时陈老师就说，它早上还有一次活动高潮。咱们到蜂场后，看蜂子的人说，刚听到一声响动，不知是不是夹子翻了。嘿！到跟前一看，真的上夹子了！陈老师把它的命算得真准！除了这一害，蜂子少受损失，咱也长了知识！”

天数并不长，方玲已喜欢上了大山里的黎明。晨曦以特殊的风韵，逐渐把大自然的形象展现出来。天宇中淡淡的光，衬出峰峦嵯峨的轮廓。森林、山谷、野花……都还似醒半睡地朦胧。只有小溪不知疲倦地铮铮吟唱。白雾在山谷里梭纱经纬，是要织成在山岭上飘荡的云花，还是灿烂辉煌的朝霞？

自然保护小组的队伍肃穆地向鹿街进发。雷大爷肩上扛着火枪，在前头领路。他带着队伍从白鹿崖往下，将沿着雾谷前进。

孩子们被这儿的景色迷住了。

眼前的雾谷，犹如一条溢满奶浆的河流，恬静、温柔地躺在山的怀抱里。对口泉哺育着她，磅磅礴礴地喷涌出乳汁，连那雷鸣般的轰响，现在也变得那样遥远，似乎是支摇篮曲，唱得群峰也微微晃动，生怕黎明会惊醒山谷河流的美梦。身临其境，使人们觉得不是往谷底走，倒像是伏到水里，一会儿浮了上去，一会儿飘了下来。

到了对口泉，雷大爷默默站了一会儿，看着飞涌的白鹿溪和石潭激发的巨大浪花。

队伍已缩短了间距，湿漉漉的浓雾还是使前后难以照顾，稍一大意，落后两步，就会失去目标。小叮当把眼睛瞪得大大的，提心吊胆地注视着周围，防备从迷蒙蒙的世界里突然闯来的危险。当浓雾飘来时,他机警地抓着方玲的衣角。陈炳岐严格履行后卫的任务。

谷底到处都是湿淋淋的,像是沐浴在无边无际的毛毛雨中。只要有指甲盖大的土,各种野草就都去争相占领。连光裸的石头,也铺严了碧绿的厚茸茸的苔藓。各色花朵开得特别大,特别有生气。森林挤得山谷更狭,队伍只得沿着河流的岸边走。

他们看不到日出的壮观,只能透过峡谷上空偶尔看到一弯蓝河,从蓝河上彩霞的变幻,判断太阳有无跃出东山。

雷大爷终于宣布休息了。这使一直憋着不能张嘴说话的三个孩子快活起来,像林子里一群合唱的鸟儿。

马上要到鹿街了。小叮当看舅公今天很高兴,不禁又问起小月亮的命运。

“你们把悬着的小心都放到实地吧！小月亮没有被老虎、豹子吃掉,也没被猎人放倒,老鹿带着仔鹿,到高山去了。”老人眨了眨眼,神秘地说,“还跟你们讲件事:仔鹿是只头上要长角的家伙！”

翠杉将信将疑:

“舅公,你在哪块见到了小月亮?”

“不用看到也能估摸。”

小叮当说:

“你是从足迹上分析的吧?”

雷大爷高兴得拍了拍小叮当的头:

“嗯！这句话,算你摸到门儿了。咱是在三家屋和别处看到足迹的。”

翠杉有过亲身经历,老师那天测量足迹时又讲过,但他还是感到奇怪:

“从足迹上分得出老的小的,可怎能知它是公的母的呢?”

“能！你寻思寻思,打鹿的专心一意撵公鹿,追了多少天,临了出来的倒是母鹿,不让人笑掉大牙?一家老小巴望着砍了茸换米哩。要不识公母,那只得喝西北风了。"

这些话,既有趣,又神秘。小叮当依偎到舅公身上:

"怎认呢?教咱吧!"

"想采朵花得弯弯腰,想看天上的云彩要抬头。有这样的简单事?过去跟师傅学打鹿,三年还能把黄麂踩在地上的印子当花鹿的哩!能怨你们在林子里错将张三当李四?要是一下都能学会了,拉个棒槌也能当师傅!"

雷大爷看自己半真不假的话扫了孩子们的兴,又露了笑脸:

"教,一定教!不教你们,教谁?可丑话说在前,舅公当师傅,比你们老师要厉害,答不出来问题要拧耳朵。想学的,最好先回家找妈妈多要两只耳朵装荷包里。"

"舅公又逗人了!"小叮当撒娇地用头轻轻顶了顶雷大爷的胸口。

蓝泉想起一件事:

"舅公,老师说过,花鹿不是夜行性动物。小月亮么事偏偏在夜里跑走了?"

从这些伢子问的问题,雷大爷感到了两位老师的心意没有白费,对老师执意要带孩子们出来的道理有了深的了解。他扫视了几个孩子一眼,说:

"谁记得花鹿失踪那晚的事?比如,那天晚上是下雨、刮风、阴天、出月亮?"

"胖孩,那天你捡桃子吃了,是吧?"

翠杉不知蓝泉干吗这时要揭他的短:

"是又咋样?掉在地上的桃子,又不是长在树上的。"

"咱想起了,那晚没下雨,也没有月亮,半夜刮了场大风,小叮当家树上落了好多桃子。"蓝泉说。

原来要对证这件事。翠杉笑了。

雷大爷说：

“有门儿了。花鹿不怕雨，春天还喜欢雨。倒是怕风，刮大风的夜里，稍一惊动，它就会撒开蹄子跑。”

“它么事怕刮风呢？奇怪！”

小叮当只顾按孩子们的习惯，喜欢连续提问题。

“问得在理，和花鹿混熟了，你们就能摸到它的脾性。花鹿精，以你们老师的话说，叫警惕性高。它一刻也忘不了听四面八方的声音。俗话讲‘惊张鹿耳’，指的就是这意思。大风一刮，树枝树叶哗哗响，风又打着呼哨，花鹿听不清是么东西，哪里有响动，它更紧张，越紧张，越是疑神疑鬼，容易受惊动。”

原来是这么回事，真是云过天开。

“逐鹿不是简单的事，学问深，咱老头子也不敢说全懂。咱估摸，断文识字啃书本也是这样，看一件事，不能光盯着那一件事，上下左右、前前后后，都要看清。多想想，才容易看透那件事。”

两位老师一直静静地听着他们的谈话，感到现在的雷大爷，和他们刚见面时的雷大爷，简直是两个人。他说话挺风趣，对有关梅花鹿的生态，观察得深刻细致，谈到这些知识时，充满了智慧。

按过去的老习惯，猎人对狩猎的经验是不随便谈的。带领打鹿队的师傅，更是如此。梅花鹿的经济价值高，又靠集体共同协作狩猎，有资格当师傅的基本条件是应掌握有关梅花鹿的丰富知识。这一点，直接影响猎队的收入。同时，在收入的分配中，师傅占的份额较高。一般说，有些师傅，对于自己的丰富经验，必须保守，甚至垄断，才能保持自己的位置和收入。而现在雷大爷能这样主动地谈论梅花鹿的生态知识，陈炳岐觉得很不容易，心里十分高兴。

陈炳岐把事情看得简单了，岂不知雷大爷对他所观察到的关于小月亮母子的情况，还有所保留。

原来那天雷大爷和蓝泉分手后,确实去三家屋后面观看了小月亮母子的临时“产房”和“育婴室”,从那些无声的语言中,得知了小月亮的去向。

同时,他也发现了一个重要的情况:小月亮母子不是自动出走的,而是有人利用花鹿怕风这一点,故意赶走了小月亮,想在适当的地方,猎取母鹿。凭着他丰富的狩猎经验和猎人的道德,他不仅找到了小月亮母子,而且找到了那个有损猎人道德的人。

对此,他做了两件事:首先警告了企图猎取母鹿的人,直到这个人向雷大爷保证,决不干打母鹿的缺德事。他对这口头保证还不放心,因而又做了第二件事,把小月亮母子从那人安排的圈套地赶走了,断绝了那人猎鹿的可能。这就是传说他在西岭撵鹿的那回事。这两件事做完后,雷大爷认为可以万无一失了,他这才信心十足地向孩子们宣布:小月亮母子还在愉快地生活着。

雷大爷按照他生活的准则,对谁也没有提这事。陈炳岐他们当然不知道还有这么一段插曲。因为这点,差点铸成大错,让雷大爷懊悔终生。

队伍继续沿着开满鲜花的山谷前进。

十四　鹿角长在树上

峡谷刚走完，又开始爬山了。这边的山，大不一样，全是怪模怪样的灰白色石头。路也陡得很，常常要杵鼻子。幸而雷大爷带了绳索，险要处，他先上去，再放下绳子拉扯他们。别说几个孩子感到累，连方玲也感到头在发涨，要只是她一个人，或是只有她和陈炳岐，她早已要求休息了。现在，后面的三个孩子是种无形的力量，鼓励她不断攀越。小叮当的腿磕破了，他一声也没吭，连翠杉都向他跷起大拇指。

雷大爷对他们气喘吁吁的一副狼狈相，像是没看见一样，既不宣布休息，也不说一声鼓励的话，只是用眼盯着他们。他心里想的是什么？训练这个特殊的班子！

他答应当顾问，清楚自己的责任。要完成陈炳岐他们所说的任务，不像他带着猎队去放倒几只鹿、砍回几架茸那样容易。为了以后的工作，现在必须让他们练练腿脚。

雷大爷终于开口说话了：

“栏杆石到了。”

一句话，产生了神奇的效应，崎岖的山坡上立即生气勃勃。

翠杉还没将气喘定，已跑到石台子边上，摸着立在那里的七八个石笋：

“嘿！真像栏杆哩！”

方玲也惊奇于大自然的造化。栏杆石其实是个石台子，是半山腰上的一片怪石。一块并不大的岩石成了台面,台边有石笋拱卫着,简直像是人工架设的栏杆。站在石台子上,视野广阔,千山万壑,一览无余。她心里已猜到雷大爷选这里作为停留地的用意。

陈炳岐打开地形图,查对周围的情况。雷大爷却没容陈炳岐多看,开始了他要讲的一课:

"先看北面:两座高山间有个豁口,冬天,眼力好的能看到一条闪光的带子。现在林木葱茂了,雾气又重,不容易看到。那是有名的平天河。再后面,是九花山的主峰——九花峰……"

两位老师都拿出望远镜,开始观察。

"看到了,平天河从豁口下来后,像有个落差大的瀑布。"陈炳岐说。

"不错。那边出猴子,出名的猴子街在那上面。"

方玲说:

"听省里同志介绍说,去年在那里考察过两条猴子街,发现了一种新种的猴子,和在紫云山发现的相同,已正式定名为'紫云短尾猴'。"

"得味,还有猴子街,兴许比动物园的猴山还热闹。咱们这次去吗?"

一说猴子,小叮当就忘了疲倦。

雷大爷没容把问题岔开:

"不去,走不到那里……你别噘着个小嘴,等会儿就明白了。平天河东岸,跟我们站的这座山一样,都是龇牙咧嘴的石头山,山上树木稀少。平天河西岸,又厚又密的林子,把山盖得严严实实,和我们对面的山差不多。"

方玲和陈炳岐把望远镜递给了蓝泉、翠杉,让他们轮换着看。他们一边看,雷大爷一边讲:

"南面:从白鹿崖数起,是第一峰,三十九岗顺着往西发脉。这座有三十九个山头、三十九道山脊的大山上,满是披红吐翠泛紫的奇花异草。我们畲家人的祖先,发现了这座奇特的山上,花鹿成群结队,东游西荡。要把事儿讲明白,还得再看看地形。”

陈炳岐从地图上也发现了地形特点,只不过图的比例小,三十九岗像条小毛虫趴在那里。

“从栏杆石一直往西走,它和三十九岗之间,大体上像是个长长的山谷。在山谷的北面,栏杆石这一线,山是南北走向;三十九岗南面的山,也和它差不离。

“不管南面也好,北面也好,原来都是被粗木深林覆盖,只是前几年乱砍滥伐破了相。咱们打猎的人很讲究看山相。林子密的山,咱们叫‘柴山’。

“把东边留到后面讲,是因为它重要。三十九岗到了白鹿崖,突然断了头,深深的雾谷把它和东边的山隔开。只有东南方向的紫云山区出产花鹿。喏,你们看清了吧?对,就是那边一个大山岙子,和紫云山连气。

“你们听过咱讲的白鹿崖故事,不管真的假的,畲家人的歌是这样唱的。咱们祖先,是从紫云山那边,跟着白鹿,撵到三十九岗的。神鹿把花鹿带到了三十九岗,和畲家人在这里安下了家。

“为么事三十九岗的鹿最多?花鹿喜欢在三十九岗的草山上,不喜欢待在老虎、豹子多的柴山里,更不待在光石头的石山上。有人说,东北的花鹿待在林子里,咱没见过。咱们这里只有一种不长茸的毛冠鹿是生在林子里的。柴山,多老虎、豹子、豺狗、黑熊那些凶猛的野牲口,也有麂子、小灵猫、野雉。石山上有四不像。这三十九岗上有花鹿喜欢吃的嫩草——养胃口、长膘的各种药草。你们别瞧不起草山。草长足了,花鹿在里面蹚,你根本看不见,跑起来,也只能看到掀起一浪一浪的草……”

“鹿街呢,舅公?说了半天,咱还没看到哪儿有条街,有座镇子。”

翠杉一句话,把大家都说笑了。雷大爷用竹节烟袋点了点胖孩冒汗珠的鼻子尖:

“你真是个外憨内躁的人。谁跟你讲过,鹿街得有街筒子,街筒子还在镇上?”

翠杉不服输:

“半夜出门,不就为赶鹿街?既叫街,怎会没街筒子?不信,咱们查查字典,看看这个‘街’字是怎样说的。”

那股愣劲儿,令和他有一样想法的小叮当及蓝泉也忍不住笑起来。

雷大爷说:

“啊哟哟,舅公查字典查不过你。先不抬杠,咱们立刻下山,到刚才说的山岙口。可话说在先,到了鹿街,你可得看仔细,不能迷糊啊!”

三个孩子正巴望着到鹿街逛逛,便紧跟在舅公身后,蹦蹦跳跳,劲头十足。

山岙确实有些奇怪,岙口阔,底部宽。北面的石头山上长了些小灌木丛,往南一点,绿草茵茵。靠三十九岗的这边,草长得更茂盛,五节芒、狗尾草、桔梗、紫花地丁、野蔷薇、紫苏、伸筋草……挤得满满的,简直像块草甸子。

雷大爷指着一种开白花、花茎高的草问:

“谁认得这种草?”

老师和学生各自拔了一棵。椭圆形的绿叶,背面和叶把子都是紫红色。花是单瓣子,也不见奇,凑到鼻尖闻,微微有点香味。

几个人谁也说不上这种草的名字。雷大爷说:

“有个故事传得广。说是有个樵夫砍柴,碰到一只老虎正追一群花鹿。老鹿吓得四处跑,小鹿急得呦呦叫。眼看老虎追上一只小鹿,小鹿叫的声音更凄惨。樵夫心里不忍,抽出斧头,拦住老虎劈了起来。老虎扑上来,撕咬樵夫,但樵夫终于劈死了老虎,救出了小鹿。

“樵夫自己也倒下了,被老虎撕开的伤口,哗哗地往外淌血。

“鹿群回来,看到昏迷不醒的樵夫,都用鼻子去嗅他。小鹿连连叫了几声,跪在地上淌眼水,一声叫得比一声伤心。几只老鹿跑开了,盏把茶工夫,又赶了回来,个个嘴里都含着草,有的把草嚼碎敷在樵夫的伤口上,有的把草放在他鼻子底下。血终于止住了,樵夫活了过来。从此,樵夫就把这种草传开了……”

“鹿衔草!”蓝泉的声音很高。

“说得对。它还有个名字,叫‘鹿蹄草’。采药草的人,常常能碰到一个山坡上全是这种草,花鹿最喜欢吃它!”

方玲正在统计组成这里植被的各种植物。陈炳岐忙着目测各种数据。孩子们听完了故事,都跑过来帮忙。

“快来!”

小叮当这惊乍乍的一声,吓了大家一跳,不知他出了什么事。翠杉跑得最快,只见小叮当指着一棵小树:

“看!”

翠杉以为小叮当见到了蛇,顺着小叮当的手往树上瞧,怎么也没看到蛇在哪里。蓝泉眼尖,一个箭步跑到树跟前,从里面拽出一个物件:

“鹿角!嗨,好大的鹿角!”

翠杉懊悔得直跺脚。小叮当伸手把鹿角夺过来,举得老高的:

“哈哈,好漂亮的鹿角!”

两位老师闻声赶来。雷大爷只顾低头在附近转悠。

翠杉说:

“舅公也想碰运气?”

“你只顾吃后悔药。”小叮当说。

翠杉还愣在那里。谁知,方老师、陈老师也在周围的小树上找了起来。

“胖孩,你来!”

翠杉连忙跑到雷大爷那边,只见树丫子上卡了根枯树枝,再一瞅,嘿!

“着啊!咱也找到了!”

“别动!”方玲一声喊,把翠杉伸出去的手吓得往回一缩,眼睛瞪得溜圆。

“我要拍照。”

这句话才使他明白过来。

雷大爷说:

“小叮当只发现一只角,你么事不想想,在这旁边还该有另一只角?”

翠杉又懊悔了起来——怎么连鹿头上长了两只角也忘了?

小叮当纳闷说:

“鹿角长在树上,真是稀奇古怪!”

“老角不肯让位子,新茸顶不出来。花鹿急得满山跑,摇头晃脑也甩不掉,只好把它卡到树上,使劲一拉……”雷大爷说。

“是这码事!咱明白了。小叮当、蓝泉,咱们再找,角虽然没茸贵重,但也是好药材!”翠杉连忙往树棵里钻去。

雷大爷忙阻拦:

“别费劲了。现在花鹿少,鹿角不会多。再说,花鹿拉角,都是找最僻静的地方,今天小叮当是好运气哩!”

他们把鹿角收起来。雷大爷又领着他们向岙口走。喇叭形的岙口,像是迎着东南紫云山脉的一扇大门。岙口下是个下坡,刚好拦断雾谷。

“看到了吧?这片山,就数这个岙口大。猎茸季节,紫云山的花鹿被跟鹿的追急了,向三十九岗逃难,要经过这口子进来,三十九岗的花鹿没地方躲了,想到紫云山避避风头,飞也飞不过这个口子。

“这个岙口是这样重要。猎人管这叫‘哨口’。哨口有大有小,这儿是个总哨口子。跟鹿的人,非经过这里不可。眼下,鹿少了,三十九岗里面除了咱带的班子,只剩下一两个打鹿队了。倒是紫云山那边的打鹿队多,常年是他们进来打。”

蓝泉说:

“咱们得在这边竖上宣传牌,把住这个口子,就把住了大门。”

“一点儿不错。要埋两块牌子才行,一边一块。”小叮当说。

两位老师觉得雷大爷从栏杆石到岙口,一路分析介绍的情况,既准确,又有自己的见解。

方玲曾查阅地方志,其中记载了紫云山“择草而食”的梅花鹿。“择草而食”是一句重要的话。刚才雷大爷的介绍和他们粗略的观察,生动地说明了,三十九岗的梅花鹿,确有自己的特点。它的栖息地和东北、山西、海南岛、台湾、四川梅花鹿亚种的栖息地有区别。

这个区别正是以草本植物为主的草山形成的,正是由三十九岗所处的独特的地理环境决定的。它似乎是被各种不同景观的山峦所环绕。

在查阅地方志时,方玲甚至还看到江淮之间也有梅花鹿分布的记载。但经过时间、气候、地理环境的变迁,特别是由于人类盲目的猎杀,那里的梅花鹿早已灭绝了,唯独这里现在还存在着少得可怜的梅花鹿。它能顽强生存到现在是有原因的,同时这情况又提醒我们,保护这种奇特的梅花鹿是多么紧迫、重要的任务!

两位老师已知道鹿街在什么地方了。

人多,工具又凑手,不一会儿,禁止捕猎梅花鹿的宣传牌便竖立了起来。木板上写的毛笔字,又涂了一层桐油,在灿烂的阳光下十分醒目。它们像是两个卫士,守卫在岙口的南北两边。

方玲说:

“小小的木牌,标志着三十九岗的历史进入了一个新阶段。这里野生动物资源丰富,需要保护,但过去没有引起科学工作者的注意。咱们虽然才开始做工作,但在人们面前,展示出了保护和开发生物资源的美好图画!”

几句话,激起了大家的情感。对陈炳岐说来,当“开发生物资源”的题目在二十年前闯入他的生活时,他就梦想着有这样一天。现在,这一天终于来到了！他不觉走上前去，抚摸刚刚竖立起的“里程碑”……

翠杉把一双小手背在后面，说：

“咱们要把三十九岗建成一个天然的养鹿场。养鹿场的大门嘛，就建在这里！你们赞成呗？”

他说得很庄重。

陈炳岐走过去，拉起了他的手：

“太好了！你说出了我的心里话，也说出了大家的心愿。我举双手赞成！”

蓝泉和小叮当也都庄重地高高举起拳头。方玲兴奋地注视着陈炳岐神采焕发的面孔。

雷大爷说：

“好主意！国家要是在这里建成养鹿场，咱来给你们守大门！”

掌声、欢呼声，惊得树棵里的山雀乱飞。

“养鹿场的奠基、命名典礼大会开始……”翠杉说着，做了个滑稽相。

雷大爷说：

“往年，三十九岗的花鹿，一小群也有七八只，大的一群四五十只。有年，咱带班子，三天放倒了五只鹿，一架鲜茸都有两三斤。有耐心的人，躲在岙子口，常能看到来来往往的花鹿。

“前几年，成天穷喊粮粮粮，硬是在山场放野火，开荒地。大水一冲，土也淌了，庄稼也完了，山也秃了，哪里养得住鹿?！加上人还不懂花鹿的大用场，更不懂不能尽着打，鹿群也要生息。

“打鹿队愈来愈多，法子也愈来愈巧，还有人缺德到母鹿、仔鹿都打！这一来花鹿少了。前不久，咱在山上转了好几天，也没见到几只鹿，茸鹿更少了。咱没学过科学，凭着咱几十年的经历，懂得了你们讲的要保护梅花鹿和别的动物、植物的道理！再不保护，真要绝种哩！”

几句话，把大家的心又说得提了起来，大家想到肩上的担子。

“胖孩,快来看,这里草都没了苗头子。”

翠杉听小叮当在喊,忙跑了过去。一点儿不假,有片地上的草,东缺一块,西少一块。草苗头子说是被割掉的吧,割得应该整齐,可它长短不一,草苗头子的断口也缺齿断舌的,倒像是谁捋的。

陈炳岐走过来看了看,说:

“是被动物吃的。”

“这不是鹿蹄草吗?你们看,好几棵哩,小白花都被吃完了。”小叮当又有新发现。

“还能是鹿来吃的?”翠杉说。

“去请雷大爷来!”陈炳岐吩咐小叮当。

哪里还要请?雷大爷已一步一步走过来了,方玲跟在他的后面。雷大爷边走边指着地下,向她说着什么。

雷大爷先没去看那片草,倒是停住脚,弯下身子。只见他微微偏头,高高眉骨下的眼睛,立即迸射出两道像闪电样的光,盯住了地下的目的物。

“这个蹄印很清楚。”雷大爷说。

像是吹了集合哨,所有的人都拢到了他身边来。

草地上,确有一个尖蹄印。由于有草,印迹的边缘不是那么清楚。

“花鹿!花鹿的蹄印!和咱们在金竹潭看到的一样!”蓝泉的声音里充满了惊奇、喜悦。

“小月亮和它妈妈到这里来了?”翠杉问。

雷大爷没有回答问题,倒是问起孩子们来了:

“真跟你们在金竹潭看到的一样?”

这一问,孩子们又犹疑起来。连蓝泉也只说:

“好像一样……”

“还能又是麂子踩的?……麂子蹄印没这样大吧?”翠杉是吃过亏的,说话不敢十分肯定。

小叮当说：

“方老师，快把你那画儿拿出来，对对看。”

这句话提醒了大家。蓝泉从方玲包里拿出了那张资料图对来对去，还是对不出名堂。有说像的，有说不像的。陈炳岐又到附近去找，想看到更清晰的蹄印。

雷大爷说：

“是花鹿。但不是小月亮，也不是它妈，是一只长茸的公鹿哩！”

说得大家心怦怦跳，没想到真有花鹿从这里过去。

雷大爷伸手拿过了方玲的那张资料图，锐利的目光在上面扫了扫：

“画得像。大架子不离谱。难为你们懂科学的人点子多。只是，有的东西，画子上很难画得出来……不要紧，前面再有清楚的蹄印子，你比较比较，能辨别出哪处不同。”

方玲说：

“咱们是头次在野外研究梅花鹿，没有经验，靠摸索。工具、物品也不凑手。要是用石膏模下整个蹄印就好了。”

方玲又向老人介绍了石膏模子的做法。雷大爷心里喜滋滋的——咱心里想的是啥，她马上就知道了。教过的徒弟中，还从来没这样伶俐的人，真是有见识，又聪明！

“那办法好！咱们过去只靠死法子学，师傅不教，只叫你看。关键的蹄印子，师傅还用脚擦掉，不让你看到。只能在脑子里死记，吃亏多了，学了一些乖，比比得手时的情景，再比比失手时的境况，心里才慢慢明白过来。”

路上，小叮当也发现了几处足迹，但都不太清楚。

在一块少有的沙土地上，又有几个足迹，不过已被人的脚擦磨过，一片糊涂。

雷大爷目光刚触到,神情一惊:

“不好! 有打鹿队进三十九岗了!”

谁都没想到情况这样严重。

“还能是带班子师傅有意不留蹄印给别人看?”

方玲刚刚听了雷大爷说的情况,很自然想到这一点。

雷大爷说:

“这倒不是。打鹿的猎人有规矩。谁跟的茸鹿,认定下来后,要一跟到底。先发现足迹的人有优先权,别的打鹿队不能来抢。师傅也要有这样的本事,不管碰到多少足迹、蹄印,要能辨认出自己跟的茸鹿。跟错了,闹笑话丢丑不说,还可能正是人家跟的,结果,白跑了几天路。

“这条规矩倒是好,但也容易发生纠纷。你看到的蹄印,咱也看到了,难分出谁先谁后。天长日久,打鹿的师傅们商量了一个法子:谁跟的鹿,谁把在要道口上明显的蹄印用脚擦掉,说明这头鹿已有了主儿,也通知了后来的打鹿队,他们好重找。”

“打鹿队的规矩还不少哩!”方玲说。

雷大爷说:

“不这样不行呀! 一是山霸逼的,他们能用这些事,挑起打鹿队之间火并哩! 人人手上拿了枪,放起来还得了? 有一年,一个哨口上就死了七条人命。再是,没这些规矩,也容易乱了套。”

小叮当接过话茬儿说:

“现在搞得咱们可乱了套。花鹿没命了,打鹿队是专门追命撵魂的。”

“他们抢到咱们前头去了。”翠杉鼻尖上又在冒汗。

“越是怕这事,越是怕到头上。”蓝泉不知如何是好。

孩子们急得像热锅上的蚂蚁,两位老师的心也像被多刺的老虎藤捆住——这关系到整个工作的成败啊! 前两天经过反反复复的讨论,才决定下了这个行动方案：首先卡住三十九岗的大门，堵住打鹿队进来的孔道，然后再按计划开展工作。可现在，一切计划都被打乱了。

一向不轻易动声色的雷大爷，眉间垒了一个大结，低头抽着闷烟。

陈炳岐问：

“雷大爷，你估摸估摸，这个打鹿队可能是从哪里来的？”

雷大爷又看了看地下的足迹，抓了把土在手里搓捻，还用手指在掌心划开，说：

“看样子，是从紫云山那边跟过来的……打鹿队习惯穿草鞋，草鞋在沙土上擦抹，总会把老土留下一点儿。你看，这里有几粒紫泥细沙，是那边路上才有的。”

“打鹿队过去多长时间了？”陈炳岐又问。

“约莫有一天多了。蹄印踩在土里的草，有的已爬起来了。”

“咱们能追上不？”

“这只花鹿的茸还没长足。”

“还有几天？”

“从这边能见的蹄印还看不透，至少也要两三天后才会放铳。打鹿队已跟了几天就不晓得了。现在的茸鹿少，打鹿的也舍得时间跟……想追他们嘛，还要看看前面往哪条路走。”

陈炳岐得到了这些宝贵的情况后，脑子里紧张地考虑起种种方案，以及可能发生的事情……

“这不是一只梅花鹿的问题，是进去了一支打鹿队。”

方玲已结束了自己的考虑。

“就像是七八只狼闯进了养鹿场。”蓝泉说。

用不着多考虑，只有追。

保护梅花鹿是自然保护小组的责任！

雷大爷要大家再往前面找一段路,看看到了岔路口后,花鹿是往哪个山头走去的。花鹿沿途留下的信息,还会提供更多的情况。

走着找着,小叮当突然叫了起来:

“嗨!这就是鹿街,我们正在鹿街上走!”

翠杉也忽有所悟:

“是花鹿南来北往的大街,两边山坡坡是街筒子。着啊,是条梅花鹿大街!”

“是养鹿场的前门大街!”蓝泉也正式宣布。

雷大爷和陈炳岐、方玲看着这群天真的孩子,刚才被揪紧的心也舒开了,脸上露出了笑意。要不是有紧急任务,他们还要让孩子们看到鹿街更多的奇异景色。

十五　箭出行

走了段路，梅花鹿的蹄印把队伍引到栏杆石这边的石头山坡上。光光的青石，蹄印消失了。雷大爷走回去，又微微偏头眯起眼睛，以他那特有的瞄准姿势射定蹄印。等到恢复了常态，他说：

“这只花鹿怪调皮哩！”

翠杉接上了嘴：

“还能比猴子调皮？”

“唔，动物中最精灵的是猴子。除了那些抓耳挠腮的小猢狲，就该数上花鹿了。花鹿不精明也不行，它没有武器能对付敌人，只有那身一隐入草山、小树棵中就难以找到的花毛衣，还有四条快腿。它要不精，早给猎人打光，被别的野牲口吃完了。”

“这和调皮不是一码事呀！”

翠杉觉得舅公并未回答他的问题。

“你看，正路不走，好路不走，偏要拐到石头上，这还不够调皮？”

翠杉点了点头。

“你要追它，它偏想法子把足迹消灭掉，这还不够精明？猎人追它，它也和猎人兜圈子。要不，打鹿还有这样难，还要这样辛苦地满山找？”

小叮当大受启发：

“这叫制造假象！哎，它的办法还真多哩！”

翠杉也想起了：

“书上说，这是长期生存竞争的结果，动物都有保护自己的本能。咱们亲眼见到的，黄鼠狼还会喷臭液救命哩！”

梅花鹿留下的这些足迹，是无声的、枯燥的、没有色彩的，可是，经雷大爷一说，却成了有性格、有色彩的“行为”。陈炳岐一边听着，一边想着，说：

“美洲有种鼰，当它碰到强敌跑不掉时，它会躺到地上装死。敌人一离开，它马上爬起来再跑。常见的蜥蜴，碰到危险时，尾巴能自行脱落。你只顾去打又蹦又跳的尾巴，它早已逃之夭夭了！梅花鹿在被追逐中，也是要想出一些办法对付猎人的。”

“逐鹿有这样难？咱还以为只要找到蹄印，就能稳稳地逮到鹿哩！现在咋办？”翠杉的鼻尖上又开始沁汗星子了。

“打鹿这碗饭不是好吃的，可也不是吃不到嘴。”雷大爷大约是想起了这次并不是领班子打鹿，“再说，咱们也不是放铳子逮鹿，只是要让它的蹄印领着咱们，把打鹿队找到，好救它一条命。干么事，只要把全部心思用上，就能找到法儿，天下还有过不去的河？”

雷大爷又在附近看了一会儿，才说：

“还是走完这段路，到前面岔道口再说。”

到了岙口的西端，也就是雷大爷说的岔道口，还是没有发现花鹿的蹄印。按长期的行猎经验，此处是必查的。出了岙子口，可以向邻近各个山头奔去，这地方不查清，难以断定鹿的走向。

老人的步伐很均匀，但迈步很迅速，他边走边说：

“看样子，是只行山鹿。”

“还有坐山鹿？”方玲问。

雷大爷在心里说了声：好精明的人。你别看她话不多，耳朵、眼睛灵哩！但三个小伢子未必懂得其中的意思。于是他说：

“有啊。坐山鹿有自个的山头,用你们的话说,叫活动范围。这个范围可大到方圆几十里,也兴许只在一个山旮。

“像是鸟雀恋窝一样,它依恋这个范围,不碰到灾难,不大离开这个圈子。

“还有种花鹿,也像脚头散的小伢子们的脾性,不愿老待在一个地方,喜欢满山野跑,跑到哪儿算哪儿。这种花鹿,叫‘行山鹿’。坐山鹿好打,行山鹿难撵。这个打鹿队一定是跟上了一只茸好的鹿,舍不得轻易放掉,一直撵到这边。”

陈炳岐也感叹起来:

“逐鹿真不是件容易事,学问挺深的。”

雷大爷诚恳地说:

“也不是看不见底的潭。有些事,没解开理,摸不着边;剔明了,道理也简单。”

这句话倒富有哲理,使方玲想起前两天老人自己心里的疙瘩。

雷大爷又往回走了一段路,东查西看,终于发现花鹿在石头上消灭足迹后,没走多远,挑了块草深的地方,又溜到三十九岗这边。露水早被晒干了,被踩倒的草也爬了起来,所以,足迹不容易发现。

刚上三十九岗,雷大爷愣愣地站在一个小水凼边,只听他自言自语道:

“能是他领人来的?真是个胡死赖!”

陈炳岐只听到雷大爷说了个“胡死赖”,便也跟了过去。

“雷大爷,是发现了苍耳草?”

苍耳草是菊科植物。茎中长一种小虫,叫“苍耳虫”,群众常捉了用麻油浸着,在消肿止痛上很见效。它结的子叫“苍耳子”,也是中药中的常用药。但它外壳长满了钩刺,不管是人还是牲口,只要碰到,就粘到身上,拍也拍不下,拽也难拽掉,很讨厌,群众又叫它“歪死缠”“见人黏”“胡死赖”。

老人一打愣,连忙说:

“不是,不是……咱想潮潮草鞋。”说着,就伸脚到水里。

水边也确实没有苍耳草,但陈炳岐眼尖,在雷大爷正要伸脚下水时,他看到水凼边早有个草鞋印子,鞋印子又肥又长,绝不是身材矮的雷大爷留下的。他再把前后的话一思量,觉得事情有点怪。

“这草鞋印子……”

“打鹿队的人也在这里潮了鞋。”雷大爷淡淡地说,“走吧,鹿虽然是上了岗,但还不晓得它往那个山跑哩!”

中午的太阳火辣辣的,在山脊上走还能张到风,走到深草棵和小灌木丛中,又闷又热。除了雷大爷,谁都把草帽拿下当扇子,可是扇也扇不掉往身上扑的热气。

才翻过一个山脊,足迹又断了线。几个人找来找去,也没见到影子。大家很焦急。雷大爷建议分组找,这样效率会高一些。

两位老师接受了意见,分成三组:翠杉跟雷大爷,小叮当跟陈炳岐,蓝泉跟方玲。雷大爷又要求两人之间的距离至少要相隔十步到二十步,脚步要轻。又规定各组的搜索路线、集合地点、互相之间的联络信号,然后分头出发了。

方玲看看搜索范围,是三十九岗北侧的一个山谷,由西北东南向的山脊和三十九岗的主体形成的。当然,还有一些山头脚崂的。这些地方的地形特别复杂。她叮嘱了蓝泉几句,朝头前走了。

搜索队伍虽然分散开了,可雷大爷并没有感到轻松。他带的这个班子,都没有跟鹿的经验,只是大体上认得了花鹿的蹄印。花鹿不会把蹄印摆在显眼的地方,炫耀漂亮的小蹄子,相反,倒是遮遮掩掩的。

但也没有什么好办法,他只得根据自己的经验,把花鹿最可能经过的路线留给自己。他一面寻踪觅迹,一面注意其他两组的情况。其实,也只能偶尔看到在草丛和树棵缝里飘动的草帽。

不久,雷大爷发现沿着三十九岗主脉搜索的陈炳岐发出了信号——用草帽连连向山上指——花鹿出了他们的搜索圈。

方玲很快向陈炳岐靠拢,可雷大爷还是走完了自己的路线,才绕到陈炳岐这边。

这只花鹿够精的了,没有留下任何痕迹,就插到山岙里。按一般的规律,到了山岙,可躲起来,歇歇气,谁知它又向山上溜去。雷大爷看了半天足迹,没有吭声,又追踪了一小会儿,才停住了脚:

“你们跟着足迹走,咱到那边去看看。”说完,从斜刺里向西北方向走去。

翠杉不明白是怎么回事,雷大爷又没招呼他,正在感到为难时,方玲喊他一道走。

还没到山顶,陈炳岐一行又失去了足迹,只得在附近搜索。

已是下午四点钟了,天气还是很闷热,小叮当和翠杉的脚步,明显地慢了下来。

方玲低声问他们:

“累了? 歇一会儿好吗?”

小叮当却把胸脯一挺:

“不累,这才开头哩! 听说撵花鹿的人,一天要跑百多里路,磨破两双草鞋。”

翠杉把腰杆挺得笔直的:“小叮当都不累,咱还累得了?”

只有蓝泉还是闪着大大的眼睛,转着乌黑的眼珠,不快不慢地走着。从身架骨来看,他的体质要比两个小同伴好得多。

正在茫无头绪时,雷大爷发来了信号:要大家都向他靠拢。

“咱服了舅公给它的评语,这只鹿真调皮得可以。”

翠杉发出了感叹。

“舅公,你怎猜到它又会跑下来,还是要冲到这山窝窝里?”

蓝泉明白了刚才舅公为什么突然离开了他们。

“呵呵,这要靠猜心思了!师傅跟鹿一天,还摸不到它的心思,能当得成师傅?”

雷大爷脸上是神秘的笑容,眼角的鱼尾纹里,还藏着一丝狡黠。

“舅公还保守秘密?”蓝泉微笑着说。

“伢们话也不会讲,保守还领你们出来?是想让你们多动动脑子,生了锈可要不得。挑明了讲,很简单:花鹿生性怕热不怕冷,冬天喜欢待在阳坡,春暖以后,就要找阴坡了。要是沿着你们发现的足迹再走下去,都快翻过岗,到山南了,这不明明是调皮鬼在耍花招?”

孩子们想:看来很神秘的事,怎么经舅公一讲,就变得这样明白呢!

两位老师在做详细记录——积累资料。这是一个科学考察工作者不可缺少的工作内容。

雷大爷判断了情况:虽然前面的打鹿队还在穷追花鹿,但从几处的蹄印情况来看,那只鹿的茸确实还未长足。逐鹿的猎队也并不急于把它放倒,只是穷追不舍,紧紧追随,等待茸成熟,才会去采下胜利的果实。因此,有希望追上打鹿队。

天已近傍晚,雷大爷想到孩子们头一天跟鹿,怕累着了他们,早早找了个居民点,休息下了。他们从房东那里打听到,早上确实有个打鹿队从这边经过,因为没在这边歇,不知是哪位师傅领的班子。猎鹿的季节性强,跑的路多,从来是只带火枪、火药、猎刀等一些必备的家什,不带行李。

不知从什么时候起,猎人和这里的居民有个默契,不管晚上在哪家落脚,房主人都应热情接待,安置食宿,也不管哪个猎队,放倒鹿后,都应留一份鹿肉给住过的房东,也有接受居民点要求除掉凶猛野兽的义务。像雷大爷这样的猎人,对各种居民点更是熟悉。这个条件,使他们的起居饮食方便多了。

在微微的晨曦中,山野一片迷蒙。队伍又迎着凉丝丝、湿润润的清风出了门。翠杉一边走，一边还在揉着惺忪的眼睛。他很能睡觉，哪怕正在说话，打呵欠的嘴刚合上，轻轻的鼾声就响起来了。

队伍刚出村寨，雷大爷发布了命令：

“花鹿早上要出来吃草。大家要手脚轻些，万一瞧见了花鹿，绝不能惊动它。你们还要注意近旁有没有打鹿队。”

东方露白以后，队伍又按搜索范围，分组前进。

草深，露水重。不一会儿，厚厚的山袜和鞋子都打湿了。翠杉想尽量走得轻一点儿，谁知却越走越响，这段路又险，全是在山脊脊的边上走。虽然山区早晨寒气重，但半是因为跑路，半是心急，他脸上已汗涔涔的了。不知是有意的，还是因为他走得慢，舅公又远远地走到前头。真是越渴越吃盐。

扑噜！

翠杉吓得一闪身，还没明白过来是怎么一回事，脚边窜起的黑影子已撞到他的腰眼上。他连忙伸手去抓，一只小兽挣脱跑了。他看看手里抓下的几根毛，又是气恼，又是懊悔。

天色大亮了。翠杉从来也没感到晨色这样可贵。总算不要像刚才那样一边瞅路，一边瞅足迹，像是蒙眬眼找针一样，瞅得眼又酸又疼。他怀念起三家屋后像片白云浮在山坡上的观察所，想到趴在那里静静地等着黎明到来的惬意……

翠杉正想心事，看到舅公取下草帽拿在手里，往下按了按。他不明白发生了么事。只见舅公更用劲地将帽子连连按了几次，他这才猛然想起，是叫他不要走动的意思，这说明前面发生了情况。

他停住了脚，紧紧瞅着舅公的行动。他发现舅公猫着腰，探着个身子，在往下面一大片灌木丛和深草棵中张望。大约是什么挡着，看不清，舅公只好走走停停。

翠杉猛然一惊，连忙往前走了几步，也伸长脖子往下面看。他发现了有两棵小灌木不太一样,真奇怪!他又往前头走了几步,这下看清了——原来是只花鹿呀!它正在低头吃草,微露着半个身子……着啊,它头上还长着茸角哩!

翠杉的心怦怦地跳着:哎呀呀!找了你一天,原来是躲在这儿藏猫猫!他全身都紧张起来了。真的,一点儿不错,是只漂亮的茸鹿……正大口大口啃草的花鹿,忽然抬起了头,动了动耳朵,伸直了颈子……不好,它的头往翠杉这边偏过来了……坏了,它的眼光正往他翠杉射来……

翠杉连忙往下一蹲,谁知脚下踩的那块石头像是安了机关,竟然动了起来,骨碌碌往下滚去。翠杉吓得赶快挪脚。不挪还好,这一挪脚,两只脚都空了。他只觉得眼前什么东西一翻,身子往前一栽……

"花鹿!"他只来得及叫这一声。

花鹿开头听到有响声,已凝神站在那里。当更响亮的声音传来时,它臀部的白毛一奓,后腿一蹬,撒开蹄子飞奔……像是海里的箭鱼,跃出水面,贴着波浪向前射去,又像是快艇劈开波峰浪谷,划下两道水波,比草原上的奔马还要快速,勃勃的雄姿无比俊美……

其他两个组都看到了雷大爷向翠杉发出的信号,早已停住了脚步,就地隐蔽,但因为距离远,没看出什么名堂。他们正在注目观察时,看到灌木丛中腾起了一只梅花鹿,接着听到了翠杉的惊呼。

他们还没理解翠杉呼喊的意思,花鹿已离他们不远,正冲着陈炳岐和小叮当这边奔来。小叮当不知是该躲开,还是也来翠杉那么一声喊叫,陈老师已将他按倒。

小叮当只觉得头上有阵风掠过,刚仰起头,花鹿早越过他们的位置,向一片树林跑去……

眼看梅花鹿消失在树林中。

雷大爷快步走到出事的地点,只见翠杉还愣愣地坐在坡下。

“腿摔坏了?”

“不晓得。”

雷大爷把他拉了起来,要他伸伸腿,弯弯胳膊。翠杉试着走了几步,没发现什么不对劲的地方,但衣服撕破了两三处,草帽也不知跌到哪里去了。

“能走?”雷大爷又问了句。

“这不好好的吗?”翠杉朝前走了。

这一老一少,一前一后,一直走到陈炳岐、方玲那边,再没有说一句话。

方玲和陈炳岐都不知发生了什么事情,心里挺着急的。方玲看到翠杉来了,忙上前去拉住他问:

“怎么回事? 摔跤了?”

翠杉嗫嗫嚅嚅地说:

“不知咋回事,咱看到了花鹿,心里挺喜的,可它也偏过头来望咱。咱慌了,怕惊了它,想躲起来,哪晓得脚下的石头活动起来了,把咱带翻了几个跟头……”

翠杉这副形象,惹得蓝泉捂着嘴,还是忍不住笑出了声。方玲没检查出翠杉有伤,忙取出针线蹲下帮翠杉补撕破的衣服……

小叮当一听是这回事,薄薄的嘴唇张开了:

“是地震陷了山,还是冒出了蛟冲垮了崖?”

翠杉还沉浸在懊丧中:

“咱没说这话呀!”

“你又不是皮球,到了坎子边上就要往下滚!”小叮当又说,“咱们跟踪了一天,鞋底也磨离了一层。现在好了,锅砸了,鹿跑了。”

刚才都为惊了花鹿在懊恼,小叮当一句话,却提醒了蓝泉:

“哈哈,我看这下倒放了心。那个猎队的师傅带着班子四处找花鹿,原来它却躲在这里!

“舅公说得一点儿不假,这只花鹿又调皮,又狡猾！早晓得它躲在这里,打鹿队跑过了头,咱们今早还不如睡瞌睡。”

陈炳岐虽然一直没有说话,但也确实感到肩上的担子轻了一些。昨天的形势是那样紧迫:

打鹿队一鼓作气追鹿。

鹿又拼命逃命。

他们又要风风火火地追打鹿队。

这是一场时间、速度、毅力、智慧的比赛。谁知花鹿已机智地躲过了索命的。一个环节松动,紧绷的整条环链全松了。虽然构成主要威胁的打鹿队还在三十九岗,但他们这支特殊的队伍毕竟可以从容一点儿了。想到这里,大家也多少有些喜形于色。

“你们别乐得太早!”

雷大爷当头一瓢冷水,泼得正燃得噼里啪啦的火焰,猛然被闷住了。大家面面相觑。

“这只花鹿,不是打鹿队追的那只!”

雷大爷说得斩钉截铁。

陈炳岐很惊讶:

“是吗?”

方玲也一惊,手被针戳了一下,可她还是蹲在那里继续缝补,只是拿眼瞅着雷大爷。

“你们刚才看清没有？这只鹿的茸才发二杠,还有半个多月好长!”他举起手,叉开拇指和食指比了一下,“那只鹿的茸,已长成了二杠……总有一尺多长了,砍二杠茸,也只差三两天了。”

“是个大大的花角?”

小叮当惊得叫了起来。

“你没有见到那只鹿呀!”蓝泉说。

“咱是算出来的。看到鹿以后,要不是这样,再说你舅公吹牛。”

山谷里浮起了雾,悠悠地飘,袅袅地升起,一会儿就聚成了淡淡的云,往山岭上游荡。

奇怪！舅公的话,比那变幻莫测的云朵还要神秘。你信吧,抓不住,摸不着;不信吧,它就在眼前浮动哩!

雷大爷往陈炳岐刚才待的方向走去。难道还能是花鹿给他留了字条?孩子们也都跟了去。蓝泉惊叹花鹿奔跑的速度。细小叮当说:

“它像阵风从头上刮过。”

雷大爷说:

“咱们跟鹿的,把这叫作‘箭出行’。”

“尽是些新名词。”翠杉说。

“不同的情势,鹿有各种跑法。花鹿机警,一受惊吓,立即蹿起,像满弓的箭射出,又蹿又跳,一个蹦跶能有两三丈远。这种跑法,只有花鹿才有。”

两位老师和孩子们聚精会神地倾听雷大爷说鹿。

“你们看这个蹄印,和咱们昨天看到的一样吗?”雷大爷问。

这新鲜的蹄印轮廓很清楚,四周像模子冲的一样,没有毛毛刺刺的边。大家都觉得蹄印有些不同,可又说不出个子丑寅卯来。方玲已从背包里取出本子,描摹起蹄印了。

这蹄印和昨天在鹿街看到的,究竟哪里不一样？孩子们要求舅公说说清楚。雷大爷又瞄了两下蹄印,才说:

“你们量量看,它一定比鹿街那个蹄印窄。”

方玲帮着孩子们量了起来。量的结果,使大家吃惊,确确实实,一点儿不错,窄了近两毫米！只两毫米啊！一厘米的五分之一！当然,若是在机械加工或精密度量上,这不是个小数字,但这是老人的目测。能目测出这样一点儿小差异,太不容易了!

“咱说嘛,么事舅公瞅蹄印子像木匠吊线一样。”

在大家一片钦佩、赞美声中,雷大爷只淡淡地说了句:

“常说‘衣不大寸,鞋不大分’嘛!”

翠杉圆圆的脸上神采飞扬:

“着啊!警察、法院要研究指纹学,咱们保护梅花鹿的,也要开展蹄印学研究了。方老师,咱们出劲画,画不像就拍照,得的蹄印多了,研究出一种比舅公目测还要好的法子来!”

这话又把气氛说热闹了,舅公也把乐呵劲露到脸上。蓝泉、小叮当非常赞成胖孩说的“蹄印学”,都说要第一个报名参加蹄印学研究会。

方玲点了点头:

“说得很有道理!猎人主要靠辨认蹄印追鹿,说明蹄印能透露出梅花鹿很多的生理、心理特征。咱们要努力为将来的‘蹄印学研究’多积累资料。看来,这里面大有学问哩。”

雷大爷乐呵呵的,眼睛眯成了一条缝,这是会心的笑,赞赏的笑。

陈炳岐的思想,早已从眼前的事,飞到很远很远的地方去了。他很慎重地问:

“雷大爷,刚才这只鹿跑得远吗?”

“只是惊了一下,跑不远。”雷大爷对树林扫了一眼,树林较大,以次生林为主,郁闭良好,“花鹿刚才是慌不择路,在这样的林子里,它不会再撒开蹄子猛跑了,最多只待到下半天就要出来,还要看是不是有水,有好的食料。”

陈炳岐和方玲又交换了一个眼色,虽然只是一瞥,但方玲不仅已经理解,而且同意了他的意见。陈炳岐问:

“据你看,咱们昨天跟的那只鹿,还要有几天茸才能长足?”

雷大爷又吸了几下“一口香”,才说:

“不会把茸放三叉了。一是不会再追个十天半月，再是三叉茸要落级，估摸他们是砍大二杠……”

“舅公，你说的二杠、三叉，是指茸长出的叉枝吧？”小叮当生怕失去提问的机会。

“说得对。”雷大爷又吸了口烟，“他们要砍二杠茸，至少还有三四天时间才会把花鹿放倒。我这样说，是以不发生特殊事儿为准。”

“会有些什么特殊事儿呢？”小叮当又问。

“难讲。和地形、天气、人力、花鹿都有关系。”

一直没吭声的翠杉说：

“舅公，我有些想不通，打鹿队见到茸鹿不打，只是跟在后面吃屁、乱转悠？”

雷大爷乜了他一眼，尽量缓和了口气：

“说得也有些理。出门就碰到茸已长足的花鹿，这事儿也有过，只是不常见。通常情况下，师傅光从蹄印和别的征候上，不一定能判得准鹿茸有多大，长到么样子。要是茸长过了头，已老成角了，征候明一些，容易看出。

“一般都是先要跟个几天，撵得花鹿不安生，只顾在前面跑。为么事呢？头一件，是在跟的时候，能想法看到鹿，瞧瞧茸究竟长到么模样，免得看不到就放铳，轰隆一声跑出来的鹿却只冒了个茸桃子。或是放倒了鹿，它的茸已老成了硬角，让人笑掉大牙不说，打了鹿有么用？

“要紧的还不仅是这些事。茸是花鹿的精血长的，所以才那样贵重。花鹿胆子小，有人跟后撵，它心里急，就拼命跑，精血往头上涌，茸长得快，长出的茸又俊又美，质量高，能上大价钱。”

翠杉赞叹不已，说：

“原来有这样深的学问！”

他趁舅公低头装烟锅，忙把眼移到陈老师身上，似乎是在问：真的吗？

“讲得有道理,很符合梅花鹿的生态学、生理学。”陈炳岐回答了学生的询问,“咱们将来还可以做一些实验找出规律。说不定从这当中还能找出增产鹿茸的好办法!”

陈炳岐确实受到了启发,心想:在梅花鹿长茸期,或是在鹿茸长到一定的时期,增加公鹿的活动量,加快它的新陈代谢,是可以增加茸产量和缩短鹿茸成熟期的。

方玲说:

“这样说,咱们一定能追上那支打鹿队了?”

“能!”雷大爷回答得很干脆。

“要是咱们现在停个半天,还能追上他们?”

雷大爷抬起眼,打量着陈炳岐,要从他脸上找出问这话的意思。

陈炳岐说:

“是这样:难得在野外能观察到茸鹿的生活状况,咱们不是打鹿队,是自然保护小组,千件事,万件事,还是为了将来驯养梅花鹿,开发这种珍贵的野生动物资源。我和方老师商量了一下,要是不影响追上打鹿队,咱们想观察跑到树林里的这只梅花鹿……想跟你合计合计。”

雷大爷思摸了一会儿:

“刚才,咱只说了一半,还有一半话没说。猎人放铳打鹿,是为了采好茸。师傅要掌握好火候,既要鹿跑,把茸长足,又不能让鹿跑得太快,伤了精血,损坏了茸,甚至跑死了鹿。打鹿队追追停停,不慌不忙。”他又斟酌了一会儿要讲的话,才说,“看茸鹿喝水吃草,这倒实在是个难得的机会。依我的码数,不出特殊情况的话,能在猎队围鹿放铳前赶上他们!”

几个孩子也活跃起来。

“有把握在林子里找到这只鹿?”陈炳岐做事一向比较慎重。

“也只能是八成。野物野性的东西,难作十成十打算!”

方玲一骨碌站起：

“只是百分之二十的险，能冒！”

雷大爷也站了起来：

“不过，得听咱指挥。要是说只许两位老师和咱进去，孩子们要噘嘴，你们两位也不会同意；都进去，人又实在太多，你们又没经过训练，难保脚底下石头不再活起来，也难保不碰到别的野兽串门子、找食，再要叫起来，咱可就没办法了。”

“舅公！这回，就是老豹子来揪耳朵，咱也一定忍着疼，到看完了茸鹿，才跟你们讲！”

翠杉很庄严的保证，把大家都说乐了。

雷大爷用竹节烟袋头子点了点他们：

“也只有是观音老母心肠的人，才能领得了你们这些皮猴子！”

方玲笑着说：

“别看他们现在是孩子，十年后，都成了才。国家要靠他们，科学也要靠他们！”

雷大爷深有感触地说：

“是呀！老人总是巴望着小人儿，巴望他们比老人强！要不，咱们也兴旺不起来，国家也兴旺不起来！”

跟鹿的人，讲究动静。站哨口、望鹿要沉静得像一潭清水。撵鹿、放铳行动要快，快得像飞跑的兔子。

刚才还在慢悠悠地谈话，一说是要去看鹿，雷大爷已抬脚走，边走边将队伍重新作了组合和安排。

他决定和陈炳岐在前面侦察，方玲带着孩子们在后面等信号。

十六　奇特的步链

这片次生林的山坡在三十九岗外，是个以落叶阔叶林为主的、混交了常绿阔叶林的林相。林中主要是茅栗、麻栎、山毛榉、青冈栎。

山溪纵横，清亮亮的流水给各种生命带来了滋润的甘泉。无数灌木、草本植物，把林地有限的土地、空间挤得严严实实。

黑鹎、红嘴相思鸟、黄腹山雀、冠纹柳莺……在树冠上飞来飞去。鸟类比翼荟萃的地方，红嘴相思鸟总是不知疲倦地唱着。不时传来斑啄木鸟“笃笃！笃笃！”的敲树干声……陈炳岐从林相和鸟类栖息情况，估计这里的海拔高程在一千米以上。

森林里还是幽暗的，只是从树隙中筛进一些光亮，空气清新，有股甜润润的清香。好在鹿的足迹比较清楚，有时，还能看出花鹿走过时，留下的一条路影子——梅花鹿在生满攀攀扯扯的植物的世界中前进，也碰到需要开拓道路这样的课题。

尽管陈炳岐非常小心，他的脚步还是要发出声响。金刚刺、黄荆条，时时拉住他的衣服，绊住他的腿。可是，那些长着尖刺、钩刺的刺条子，好像因为对雷大爷有感情，又看他赤脚草鞋，都主动退避三舍。雷大爷身上的各个部位也都像长了眼，就连肩上扛的枪，都碰不到树上的枝叶。陈炳岐羡慕起老人轻捷、灵敏的行动。

在森林中行走的陈炳岐，愈走愈感到有个问题向他亮开了一道缝——三十九岗的梅花鹿,为什么不栖息在森林里,而喜爱在草山上驰骋、踯躅?

陈炳岐听到几声山鹡鸰的惊叫,他连忙停住脚,向后面的方玲发出停止前进的信号,又见前头的雷大爷草帽向左边歪了几下。

他循着方向看去:那边的绿色世界波动起了小小的“浪花”,“浪花”愈来愈大,渐渐现出了梅花鹿的身影。

这只鹿,还真不小哩,像小牛犊儿一样!

只见它缓慢而庄重地迈着步子,鹿头深深地向后仰着,健壮的脖子仰得像紧弦的弯弓,原来向上的茸角现在却倒过来,朝着脊背。

梅花鹿的后腿要比前腿长,这就使它在采取这种姿势时更加费力。它高挺胸膛向前走,不,是在用胸膛开路,撞开这绿色的墙。

它是那么自豪,却又小心翼翼。是怕对脚下的生命有所损伤?还是受惊以后采取的一种特殊行动?那两只又长又尖的耳朵,不停息地转来动去……

陈炳岐本想通知后面的方玲和孩子们,也来观察一下梅花鹿这副憨态可掬的样子,可是,雷大爷一直不发信号。

他们又在林中跟了段路,雷大爷才通知方玲他们可以继续前进。没一会儿,雷大爷停住了脚,并示意陈炳岐到前面去。雷大爷低声对他说:

“你在这儿看着,前面有条小溪。我去把他们领到对面伏下来。注意信号。”说完,悄无声息地走了。

孩子们一听说梅花鹿就在前面,一个个眉开眼笑。一看到舅公威严的眼睛,翠杉不禁伸了伸舌头,做了个鬼脸。方玲把他拉到身边,要他紧贴自己走。

雷大爷领着这支队伍,绕了个大圈子,从下游涉过溪水,再迂回到他估计的花鹿可能出现的地方。

小溪对面,传来了陈炳岐回答雷大爷询问的信号——也是单调的鹡鸰叫,只不过区别在于叫的声数多少。

雷大爷亲自选择好了隐伏观察点，又一个个地将孩子们安置好，并交代他们注意溪边。

翠杉待在方玲的身边，眼光在溪岸扫来扫去，什么也看不到。溪水不算太窄，流水缓慢，近处水底的白色沙石，都看得清清楚楚。两岸挤满了石兰、菖蒲。溪流的上空，密密地架着树的枝条，即将形成一条蜿蜒的绿色穹隆……

成群结队的红蜻蜓，在小溪上空飞翔，时时作编队飞行，或向水面俯冲。溪里的游鱼一见蜻蜓俯冲，立即奋力向水面出击，有扑空的，也有侥幸得到收获的，点出的一朵朵鱼花迅速开放……这幅空中、水面、水底争斗的画面是那样绚丽多姿而富有生气……

雷大爷发出了“注意!”的信号。

方玲低头对翠杉说：

“别太紧张，就像坐在课堂上看实验一样。”

陈炳岐已理解雷大爷的用意，晓得老人所作的安排。他已观察到梅花鹿的胃部鼓起——想必是吃饱了——由此，推测出它要到溪边去。

没出预料，梅花鹿走出森林。当它前半身刚钻出来，立即将头向前抬去时，它恢复了正常的姿态。

花鹿左右扭了扭脖子，又耸了耸肩，似乎是为了舒散酸溜溜的筋骨。它轻轻走两步，下到溪水里，极其愉快、自在地在水里趟着……

当翠杉刚刚看到林子里有动静时，他紧张得鼻尖冒出了汗珠。偏偏巧在花鹿是迎着他的目光走来，他大气都不敢出。

等到花鹿伸直了脖子，着啊，这是他从来没有见过的漂亮的花鹿！鲜棕色的毛衣，把身上白色的斑点，衬托得如一朵朵白色的蔷薇。头上的两只茸角，宛如裹着层天鹅绒的外衣，在早晨的太阳光下，亮晶晶、水灵灵，简直像是美人蕉挺出的两枝鲜花。

它像个很有派头的大人物，傲慢地把花枝招展的头微微地偏斜，长长的脸不露神色，黑黑的鼻子和嘴唇，更增加了让人摸不透的神色……然而，它又是那样缺少自信，一只蓝翡翠鸟轻轻地从水里捞出一条鱼，也把它吓了一跳。

花鹿从水里走回溪边的沙滩上，瞪着一对眼睛前后瞧了瞧。

翠杉又发现了一件稀罕事：花鹿竖起的耳朵近似菱形的豇豆叶子，竟然能够前后转动，还可以各自向不同方向转动，简直像是在画报上看到的声呐接收器！

花鹿低下头，咕噜噜喝了两口水，却又对着水发起愣来，两只眼睛只顾盯着水面。翠杉随着花鹿的眼睛也往水里看：

水里也有只花鹿，它的四条腿朝上，白白的肚子也朝上，挂着两根茸枝。它浮在蓝蓝的天幕上，白云托着它、漂着它、浮着它。花鹿通体亮晶晶的，像是湛蓝湛蓝的海水中晃动的一只特大花贝壳。

当花鹿的嘴唇轻轻地吻着水面时，溪水泛起一圈圈涟漪，水里的花鹿立即化成无数小鹿，向四周散去，跑开，一只追着一只，顺着溪水，悠悠忽忽地淌走，游动……

花鹿盯着盯着，惊慌起来，连忙缩回了嘴，挪动了一下脚步。水面上的波纹互相撞击起来，水里的小鹿更快地逃窜，跑得鼻子、眼睛都挪了位，长腿也折成几截……花鹿吓得连连向后退去……

翠杉听到方老师不断按动照相机快门的声音。

水里不成形的小鹿又慢慢往一起凑，它们像是孙悟空变化万端的毫毛一样，不一会儿，无数只小鹿合成了一只鹿，还是那样傻不拉叽地脚朝上悬在那里。水里的小鹿瞅着站在水边的花鹿，花鹿也瞅着它，花鹿偏起头打量它，它也歪着个脑袋审视，似乎都在说：

“你是谁？从哪里来的？”

“像不像你？”

不知什么时候,雷大爷已来到翠杉的身边。

翠杉圆圆的小脸红了,憨憨地噘着个小嘴。

“它又照镜子了,比比谁长得俊,长得美!”

雷大爷又笑着说。

方玲有点惊奇地看着雷大爷。原来,这样严肃的老人,性格中还有这一面!方玲哪里知道,这位耿直的畲族老人,正是从方玲给翠杉补衣受到了启发,向“这一面”迈开了脚步。

雷大爷亲切的话语,使翠杉从迷人的大自然景色中醒来,他想起了清晨自己捅的娄子,心里还在敲小鼓哩。

雷大爷又问翠杉:

“你动动脑子,比比花鹿在水边和在林子里走路时有么不同,又为么不相同。”

没一会儿,花鹿恋恋地离开了溪边,没挪两步,又回头望了望无声无息地淌着的溪水……一进入林中,它又像只骆驼似的,把脖子挺出去,长茸的头深深地向后仰起,扯起一张弯弓……

三个小伙伴像是各自从世界上神秘的一角旅行归来,兴奋地谈着见闻。他们刚要上溪边的小沙滩,陈炳岐拦住了他们:

“都别往前走,难得有这两行清晰的蹄印,以及异常独特的步链。我来拍照片,你们先看这种步链的特点在哪里。”

雷大爷说:

“还可以用四个手指啰,像这个样。”他做了个示范动作,食指和中指在前,拇指和无名指在后,“比仿成花鹿的四条腿,试试么子样才能走出沙滩上这种印子来……对了,像你们老师说的——异常独特的步链。”

方玲协助陈炳岐从不同的角度拍摄步链和蹄印,她还忙于测量步链的长度、裆宽和蹄印的各种数据。

三个小伙伴真的研究起步链来了。猛一看去，并没有什么花儿朵儿的，也只不过是平平常常的两行蹄印，组成了链条一样的两条线。然而，这和在三家屋后头山坡上看到的花鹿足迹不一样。

细细一注意，这种步链很特殊，特殊在步链的每条线上蹄印之间的距离是相等的。

蓝泉和翠杉从来也没想到，还要注意牛呀羊的走路，这次出来，碰到的全是新鲜事。翠杉心里嘀咕了一句：过不了几天，恐怕还得去研究鹿屎、鹿尿哩！因为已有过一些教训，他生怕再闹出什么笑话，就狠狠咽了下口水，没让这句话吐出来。

小叮当喜欢养狗养猫，比较熟悉动物，但是从没有见过动物有这样走路的。

三个人都伸出手指在沙地上比画，怎么也比画不出个冬瓜葫芦瓢。

“先想想，花鹿刚才是么个站法？四条腿么个摆法？”

听了舅公的提示，孩子们都在回忆。

蓝泉说：

“两条腿在前，两条腿在后面。”

“亏你讲的，当然是两条腿前，两条腿后，还能三条腿前，一条腿后？”翠杉是有理必争、毫厘不让的。

雷大爷听了，笑着摇了摇头。蓝泉却被说蒙了。

小叮当一直在回想，在比画，这时，像是解开了一个方程式：

“咱想起来了，花鹿刚才站的时候，四条腿是这样，左侧前足在前，右侧后足在后，要是右侧前足在前，那么左侧后足一定在后。”

他觉得这样还难以说清楚，可能立即招致翠杉钻空子、抬杠，他马上用四根指头在沙上比画起来：

“要是把四个蹄印都用线连起来,刚好是个平行四边形。蹄与蹄之间的线长,裆之间的线短。站立时,平行四边形对角线的两个蹄子,要么在前,要么在后。”

翠杉一时也没有想出反驳的意见。

这样一摆阵势,花鹿走动时的步伐就容易解决。反正是对角线上的两个蹄子一起移动,要么是左前足开步,右后足跟上;要么是右前足开步,左后足跟上。这个也没人提出异议。

三个人都用四根手指头在沙滩上模拟起茸鹿的步伐,看看怎样才能得到它在沙上留下的步链。几下一摆弄,小叮当首先喊了起来:

“咱知道花鹿怎么样迈步,才能走出沙滩上的步链了。”

“咱也知道了。”蓝泉接着宣布。

翠杉一蹦三尺高:

“着啊! 咱也走出来了!”

几个人高兴得都抢着要先说。

雷大爷乐滋滋地说:

“好! 三个人都动了脑筋。来! 都给我背过脸去,屁股蛋蛋对着屁股蛋蛋,把想出来的……”

“答案。”蓝泉提醒舅公。

“对,你们叫答案。都把答案写在沙上,我来评。”

三个人飞快地在沙上画着,然后又都转过身来,吵着要舅公先看自己的。雷大爷却说:

“先看翠杉的,顺着往下看。”

孩子们的答案是:

翠杉:两只后蹄踩在两只前蹄上。

叮当:后蹄踩在前蹄上。

蓝泉:后蹄很准确地踩在前蹄足印上。

雷大爷很满意地说:

“意思都说到了。”

小叮当说:

“我和胖孩说的意思和蓝泉的一样,但胖孩的答案有语病,不通,咱的答案也不通,还是蓝泉答得最好!”

“人家蓝泉得过作文比赛的冠军,这还用得着讲?”翠杉的话说得很诚恳。

小叮当又说:

“我对语文才马虎哩!刚才我想得好,可是写不清楚。搞科学也要学语文,想得再好,还要写出来能让人看懂才行!蓝泉,你以后帮我学语文,好吗?”

蓝泉答应得很响、很脆。翠杉鼻尖上冒出了更多的汗珠。

雷大爷看着这群孩子,心里比抽了几口“一口香”还要舒坦。

“咱么事要让你们忙半天?因为这种步子很稀罕,随便哪种动物也走不出来,只有花鹿中的茸鹿才走出这样的步子。平时还可能稍稍错开点,一长了茸,走起路来,后蹄一准踩着前蹄印,茸长得越大越好,蹄印子套得越齐……”

“啊!对了,对了!师傅就是凭着这个,认出是不是茸鹿、茸有多大。原来舅公让我们摆半天,是为了这事!”

翠杉没想到能弄清这样重要的事。

“你别急着嚷嚷,好叫唤的雀子不长肉。事情没那么简单,只是在看不到别的征候的情况下,这是很重要的一点。”雷大爷说。

“奇怪得很,花鹿么事要这样走路呢?”小叮当问。

雷大爷就等着这样的问题,他说:

“问得好。别看野物野性的,它们都知道爱美。小鸟爱花翎子,常用嘴梳理。孔雀爱尾巴，开起屏来还抖动。小猫爱胡须，没事时，总忘不了捋捋胡子。麝爱肚脐上那个香袋袋。大象爱它的两根长牙。

“花鹿呢，特别爱头上长的茸，看得比命还重。公鹿一冒茸桃子，要是被什么碰了、撞了，茸长得又丑又怪，它会羞得不敢见别的鹿；别的鹿要遇上了，它举蹄就敲。就为这个茸，它迈起步子来，稳稳当当，特别小心，前蹄踩下去没出事，后蹄才敢踩在那上头。你们在金竹潭看到了带崽的母鹿，它是这样走路吗？”

“不是，不是。它的后蹄没踩到前蹄印子上。”小叮当和蓝泉两人那天是去找足迹的，还帮着陈老师量过。

“长茸的花鹿，天天要照镜子，早晚两趟往水边跑，一边喝水，一边照茸：美不美？俊不俊？俏不俏？有多大啦？发枝子没？一边照，一边用力把精血往头上挤，让茸长得快。有人说，头上的茸要长成么子模样，是花鹿自个儿挑的、凭心思选的。心灵的鹿，才能长出俊的茸。”

方玲和陈炳岐的工作基本结束，听了他们这样有趣的谈话，也都走了过来。

小叮当坐在沙滩上，仰起脸，望着老师：

“陈老师，花鹿真的爱美？照镜子是为了快长茸，长漂亮的茸？”

陈炳岐笑了：

“猎人是这样说的，你们不是听舅公讲了吗？梅花鹿为什么长茸？为什么要到水边瞅自己的模样？这些，都牵涉到它的生理学、生态学……比如照镜长茸这一点吧，其实是因为它是食草动物，和牛一样，同是复胃反刍动物。草在胃里要经过发酵，发酵产生热量，这就决定了它每天要喝大量的水，这样才有利于消化和吸收。还有好些问题，都是要研究的课题。”

方玲也说：

“传说和科学不是一回事，但优美的传说、故事，能给人以智慧，启发人们去探索科学的奥秘。”

陈炳岐接着说：

“现在你们该知道了，茸鹿在树林里走路，为什么是那么怪模怪样的了。”

“为了护茸——它挺出脖子，用胸膛开路。对不对？”

孩子们几乎是异口同声地说着。

雷大爷可高兴了：

“对，对！这些伢子，讲一个，他们能晓得两个。看来，以后咱还得当心点，你们套咱讲，咱也不讲。全讲了，咱这师傅也就当不成了。”

“哈哈，老舅公还想当老保守！”

孩子们七嘴八舌地嚷开了。

陈炳岐想起在栏杆石雷大爷说的话，于是问道：

“你们谁能回答，花鹿为什么不喜欢待在树林里，专在草山上栖息？”

蓝泉说：

“行动不方便！树棵、藤子、刺条挡路，又怕碰坏了茸。”

翠杉说：

“着啊！咱们上次跑到林子里去找鹿，等于是到屋顶上去逮鱼，跑错了地方。”

“就像是到草山上找麂子，到柴山找四不像一样，一个是东门城楼子，一个是西门马屁股头子，不相干的事。”小叮当想想又说，“难怪，金竹山上的鹿不蹲树林里下崽哩！”

“这只是一部分原因，要把这个问题答全了，还得继续观察，多想。工作告一段落，咱们要考试，这就是题目。”陈老师说。

方玲把描绘的图表、资料送给雷大爷，请他看看有什么地方不对。

蓝泉他们现在也懂得了这些数据和图形的重要，都凑到舅公旁边去看。雷大爷说：

“总的讲,都对。只是这沙滩上的沙好往下陷,蹄印没那么准。以后,我们还能看到更清楚的蹄印。打鹿队师傅跟鹿,主要靠辨认足迹。公鹿、母鹿的蹄印不一样,提脚迈步也不一样。”

这话提起了陈炳岐的兴趣,他说:

“我们刚刚看到的是梅花鹿的慢步,它还有快步和奔跑的步伐、步链,譬如你们舅公说的‘箭出行’步伐和步链,以后再观察研究。刚才,你们已研究了一些问题,有谁看到花鹿慢步时,每次和地面保持接触的最少有几只蹄子?”

又是一个有趣的题目。

翠杉不假思索地说:

“两只蹄子!”

过了一会儿,小叮当说:

“是三只!”

又过了一会儿,蓝泉也说是三只。

“说说理由。”陈炳岐说。

小叮当说:

“我看到是这样走的。”

蓝泉说:

“我没看清,是推算出来的。”

翠杉又抬杠了:

“嘻嘻,这还能用数学演算出来?”

“道理简单:三角形的稳定性。”蓝泉说。

翠杉一惊,抓了抓头:

“真有你的!原来是这样,物理书上也讲到力的问题。”

陈炳岐很欣赏蓝泉的回答:

“学习，就得像蓝泉这样动脑子。只有骆驼特殊，小快步时，是同侧的两条腿同时移动，令人感到不舒服。动物总是要行动的，有各种各样的行动方法。就拿鹿所属的哺乳动物来说吧，它们主要靠四足来行动，但有的还用尾巴辅助，比如澳大利亚袋鼠，东南亚出产的熊狸、蜜熊。

“另外，蝙蝠特长的前肢和趾，已经成为一层薄膜的支柱，使它能在天空飞翔。长臂猿靠两只长而有力的前肢，在森林中使用臂行法，也能得到很快的速度。

“生活在水中的鲸、海豹，四肢发展成了鳍状，取得在水中行动的高速度。有种鼯鼠，为了在水中游泳，它能把颊囊鼓成水泡泡，浮起身体。

“行动，和动物的猎食、避敌……生存竞争有直接关系，使它们适应各种环境来生活、发展。研究某一动物的行动，蹄印、趾型、步链……这些有形的信息，就绝不是为了好玩，而是生物科学的一部分。

“打鹿队的师傅正是利用这些科学知识，为狩猎服务。咱们是为开发、利用动物资源服务，还要给以科学的解释和研究。还要研究它们的无形信息，如气味等等，这就需要更丰富的知识了。”

孩子们深深地受到启发和教育，都在默默地想着今后应该怎样努力学习。

十七 叉角奇观

走出了森林，大家发现天边正在涨云，太阳也昏昏的，没有早晨那样明媚。

蓝泉有些不放心还在森林里的花鹿：

“舅公，你说林子里有豺狗、豹子这些野兽，那只花鹿连走路都那样难，是不是很危险？”

雷大爷说：

“放心吧，林子里存不住鹿。不要多一会儿，它还会回到早上跑出来的地方，要不，也会找另一块好的地方的。看样子，它是只坐山鹿。”

陈炳岐问：

“咱们发现了这只鹿，前边打鹿队是不是也发现了它？”

“只要带班子的师傅不是个半罐醋，花鹿就不会在他眼皮下漏掉。你们看，那边的树怎么了？”

在窝鹿处的山坡上，有棵树的枝头被折断挂下了。

“那就是打猎队留下的‘订单’！”

雷大爷刚说完话，忽然想起了鹿街岙口水凼边的草鞋印子，要是那个心术不正的人混在里面，事情更麻烦……思摸了一会儿，他又说：

“昨儿咱讲了，带班子师傅爱上了那架大茸，舍着力气跟只行山鹿。估摸着，师傅是个狠人，在三十九岗转了一圈回来后，捎带着要放倒这只茸鹿。”

“正是顾虑这事。”陈炳岐说。

蓝泉说得挺干脆：

“没事。咱们在那里也竖个小宣传牌子，就这样写：‘此处有只公鹿正在长茸，严禁任何人猎取，违者罚款。’落款仍用‘金竹潭自然保护小组’。”

小叮当和翠杉都说好。雷大爷说，要是把“长茸”改成“养茸”就更好了。两位老师也都同意了这个意见。

方玲和陈炳岐趁他们竖宣传牌时，去考察茸鹿养茸的栖息环境。在调查、统计植被情况时，发现有半夏、沙参、天南星、桔梗、鹿茸草、蒲公英、鹿耳草、黄连等植物，长得很茂盛，且多被梅花鹿采食过。这些植物，如果从中草药的角度考虑，大都具有清热的作用。这使他们思索起食物和长茸及鹿茸药理之间的关系。

等到继续上路时，都感到天气很闷。云层还在天边，也没有继续涨。雷大爷看看天：

“说不定夜里有雨。”

这么一说，大家步子迈得更快。跟鹿不像赶路，只要拼命走就成，山头山崂都要转，察迹观景，丢了哪一块也不行。难怪有人笑话打鹿的是满山寻魂的。再说，领的又是这样一个班子，要能追上前面的打鹿队，只有靠雷大爷的智慧了。

那只草鞋印子就像只山蚂蟥一样，紧紧地叮在雷大爷心上，他两腿走着路，心里却怎么也排解不开。雷大爷叫草鞋印子的主人“胡死缠”，那人真是缠了雷大爷几十年，常常利用老人忠厚、“古怪”的脾气，要出些孬点子，做些歪事。

远的不说，就说这次吧，他又使出黏劲，硬挤进外来的班子，领着人到三十九岗打鹿。他不是不知已有了个自然保护小组，也不是不知自然保护小组就在他家！

打鹿的班子都是未出门就组织好的，怎么说，人家也不愿意半路上加进一个人……他用什么法子缠进去的呢？付出了什么条件？……

雷大爷越想心中越是不安。他凭着猎人的敏感，觉得他这个小小的班子，行动还必须谨慎一点，最好是出其不意地出现在打鹿队的面前。要不，那个人若是知道他们在后面追，会使出别的歪点子，比如怂恿打鹿队提前将鹿放倒，更危险的是，惊动了打鹿队，他们会躲在岗头、脚崂同你兜圈圈……

在一条山脊上，又失去花鹿的足迹了。雷大爷向走在右前方的陈炳岐发出信号，要他注意搜索。不久，左前方的方玲却发来了信号，她那边发现了足迹。

雷大爷又把周围的岭头崂洼看了一遍，觉得花鹿逃跑的方向，还是应该在陈炳岐那边，说不定方玲那边只是假象。

花鹿很调皮，被追急了，什么花招都能使得出来。雷大爷没有移动位置，继续等待陈炳岐那边的消息。

不一会儿，陈炳岐那边真的发来了发现梅花鹿足迹的信号。雷大爷嘴角挂起一丝难以觉察的微笑。

方玲比雷大爷先到。雷大爷看了陈炳岐发现的足迹，证实确是他们一直跟踪的花鹿留下的。

"真神，舅公。你像能掐会算的。"蓝泉说。

雷大爷说：

"领班子的师傅要有三件本事：一望、二跟、三打。

"这一望嘛，你们都经历了，花鹿的蹄印，和麂子、四不像、野猪的蹄印相似，两个蹄块合成个桃子形。师傅不仅要在这些差不多的足迹中辨清是不是花鹿，还要能分清公鹿、母鹿、茸有多大。

"'跟'的本领比'望'要复杂些，要能判断出它往哪条路线走，是紧跟，还是慢跟……"

“是的。紧跟、慢跟都会犯方向性、路线性错误，早晚得被拉去挂牌子请罪啰！”

方玲的话，让人想起前几年政治生活中的一些叫人哭笑不得的事。陈炳岐笑了。雷大爷一边笑一边想：这位文静的老姑娘，也还挺会说逗乐的话哩！看模样，年轻时，也是个活活泼泼的人。初见面，不显眼，几天一处，他发现了她文文静静、低声细语的后面，却有股又柔又韧的钢火劲，就像是石潭里的水，软绵绵的，可它能把那些花岗石冲成沟沟，锉棱削壁！比那呼啸的风风火火还要刚强、厉害……

陈炳岐看天较热，又走了不少的路，建议大家休息吃干粮。

“都说有鹿群，咱们见到的，怎么都是单个的？”蓝泉吃干粮也没让脑子歇歇。

只要问得有道理，雷大爷就很高兴：

“我就盼着你们问这样的事。说是有鹿群，这不是假话。眼下这季节，只有草鹿，也就是母鹿才成群，它们还带着崽子。公鹿呢，倒是单溜的，等到茸长足了，开始变硬，变成了叉角——中药当中，有味药叫‘鹿角霜’，能清血消炎，就是用鹿角制成的。

“茸变成角，季节约莫是八九月了。公鹿在树丫上磨角，磨得又硬又尖，准备参加争偶的争斗。经过一场激烈的拼杀后，在角斗中取胜的公鹿和母鹿合到一起，进行一年一季的配种。

“配种完了，公鹿和母鹿再次分开，母鹿还是成群。公鹿头上的角，没人碰，它也要掉。到了下一年，里面开始冒出新茸，顶掉上面的老角，就像小伢们换牙一样。昨天咱们在栏杆石捡到的，就是这种老角。这是三四月的时候。

“冒新茸的鹿不再满山跑了，都各自去找块有水、有草、又隐蔽的好地方，在那里专门养茸。养茸期要五六十天。山头高，天气冷，时间还要长一些。”

孩子们觉得舅公这些话,犹如一股清泉流到心田,既解渴又舒坦。

“牛也长角,羊也长角,么事牛角、羊角不值钱,不金贵?”小叮当早就在想这事。

“咱说过,鹿茸不是角,成角后不叫茸。谁说牛角、羊角不金贵? 听说犀牛角、羚羊角的价钱比鹿角还要大。还有,牛角、羊角和鹿角不一样,你们注意到没有?”

小叮当立刻从包里拿出捡来的鹿角,舅公也把他装火药的牛角解下来。一比较,区别很清楚:鹿角是实心的,牛角是空心的。

陈炳岐说:

“刚巧,它们代表了哺乳动物仅有的两种角。牛角、羊角是种空心角,只有壳子才是由角质素构成的。你们没见过牛、羊换角吧? 对,它们长出后,一生都不换了。鹿角是实心的,全部由角质素构成,它随季节更换。”

“咱们三十九岗也有犀牛、羚羊?”小叮当还没听说过这两种动物。

翠杉得到发言权了,他看的有关动物的书确实不少。

“犀牛在热带才有,它是个独角冲子,只长一个角。羚羊也不在咱这里生长。要说角嘛,嗨! 那才叫各种各样哩! 拣古怪稀奇的讲:有种角长成剑形的,叫‘直角大羚羊’。还有把角弯成圆圈,叫什么来着? ……想起了,叫‘落基山大角羊’。又有一种,把角弯成双曲的,叫‘黑斑羚羊’。有种出在非洲的羚羊,角像个小钉子。还有角像大螺丝锥的,叫‘捻角羚羊’。咱们国家出的扭角羚羊的角,那才扭哩,先向上向外扭,再直着向后戳,嗨……多着哩!”

这不仅数得小叮当佩服起他看的书多,也数得雷大爷笑呵呵的。

陈炳岐说:

“翠杉说的都有根据。不过,犀牛虽叫牛,却不属于牛科。犀牛是奇蹄类的,和马一样,只有单数的趾。羚羊属牛科,和鹿一样,都是偶蹄类。另外,也不是所有的鹿只有公鹿才长角。驯鹿、珠鹿,雌性的也长鹿角。茸中,以马鹿、水鹿、坡鹿、白唇鹿、梅花鹿的茸为贵重,医药价值高。其他鹿的茸并没有什么医药价值。

“其实,鹿的角也各式各样。驯鹿的角很复杂,能分几十个叉。最特殊的是麋鹿角,它的角干离头部一小段后,立即分为前后两枝,然后枝上再分枝……”

“么事要长得这样奇形怪状?”小叮当好打破砂锅问到底。

“当自己的武器呗!牛顶角不就是!”翠杉说。

“不全对。牛、羊的角可以这样说,鹿的茸和角就不是了。从雷大爷刚才说的花鹿长茸、骨质化、掉角的过程看来,主要和它的繁殖有关系。茸骨质化后,正是鹿繁殖季节开始,坚硬的角成了雄鹿之间为争夺雌鹿而角斗的武器。繁殖季节过后,自行脱落。

“打鹿是为了砍茸,茸不取下,也就白白地自生自灭了。据报道,东北梅花鹿驯养后,锯掉了头茸,它还可像韭菜一样,再冒出新茸,这种茸叫‘再生茸’。从这里也可以看到,开发野生动物资源的广阔前途。而猎鹿砍茸,就像杀鸡取卵一样,糟蹋了野生动物资源。”

雷大爷比几个孩子听得还要用心。他在山林中得来的丰富经验,使他很容易听懂陈炳岐说的这些科学知识,因而也引起了他的感慨:

“有理。秋天一到,山上的公鹿哞哞叫,四处找草鹿。公鹿一碰头就打,咱见过十几只公鹿在一起为争风吃醋打架,那股拼命的邪劲,让人看了都竖汗毛。

“咱也想过,杀鹿砍茸这法子又野又蛮,杀一只,就少一只鹿。这不是,眼看着山上的鹿少了下去。要是能像东北那样把鹿驯养起来,那就太好了。咱还是头次听说,茸锯掉后,当年还能长茬茸。你们以后多讲点研究野兽的事理,咱也想多听听,开开心窍。过去是为了糊张嘴,伤了一辈子生。老啰,托你们这些搞科学的人的福,要是能办起养鹿场,我真情愿当养鹿的。”

孩子们鼓起掌来，连叫：

“欢迎！欢迎！”

“你当技术员，舅公。咱来当饲养员！胖孩，你干不干？”小叮当似乎是明天就可进养鹿场了。

“当然干。不过咱先要去上大学，读动物学，学好了再回来。”翠杉可不迷糊了。

“嘿嘿！有志气，说得对！该是你们来当技术员，哪有老的霸小的的位子！你们懂科学，比咱瞎摸来得快。两位老师不要笑话，咱学打鹿，那是生活逼的，像只小鸡一样，东掏西啄，总得找点食把肚子填饱呀！

“跟了一年师傅，吃苦受罪不讲，啥也没学到。问吧，师傅只瞪眼不开口；看吧，要紧的地方师傅不指给你看。能看到的，师傅还把它擦掉。一气之下，不干了，自己学。

“扛根火铳遍山跑。后来吊麂子吊上了路，靠吊麂子养家。不知为么事，兴许是畲家人的血有股热辣辣的味儿吧，还是被白鹿的神话迷住了？咱心里放不下花鹿。

“刚自摸自学的时候，那股滋味，真像是只苍蝇在玻璃窗上瞎撞，常常撞得头破血流，才找到一条缝……哪像你们，尺一量，找出什么步链、裆宽、蹄子大小，你们伢子跟老师学一个钟头的东西，我要学几年。

“就拿认足迹来说，这是跟鹿中最根本的事，咱开始起步学时，身上常揣把剪子，带点纸，碰到蹄印就照葫芦画瓢剪下来，像女人们剪鞋样描花那么仔细。我女人笑我发了疯，想儿子想出了格，成天闹么子新玩意儿，要给孩子做鹿蹄鞋——我们这里生了惯宝宝，外婆要给孩子做虎头鞋、兔耳帽，是比着虎头、兔耳样做的……”

小叮当说：

“我小时穿过哩，还剩一双新的。老师，下次到我家，我拿给你看。”

蓝泉、翠杉都用手指在脸上刮羞,笑话小叮当。

“泉伢子,别刮脸了,你也穿过。还真是你舅奶奶做的鹿蹄鞋哩,说是将来走路跑得快。不信去问问你老子、娘!”雷大爷帮小叮当解了围,接着又说,“把扯远的话收回来。那时我硬是剪了一篮鹿蹄印的样子。从这一篮样子上,咱慢慢把花鹿蹄印认清了。我一讲,你们伢们更要笑了,连在山上看到的鹿屎,我也往回捡……”

雷大爷的话没说完,翠杉果然扑哧一声笑出了口。早上,他在心里说过这样的话,不过,那是嘲笑。谁知鹿屎却真的有学问哩!

雷大爷说:

“真的,咱当年可真从一粒粒的鹿屎中学到了东西。不信你们以后可以问问,除了我传过的徒弟,有谁能知道这里的学问?”

小叮当一下就凑了过来:

“这鹿屎还真有学问?舅公,快说给我们听听。”

“呵呵!暂时保密,等见到鹿粪粒子,你们先考考舅公能不能从它认出鹿的幺、二、三!嗨!咱这还不算什么本领,咱那师傅,那真是知鹿的专家。那人,往山头上一站,眼扫一圈子,能晓得有鹿没鹿,是公是母。他还有个绝招经哩!别人打鹿是个班子,少说也有七八个人。他呢,一个人两个人照样能打鹿。三十九岗的鹿,他有本生死簿捏在手。那才是狠人哩,只可惜……唉!不说了……”

陈炳岐已几次听到老人提起他师傅,正想再问仔细,老人已把烟袋往裤腰上一插,站了起来:

“时光不早了,也歇够了,天也要变脸,走吧!看样子,这只鹿要往石门国那块跑了。有闲再讲这件事。要是到了石门国,咱还能指给你们看看当年的那些地方。”

“石门国……”陈炳岐喃喃地说。

方玲也说：

“这么个怪名字？”

雷大爷脸上有股摸不透的复杂神色：

“岂止怪！那里人常在嘴边带个‘搭姜’的词，意思是指难讲话，姜头拐脑，不好对付。过去那里有个山霸，更是姜中姜。那个地方，叫‘石门’，山霸姓王，自称‘石门王’。他嫌‘石门’不气派，改叫石门国。

“石门国虽是偏野的地方，却是三县的交界处，两条羊肠道都得从那里过。改叫石门国以后，山霸自设关卡，来往行人都得称此地为石门国，谁要犯了他们的法，轻则一顿毒打，财物一掠而光，谁敢进行反抗，就往石门下一推，跌死到万丈深渊……你说搭姜不搭姜？地方倒是个藏龙卧虎的好地方，打猎的没有不爱的。旧社会猎人得冒着性命往那边撞……哎，时光不早了，等到了石门国，再给你们讲。”

“到时可不能忘了。”小叮当有些不放心。

他们又往前走，在出现特殊的景观、地形时就分组前进。在两三处山嘴子的岔路口，他们看到有人故意将蹄印用鞋底擦掉，草鞋痕子横一道竖一道，最后又画了个大大的“ × ”。每一脚，都像是对后来者的警告，都是占有欲的表现，活生生画出了打鹿队横鼻子竖眼的形象。特别是那个大大的“ × ”更刺眼，就像是判处死刑布告上的一勾红笔。

面对这些草鞋印子，孩子们十分紧张、不安——厄运愈来愈近地罩在花鹿的头上。

“哼！美得太早了，到了山顶看谁喘哩！”翠杉恨恨地说。

几个孩子很清楚：没错，打鹿队一直跟着大花角（这个名字也是小叮当给起的，因为舅公说它的茸将是个大二杠！）的足迹。

孩子们的步伐大大加快了。

云层已经遮住了太阳，可没一丝凉意，反而更加闷热。方玲和陈炳岐背着个大爬山包，身上早就汗透了。三个孩子后背也湿淋淋的。唯有雷大爷一点儿汗星子也没有，真是硬功夫！

方玲注意起雷大爷的起步、迈脚了。只见他似乎是信步而走，但草不动、树不摇，步伐稳健、匀称，步距不大不小，十步开外很难听到他的脚步声。只要自己稍一打愣，就要被丢下一大截。有谁能想到老人还患有寒腿病呢！

此刻，方玲对这位老猎人倍加尊敬，不由得想起了蓝泉介绍老人时讲的故事、雷大妈对他的评说，又想起了几天来的相处……怎能说老人“古怪”呢？应该说他是位具有特殊气质的老人！就说从雷大妈那儿听来的老人治风寒腿的事吧，不就是老人性格闪光耀彩的一章吗？

雷大爷年轻时吃的苦多，又受过枪伤，到老落下个风寒腿，一到天冷，疼得厉害，整夜整夜地在床上翻来覆去。打针吃药没多大效用。传说四不像的血可以治寒腿，雷大爷总想吊只治病。不巧，下了几次锁脚弓，都没有发机关。

去年腊月，有天夜里，雷大爷正在床上五心烦躁不安时，突然听到门外传来异样的声音。他悄悄起了身，轻轻拉开道门缝：嗬哟！一个黑乎乎的大家伙正低头在崖边又吸又舔。夜色下，虽看不准是么玩意儿，但还是隐约地看出头上那对短角、颈背上披下的鬣毛。

雷大爷折身取家伙，拿火药装枪来不及了，只得顺手摘下墙上挂的猎刀。他出了门，一个箭步蹿上前。野兽慌了神，往崖下就跳。

雷大爷愣子也没打，瞅准黑影子跟着跳下去，只听耳边呼起了风，一屁股跌坐到野兽身上。

野兽蹄子落地后，正想撒腿逃跑，没想到被压得一歪趔。

野兽毕竟有股野劲，腰一挺，撑起后腿，一下把雷大爷摔了下来。

雷大爷清楚落处只是个石台子，下面是更大的悬崖，滚到那下面可不是当耍子。他身子被掀翻在地，两手仍抓住野东西颈上的鬣毛不放。

他晓得这东西的后腿厉害，一脚能踢死一头牛，连忙将身子往前收，想趁它站起后腿的当儿顺势爬起来。那家伙果然一撑后蹄、一挺脖子站了起来……

就在这生命攸关的一瞬间，雷大爷手疾眼快，趁它蹄子要迈又还不稳时，一把抓住它的前蹄，狠命一拉……那家伙前脚悬空，后腿用的劲又猛，像是正在奔跑的快马撞上了绊马索，只听扑通一声，它屁股翘得老高，一头拱到了石头上。

雷大爷不失时机地抽出了猎刀，刺进野兽的喉管，只觉得一股热流冲上脸和眼睛。老人管不了许多，又一刀插到它的前胸，接着用头顶住它的下巴，把嘴凑上到喷血的口子，咕噜咕噜猛喝起来。

随那野兽怎么挣扎，老人一个劲用头顶着它的气嗓，只让它吸气，不让它吐气。这样，里面的气鼓着血往外喷，就会加快它的死亡。

等到雷大妈和村上的人听到动静赶了出来，在火把的照耀下，丈把深的崖下石台子上，像个血人似的雷大爷已经坐起来，一头百多斤的四不像躺在身边。

石台上有一块斗大的石头，也不见了。第二天，有两个好事的青年硬是绕路爬到陡壁下，抬回那块石头，又放回原处，说是石头上有四不像蹬踢的蹄印，留着做个纪念哩！

人们好奇地问："刁钻古怪的四不像，么事知道雷大爷想它，偏偏送上门？"

谁都知道四不像生活在石山上，走的尽是人不到、鸟不飞的鬼路，平时把光滑滑、嶙峋错牙的悬崖峭壁当大马路，一蹬腿，丈把宽的峡谷就飞过去了。又由于它长了长长的颈鬃鬣毛，且多在晨昏出来活动，山区的人，长期误称它为"飞马"。直到去年有人来紫云山考察，才知道根本不是什么"飞马"，也不是四不像。这里说的"四不像"，是鬣羚，而真正的四不像，是指已在野外绝种的麋鹿。

开头,雷大爷对提问的人只是笑笑。后来,几个青年变着法子激老人吐了真话:

“说出来也不稀罕,别看四不像行踪刁似鬼,它有个怪脾味,到了冬天,馋盐,四路八方地找,找到有盐的地方就拼命舔。”

“原来你老人家放了盐做饵子,专吊四不像胃口!”

“哪能哩!要是有意放的,咱还能慌得连枪都没拿?”

最后,雷大爷才揭开谜底。

原来,他家门口有个圆圆的小石凼,隔壁三岁小伢子毛毛觉得好玩,老是到那里撒尿。日积月累,风吹日晒,小石凼里竟结了层盐霜。就是这招来了四不像。老人说:

“这应该是毛毛的功劳!”

逗得大家哈哈大笑。

这一说,大家才相信了老人阅历广、心细、眼尖,摸透了野兽的脾性。也有一两个人,始终怀疑另有特殊的门道,只是猎人从来不肯轻易讲绝招……

那天夜里,抬回了四不像,人们就散去了。没歇顿把饭的工夫,雷大爷觉得心躁、口干。他喝了两碗开水不解渴,又舀起结冰的凉水喝。又过一会儿,更喝得嫌水缸多个盖子,嘴不离水笕。到了第三天,浑身都爆起皮,一搓成条子往下掉,露出血红血红的肉。眼珠子都血红,真是一副怕人的形象。吓得一村子人不断线地来探望。他倒像没事人一样。后来,全身脱了一层皮。你说怪不怪,风寒腿从此就好了。

“方老师,我们走哪条路?”

蓝泉打断了方玲的沉思。跟踪的足迹又断线了。他们又分头搜索那片山地灌木丛。雷大爷说,再发现大花角的足迹,大概就能肯定下来,它是不是往石门国那个方向去了。

西南角的云,纷纷往上涌。天空已漫起一块块乌黑的云。三五成群的红嘴山鸦,老是嚷着“舅舅,救急——求救!”。白腰雨燕镰刀形的翅膀在空中砍来劈去。成群的小虫子在人们身边绕着飞,稍不注意就能扑到你嘴里。空气又热又闷,胸口像是被什么顶住似的。小叮当看着路边来去匆匆的大黑蚂蚁,于是发布了预告:天要下雨了。

雷大爷看了看天色,很有把握地说:

“小叮当说得对,有场雨是跑不掉的,但大概要到晚上九十点钟才会掉点儿。”

陈炳岐多少也放点儿心,这就不会影响他们的工作进程了。

三个组搜索的结果是,又发现了大花角的蹄印。雷大爷用他那特殊的姿势瞄射了几下,又抬头看看四周的山相,肯定了大花角是往石门国那条路上走了。

十八　魔杖轻点

肯定了大花角的去向之后，队伍行进的速度稍稍快了些。天愈来愈阴沉。傍晚时，队伍进入了一片灌木丛碎石区，小水沟也较多。走在杂草乱石中的陈炳岐突然加快脚步，赶到队前和方玲低声说：

“这样的栖息环境，很可能有毒蛇。我对它们比较熟悉，我开路，你到队后去。”

为了不惊动孩子们，他们悄悄地换了一下位置。两人手中都准备了一根折下的树棍子。

陈炳岐眼尖、耳灵，左前方草丛稍有动静，他就向身后发出停止前进的信号。方玲却把他向后一拉，只听哧溜一声，一条有白斑的长蛇游了过去。小叮当吓得直伸舌头。陈炳岐也愣了一下，没想到蛇的速度这样快。方玲把孩子们拢到了一起。

不知是出洞的蛇，还是过路的蛇？陈炳岐向蛇出来的地方走去。不一会儿，他站住了。

雷大爷走过去，见石头上有堆白色的黏糊糊的东西。陈炳岐招呼方玲他们也到前面来，说：

“这是银环蛇拉的粪便。这里叫‘白花蛇’。”陈炳岐用树棍子指了指那堆白色粪便，“看样子附近有蛇洞。”

雷大爷脸上有些变色：

“白花蛇毒性大。”他像是想起了什么,“对,这片山头还有五步龙,也是大毒的蛇。山里年年断不了有人被咬死。要是能想法子除尽,倒是为民造福、积德。”

方玲说:

“蛇毒是治多种病的特效药。蛇肉、蛇蜕、蛇胆经济价值都很高。古代就有以捕蛇为生的。那是种很悲惨的职业。蓝泉,语文课中读到过柳宗元写的《捕蛇者说》吗?描写的就是捕蛇人的悲惨生活。雷大爷想要把毒蛇消灭完,这事也办不到。关键是要防止被蛇咬,并找出治疗蛇伤的特效药。”

这时,陈炳岐已在石头缝里找到了蛇洞。虽然光线较暗,但还是依稀能看见蛇的腹鳞磨来磨去的痕迹。陈炳岐又走回到蛇粪旁边仔细观察,终于看到凹处拖出条丝一样的白黏液,尖头与洞的位置在相反方向。

“你们看,”陈炳岐用树棍指着,“蛇屎拖的丝尖子指向那边,蛇洞却在这边,这说明是银环蛇出洞以后拉的。蛇是向咱们前进的方向游去。大家都当心一点儿。上次已给你们讲过一些防护知识,虽然银环蛇很毒,但只要注意,还是没什么大的危险的。”

方玲砍来几根小竹子,给了每人一根,又叮咛说:

“雷大爷,你赤巴个脚,要格外当心!”

“没事。方老师,你尽管照顾伢子们。我在山里跑的时间多。”

现在大家走路眼都瞪得老大的,密切注意草棵、石缝里的各种迹象。队伍也缩短了。

大色愈来愈阴沉。浓墨般的、铅色的、白雾般的云块,不断翻腾、搅混。

雷大爷在一处较清晰的鹿的足迹旁看了半天,最后摘了片树叶盖起了蹄印,又用块石头压住,还特意在旁边做了标记。若是再碰不到清晰的蹄印,明天一早好到这地方来找。他和两位老师商量后,决定今天晚上投宿石门国。

队伍在正行进,小叮当忽然拉住了陈炳岐的衣角,小声而急促地说:

“陈老师,你看!”

雷大爷早已收住了脚步。

陈炳岐顺着小叮当的手指看去,右前方山坡的小坎子下,有几块泥土在松动,仔细瞅瞅,像是有个洞口——泥土的颜色有些异样——泥块在簌簌地往下掉。

“蛇吗?”

小叮当紧张地小声问。

颜色异样的泥块面积不小,若真的是蛇,这该是多大的一条蛇!陈炳岐说:

“注意观察!”

“不要作声!”雷大爷说。

方玲和陈炳岐都迅速地隐到树后,把枪端到了手里,检查了一下保险,同时把孩子们按到身后。雷大爷比他们还要敏捷,一抬手,枪已端得好好的,扳机也打开了。

三个人交换了一下眼色,已商量定了:蛇一出洞,三枪齐发,打烂它的头。

三个孩子一见这样剑拔弩张的情形,也都取下了挂在腰上的柴刀,提着棍子。小叮当不自觉地往后退了两步。蓝泉拉住了他,小声说:

“你躲我后面,别怕!老师、舅公都在前面。”

土块还在往下掉。陈炳岐轻声却急促地说:

“听我口令!”

土块掉处,真的露出个洞口,里面伸出了个像嘴的东西,慢慢地,又伸出了个锥形的头。

“蛇!”

虽然翠杉的声音很低,但陈炳岐还是向他摆了一下手。

洞口又伸出个什么东西,还在扒拉土。头又伸出来一点儿。

“好大的鳞片!”小叮当从蓝泉胳膊缝里看到它头上顶了块鳞片,不禁在心里惊叫。

洞里的家伙把头歪向两边看看,大约是在侦察情况,接着又往外爬了点儿。

雷大爷感到两位老师的举动有些不平常。

“眼旁边还长毛,长眉毛的蛇!”小叮当真的害怕起来了。

他不仅没见过长眉毛的蛇,连听也没听说过呀! 鳞片又这样大,乖乖隆地咚,这是什么怪蛇?

他听人说过,有吃人的蟒,只要张嘴一吸,牯牛就像个小蠓虫那样被它吞到肚里了。它是不是就是那种蟒啊? 蓝泉又掂了掂手中的柴刀,摆出应战的架势,多少为小叮当壮了点儿胆子。

那家伙在往外拱了,不一会儿就伸出了一条腿,又伸出了一条腿——腿上也都长了鳞片! ……

小叮当更紧张了。他听说过,有长脚的大蛇;他看见过,画上翻云覆雨的苍龙,不就是张牙舞爪的吗? ……怪事,陈老师么事还不开枪?

没容小叮当多想,那玩意儿圆圆的身子愈来愈粗,看见它背上又有个头样的东西。传说天上有九头鸟,地上还真能有多头蛇? ……

愈来愈昏暗的天色,更增加了人们心中的恐惧。可是舅公、老师都毫无动静。他们严格地执行着“注意观察”的命令。

怪物终于全爬出来了,这下小叮当可看清了,原来它背上不是长出一个头,而是个小“四脚蛇”(他心里是这样叫它的),只见小“四角蛇”前面两只脚插到大“四脚蛇”的鳞片里,趴在它身上让它驮着。小“四脚蛇”颜色浅一些,很容易和大“四脚蛇”分开。

“鲮鲤!”这是陈老师的声音。其实,他早已看出了一些苗头,也就是小叮当看到“蛇”长了毛的时候,他的枪口就低了下来。

孩子们莫名其妙,不知鲮鲤是什么。

“穿山甲!”这是雷大爷的声音。

一听是穿山甲,孩子们立刻松了口气。知道它不会伤人。这时,他们就注意起它那走路时的怪模怪样来了:

它的两条前腿比后腿长得多,前腿走路时也怪,不像后腿用脚掌走路,倒是把脚爪弯过来,用爪背走路,和黑狸狸走路一样。只见它加快了速度,走得飞飞的。

“快开枪!”

“开枪打!”

孩子们急得叫了起来。

舅公站在那里不动身子。

方老师和陈老师像是没听到似的,只是闪出了树棵,向它追去。

翠杉他们也跟在后面跑了起来。

鲮鲤听到了脚步声,呼啦啦地往前跑……

“开枪呀!”

陈老师根本不理睬孩子们焦急的喊声,倒是猛跑了几步,追上了它。

跑在前边的蓝泉看得非常清楚:陈老师的手都未举,只是用棍子轻轻往鲮鲤身上一点,那棍子简直像是法力无边的魔杖,只见鲮鲤就地一滚,立即蜷成一团。一眨眼,连那只小的也不见了……地下有个全被硬硬的鳞片包裹着的球,动也不动,待在那里。要是拍成照片,不加说明,不把它当成特大松球才怪呢!

孩子们又惊又乐。

“吓死我了!”小叮当鼓起勇气,上去就用棍子打。只听嘭的一声,球没打开,却裹得更紧了。他正要再打,手被陈老师拉住:

“不要打了,它跑不掉,你这点儿粗的小竹竿也打不死它,它全身披挂了盔甲。没想到，今天无意中得了个珍贵的标本。”

孩子们都在兴奋地议论这个怪物。

“它从哪边的山穿过来的？它真的能把山打通？”蓝泉问。

翠杉说：

“听说穿山甲有金刚钻一样的头，要凿穿石头，跟捣豆腐那样容易，常从这山打条隧道通到那山。山神、土地老爷都怕它。”

方玲说：

“那是传说。不过，它倒是真会打洞。它那强有力的趾、锐利的爪，加上细长的体型，也适宜于打洞。可惜天快黑了，要不，还可以挖开洞看看。一般的洞有三四米长，底端有个横着的大洞作为巢，和洞基本上呈‘丁’字形。巢大，直径总有两米多。二十多年前，在大学读书实习时，我们曾挖过两三个鲮鲤的洞穴。”

“我明明看到它是现扒洞出来的嘛，怎会不是从别处钻来的？”蓝泉为了证明自己的看法，又问翠杉和小叮当，“你们也看到了吧？”

“是啊，原来是没有洞口的。”小叮当证实。

翠杉也点了点头。

“你们看到的是事实。鲮鲤机警，不仅在受惊时能蜷成一团，让你无法下手，它进洞以后，还能用泥巴把洞口封起来，把自己禁闭在洞里，过着隐居的生活。

“它是夜行性动物，晚上才出来找食吃。今天不知是因为天闷热，还是天阴沉了，它这时就跑了出来。不信你们去看看洞口的泥，一定比别处要潮些。还有种属贫齿目的犰狳，它也有鳞甲，进洞以后，还能用身体后部的甲片堵住洞口。又厚又硬的鳞甲，像道铁门一样，叫追击的敌人毫无办法。”

雷大爷说：

“天不早了，一边走一边讲吧。离石门国还有几里路哩！”

“是那座全是黑石头的大山?”小叮当指着似被厚厚的云层压矮了的山。

“在这里看全是石山,其实倒不是,明天就能看清楚了。”

“这个穿山甲怎么办?”小叮当关心地问。

方玲把它拿在手上,准备装到包里去。三个小伙伴一看并没有什么危险,也都用手摸了摸,还拿到手里掂掂,怪沉的。小叮当打量它的鳞甲里还戳出一些毛在外面:

“嗨!要把它当个菠萝送给人,还真能叫人上当哩!”

方玲觉得这个比喻形象,不禁笑了。

陈炳岐说:

“不装到包里也行,小叮当用竹竿从中间空隙捅过去,扛在肩上好了。”

小叮当真的这样做了,把竹竿往肩上一扛,简直像是扛了个大铁锤。方玲觉得还是放包里保险些,万一掉下来,也难找;要是从崖上滚下去,不像放石溜子一样吗?

雷大爷催大家上路,一行人在暮色中继续前进了。

“哎呀!那只小的怎么不见了?快回去找找!”小叮当猛然想起这事,往回就跑。

陈炳岐伸手将他拉住,说:

“你们谁见到它跑哪儿去了?”

对于陈老师的问题,三个孩子都只摇了摇头。

方玲笑着说:

“这就像是问谁听到过长颈鹿是怎样叫的一样。当然,谁都没听到,谁也不知道。因为长颈鹿是动物中有名的哑巴,它从来不会叫。”

“小穿山甲没跑掉?”

“在哪儿?”

几个人又都由懊恼转为惊喜。

“在这儿!”方玲指了指硬甲球,“老穿山甲一遇危险,就迅速地将它卷到怀里了。小叮当,你刚刚用竹竿,没看到有浅颜色的鳞片?”

“看到了,我还以为那是穿山甲的肚皮哩!”

雷大爷也没想到这层,说:

“这个丑八怪,还真挺心疼人的!”

“它刚出洞,还没找到食,不会饿坏吗?”小叮当有些不放心。

“没事。它八九天不吃食,也不会饿死,倒有点像乌龟老鳖,也是个节约能量消耗的巧手。”陈炳岐说。

“陈老师,穿山甲吃些什么?”小叮当问。

“听说它吃蚂蚁。”雷大爷答了一句。

陈炳岐说:

“对,它主要是吃各种白蚁,也吃黑蚁,偶尔也吃蜜蜂。对了,那天我们打的胡蜂它也吃。”

“原来它是有益的动物。”蓝泉说。

没想到这样一个面目狰狞的家伙,吃的竟然是小小的蚂蚁!

“白蚁腿短短的,肚子倒好大,大概比黑蚁好吃!”翠杉说。

“听说它趴在蚂蚁窝边,把鳞张开,用身上的腥气招蚂蚁,等到蚂蚁爬满了,它把鳞一收,就把蚂蚁都吃掉了。它的鳞下都有嘴。还有人说,收起鳞后,它就下水去,再把鳞一张,蚂蚁都漂上来了,它再用嘴去吃掉。穿山甲的嘴特别丑,它怕人看到了,老是藏得紧紧的,就像猪八戒上大街时老把长嘴揣在怀里一样。这东西不多见,也不知传说是真是假。”雷大爷说。

“舅公也不知它?”翠杉觉得老猎人应该无所不知。

“做到老,学到老,到老还有三桩没学到。实话说,何止三桩,舅公不知的事多哩!眼下正尽心尽意当你们老师的小学生哩!”

一句话把大家都说笑了。于是大家又要陈老师多谈一点儿有关穿山甲的知识。

陈炳岐边走边谈：

“鲮鲤是穿山甲的学名。这一带确实不多见，再南去点儿，要多些。鲮鲤不仅能消灭白蚁害，肉也很好吃，鲜美异常，算得上山珍。它的经济价值主要是鳞片。别看它的鳞甲又厚又硬，只要把皮剥下来，放水里一煮，就都掉下来了。李时珍的《本草纲目》上，说到它的鳞甲能治恶疮、疯疟，能通经、利乳……现在国家已把它列为受保护的珍贵动物。

“雷大爷听说的鲮鲤进食的方法，第一种显然不可能，鳞片下就是皮，没嘴；第二种法子有可能，但咱们没见过。它有嘴，这都看到了，只是特殊得很，是一个牙齿也没有，是出名的‘没牙佬’。这在哺乳动物中是很少见的。大约是因为嘴里没牙，有的人连它明明长着的嘴也不认账了。”

“它是哺乳动物？老鳖、乌龟都是爬行动物呀！我小时候拉肚子，还吃过老鳖蛋哩！”小叮当更奇怪了。

方玲说：

“是的。它属兽类，是食蚁兽，而且在分类上还独占一目哩，叫鳞甲目。”

陈炳岐接着说：

“上次讲过，哺乳动物只是脊索动物门的一个纲。它有四五千种动物，很繁盛。以它的繁殖特点来说，有这样三类：单孔动物属于哺乳动物中低级的，原始特点较明显。如鸭嘴兽，它还不具胎盘和乳房。仔兽只能爬到母兽腹部去舔食乳腺中分泌出的乳汁。它不是胎生的，以致马克思也不承认它是哺乳动物。后来查清了，确是兽类，这位伟大的导师立即希望鸭嘴兽能够原谅他的错误……”

三个孩子听到这里不由得笑了起来。小叮当说：

“我们也要学习马克思这种认真的态度！”

陈炳岐接着又讲：

“另一类有袋动物，是因为仔兽在母体内还未发育完全就生出来了，只得再爬到袋子里继续发育，长到能独立生活。这一类动物主要是产在澳大利亚的袋鼠、树袋熊、袋狼。

“哺乳动物进化到有胎盘，情况大为改观，一下增加到十六个目，一千多属。以后，你们能看到，鲮鲤的腹部有两对乳房。从同时逮到幼兽分析，可能还有乳汁哩！

“它没有牙齿，但有条具有黏性的长舌头。猎食时，先用强有力的趾爪扒开蚁巢，然后把舌头伸进去，一粘就粘了很多蚂蚁，缩回嘴里吃掉，再伸出来粘。这个特点和所有的食蚁兽基本相同。别看其貌不扬，强有力的爪能帮助它很快地爬树，它的长尾巴还时常绕在树上，帮它爬得更快，到树上找蚂蚁吃。

“你们说，它没有牙齿，也不长角，用什么来适应残酷的生存竞争呢？”

陈炳岐停住话，等待孩子们的回答。

“用鳞甲。”小叮当嘴最快。

“一有危险就缩成个球，叫敌人无法下手。和‘狗咬刺猬——无从下嘴’的歇后语差不多。”蓝泉说。

“咱想起在哪本书里看到过。据说，古代武士穿的盔甲、手持的盾牌，正是向犰狳和穿山甲学习的。”翠杉说。

陈炳岐说：

“你们明天可以看看鲮鲤背上、头上和四肢的鳞片是怎样排列的，再和你们看到的盔甲对照一下，真还有不少相似的地方哩！这也是仿生学的一件趣事吧！”

“什么动物也对付不了它吗？”小叮当问。

方玲摇摇头：

“生物界几乎不存在这样的事，防卫得再严密，也还是有凶恶的敌人。譬如,老鹰就能对付它:一是用钩嘴,能啄到它被保卫的柔软部分;再一个办法是把它抓起来,带到天空,再狠狠摔下来。生物种群之间的关系很复杂,所谓一物降一物吧。但把这种关系研究清楚了,能揭出很多重要的秘密。”

三个孩子都陷入了沉思。

“它是兽类,么事要起名叫鲮鲤？真奇怪！模样虽有点像鲤鱼,可它跟鱼毫不相干,应该给它改名字,起码得把鱼字旁,改成反犬旁。”小叮当提出了新问题。

“是的。可以向动物学会郑重提个建议。特别是汉字偏旁常常表示形义。其实,由于人们当时认识有限,还有好几个都得改。如蝙蝠、鲸鱼,都是哺乳动物、兽类,可是一个被归到‘虫’类,一个被归到‘鱼’类,都不科学。”方玲支持小叮当的意见。

蓝泉说:

“咱们不能办养殖场驯养鲮鲤吗？既然它能吃,能当药,还能消灭白蚁。”

陈炳岐高兴了,说:

“当然可以。咱们不就在为这些奔波？三十九岗这片大山怎么合理开发？养鹿可以为主,也可以同时养鲮鲤。还能想到办法使鲮鲤帮助除蚁、除虫哩！这就又牵涉到生物群落之间的关系了,是个尖端而复杂的问题,属生物学的宏观范畴,也是个亟待研究解决的问题。”

“着啊！咱们养鹿场又多了项业务,多了种产品。”翠杉说。

一行人刚拐过山嘴,离开草莽,就踏上一条石板小道。夜色朦胧中,前面猛然矗耸起一堵黑黑的山,以至于觉得是堵遮天盖地的墙;又像一道阴森森的闸门,没脸没鼻子的、黑地闸在那里,一头插入低垂的天空,一头堕在地下。一丝丝微微的天色也看不到,好像焊接得天衣无缝,无端增加恐怖气氛,使人觉得行走在深渊的底层。

一道闪电划破夜空,露出了面前如削的陡壁,岩石头峥嵘,如万杆枪矛直刺冥冥天空！

“马上进入石门国的石门了！”

雷大爷的声音中有种特殊的调子，让人听了后感到立即要进入一个不可思议的世界。队伍中也失去了刚才轻松的说笑，似乎连脚步也沉滞起来了。小叮当紧紧偎依到方玲的身边，方玲抓住了他的手。

“石门到了。要是白天，能看到石头上一边凿着一个大字。”雷大爷像是引进的使者，又像是在尽导游的职责。

陈炳岐觉得前面没有路了，大概又要爬山。他想把方玲的背包拿过来，方玲却不让。

到了漆黑的山崖前，雷大爷不走了，口里竟然念念有词：

灵芝灵芝点点头，
石门石门快快开。
胆敢不开门，抓住守门神。
再要不开门，千锤万斧砸碎门。

咒语刚念完，雷大爷就大步向前走去，巨石似乎也立即让路，将他掩进……

方玲惶惑了，不禁却步。翠杉一头撞到她身上。

“方老师，停着么事？”

好像是从另外一个世界，另外一个星球上，又似乎是从石头里传来了雷大爷的声音。方玲从惶惑中清醒过来，忐忑地领着小叮当他们向黑森森的石头走去。奇怪！不知是雷大爷的咒语灵验，还是她也是一位天神，俨然是山岩挡道的巨石，其实徒有虚影，她像是撞到一片云雾中，进入狭窄的石巷口。

方玲回头一望，黑暗又掩去了一切，但小叮当已紧紧抓住了她的衣服同时进了门。四周是无边无际的黑暗,令人毛骨悚然的黑暗。

这种黑暗使你什么也看不到,大约地层深处的煤矿巷道还要比它稍亮一些。似乎有无数奇形怪状的、可怖的形象从四面八方扑来。方玲急得禁不住叫了声:

“炳岐!”

“哎! 来了!”

像是一声咒语,巨石又挪开一道缝,陈炳岐带着两个孩子闪了进来。

亲切的、生动的声音,以及身后孩子们的脚步声,才使方玲觉得回到了现实世界,使她想起儿时读《一千零一夜》的情景。

“不要急,慢慢走。”雷大爷在不远的地方停了下来。

方玲定了定神:

“雷大爷,走慢点儿。”

她对后面的陈炳岐说:

“你们距离拉小点儿。”

雷大爷估摸出了方玲的意思,说:

“放心吧,两边都是万丈石壁,咱们夹在石缝里走。”

方玲抬头看看天,还是一团黑漆障在眼前,又用手摸摸身边的石壁,冰凉凉、湿漉漉的。

方玲小声问小叮当:

“怕吗?”

“跟着你,我不怕。要是叫我一人来,刺刀戳着脊梁也不干。”

队伍中稍稍活跃一些了。

起风了,汹涌的呼啸声从远处往这边滚来。突然,有种嗡鸣声响起,比万丈巨涛还要惊心动魄,比千百只汽笛同时拉响还要震耳。这声音使人感觉两侧笔陡的崖石也颤抖了起来,连地下的岩石也在动,间隔听到杂在里面的离奇的、尖厉的呼哨。

小叮当不敢走了。方玲一边拉他,一边说:

“是风从上面掠过,造成了声响。”

雷大爷不时提醒:

“向左拐!”“往右转!”

如果没有这样的向导,再往石头上撞,大约它是不会闪开的了。

“像是在洞里钻!”蓝泉说。

“我以为一下夹到山缝里了。”翠杉说。

一道耀眼的闪电从顶上划过,撕开了无边的黑幕,向石缝里投入了一霎光辉。一声霹雳,震得石道里更加嗡嗡作响。狂风吹来了一股臭氧味。噼里啪啦的雨点敲打在树叶上、岩石上。又奇了,雨点偏偏很少落到身上。

直到这时,雷大爷才有些紧张:

“快走! 石门筒子不是躲雨的好地方。雨水一大,山水下来,从头上往下倒,不得了!”

陈炳岐受到了启发:

“刚进那地方是石门口,走到现在,还只是在门洞里走?”

“对! 是在门洞里走。”雷大爷回答。

雷在山岭上响成一片,像是无数的炮口齐声轰鸣。哗哗的雨声,比湍急的水流还要响。

“我的妈耶! 这个门也了不得!”小叮当一听有这样吓人的门、门洞,不禁惊叹起来。

“要不能称石门国? 过去,谁都爱这块的奇,谁都怕走这门的怪! 猎人打猎打到这地方,常是眼泪和着血水淌!”

“刮这样大风,不知吓跑了大花角没有?”翠杉的声音虽小,可大家都听到了。

“不要紧,明儿雨一停,大花角更好找。”雷大爷讲宽心话给他听。

“灯光!”小叮当惊喜地喊了起来。

果然,前方的山谷里,在如墨一般的风啸雨狂中,透过雨帘,晃起了几点红色的辉晕,像是从海底升起的。它们逐渐亮起来,逐渐多起来,逐渐显示出错落的层次了。

虽然还一任风雨飘摇,但它们是灯光,预示着灿烂的光明。像是水手在航行中见到了港口的灯塔,激起了无限的喜悦。方玲他们像是平生第一次见到这充满希望、跳动着生机的火焰……

滂沱大雨劈面砸来。

“走进石门国了!”

雷大爷宣布。

十九　夜宿石门国

雷大爷关心打鹿队的行踪,安顿好了方玲他们,趁房东烧饭时,又冒雨出去了。他去了几处人家,都说没见到打鹿队,也没听说到石门来。

房东很热情,招待了一顿丰盛的晚餐。

自然保护小组在雷大爷的带领下找到了大队,宣传了政府保护梅花鹿的法令以及意义。雷大爷仍不放心,处处打听打鹿队,结果还是谁也没有见到。

这使老人沉思起来:按常理,打鹿队昨儿有八成要住在这里,么事使他们撇开了这地方?另一个可以留宿的居民点,离这里有近二十里的路。是因为明儿一早就要围鹿放铳,还是因为知道后面有人追踪,故意避开?他和两位老师商量后,觉得不管哪一种情况,对自然保护小组说来,都是个严重的威胁。

陈炳岐、方玲忙着整理考察日志。根据两位老师的要求,蓝泉、翠杉、小叮当也都各自在写考察见闻。雷大爷很有兴致地看着三个伢们学习。

雷声还在轰鸣,雨打得窗外的树叶叭叭直响。蓝泉他们小声叽咕着,担心狂风暴雨对他们跟踪的大花角将产生不利影响。它会不会乱跑一气?也像小月亮母子那样不怕雨只怕风吗?大雨肯定要把大花角留下的痕迹冲刷掉,明天到哪里去找?孩子们不断地向雷大爷提出这些问题,老人说:

“该担心的不是这些。花鹿怕大风,这不错,但它总是能找到好场地躲风。不管什么野兽,在这样的天气也躲起来了,没人去惊动它,它不会在夜里跑。老师讲过，花鹿不是夜行性动物!”

“小月亮不是被大风吓跑了?”

“那是……”雷大爷想起了什么，把话锋一转，“跑了也不误事，大雨淋掉大花角的足迹，可它也把什么野兽的足迹都淋掉！明儿呢，大花角要活动，要晒干花毛衣，它留下的足迹更新鲜、更清楚。打鹿的要是碰到迷失了花鹿的足迹，还就盼这样的天气哩！就像在冬天打猎，总盼着下雪一样。”

小叮当问：

“那该担心么事?”

只见舅公又把烟锅里的小火球吹到手里，还有意叫它在手里转了个红圈圈：

“一落雨，催茸长。茸长得快，约莫打鹿队要提前把大花角放倒。”

陈炳岐和方玲一听这话，放下了手里的工作。几个孩子更是喳喳叫：

“花鹿头上的茸，也像春笋见雨冒?”

“还能像蘑菇，落雨就打伞?”

雷大爷还是那样慢悠悠地抽烟，一直到吹掉了烟灰才开口：

“是这码事。花鹿头的茸，不光是花鹿的精血，还要得天、地、日、月、雨露的精华、灵气。要不，也贵重不起来。”

小叮当一骨碌站起来：

“咱们立马到山上，看着，别天一亮就被打鹿队放倒了。”

“对，咱们已撵了两天，不能撵个空。”蓝泉要去收拾东西了。

“看把你们急的！我讲过，打鹿要一望、二跟、三打。‘望’‘跟’这两门，你们懂得了一些。‘打’的关节窍门也多。

“花鹿爱茸，看得比性命还重，你们亲眼见过它么样走路。花鹿是死到临头，只要有口气，还要把头摆得正正的，防着碰坏了茸。你们知道，茸外面的绒皮薄，不经碰，破了皮要降价，也会给制茸带来很多麻烦。

“打鹿队在决定放倒鹿时,师傅还得挑好场地,要求能一枪打中鹿,倒下去也不会碰坏茸。如果找不到好场地,纵然是茸快老了,也不得不咬牙狠心拖一两天。”

“打鹿队要是先找到鹿,动手了,怎么办呢?”蓝泉急了。

“别急,打鹿队想明儿一早放铳打鹿,办不到!没好场地。我在这大山里跑了一辈子,知道石门国周围有几处能放铳,有几处能存住鹿,哪几处是被跟紧了的花鹿非到不可的地方。

“在石门国西南方向,有个凸凹岭。高山坞里冒出了个岭,要打比方,像是锅底倒扣了个碗,岭子顶上像碗底,又凹了下去,全是一人深的荒草。

“咱们跟大花角猜了两天心思,又跟打鹿队猜了两天心思。我估摸着大花角明天要向凸凹岭方向走,打鹿队也向凸凹岭跟。

“那一带的地形,九连十环套,古怪又复杂,大花角那么机灵,谁知还要耍些什么花招?说不定还要断线呢!这些都是难以料定的事情,只有走着看。再早,也要等到明天下午,或许要等到两天后,那也是说不定的事。”

老师、学生都松了口气,难怪老人慢条斯理地不着急哩!方玲和陈炳岐又继续整理他们的日记。

小叮当想得多,又说:

“舅公,调皮的大花角要是偏偏不往凸凹岭那地方去呢?”

“再调皮,也只有那几个山窝能蹲,不住这村,要歇那店!”

“这些地方你都熟?”翠杉问。

“熟,像是我手板心有几条纹沟。我和它还有过生死之交哩!差点儿没把命丢给它,多亏我那救命恩人!”

孩子们又一次听到舅公提这事,都嚷着要舅公把故事讲出来,免得撩得人心里痒痒的。

老人觉得这段故事也该让孩子们知道知道,于是就讲起来了:

“大江大河向东流，要找流过的地方，还得溯水往上走。年月要往回推个几十年，那还是旧社会。

“三十九岗的南侧，有个叫‘九井’的地方。山头和这石门国差不多，‘山是空的，地是通的’。下雨水哗哗，没雨干死蛤蟆。水比油金贵，吃水都要算着舀。不知哪个仙翁，一夜之间用手指在山面上钻了九眼井，井井冒清泉，落下了这个好听的地名。

“九井山出了个有名的猎人。那年月，打猎这碗饭是苦水拌辣子。尽管打的猎物压弯了腰，也保不了渐饱。猎人一气之下，不让独根的儿子再学这行，叫他改种田。

“谁知，天黑地也黑，灾星尽照着穷人，没多久，大肚子病——现在叫‘血吸虫病’的——在山里漫起来了。下水田的人大半得了这种病，不多几年，有的村子男丁死绝了。猎人的儿子也得了大肚子病。谁想，躲掉那头灾星，又碰到了这头魔星。

“猎人一想，自己年岁高了，赶快带着孙子上山，还是让他跟自己打猎吧。两年一调治，孙子学了浑身的功夫，给爷爷添了膀子。这祖孙两人，人称‘祖孙快腿’。

“人常说，猎人要有锥子眼、跑不断的腿。眼要能辨清各种山势、兽迹，腿要能翻山越岭追得过野兽。至于打鹿人的眼力、听力和腿上的功夫，要比平常猎人高一等才行。这祖孙两人的功夫，谁也比不上。他们成天打着赤脚在山上走，练出了一副铁脚板，连栗子刺球都能又搓又踩。

“祖孙两人打鹿，也不搭班子，光脱脱两个人砍的茸，比我们八九人一个班子砍的还多。

“祖孙两人为着防山霸抢茸，每逢放倒了鹿，砍下了茸，孙子用手巾一包，往肩上一搭，走了，老爷子肩着鹿，往四处散鹿肉给山里人。待鹿肉散完了，小孙子也把茸送回了家。

“祖孙两人的名声轰动了江北,宜城国药店老板亲自找上门,订了买卖合约。每年,老人要挑架最好的茸,连鹿送到宜城。国药店老板按时亲自赶到江南渡口,用部小推车,一边坐着披红挂彩的老爷子,一边放着壮鹿俊茸,敲锣打鼓,鸣枪放炮,从渡口过江,一直接到宜城店堂。

“头一年,老人不摸情,被摆布得头昏脑涨,回到家想明了:商人低声下气地花钱热闹,为的是用活人做广告,落个货真价实,名声愈抬愈高,费了小钱赚大钱。从此,老人再也不愿和他们打交道了。

“名声传到山霸石门王的耳里,石门王派了管家的去请祖孙两人到他家当猎师。老爷子哪肯买这门账!石门王恼羞成怒,发了话:祖孙两人,以后胆敢到石门国来打猎,打折他们的腿叫他们往回爬。从此结下了怨恨。

“但石门王养的几只‘看山虎’,却怎么也挡不住祖孙两人出出进进石门国,因为他们对这里的地形十分熟悉。

“咱那时才二十来岁,吊麂子、打鹿也出了点儿小名气,几次想访访祖孙两人,都错过了机会。

“这一年,端午节一过,蔡家请咱当师傅搭班子。打鹿队的规矩:砍了茸制好后,要么整架卖,要么磨成粉子,用纸包成一小包一小包,按人头分。师傅分双份。放头铳打中鹿的猎手,也多一份。要是鹿只被打伤,跑掉,谁割下头,不管是不是猎队的,也能分一份。

“那时各方地主土豪多,打鹿队碰到一起,也常为争鹿出事。当师傅的,要和各色人打交道。咱平生不愿看人脸色讲话,到老也没学会点头哈腰。再说,咱又是畲家人,那个世道,畲家人往那儿一站,矮人一等。

“当时我答应,师傅可以当,可有一条:我只管内事,外面的应酬,由蔡家派人。

“于是他们派了一个叫蔡光金的人,跟咱合伙。这蔡光金又名蔡老三,打鹿的本事了得,对外应酬,能说会道,还有两下子。说好蔡老三多分的一份茸，也由他们出。

“打鹿队跋山涉水出发了。蔡老三总是背着个菩萨。那时，打鹿的分派。有一派的打鹿队讲迷信，兴背菩萨，祈求保佑猎鹿丰收。

“蔡家的班子是背菩萨的，走到哪儿，背到哪儿。打鹿队若是住了点，猎队上山时，把菩萨脸背过去朝墙，意思是跟猎队上山了。回到住处，师傅又得把脸磨过来，供茶、烧香。因为这个缘故，也有人称师傅为‘背菩萨’的。

“供的是哪位菩萨？是猎神爷爷杨二郎，就是《西游记》上和孙悟空斗幻化本事的那个。

“这位猎神好认，他长了三只眼。

“这次上山运气不赖，没到五天，放倒了两只鹿，砍了两架二杠茸。

“这天，又望到了一只长三叉茸的鹿，从蹄印看，茸大，又粗又壮，再有个三四天长足了，这架茸，少说也有四五斤。可这只花鹿是行山鹿，调皮得出格。跟上后，老是断线——没了足迹。跟了两天，还没见到它的影子。

“大家都很焦急。

“第三天，刚出房东家的门，咱分派了各人的路线。那时打鹿队的规矩：开会、分派事情，从来都不在房东家里；只能清早出门后，边走边开会，各人说各人头天的情况，然后师傅分派任务。怕的是泄露打鹿队的机密。

“那天，咱胸有成竹，想再紧跟一天，让花鹿累得喘不过气，晚上窝到那里不动，天明，跟到好场地，就放倒它。

“一上山就跟上了花鹿足迹。班子里的人，按咱的吩咐撒开个口袋形，往前撵。

“花鹿真刁，净在山上绕圈子，咱想把它逼出来，让大伙看看。咱拿下草帽，往山岙里一绕，再往前一甩——口袋底的人一看信号，立即向岙里冲去。

“还没冲出二十步，山岙里的草一拱一拱起浪了，只见浪往斜处涌，一眨眼，卷过了山脊，又在矮树棵里消失了。还是没看到花鹿。

“咱带着班子随后又追，这次是撒开脚丫子跟后追了。六七岁的花鹿正是壮年，不怕撵坏它的筋骨。

“到了日头偏西，还是没追上，眼看花鹿要往石门国跑。打鹿队谁都怕沾石门的边，花鹿要是跑到那里，也就等于跟了个空，丢掉了鹿。

“记得前头有条河，咱又想在那里把它逼出来，拦到离石门远点儿的地方。咱把班子的人向河两岸撒去，步步紧跟。

“好不容易把花鹿逼到河谷一带，万万没想到，它却掐断了线，么样找，也找不到足迹了。

“咱在河边兜了几圈，总算思摸出了它玩的么样花招。咱沿着河往上走，终于在一丛西洋红的端午锦花上看出了门道。咱看到有根花头断了，穿过花墙到岸边一看，出现了花鹿的足迹，原来它是从这儿往河里跳的。

“再沿着河往前走，五十步以后，才看到沙滩上有摊水印子。它再刁，再精，野兽还能聪明过人？一瞧，嘿！就是那只花鹿留下的痕迹。

“这个调皮角色，从端午锦那边跳到水里，洗了个澡，游水游到对岸，临了还打个滚，滚到草深处，才又跑。多精细的东西，心眼子有多少个灵窍！

“估摸它没跑远，洗了个澡，凉水一浸，更饥，八成是躲哪儿吃草了。咱把班子里的人调整了一下，又开始追。

“果然，没追多远，它就从草丛里蹿了出来。它腾起蹄子往前拱，箭出行时，一架黄茸茸、亮灿灿的茸，看得清清楚楚——是个大三叉。班子里的人都来劲了，高兴得一蹿几丈远。

“花鹿被逼得往凸凹岭跑。这岭子是在石门王的边界外，跟鹿人的心也宽了些。那岭上有几处场地，都是放铳打鹿的好地方。

“大家亲眼见花鹿吃了会儿草，天断黑后躺倒了。咱在这地方做了记号。这晚上班子里的人都早早睡了觉，吃了定心丸哩！

“天边泛白，我们又出发了。出门后咱把谁站明哨，谁站暗哨，谁到凸凹岭抄鹿,分派得停停当当。特别又交代了蔡老三和一个能干的小伙子,守在抄鹿后花鹿必走的场地。这两个都是重要的暗哨。

“蔡老三心里自然也明白,这次的安排是我有意让他去得彩的。按常理,放头铳的哨口,总是留给师傅自己的。

“清风徐徐地吹着,把满天的繁星一个个吹灭。天上清清朗朗,一片淡蓝,坑坑崂崂飘起一丝丝的雾。是个难得的好天气。

“刚走到凸凹岭脚下,迎面碰到石门王的两个家丁。来者不善,劈头就问:

“‘你们背菩萨的呢?’

“蔡老三连忙走到前面:

“‘我就是!’

“家丁把他上下一打量:

“‘你能领班子?’

“蔡老三连忙递上烟,转过背,把背在身上的菩萨对着家丁:

“‘嘿嘿!这不是?老哥有话尽管吩咐。’

“‘老爷传话:叫你去!凸凹岭上,咱们石门国放了花牛吃草,你们不能围场打猎!’

“蔡老三一听慌了神:

“‘管家的,在家靠父母,出外靠朋友。兄弟懂得这点。只因昨晚天黑了,来不及到石门国去拜望老爷,正准备今早事情一了就去。望多多包涵,高抬贵手,让我们放倒这只鹿。’

“‘少废话,赶快走!’

“咱哪忍得住这口气?说:

“‘石门国再大,他的山界还在岭上,有碑立在那里。凸凹岭离界碑少说也有几里路。欺侮人,也不是这么个欺侮法!’

“家丁眼一睃：

“‘放你娘的屁！有种跟咱到石门国走一趟！’

“蔡老三连忙赔不是，这可更惹起了咱的火。班子里的人也都嚷得像锅粥。

“‘是你们家养的花牛，唤出来好了，咱们不打！’咱说。

“‘我家老爷说是的，就是的，谁敢说个不字？’

“‘咱敢！’

“家丁往咱跟前就蹿，咱顺手把火枪端平了。班子里的人哗啦一声，也都把枪端起。两只瘦猴一看这阵势，往后退了两步，一脚跳起，封了蔡老三的领子：

“‘找你们背菩萨的说话，反了天了！’

“蔡老三连忙说：

“‘管家消消气，是我没带好班子。’

“他又回头对大伙说：

“‘净撮火弄锨的，还不快收起家伙！我姑爷是石门国的人，咳嗽声也要响两条巷子。王老爷是个极讲仁义的人，我去去就来。你们别轻举妄动，等我回来再说。’”

二十　荒诞的锣音界

屋外山野的风雨，时紧时松地吹吹洒洒，雷声在遥远的山壑里沉闷地滚动。

烟蒂火忽明忽暗地在握起的半拳中翻转。雷大爷吹得火星乱飞，连高眉骨旁的鱼尾纹里也跳动着火苗，荡漾着往事惊涛骇浪的余波。

老人平息了一下激动的感情，接着讲那件往事：

那是什么世道？明明是来抢这架茸嘛！

一个家丁押着蔡老三走了，还留下一个看守我们。

过了好长时间，界碑那边传来了三响锣声。那里有两人抬了面大铜锣，一帮子人在旁指手画脚。

大伙儿正不知葫芦里装的么药，看守咱们的瘦猴子竖眼歪嘴地问：

“你们听到锣声没有？”

有人没好气地说：

“听到又咋样？”

“听到就行，只要你这句话。”

那家伙阴笑了两声，揭下头上的烂礼帽，向界碑那方挥了挥。

不一会儿，蔡老三像霜打了的韭菜，蔫着个头回来了，身后还跟着他姑爷和那个家丁。一看那身穿戴，就知他姑爷不是个种田的。只听他扯着一副公鸭嗓数落蔡老三：

“你几尺长的汉子,这样不懂事！什么地方不能打鹿？偏偏要跑到石门国！还讲什么凸凹岭在界碑外那些放屁不臭的话！刚才听到了吧？是里是外？你这班伙计也听到了锣声嘛。今天要不是我正站门口,你不丢条胳膊少条腿还能出得来？快给你伙计传大老爷的话。”

咱们一听,更火了,不知这锣声和山界有什么瓜葛,更不晓得跟打鹿有么牵连。

蔡老三不吭声。他姑爷只好自拉自唱:

“老爷传话:看我面子,是我内侄带的班子,今天的事就和平了事。按理,先该给你们一顿竹片,再捆起来送县衙门。你们好大的胆子,青天白日竟敢跑到石门国围山打猎！要是容忍下去,明儿还要到老爷府上放枪行劫哩。还不磕头谢恩,快走!”

谁能咽下这口气!

“你家山界碑明明在那儿,隔了几里路。凸凹岭么时又成了你们家的?”咱说。

老公鸭猴起了眼:

“我说你们这些山里佬,蹲在碟子大的天下,没见过世面,还不懂王法?王家的山林多,量也量不尽,从来兴的是锣音亩。铜锣是县官送的,盖的有官印,你们带班子的看到了。

“铜锣一响,方圆能听到锣声的,就全是王家的山林。这叫作‘一锤定亩’,你们知不知?

“那山界碑,是打铜锣人立脚的地方,不是说那以外的山林就不是王家的！刚才你们不是都听到了锣音吗？怎能红口白牙瞎讲这不是王家的山林?”

刚才问我们听没听到锣音,原来是为这码事！这不是拿拳头往人眼里塞吗!

锣音亩的事听说过,那是因荒山僻岭,多少里路没人烟,毛估山林时用的。没想到这山霸王利用这一点,又“创造”了个锣音界,变着法儿刮穷人!

大伙儿气得脸都变了色,浑身打战战。事情就是这样,明明不讲理,可到哪儿能摆直?石门王养了十几个家丁,个个都有快枪,里头还私设刑堂、土牢……胳膊能拧过大腿?

老公鸭又摆出了一副脸子:

“大老爷今早心境好,多讲了两句,说是你们要打这架茸也行,只是得把一个姓雷的留下来当猎师。要不,你们都留下来也行。这架茸就算见面礼了!”

大伙儿扭头就走,老公鸭还在后头捏着嗓子喊:

“下次记着,到这里打猎,先得到老爷府上纳钱粮,打了野物再对半分,忘了可得坐班房!……我是为你们好。”

辛辛苦苦跑了这么多路,到手的货给山霸抢走,怎能甘心!

咱想,一不做,二不休,反正得舍出命。咱知道,石门王没打鹿队,养了两个打猎的,可没一个人会打鹿。咱看了天色,估摸晚上要起大风,想趁大风摸到凸凹岭,把鹿抄出来放倒,砍了茸,连夜闯过石门,往回走。打到这只鹿,一律均分,不分师傅和打头铳的。

我把这计划一说,大伙儿乐了。对咱的本事,谁也不疑心,就怕砍了茸走不脱石门。咱说:

“你们就放心吧,砍了茸,连那粗制过的两架,一起交给咱。两天后,只要雷铜岭还活在这世上,到白鹿崖讨三架茸就是了!”

大伙儿担心闯不过石门这道关,是有道理的。

石门王敢在这里称霸,和地形有关。石门掉在个大山窝里,刚巧又卡在三县交界处,是个三不管的地方。四周都是险山恶岭,无路可通,只在南、北有两个口子,能进出。

南边的叫千秋关，北面的是石门关。

山窝里尽是良田美地，这在深山里是难得的好地方。可是这里的明水少，多是暗河，山上多洞。石门王的上代就是靠山上的暗河发家的。

听说他家门口有口塘，常年水不干。年年清明一过，不知从哪里游来那么多红肚子、红尾巴鱼，成稻箩地往上捞。

石门王传出话，说是上天要他发家，龙王派他看水。

从此，谁要用这塘里的水，得拿钱去买。不到几年，山窝里几百户人家都成了他的佃户。石门王又开店，又盖作坊，把石门搞成了个“独立王国”。

南边千秋关实际上是个长山脊，像块窄窄的跳板，两边都是万丈深渊。石门王在山脊这边设了卡，多少人来攻打，也难攻得下。

北面的石门关是条山缝。不知么缘故，一座那样又高又险的石头山，竟从中间劈开了一条深缝，总有半里路长。这个缝，宽处能容两三人并排走，窄处只能走一个人，胖子还得仄着身子，两旁都是几十丈高的青石，就是你们刚刚走过的地方。石门王在石门设了个卡子，也是一夫当关，万夫莫开的地方。

石门王派家丁日夜守着这两个卡子，过草头王的日子，和江湖大盗、各色坏人都有来往，连县官也得巴结他一点儿。乡亲说这两个关卡是鬼门关。

大伙儿担心咱闯不过这两个关。咱也没讲咱几年前走过一条人不知的小路，咱要再去闯闯那条险路。

全班人马就按这计划行动。大家找了个山洞，睡了一天。晚上，埋伏在凸凹岭的人赶了回来，说是石门王的几个家丁在那儿转了几圈，没找到鹿，走了。

鹿被跟了几天，累了，窝在岭里养息。

没多久，果然刮起大风。咱估摸花鹿可能要走哪几处，每个哨位都埋伏了两个枪手。咱带了两个人去抄鹿。

人分派好了，规定了暗号，就各走各的路。

到了岭子，今天最后看鹿的伙计引路，我殿后，下到坳子里抄鹿。

风越刮越大，草深，人只露个头在外。

茅草叶子像刀一样锋利，在脖子上、手上拉来拉去。山上夜里寒气重，可拉开的血口子还是被汗腌得疼。

引路的已走到他晚上看到鹿躺下的地方，不见动静。他打起带来的毛竹夹子，噼啪噼啪响，又跺脚，又吹口哨，仍然没有动静。

还能是跑掉了？

又往前走了一大段路，突然听到身后有响声。回过头一看，有团草在动——是花鹿。

它正腾蹄要箭出，咱的火铳响了，跟着就扑了上去。

咱一下按住了它，抽刀割头，只觉一股热血喷了一头一脸。

引路的折回来，咱已把鹿头提在手里，二话不说，发出撤退信号，往回就走。

到了集合地，都以为咱被鹿踢伤了——满头满脸都是血。咱连忙到溪里洗了洗脸。咱把那两架茸捆好，往肩上一背，接过火铳，提腿就去闯石门关了。

为躲家丁的卡子，咱爬崖过壁走上了石门山，闯过了四不像也不走的险路。

再往前是阎王鼻子——名字就挺吓人，只在陡壁上伸出了几个石棱子。攀过去时，人得两手张开，扒住石壁，肚子要紧紧贴在石头上。稍一失手跌下去，连骨头渣子也难找到——咱正要往阎王鼻子上爬时，有个石子从上砸了下来，打在背上。

我一愣，往上看，只有黑黝黝凶神般的陡壁悬岩，么事也看不到。说是山上野兽踩下的吧，砸在身上没这样疼。还能是有人要暗算？

要暗算咱很容易，只要站在阎王鼻子那边，用一根棍子轻轻一捣，咱也要跌下去。为么事要在这边山上呢?

咱想了想,往后退了一步,等观察清了是么回事,再走不迟。

咱刚往回挪两步,阎王鼻子那边传来了喊声:

“站住!”

咱浑身汗毛一奓,跌打滚跄地跑,管他什么路!后面跟来“叭!叭!”的枪声。咱只觉左腿一麻,软了下来。

阎王鼻子那边还在打枪,吆喝:

“站住!再跑就崩了你!”

咱把牙一咬,拖起左腿,硬撑着朝前爬。刚拐过伸出的一块崖嘴子,头顶上抖下一根绳索,传来轻轻的声音:

“快!抓住绳子!”

是谁丢下的?是石门王派来的人?一想到阎王鼻子前的小石子,咱眼前亮了,抓住绳头往身上一绾,又紧紧拉住绳子。

阎王鼻子那边不断乱喊乱叫:

“快放梯子搭到那边,追过去!跑了姓雷的畲子,要你们的命!”

又是那个老公鸭嗓子。

“点火把!龟孙子们!”

上面的人又拖又拽,终于把咱拉到了山头。月色下,收绳子的是一老一少。老人问:

“伤了哪儿?”

“左腿!”

两人再没讲话。少年往我胳肢窝一钻,架起就走。老人在后面又待了一会儿,才撵上我们。

山下的人东喊西叫,火把也点起了,锣也响起了,别处的锣声也应成一锅粥。真像是来了千军万马攻打石门国。

没走多远,下到一块杂草矮树窝子。少年轻轻说:

“当心,别把草踩倒!”

猎人懂这话,是为了不留痕迹。猎人也会走这样的路,蹚过去,草不倒,树叶不翻。

不久,钻进了一个山洞。在洞口,停下等后面的老人。

老人一边走,还一边扶草。我伤了的那条腿不听使唤,连累得老人还要在后头忙活。

往洞里走了一段路,老人才叫前面的少年停下,摸黑帮我扎好了伤口。洞里有股阴风冷飕飕的,我知道这洞有出口。我们继续往里走。

好容易才看到前头透出了一些月色,少年放下了我,坐在身边。老人也坐了下来,说:

“来迟了一步,没拦住你,让你受罪了!”

救命的恩人还说出这样自责的话!我听了,泪水不由得往上涌。咱用畲家话说:

“大爷、小兄弟,你们家的毛竹从哪头破?”

两人都愣住了,谁也没作声。老人又粗又硬戳的手摸到咱的太阳穴,大约是疑惑我在说胡话。咱心里明白了:

“你们不是畲家人?”

“噢,你以为我们是畲家人?小兄弟,好好歇口气,还要赶路。”

老人摇了摇头。

在旧社会,畲家人受欺压,到哪儿也不敢随便暴露身份,逢人只能这样问。

要是畲家人,他就会回答毛竹从哪头破:从根头往苗梢破,是畲家雷姓;从苗梢往根头破,是畲家蓝姓;从中间往两头破,是畲家钟姓。

有时要是打尖、找地方歇夜,不用说话,只要拿根小竹子一破,就知是不是畲家人、是畲家哪个姓。要是畲家人，主人要请你到火塘边，喝酒，唱歌，诉说畲家人光荣的历史、生活的苦难。

这一老一少冒了这大风险，又不是畲家人，谁信？可眼前活生生的事让我开了窍：不管畲家、汉家，天下穷人是一家。

“大爷，贵姓？”

“呵呵，听说你要找我，没想到……”

眼前像是亮起了一支火把，又像是云散日出，一时三刻，天地忽然亮堂堂、金灿灿。

原来救咱的正是这千里大山有名的猎人——祖孙快腿啊！

咱看清了这一老一少，忠厚、善良，有着猎人刚毅的面孔！

“陈大爷、小兄弟！咱雷铜岭有么福气，能得到你们祖孙的眷顾？咱怎样才能报答你们的救命恩情？”

陈大爷帮我擦干泪水：

“快别这样说！你大爷喜欢的是天不怕地不怕的汉子！你小兄弟敬重的是勇敢机灵的猎人！”

在交谈中，咱才知道：他们也跟上了那只三叉茸，后来见是咱们跟的，有了主儿，已决定丢手，要往别处转，正巧又碰上了石门王要抢走那只鹿的事。

老人从咱们在山上的动作，估摸出咱们想做么事，又怕咱们莽撞、吃亏，才暗中跟着，到危急时能助一臂之力。

后来，石门国里和陈大爷有交情的人，以为那只鹿的事与他们祖孙有关，赶快送信给陈大爷，说是石门王在阎王鼻子埋伏了人，要他们当心。

祖孙两人一听事情不妙，忙往这边赶，怕咱不晓得这条路已不是机密。祖孙两人紧赶慢赶，赶到这儿，见咱已过去，只得丢了块石子……

祖孙两人硬是扎了个抬子，没日没夜地赶路，把咱送到白鹿崖。咱留他们过夜，祖孙两人怕天亮后眼多，执意要夜里走。用什么表表咱的心意呢？

金子银子拿不出,别的东西又不稀罕。咱从烟袋上解下了一只白鹿,恭恭敬敬地捧到老人跟前:

“大爷,救命厚恩,只有肝脑涂地才能报答,那是日后的事。现在送上这只白鹿,虽不金贵,倒是咱手里出的活儿。你带上它,它能给老人家赐福赐寿。要是有危急、困难的事,只要是这千里大山畲家的人,或是咱雷铜岭的朋友,你拿出它来,他们都会像雷铜岭一样去帮助你!咱还有个做梦都想的心愿:你老人家要不嫌弃咱拙手笨脚,收下当个徒弟吧!”说着,趴到地下拜了四拜。

老人接过了白鹿,一把拉起了我,说:

“咱敬重的是宁折不弯、忠于信义的朋友。你把心交给了咱,咱的肝胆也交给了你。”

咱打鹿的绝招经,好几样是师傅传的。

……

不知什么时候,两位老师已停止手上的工作,入神地听雷大爷讲往事。陈炳岐激动得在房里走来踱去。方玲把手放在胸前,浸在深深的沉思中。几个孩子都深深地舒了一口气,立即又为祖孙两人的命运担忧了。

蓝泉问:

“舅公,两个勇敢的猎人现在哪儿?”

“不在了。咱的师傅、救命的恩人不在了!活蹦乱跳的小师弟也不在了!石门王,石门王,心比蛇毒还毒的石门王……这事发生的三年后,咱师傅和小师弟跟鹿又跟到石门国,一天砍了两架茸,等到天黑,又从那个洞里往外走。刚一出洞口,陈大爷觉得风比往日大,亮也比平日透得多。猎人的眼,一眼能看透山。老人一把拉住了孙子。两人伏在洞口半天,也没看到外面有么动静,只是洞口的草被踩倒一些。

“陈大爷要孙子向外丢块石子,石子刚落地,叭、叭两声枪响了。祖孙两

人转身就走,外面响起老公鸭嗓:

"'陈老头,你跑不掉了!洞那头也有人封了口子。老子们早就盯上了你!识相的,把鹿茸、火枪扔出来,饶你一条命!'

"畜生们怕祖孙两人武艺高强,硬是等他们进了洞,才把后路堵上,又在山上举火通知了洞这头的老公鸭。

"老人一听,晓得事情严重,他威严地发话:

"'龟孙子们听着:打猎的绝不指望野兽不伤人。咱跟你们摽上后,也没想过要你们发善心。枪对枪,刀对刀,来吧!'说完,他又回头对孙子说,'孩子,在老虎前,腿不能打战!在仇人前,手不能发抖!眼下,前有虎,后有狼,石门王这龟儿子布下的是绝阵,咱俩能冲出一个是一个,别把两个都搭上。咱先冲,要是倒下,趁他们退弹壳装子弹时,你踩着尸首也要冲过去。记住:明年的今日,就是你爷爷的周年祭。不杀掉石门王,别到我坟上来。'

"孙子争着打前锋,老人哪容他分说?

"'爷爷活了六十四岁,捞上他一个也够本了。你才十来岁,你爹又有病,看样子也不长久了,留下你娘和小兄弟,要靠你哩!报仇也要靠你!'

"老人高声喊起:

"'龟孙子们,今天不是鱼死,就是网破。要命的闪开,不要命的来拼!'

"老人把孙子往后一搡,一个箭步冲了出去。

"一片枪声,震得山谷轰响。老人打了个趔趄,站立不稳,眼瞅老公鸭的头在石头后晃了一下,老人手里的火枪响了,老公鸭应声倒了下去。

"孙子一见爷爷倒下,喊了声'爷爷!',立马冲了出去。只听外面又是一片枪声——石门王晓得祖孙两人不是好对付的,在洞口外埋伏了两帮人马。

"两天后,咱得到信就连夜往九井赶,谁知扑了个空。

"朋友们早有人送信到了九井。乡亲们得知石门王要斩草除根,已将一家老小送走。老人的儿子病得很重,经不住这惊吓折腾,死在半路上。只剩下我那婶子背着个小兄弟过了江,说是到孩子舅舅家避难去了。

“咱下了决心,要为师傅报仇。仇人防范得严,咱几次都未得手。还是解放后人民政府为咱了却了这桩心愿,为咱师傅、师弟报了仇,为民除了害。

“几十年,多方打听,再也没听到那母子两人的消息,不晓得亲人们流落到哪方。咱雷铜岭的心跟着他们,念着他们。逢年过节思他们。去了几次江北,也没访到实信。今年腿好了,秋场一收,说么子咱也要再去走一趟!”

雷大爷老泪纵横,被深沉的痛苦压倒了。

孩子们抽泣着。陈炳岐把脸深深地埋到了自己宽大的手掌中,方玲拭去脸上大颗大颗的泪珠……

不知什么时候,风小了,雨也减势了,山野却清脆地喧腾起来。

二十一 落花坞

雨,还在淅淅沥沥地下着。

大花角的命运、紧迫的时间,都催促着自然保护小组踏上征程。

风一阵,云一阵。

雾一阵,雨一阵。

风是软软的。云是淡白的。雾是缠绵的。雨是绿的。

天地在自然保护小组急促的脚步声中,渐渐明朗了。风雨云雾随意塑着群山的形象,或壮伟,或妩媚。远眺石门山,与昨晚夜走石门相比,别是一番景色。

任凭风雨飘摇,石门山岿然雄峙,扼守群峰。黛色的山崖、嵯峨的峦壑、浑然一块的山体,更显出巍峨挺拔。

一条条山泉、小溪,一夜之间都壮阔了起来,大声喊叫,奔腾跳跃,从岩石中蹿出,从绿竹中流来,从飘来驰去的云雾中哗哗而下。

队伍来到昨天傍晚雷大爷留下标记的地方,揭开沾满泥沙的树叶一看,什么也没有了,雨水将一切冲得干干净净,只是因为脑子里有过印象,才依稀看出有块沙土不太一样。

虽然出发前已预计到了这种情况,但是到了现场后,自然保护小组还是不得不把问题再讨论一遍。前两天失去梅花鹿的足迹,只是短暂的,那是花鹿以它求生存的本能而来消灭踪迹,只要细心找,总是可以在周围再发现。

现在,一场暴雨将花鹿一天前所留下的种种信息荡涤得一干二净。另外,和打鹿队将近一天的时间差距,给他们的工作带来了极大的困难。

雨,下了一夜,早上也还未住点。江南的雨,能给诗人们带来灵感,为画家们创造难得的、使静止的群山跃跃欲动的画面。可是,它给野外工作者带来的是无穷的麻烦:枪要保护,火药怕潮湿……

雨,它能催着茸长,缩短茸的成熟期。这使已经紧迫的时间更加紧迫了。

幸而,像这样的雨天,梅花鹿也是窝在草莽里不出来,打鹿队也不可能放铳。但是,这也带来了更复杂的一面:大花角藏起不动,自然保护小组到哪里去找它的足迹哩? 更有甚者,以经验谈,打鹿队总是知道鹿的窝藏处,并在周围警戒,一等天晴,他们将在适当的场地围鹿放铳。

山区的小气候带多变,风云原就难以预测,谁又能掐准太阳在何时突然冒了出来! 这一切,使得从枪口下救出大花角的任务更加艰难了。

再说,经过连续两天的跋涉,小叮当的脚上打起了泡,方玲因为乍到山区,脚上也不免打泡。在安排工作时,不得不把这个因素考虑进去。其实,谁也不知道,陈炳岐忍受着更大的痛苦在行路哩!

按雷大爷的估计,在二十里之内,难以发现打鹿队的踪迹。当然更无法发现大花角的蹄印。大家一致同意克服困难急行军,消灭这二十里的距离。

常年的经验积累,使打鹿队的师傅具有较强的判断力,能判断出花鹿逃跑时可能选择的方向和大致路线——鹿路。然而,等到他们走完了二十里路之后,别说大花角的蹄印,就连打鹿队的影踪也未见到。

正当雷大爷闷头抽"一口香",大家默默无语时,陈炳岐却站在岗头上眺望,神情是那么异样、专注。原先并未在意的方玲,循着陈炳岐的视线看去,突然发现远方的天空特别亮堂,似乎有个金色的云洞。云洞下奇异的景象,在她脑际一闪,已触发了智慧的火花。她猛然站起,大步走到了陈炳岐身边。

大家不知道发生了么事,全都快速地来到老师的身后,跟着他们的眼神,透过蒙蒙细雨,眺望着远天。好像大花角就隐身在那金色的云洞里,只要发出丝毫声响,就会惊得它尥蹄箭出。

雷大爷也忘记了把烟蒂吹到手心,任凭清风把一缕烟痕裹挟走。

“你在考虑山区小气候的奇特性?”方玲轻声问。

陈炳岐没有答她的话,口中却念道:

“有道是‘山脚雨淋淋,山头晒煞人;落雨筛箩筛,有雨又有晴’。”

方玲还愣怔着,雷大爷却一跺脚,绕得鹿皮烟袋在红亮的竹节杆上大转环:

“有门儿!”

方玲微翘的嘴角挂起会心的笑容,陈炳岐也收回了目光。蓝泉他们还是丈二金刚摸不着头脑。雷大爷只得对他们说:

“咱们这方到了这季节,落雨是东一块西一块,像筛箩筛一样,难得落次普天的雨。你们陈老师念的,就是山里人常说的谚语。他看的那方天洞透亮,兴许是未落雨咧!”

“着啊!”翠杉乐得圆脸鼓鼓的,“那方未落雨,只要大花角从那儿过,山神爷还敢不把蹄印保管得好好的!”

小叮当也忘了打泡的脚疼,乐得蹦了起来:

“对呀!咱们快往那儿去!”

“大花角刚巧在那边等着你?”蓝泉觉得两个小伙伴高兴得太早。

舅公听出外孙的心眼多,笑了:

“不一定非往那方走,只是这事醒亮咱们:朝着没下雨的地方找,寻到大花角足迹的码数大一些。”

陈炳岐觉得雷大爷已把他考虑的都说出来了,因而,只需要讨论大花角可能的行径,定下追踪的方向就行了。

队伍很快又踏上新路。果然如那块金色祥云所启示的,这边的落雨区和未落雨的地区,真像筛子眼那样,间杂隔花。令孩子们扫兴的是,在两三处的未落雨区瞅痛了眼,也未发现大花角留下什么蛛丝马迹。

行云布雨的老龙,引着他们转到了一个大山窝里,它窝得像口深井,四处都是黑森林的插云大山。三十九岗把它紧紧抱在怀里。舅公说,这里叫“落花坞”,坞里只有五六户人家,是跟鹿必查的地方,打鹿队也时常在这里落脚。

从岭上走到岭下,天地倒显得宽阔了一些。村里的人,谁也没见到打鹿队。

一盏茶没喝完,翠杉提出了问题:

“这个落花坞,实在不咋的,别说花呀朵的,连棵像样子的树都没有。地方赖,偏要取个好名字,哄人哩!”

讲得也是,在这大山里,哪个村头寨脑没有几棵合抱粗的樟树、香榧、银杏、月桂?可这村子,就几棵歪脖子拧颈的树还连不成片。

“没谁请你来赏风景呀!”小叮当说。

“不是追花鹿,请咱咱还不来哩!”

在一旁的雷大爷说:

“嗬,口气不小!落花坞有种特殊的花,你小胖孩大约还没有见过哩。”

“么花?舅公,你说说。”

“咱们咋没见到?有花还能藏房子里?”

“在大山上呀!你没去找,找到也不一定能认得。”

跟舅公这么多天,除看了花鹿,还真得了不少知识。孩子们一听舅公的话,都嚷着要舅公领去看。雷大爷用眼睛征询两位老师的意见。陈炳岐站起身:

“好,去看看,再开开眼界。别被大花角愁得眉都抬不起来!”

一行人出了门,绕过村头,转到屋后。在山坡上没走多远,雷大爷停住了脚:

“小伢子们,天上落的花,就在这山坡上,你们找吧。有缘的能见到,没缘的碰破鼻尖不相识。”

三个小伙伴除了看到常见的各色野花,么子出奇的花都没看到。

蓝泉发现两位老师站在一块大石头前指指点点,舅公也正在注视他们。他连忙跑了过去,一看,是一块黑色的石头,下半身埋在地下,倒是没有什么尖利的棱角。仔细看看,他的墨玉般的眉眼闪亮了:

“胖孩、小叮当,花在这里!”

两人一阵风跑来。

“在哪儿?”翠杉还在东张西望的。

蓝泉用脚蹬蹬石头:

“在这儿!”

“你是逗我,还是哄我?”

“真话,千真万确的真话!”

两位老师都对着翠杉笑,那笑容明明是同意蓝泉的话。翠杉的圆脸上像爬了条毛毛虫,他丢下蓝泉,认真看起了石头。不久,他就又惊又喜地叫起来了:

“哎呀!我的妈耶,石头上真开花哩!像么子花?”他用手在石头上点起来了,“这朵是蔷薇,这朵像凤仙,这朵似瓜叶菊……比刀子刻的要圆范,比模子压出的要多彩。”

雷大爷笑盈盈地说:

“相传,有一年七月七的晚上,牛郎挑起一担箩,把女儿放在前,儿子放在后,急急忙忙往银河边赶。喜鹊已在河上搭起桥,好渡他过河跟织女会面。牛郎心急不择路,被一个石头绊倒了。跌在地上的儿子哭、女儿叫。牛郎爬起来,气得一脚踢去,小石头骨碌碌滚,又哧溜一声掉了下来……”

“那是流星!”翠杉说。

“刹那间，满天放光，天上地下被照得雪亮。一会儿它成了个大火球。轰隆一声，大火球变成了花花绿绿、成千上万的小火球。又是一阵雷鸣电闪，落到了地上，山上的林木都烧着了。从此，这片山上就长不起大树。又有人说，那是因为南天门开着，掉下一颗金珠子。

“方圆几十里的人，都跑来找。金子、银子一样没找到，倒是找到了几块大石头，石头上雕着一朵一朵花。落花坞就是由此得的名。也有人取个吉利，搬到这里起屋住家……”

蓝泉说：

“其实是陨石雨，和报纸上报道过的吉林陨石雨是一回事。”

“花从哪里来的？”小叮当问。

“天上神仙撒下来的呀！”雷大爷说得一本正经。

“迷信！”翠杉说，“我知道是陨石进入稠密的大气层后，由于速度极快，和空气摩擦发生了燃烧。像雕刻出的一朵朵花，其实是燃烧后凝固起来的气斑。”

“是气印。”陈炳岐满意地为胖孩作了订正。

“嘻嘻！原来是位天外来客！”小叮当已被有着不平凡经历的宇宙使者给迷住了。

“你真会起名字。有关陨石雨的报道中说过，它能带来很多宇宙信息，甚至能揭开天体演变的很多秘密。”蓝泉说。

“陨石雨，该不止一块呀！”小叮当说。

雷大爷说：

“对着哩，听说还给一个大地主搞去一块，放在他家祠堂的院子里。这山上也还有几块，有的只露个头在外面。你们觉得有味儿，可以去找找。”

三个人真的跑去找了。特别是翠杉，真想找块小的，带给强生和他姐姐看看。

没一会儿，翠杉在远处喊了起来：

“陈老师、蓝泉，你们快来！”

人们往翠杉那里走去。他正站在一片深草和小灌木丛里，比看到了最美的鲜花还要神气，圆脸上放着光彩，宣告了新的发现：

“花鹿蹄印！有老鹿的，也有小鹿的！”

“这可是咱们要找的最美的花！”小叮当的高兴劲更不用说了，“嘻嘻！它也是个天外来客啊！”

“翠杉立了一大功！”蓝泉说，“这是意外的收获。”

“和咱家屋后的小岙里一样，好多草苗子给吃掉了。这边是它们睡倒的草。”小叮当报告。

“是老鹿产崽的场地。”雷大爷证实了孩子们的发现。

蓝泉和翠杉已经用步子在量周围的长度。小叮当却沿着花鹿离开草丛后的足迹往前走。

不久，小叮当又有了新的发现：

“老师，有三种步链，不信快来看。”

真的，草丛里看不清的，到这里却看得清清楚楚。在老鹿足迹的两旁，一边一溜小鹿的蹄印。再往前走一段，蹄印交错杂乱。

在他们面前，似乎出现了一对不安生的小家伙，走路也没个正经相，不时打打闹闹，争先恐后，吃了亏的还到妈妈那里撒娇。

“好！是对双胞胎！还真不多见。”雷大爷乐得脸上绽开了花。大家都为这最新的发现高兴得不得了。

蓝泉说：

“舅公，从小鹿蹄印看，像是姐妹两个。”

雷大爷说：

“啧啧，你犯了老经验的毛病了。从小鹿的蹄印难看出公母。”

陈炳岐问雷大爷：

“你看，老鹿走了有几天？”

“不出两天。从被吃的草苗子上能看到。”说着，雷大爷用手抓住一丛草，那上面的嫩尖子都被吃完了，“伤口还新鲜。”

“咱们能跟得上它们？”

“能！”

方玲看到了很多被吃的灯笼棵，想到上次在三家屋后没认出，又问起了雷大爷。雷大爷说：

“叫益母草，中药店大量收购，说是做么子益母膏的。”

方玲点了点头，对产崽母鹿的食性有了更多的思索。

尽管形势是严峻的，时间也是紧迫的，大花角的处境是危险的，但他们毫不犹豫，立刻回到小憩的房东家，拿来了背包和枪支，先在村后开始了工作。

他们对落花坞老鹿产崽育婴的地方进行了详细的考察，为这母子三个建立了档案材料。这次，因为有雷大爷在旁指点，三个孩子又都经历过了野外工作的锻炼，进展较迅速。

当工作结束后，陈炳岐和方玲又对所得资料作了讨论，因而，虽然只考察过两处，但对母鹿选择“产房”“育婴室”的条件，已有了个概括的印象。陈炳岐想从雷大爷那里再印证一下，他问道：

“雷大爷，花鹿平时胆小、机警，到产崽时却偏偏离开它生活的高山，选择低山坡、离居民点近的地方，是不是因为它的天敌——虎、豹、豺狗，轻易不到居民点附近？”

“是这样。你们眼明，很快能看到骨子里。说到底，人有三分怕鬼，鬼有七分怕人。再凶的野兽也怕人，人是万物之灵。‘芒种芒种，忙收忙种儿’。眼下正是大忙季节，村寨边上成天不断人，老豹子、豺狗都不轻易来。花鹿要沾点人气，借人气保护它们，直到小鹿能稳稳走路了，再携儿带女往高山走。”

几个孩子一听，才知道他们在三家屋后争不出结果的答案，原来是这样。

方玲也问：

“一般来说，小鹿生下后，要隔几天老鹿才领它走？”

“没个过细准头。多数五至七天就行了，也有的天数长些。仔鹿弱，腿杆子不太硬，只得多待点儿时间。”

“这里的和三家屋后仔鹿蹄印比，么处不一样？”方玲又问。

方玲和陈炳岐对栏杆石的草鞋印子，对三家屋后小月亮母子失踪，早引起了注意，但几次都没问出名堂，而这个问题，又是他们急需知道的。在自然保护工作中，野兽不是最可怕的因素，最可怕的是人——是破坏大自然生态平衡的人，是偷猎珍贵动物的人。

雷大爷说：

“这处两只小花鹿的蹄印，摆得正，说明走路稳。三家屋小鹿蹄印，常往斜处打，眼见是腿杆子不硬，是没到时候就给人哄走的！”

“是人哄赶走的？”方玲紧紧追问一句。

雷大爷的嘴角动了一下，白皙的脸膛有股捉摸不住的味儿：

“咱是这样估摸。说不定也是刮大风吓的。”

通过这些天的工作，陈炳岐对梅花鹿的生态有了不少鲜明的印象，他思索了很多问题。无论从恢复野生种群或驯养，从广阔的前景来说，对它繁殖生态方面的了解都是异常重要的。

搞动物科学野外考察往往要碰到机缘问题。除了在三家屋后的短暂观察，谁知何时才能再有机会了解梅花鹿的产崽育婴情况？没想到，今天在寻找失去的大花角时，却从天上的落花，发现了大地之花！

以他的估计，从这里追踪到草鹿群的可能性是大的。一旦如愿，也许要带来一连串意想不到的收获……

然而，这个发现是在寻找大花角的途中啊！大花角在哪里？打鹿队的枪口距离它还有多远?

不需要再摆情况了,也没有更好的方案可供选择,连三个孩子都一清二楚地明白形势的紧迫。大家一致同意兵分两路,开始更紧张、多少有些冒险的工作。

方玲和雷大爷去寻找大花角和打鹿队的踪迹,陈炳岐带着三个孩子跟踪母鹿。老猎人根据地图划分了他和方玲各自搜索的范围,又估计了陈炳岐可能发现鹿群的地点。

最后,约定了晚上仍在落花坞集合。

二十二　小溪浮在峰峦上

山是绿的，披峦盖峰的绿草在劲风中起伏。一望无际的草原，能令人感到寥廓而苍莽。峰耸峡幽的草山，却能使你立即进入雄伟神秘的遐想。

苍苍莽莽的碧海里，断断续续飘起一条如练的水光，忽而在这里忽而在那里闪起银亮的星星点点。这是一条叫“浮溪”的河流。

谁也没有找到过它的源头。它突然从三十九岗的山体中涌出，来到了绿色的世界，一出泉口，就那样壮阔、汹涌地向前奔去，在草莽中寻路，在嶙峋的山石中开拓，哺给大地汁液，让青草依依，叫秀竹拔节，令花儿含苞，催森林壮美。它是多么豪迈而无私！

浮溪，神秘得像是轻盈的梦，浮在起伏的山峦上。一眨眼，它从青草、盛开的野花中消失了，消失得无影无踪，只能听到它在哗哗地鸣奏进行曲。

正当你四处寻觅时，它又在你的身后突突地呼喊，一忽儿从乱石中赫然而出，喷喷薄薄，一忽儿悄无声息，又静谧又安详地伸展在山坡上，在草海里摆动腰肢，向前蜿蜒地流动。它涌进了石潭，是那样深沉；它流进了高峡平湖，又是那样坦白着明亮的襟怀。

从地层闯入高山时，它哗哗地歌唱；流过草海时，它沙沙地低语；到了崖边，它潺潺不息。

虽然行进中不准讲话，但蓝泉、小叮当、翠杉三人在浮溪边走着，只要一有机会，就不放过对这条变幻莫测的小溪的赞美、议论。花鹿的足迹，散布在浮溪的岸边。当浮溪的踪影又从地面消失后,花鹿走进了深深的草棵。

三个小伙伴被草海淹没,像是在绿海里潜泳,只好看着陈老师背着的大背包。偶尔见到有片光石头坡,也被石苋紧紧地扒住,开出繁星般的金色小花。

陈炳岐考察了这里的植被情况。从植被来看,主要是高大的草本植物,其中白茅、五节芒、狗尾草、紫花地丁为优势种,也有成片的小苦竹。其他,如凤尾蕨、大蓟、紫藤、鹰爪枫、贯众、桔梗、沙参、金银花、海金沙也俯拾皆是。间隔着有芳莓、拔葜、檵木、杜鹃、乌饭树、野蔷薇这些小灌木。在水源充沛的溪边,次生小乔木成片成片地生长。

队伍蹭着花鹿的蹄印穿过一片小灌木丛时,翠杉用手指戳戳蓝泉,小声说:

“快看,好多野南瓜!”

真的,眼前一条小小的山沟里,被一张张肥大的绿叶盖满了,翻起的叶被面上,是密密的白茸毛。

蓝泉回头说:

“你看,那是野南瓜花?”

翠杉瞪圆了眼,被他称为南瓜叶子的叶子缝中露出了紫色的花,头状花序是由一根根浓淡不一的紫色细长管子组成的,像排箫一样,和金黄色喇叭形的南瓜花毫无相似之处。他只得用眼睛去问陈老师。

“牛蒡。中药里用作清热的牛蒡子,就是它黄褐色的小果子。”陈炳岐又补充了一句,“也有人叫它‘老母猪耳朵’。”

翠杉笑了:

“这倒是像得很!”

“野南瓜叶子可没有猪耳朵下酒香啊!”蓝泉抢白了他一句。

蓝泉只顾和翠杉悄声说话,没想到一下撞到陈老师身上。一片盛开的鲜花,乳白色的花朵几乎把草丛染白了,弯曲的花柄、略略俯垂的花冠、勺形的花序,使它显得无比俊美、高雅。

“长得多好的野百合,能挖满满一担哩！这球形鳞茎又肥又大,要是让翠枝看到了,她要乐得跳起来。”蓝泉想到对山野植物世界有特殊爱好的翠枝,想到她和强生观察点的工作,想到他们自然保护小组工作的前景……

一路上,沙参、苍术、玉竹不断,常常能看到这里那里被花鹿吃过的痕迹。经过考察几处花鹿的栖息地,就连三个小伙伴也知道,花鹿爱吃很多有清凉解毒性的草本植物,也就是药草。所以他们现在注意路上的植物世界,已不是为了欣赏花儿朵儿,而是从植被的成员去探测花鹿的行踪。

走到一条山脊上,裸露的岩石多了,草也长得稀疏矮小,像是从肥原沃野突然走到荒瘠的薄地。可是桔梗满眼都是,而且长得挺茁壮的。

陈炳岐打了个手势,让队伍停下,自己漫步转了一圈,察看了几处被花鹿吃过的桔梗。他指着不远处的一个小山坞:

“估摸花鹿要窝在那里。”

山坞里的草长得碧油油。特别是小灌木丛,繁茂得把小山坞环绕了起来,像一湖碧水。

陈炳岐和小叮当趴在山坞上方,离小灌木丛的直线距离不远。视野开阔,直到下午四点钟左右,才看到碧海中腾起几道细浪,向一处涌去。被攒动起的浪花,闪出一团团耀眼的星星,霎时,又化成一团团锦簇雪亮的盛开的梅花。疾风乍起,催动花团向浅海飘动……哈哈,是花鹿走出来了,一只、两只……观察的结果:一共是四只母鹿、四只仔鹿。孩子们兴奋得欢蹦跳跃。

“奇怪,真奇怪！么子少掉一只小鹿?”小叮当说。

陈老师没有回答。他又小声嘀咕起来:

“咱们在落花坞看到的是双胞胎,么事四只母鹿,却只有四只仔鹿？还有一只仔鹿跑哪里去了?”

陈炳岐只简单地说了句：

“奇怪不奇怪，还要再观察。”

话音没落，有两只小仔鹿互相撕咬起来。眼看那只颈子皮打了很多皱褶的仔鹿被惹火了，连连用嘴去咬另一只仔鹿特别黑的鼻子。被咬的一方似乎知道自己乌黑的鼻子出类拔萃，就百般躲让，行动特别灵敏，每次都成功地保护了这个要害部位。

皱颈子皮的小鹿连受挫折后，索性用头顶撞起对手。黑鼻子还未来得及防御，前胸早已挨了一下，又被对方用头连顶带挑抬了起来，两只前蹄悬空，后蹄一打滑，跌翻在地。

进攻的一方被黑鼻子突然惊恐的叫声吓了一跳。大概它也是头次认识自己的力量，站在那里的一副憨态，显得像是一匹雄壮的小马驹子，它似乎是在说：看你下次还敢来惹我！

小叮当在一旁直为黑鼻子抱不平：

“仗着力气大，净欺侮小的。当心给我逮到，揍你屁股。”

谁知黑鼻子只在草地上翻个滚，立即爬起来连蹦带跳撒着娇跑到妈妈跟前，一头钻进腿肚含住奶头，一撞一撞地吃起奶来。

因为它个头不高，要伸长脖子才能够着奶头，于是它摆开姿势：只见它前肩一收，后腿一蹬，猛然往上撞去，含住奶头，用劲吮吸一口，再缩回头来，不断地重复着这样的动作。那样子既滑稽又好笑。

小叮当看得心花怒放，忘却了黑鼻子刚才所受的欺凌。这时，它已厌倦了这套别出心裁的吃奶把戏，颠着个小屁股又去找小伙伴了。

皱颈子皮的小鹿正兴高采烈地跳跃：从妈妈的这边，跳到那边，妈妈的脊背成了特制的跨栏。小鹿慢步助跑几下，轻轻一提前蹄，臀部往下一压，后蹄用力一蹬，已纵身腾起，越过了妈妈的脊背，轻松愉快地落到了那边。

它迈着小碎步子折转了头，再跨越到这边。

小叮当注意到，当小鹿每次跃起越过母鹿的脊梁时，做妈妈的都不自觉地将脊背往下一凹。很显然，低头吃草的母鹿，细心地注意着仔鹿的一举一动……这使小鹿更像只小马驹子。

黑鼻子看得心痒痒，当“小马驹”腾地一跃时，它也在原地踏着蹄子，跟着“小马驹”动作。它正要提步到那边时，却又折转了身子，大概是想起刚才吃的亏了！

小叮当的目光跟着黑鼻子的眼神，转到另一只正在东嗅西闻的小鹿身上。它毛衣的黄褐色又浓又重，雪白的花点子外围成了一道道黑圈子，活似秋天山野里盛开的一种小车菊。

小车菊嗅嗅草，又嗅嗅花，东张张西望望，尝一口嫩叶，再吃一口苦竹，还伸出舌头去舔石头，甚至啃啃烂树桩。它对这绿色世界的一切，都是那样兴趣盎然，想看个够，尝个遍……这副好奇而又天真的模样，诱惑着黑鼻子。

黑鼻子还没走到小车菊的身边，就使劲地顿了两下前蹄，希望用敲叩的响声，引起对方的注意。就像是一个人刚到别人家门口，连连干咳几声，起到通报的作用一样。

谁知小车菊只顾陶醉在大自然中，并未理会黑鼻子。

黑鼻子感觉受到了轻慢，一头向小车菊冲去。小车菊敏锐地感到有个影子向它袭来，连忙折转身子。黑鼻子没碰到对方的肚子，却一头撞到它屁股上。

小车菊友好地向黑鼻子点头致意，表示抱歉。

谁知黑鼻子恼羞成怒，张嘴就向它的颈子咬去。小车菊躲闪不及，吃了亏，只得往后退几步。

黑鼻子一看对手好欺，连忙发动第二次攻击……

小叮当心里有些作气了：

“黑鼻子不讲理嘛！”

小车菊似是判清了对方意图,连忙朝旁边跑去。黑鼻子哪里肯舍,折转身子猛追。小车菊并未跑远,就停下注视着。等到黑鼻子已近在咫尺,它飞快地刨起蹄子,刨得沙石、泥土如一阵风暴……黑鼻子想收住脚步,惯性的冲力却把它推到了这“风暴”中……

小车菊早已跑开,偎在妈妈身边。黑鼻子像得了摆头风,摇头晃脑地想把浑身的泥沙抖个干净……

“罪有应得,哼!”小叮当的是非很明确。

黑鼻子只得又向妈妈跑去,半路碰到了另一只躺卧在草地上的小鹿——它身上的白花点子像是一束丁香花那样细小而稠密,又宛若夜空中灿烂的群星。小叮当想,就叫它“星星”吧! 黑鼻子瞅了瞅正蜷缩着身子,把头枕在屈起的前腿上酣然入睡的星星,气得黑黑的鼻翅往两边直扇,似乎是在说:

“你好自在啊,当我受气时,你却躺在这里看笑话!”

黑鼻子的小眼珠子往左右睃了遍,憋在肚子里的怨气又一鼓一鼓地发作。于是,它悄悄地提起脚步,向沉入梦乡的星星靠拢。它估计距离适中时,立刻掉转了头。

小叮当一看它屁股对着星星,以为要像黄鼠狼对付小白脸那样——放臭弹,使用秘密武器,不禁为星星捏了把汗。

谁知道黑鼻子却没有那样的本事,只是刨起了后蹄——它要学小车菊刚才对付它时那样。可是,它只刨起些星星点点细碎的泥沙。它选择的地形不好啊!

正闭目养神的星星,听到了异样的声音,睁开眼,立了起来。一看是黑鼻子的恶作剧,它十分不满地晃了晃身子。

黑鼻子像个无赖一样,仍然刨着它怎么也刨不起的石块。

星星原也不是好惹的,生气地迎上去要和黑鼻子见个高低。好战的黑鼻子掉转身就向星星冲去,张牙舞爪,大有一口要吞下对手的气势。

星星当然不甘示弱,也奋勇向前迎击。只听扑通一声,两只小鹿的头撞到一起。黑鼻子一声也没吭出,就软绵绵地倒了下去。

星星倒是很有骑士风度,并未趁对手无力抵抗时下手,只是凛然不可侵犯地站在一边,等待着。

黑鼻子终于清醒过来,一看星星还傲然站在一边,连忙爬了起来,趁对方没提防,咬了一口就跑。星星原来并未打算如此不规矩地争斗,黑鼻子这样可恶,气得它撒蹄穷追。

黑鼻子东躲西藏,眼看快要被追上,却一下钻到老鹿身后。星星一步也不放松,终于将黑鼻子咬了几口。黑鼻子自知不是对手,索性往地下一瘫,哀叫起来,显得十分委屈可怜。

黑鼻子的妈妈不知发生了什么事情,连忙迈着小步跑了过来……

"这家伙是个软包,却要四处挑衅,是个又可怜又可厌的东西!"小叮当向陈老师发表了评论。

嗨! 当母鹿赶过来解救黑鼻子时,大出小叮当意料,星星不仅没有跑开,反而一下蹿到母鹿肚子下,伸头就去喝奶。母鹿不但不赶它,还放慢了脚步,就着它喝奶的节奏慢慢往前走去。

黑鼻子一见此情,叫得更凶,四只小蹄子向上连蹬带叉的,一副打滚放赖的泼皮相。

母鹿只好伸出舌头,连连舔着它的脸和乌黑的鼻头,充满了慈爱。黑鼻子还不起来。对这样一个撒娇装痴的孩子,妈妈无可奈何地哼出温柔的声音安抚。直到星星用力地吮吸奶汁,两只前蹄使劲地蹬地敲打助劲,才使黑鼻子惊慌爬起,一骨碌钻到妈妈腹下,赶紧含住另一只奶头,连连吸着,不时还有意用屁股拱着星星。

按理,小叮当应该不奇怪了,可是他还是奇怪:

"它俩倒是一家子,一个娘生的,真奇怪!"

陈炳岐说：

“你别奇怪了，好好看看，是哪只老鹿还没带崽？”

小叮当认真地找了起来，在心里掂量了这只，又掂量那只，然而并没有找到答案。陈炳岐只好指着一直在边上只顾吃草的那只母鹿：

“看到了吧？就是那只！”

小叮当并没有发现特殊的地方，不得不请老师给以提示。

陈炳岐说：

“你注意区别一下，观察它腹部的两侧有什么特殊的地方。”

小叮当仔细瞅瞅，果然发现这只母鹿和其他三只不一样：

“对了，它腹部的右侧比左侧大，是吧？”

“为什么右侧的腹部大？鹿胎的头在那边，离产崽的时间不远了。”

“快看，陈老师，肚子那块还直动弹哩！”

“是的，鹿胎在里面动，小头还一拱一拱哩！”

“看样子，这两天就该生了。”

“还没到期。”

“你咋晓得？”

“按理，临产前，胎位要往下移，它现在还悬在上面。再说……”

“对了，母鹿也还没离开鹿群，往低山找产房，是吗？”

“说得很正确。”

灌木丛中响起了几声鹿鸣，打断了师生两人正在进行的讨论：

吁——央央——嗯！

呦呦——呦！

母鹿一声声唤着，小鹿应着，蹦蹦跳跳地往妈妈身边跑去。寂静的山谷热闹了起来。

小鹿都偎到妈妈的腹下吃奶，母鹿也停止了吃草，用舌头梳理着孩子的毛衣,把它们涂抹得油光闪亮,同时还清除小鹿肛门附近的粪便。

这幅情景,正是成语"舐犊情深"的写照。

只有那只带肚子的母鹿高抬着头,不断地转动着尖耳朵,警觉地注意四周……

不一会儿,草地上只剩下四只仔鹿在嬉戏,等到它们找妈妈时,却四野空空,只有依依的青草。它们叫着,一声比一声焦急,一声比一声凄凉……

没有温暖的应声,没有抚爱的回答……

小叮当突然发现,梅花鹿的身上都披上了一件似有若无的轻纱,那轻纱像是霜后枫树林里漫起的烟雾,连绿色的山坡、草海也被淡淡地着了色。

他抬起头,向天空看去,苍穹已像颗硕大无穷的熟透的葡萄,紫莹莹的。不知什么时候,云层已经消散,两道虹霞横空而过。山峦衔日,只露出一小块日冠。

等到小叮当收回视线,已经找不到梅花鹿了,一只都看不到了。似乎是被撒来的霞光收藏了起来,像是浮溪一样,突然从地面消失,潜流到大山的怀抱中……

陈炳岐翻转身坐在石头上,发出了要蓝泉、翠杉一组向这边靠拢的信号。奇妙的鹿群生活还在激动着小叮当,他没有发现陈老师岩石般的脸上,皱纹挤到了一处。

"谁知道老鹿哪里去了?"老远地,胖孩已大声提出了问题。

小叮当眨巴着眼睛,答不出这个已经让他懊恼的问题,责备自己不该只顾去注意黑鼻子、小车菊的顽皮行为。

翠杉得意了:

"着啊! 母鹿可鬼哩,逗得仔鹿玩得晕头转向时,一撇身子溜了,溜到两百米外睡下了,小鹿么样喊也不动弹!"

陈炳岐紧蹙的眉头松开了些,看着粗心的翠杉逐渐学得心细,微微有了笑意。

“做娘的夜里能不带毛伢子睡?”小叮当难以相信这样的事。

“你老拿小狗小猫比。这是梅花鹿,它有它的特性。母鹿不应,它叫一会儿也就睡下了。咱这次看得清清楚楚,不信你问问蓝泉。”

不知为什么,蓝泉却仍然徘徊在半路上,没有搭腔。翠杉只好又说:

“你记得呗? 在三家屋后看小月亮时,先听到的是小鹿叫,好一会儿,老鹿才应声。”

小叮当一拍脑瓜正想讲话,陈炳岐猛然一挥手,急速地说:

“别吭声,再观察!”

是的,翠杉无意中所说的关于三家屋后的话,把陈炳岐思绪中一些不连贯的问题,一下穿成了整体。

陈炳岐不平常的举动,把小叮当、翠杉惊得一下趴到了石头上,不知发生了什么重要的情况。蓝泉看到信号后,也就地隐蔽了起来。

“注意有棵红枫那边草丛的动静。”陈炳岐低声说。

太阳虽然已经落山了,但山坡上还是金灿灿的,特别是在云散后的蓝天下,空气更显得明净。

一棵小红枫正探首在茵茵绿草铺展的“海”上,“海面”碧波荡漾,闪起的粼粼浮光突然缭乱了,像是条大鱼戏了个水花,然后一摆尾,又浮浮沉沉地游走了,划开一道深色的水纹……又是一道,像是鱼群在追逐……

“花鹿,老花鹿在游动。”小叮当为新的发现兴奋。

翠杉没说话,但是用自鸣得意的神色有力地表达了意思:不错吧? 它就是从咱刚才讲的地方出来的。

鹿群在草海中游动的波纹消失不久,原来小鹿躺倒的地方,也掀起了波浪。这些家伙可不规矩,一路扑水打花,脊背都拱到外边……

“唉! 真是群小笨蛋! 妈妈藏到那边,它们却都往这边跑。”

翠杉乐得小嘴开了花：

“它要有你玲珑，也不会哭着喊妈妈了。”

陈炳岐的思想正处在极度兴奋的状态，他一面暗暗地责备自己粗心，要不是翠杉的一句话，险些失去了一个绝好的机缘，一面紧张地考虑着梅花鹿这种不平常举动的意思。虽然只是第一次观察鹿群的生态，但按植食性动物一般规律来看，这个时候是应该找到过夜的地方。

他还听说过：这个季节，母鹿带领仔鹿群组成的种群，栖息在比较固定的地方，活动范围不过十来里路之内。今天对鹿群的考察，基本上证实了这一点。这里的生境对它们来说是理想的，几天内还不大会迁移。但为什么到了夜间，仔鹿正需要母鹿照顾时，母鹿却甩开了仔鹿，单独营群休息呢？

是为了摆脱仔鹿夜间的干扰，专心制造奶浆，好让仔鹿明天能饱食，更快地成长？还是只是偶尔发生的事呢？

翠杉无意中提到三家屋后小月亮母子在清晨的情况，正是回答了陈炳岐思考这个环节时提出的问题，否定了偶然性。

但是，科学并不能只凭着想象和推测。为了证实刚得出的结论，同时又有新的思想被启发了出来，他决定再观察，看看母鹿和仔鹿最终是否仍要合群过夜。

观察的结果，除了证实母鹿和仔鹿是分群过夜以外，还有令他更惊奇的新发现。这时，蓝泉已来到跟前，陈炳岐问他：

“蓝泉，你那里位置高一些，看清花鹿是怎样睡下的吗？”

蓝泉掀下草帽，说：

“第一次，老鹿瞒着要得正欢的仔鹿，瞅它们不在意，撇转身就闪到深草里，到了红枫边就躺下了。四只老鹿挤在一起，横七竖八的。小鹿吆唤时，老鹿把耳朵都支起了，对着小鹿那边，连嘴巴都停止倒草，直到小鹿睡下不吆唤了，才安下心来。

“第二次，老鹿又溜了，跑到新地方，这次有三只鹿把头枕在前胯上睡了，只有一只还抬着头。小鹿动时，咱以为是来找老鹿的，谁知也只是换个地方又睡下了。”

陈炳岐高兴极了，他懂得这个不惹眼的新发现的意义。他问三个孩子：

“这一切说明了什么？”

“花鹿刁哩！”翠杉回答得很干脆。

蓝泉想了想说：

“也像大花角一样，常常做些假动作。”

“对！是这码事，先头母鹿只是装佯睡了，等到小鹿也睡倒，才另找个场地真的睡下。”小叮当经过考虑，认真地说。

“仔鹿也挪窝了呀，怎么解释？”翠杉眨眨眼。

陈炳岐露出满意的笑容：

“这说明梅花鹿母子都有假睡、真睡之分。先是假睡，后才是真睡。为什么有这种生活习惯？当然与生存竞争有关。这个发现很重要！”

“着啊！要不是今儿的发现，咱们以后捕鹿时，只在它假睡处张罗，不扑空才鬼哩！”

蓝泉和小叮当都同意翠杉说的，他确实大有进步哩！

大家乐了一阵，蓝泉汇报他在路上发现了一种新的兽蹄印，这就是刚才他在那里徘徊的原因。

陈炳岐刚说一声“看看去”，蓝泉已经领着小叮当、翠杉出发了。走了几步，没听到身后的响动，小叮当回头寻找陈老师，却发现他还在原地，正挣扎着站起来。可是，他那条右腿怎么也不听话，额上挂满豆大的汗珠。小叮当吃惊地往回跑两步：

“陈老师，怎么啦？”

陈炳岐见蓝泉、翠杉也惊慌地跑了回来，微笑着摇了摇头，说：

“坐的时间太长了,腿坐麻木了。”

说着,他扶着小叮当的肩头艰难地迈开了步。蓝泉发现老师的笑容是硬挤出来的。小叮当感到老师每当踮起右脚用力时,扶着他的手就一哆嗦。

翠杉却还是那样笑呵呵的,硬要给老师当拐棍,说他这根“棍”要比小叮当粗。

“你们快看!”陈炳岐停住脚步,惊喜地喊了起来。

左前方不远的天空,布满了灰黑色的点子,传来了撕裂空气的嗞嗞声……

“蝙蝠!”翠杉说。

真的,无数蝙蝠张开了宽阔的皮翼,以那种特有的摇摇晃晃的飞行姿势,向天空散去。它们是那样多,遮住了天空,比晚噪的鸦群还要庞大。更多的蝙蝠还在不断从山岩那边往外飞拥。它们也像是神秘的浮溪一样,不露时,你见不到一点儿痕迹,而当它们要来到这绿色世界时,谁也遏制不住那磅礴的喷射。成千上万的蝙蝠在天空飞翔,组成了一幅奇异而壮阔的画面。

“要是能采他几只标本,那多好!”

可鹿群就在附近,如果开枪,枪声非惊动它们不可。陈炳岐感到有些惋惜,他默默地记住了蝙蝠起飞的地点,想等以后有机会时再来采集。

好不容易走到蓝泉发现兽迹的地方。陈炳岐一看,心就紧缩了起来,等到仔细辨别查看了周围后,又发现了一些粪便。粪便的外面裹杂着未消化完的粗硬野猪毛,肯定是大型食肉目野兽留下的。他不禁脱口惊呼:

“豺狗!”

蓝泉他们一下也紧张了起来。山里人没有不知道豺狗的凶残的。别看它们体型不大,但它营群,一群多则一二十只,少则七八只,常常集群攻击牛、猪这些大型家畜。有蹄类的食草动物,一旦遇到它们,便很难逃脱厄运。那次小月亮母子失踪,孩子们就曾怀疑是它作祟。

研究珍贵动物保护的陈炳岐，更是注意这些害兽可能带来的灾难。本来，在这样的季节，豺狗在森林里是不乏食物的。但这些天来，沿途看到三十九岗自然生态所遭受的破坏，给了他强烈的印象，他担心由于生态平衡的破坏，这种食肉目的野兽将给保护梅花鹿工作带来困难。没想到，他的担心竟然成了事实。

现在，他们面临着好几条战线：打鹿队、豺狗、复杂的自然环境。加上昨夜的一场暴雨，使这一切更复杂地交织在一起。各种矛盾的因子都暴露出来了，矛盾在急剧激化。

他并不害怕这样的形势，相反，一开始就希望能够快刀斩乱麻，把保护珍贵动物的工作迅速地开展起来。既然危机潜伏在那里，还不如暴露得早一点儿好。但是，现在他自身的情况有了变化……

明月洒下了一层银辉，静谧的群山，显得更加恍恍惚惚、迷迷离离。

陈炳岐并没有暴露内心深处所想的这些事，只是简短地向孩子们说：

“从目前情况看，豺狗已经发现这里的鹿群，但它们没有发动攻击。是因为当时处于饱食状态，还是没集结成足够强大的群体呢？从留下的新鲜粪便分析，饱食的可能性大。但是，不管怎样，只要没有特殊的情况，它们还是要来偷袭鹿群的。咱们是留下保护鹿群，还是赶回落花坞集合呢？”

还用问吗？当然要留下来——三个孩子意见一致。蓝泉和翠杉提出去落花坞报信，但陈炳岐觉得让他们在这样的夜晚行路，又无武器，太冒险了，怎么也不同意。他估计方玲和雷大爷发现他们没有回去，能分析出发生了特殊情况，会沿着留下的路标找到这里来的。

陈炳岐想使气氛轻松一些，说：

“没想到看蝙蝠时，无意中得到了一处最好的宿营地。你们猜猜看，它在哪里？”

成堆的困难却开了孩子们的窍，脑子特别灵。陈老师话音刚落，三人异

口同声地说出:

“蝙蝠洞!”

是的,既然有这么多蝙蝠从一处飞拥出,不可能那里没有洞穴。

陈炳岐说:

“全都得满分。从蝙蝠的数量看,它们的栖息地还是个挺大的洞哩!一般说来,这样的洞是没有大型凶猛野兽的。我已经察看了这里的生境,估计豺狗可能来的方向。蓝泉、翠杉你们两个先去找洞休息,我和小叮当留下观察警戒。记住:你们沿途要留下显眼的路标。”

二十三　警戒

由于起飞的蝙蝠群流已指示了方位，没费多大周折，两个孩子就找到了蝙蝠洞。洞口不大，但较陡，蓝泉就着手电筒的光亮，小心翼翼地在前头引路，不时提醒后头的翠杉。

往下走了不算短的一段路，洞体愈来愈大，蓝泉也愈来愈担心，他怕这种竖井式的洞穴下面有水。

当走到了四五间房子大的底部时，蓝泉和翠杉都大为惊奇，里面不仅平坦，而且干燥，连穹隆顶上也没有一滴水珠。地下是一陷多深、沙沙作响的干沙子。在地下水丰富、溶洞较多的三十九岗，这真是个难得的地方。

刚坐下休息一会儿，翠杉就发表评论说，这蝙蝠洞简直像是导弹发射井。

等到清理鞋子里的沙子时，翠杉发现它很轻，抓一把对着亮一看：天哪，哪是沙子，全是一粒粒蝙蝠屎！这洞底铺的、屁股下坐的，全是这玩意儿。翠杉试着想扒扒看有多厚，可一时哪能扒到底？这得有多少蝙蝠，在多少年的时间里才能留下这样厚的干粪！

翠杉肚子发出一阵很响的咕噜噜声，使他立即感到饥饿得很，好像五脏六腑都空洞洞的。他看着蓝泉。还是凌晨在石门国摸黑吃了一餐饭。大花角蹄印的失踪、草鹿群的发现、豺狗的足迹，使他们一直处于紧张状态中。带的一点儿锅巴之类的干粮，也早已塞到了肚里。

蓝泉也感到饿极了，他想到还在警戒线上的陈老师和小叮当，高山地区夜晚的寒冷,更使人饥饿难忍。再说陈老师那腿,不像是一时麻木……他偏头看了一眼翠杉,翠杉一手按着肚子,一手托腮默默不语。蓝泉说:

“胖孩,你一人在这里怕吗?”

“咱怕?胆小还能把狼当狗打?”

“不怕就好,你在这儿待一会儿。咱出去一下,很快回来。”蓝泉说着,就登上出洞口的陡坡。

翠杉越坐越不是味儿,不争气的肚子老是咕噜噜叫。说实在话,一个人在这阴森森的洞里,嘴上说不害怕,心里还真有些发怵哩!蓝泉出去该不会遇到狼吧?他不禁又为蓝泉担起心来……

他终于坐不住了,悄悄地摸出了洞口。只见外面一片银灼灼的月光,听到有枝叶的簌簌声。他蹲到地上,利用夜空的反衬,终于看清楚蓝泉就在不远处的树棵上摘什么。翠杉问:

“么子宝贝?”

“好吃的。”

翠杉一听说是好吃的,又见蓝泉把从树上摘下的小果子直往脱下的衣服里放,他忙不迭地伸手捋了三四个果子塞到嘴里:

“哎呀!酸掉咱的牙啦!”

蓝泉看他那副蹙眉歪嘴的模样,忍不住笑了:

“馋鬼,饿鬼!吃了么子人参果,把你美成这样?”

翠杉只顾用手捏着下巴颏儿嘘气。蓝泉有意丢了两颗果子进嘴,咂巴着滋味,啧啧称赞:

“真甜!甜得心窝子都痒痒,小麦李真甜!”

“去你的吧!什么小麦李大麦李的!是醋果,咱摘树叶填肚子,也不吃这玩意儿!”

蓝泉不忍心了,在一堆小麦李里又摸又捏,然后挑了几个往翠杉嘴里送。

翠杉咂咂嘴,嗨!还真甜哩!他说:

“上当了,咱开头一定是吃了青的!”

“你真叫不分青红皂白!”

两人回到蝙蝠洞,蓝泉解开衣服包着的小麦李,样子真好看,青的像大颗翡翠珠子,黄的像是天边的金星,红的亮闪闪,饱满的果浆像是要淌出来似的。两人把青的、黄的都拣出来,只留下红的。蓝泉说:

“还有种大麦李更甜!两种李都以麦熟期叫名。从植物学说来,它们一个是早熟种,一个是晚熟种。可惜夜里看不清,山上野果子多咧,若是白天,一定还能找到野樱桃、莓子、野杏……”

“还有核桃、香榧、猕猴桃、板栗、红柿……”

“那是秋天的事。俗话说:‘到了七月半,核桃榧栗满山盘。’”

“不许咱也说说馋馋你?”

蓝泉见翠杉一个劲儿咽口水,就是一个都不吃,忙说:

“你不是饿了吗?先吃一点儿充充饥。”

“陈老师、小叮当他们还没有吃哩!”

蓝泉感到心里一热:胖孩可真出息啦,自己那么饿,还惦着别人。他拉起翠杉的手一起出了洞。

陈炳岐、小叮当吃着蓝泉、翠杉送来的野果,心里甜滋滋的。小叮当说:

“嘻嘻!咱们成了从花果山下来的了。”

“着啊!这才富有诗意哩!回到学校,咱一定写首朗诵诗,描写描写这叫人一辈子忘不掉的生活!”

翠杉的话,把大家的心说得热乎起来。小叮当说:

“回到学校向同学们汇报时,一定要特意说到这美味的野餐!”

“嗨!咱养鹿场得加上一条:栽果树。又有果树,又养鹿,这才叫生物资源综合利用哩!”蓝泉说。

小叮当一挥手,说:

“等到三十九岗成了养鹿场,咱们招待来学习、参观的人露营,夜里狩猎、野餐,打了野物放篝火上烤,那才美哩!”

“好题目!等到梅花鹿的保护工作有了眉目,咱们就着手研究《关于三十九岗生物资源的综合开发和利用》。”

陈炳岐很欣赏“综合利用”这个词。在这些稚气的议论中,他不禁回忆起了自己青年时代的生活和理想。孩子们的美好憧憬,更加激励着他勃发的青春。

直到小半夜时,方玲和雷大爷才风风火火地摸到这里来,一见大家完好无恙,忐忑不安的心情才轻松了下来。

至于三个孩子,那就别提他们的高兴劲了!十多个小时的分别,倒像是几年没见到似的。虽然在警戒线上不能那样欢蹦雀跃,但他们也喜笑颜开,七嘴八舌把他们的遭遇说了个够。雷大爷感到自己成了这个“家庭”中不可缺少的一员,方玲更从这些情绪中,认识到一个集体已由强有力的纽带结成。

雷大爷催他们吃带来的干粮,自己赶紧在鹿群栖息地四周遛了一圈,着重看了陈炳岐他们发现的豺狗的足迹和粪便。他说,据他估摸,要防备的是下半夜月落后。现在最好是到蝙蝠洞烧点热水喝喝,然后轮班休息,准备迎接更紧张的明天,同时,还有紧要的事等着商讨。大家同意了这个意见。

陈炳岐坚持由他留下继续监视。雷大爷说,若是需要留下人,当然该轮到他。两人争得不可开交。

小叮当和蓝泉把方玲拉到一旁,咬着耳朵说了些话。方玲二话不说,转身走到陈炳岐跟前,蹲下身来就要捋他的裤脚。陈炳岐一把按住。方玲抬起脸看着他,那眼神是严峻的、不安的。她刚要开口,陈炳岐又用力按了按她的手,意思很清楚:别作声!接着又将微笑浮到脸上宽慰她。

他用手轻轻但是有力地推开了方玲,扶着小叮当的肩站了起来。一路上,陈炳岐说了不少松心话,可是,这支小队伍的气氛,仍和这高山月夜一样,清清冷冷。只有翠杉不时拍一下吃得圆滚滚的肚子,表示满足。

雷大爷几下一迭摆,篝火在洞里熊熊地烧起来,煨在火边的水也吱吱地响着,蝙蝠洞里弥漫起温暖,洋溢着勃勃的生气。雷大爷抽了会儿旱烟,才缓缓地说:

"俗话说:'马驰千里,壮在健体;鹏程万里,强在劲翅。'打猎的要有副铁打的量山尺,才能翻山越岭,走遍千山万壑。陈老师,以咱的眼看,你右边的'量山尺'出了毛病。捂着,能瞒了人眼,瞒不住山险。明儿的工作不用说,你心里有码数。我在山里住了一辈子,不说有仙丹妙药,兴许还能解点儿燃眉之急。把裤管捋起来,让咱看看。"

话说得很平和,却一针扎在酸筋上。陈炳岐先还愣怔着,接着,在大家关切的目光下,一边慢慢捋起了右腿的裤管,一边讷讷地说:

"我已吃过药了,没关系。"

孩子们都跟着舅公凑上去,只见像是有条细长的火赤链蛇,弯弯扭扭地爬在他的小腿肚上。翠杉睁圆了眼,想到自己还是粗心,没看出陈老师的腿有毛病。方玲痛心而焦急地说:

"还是那个病根子:静脉血管炎。"

正在抚摸查看的雷大爷听这样一说,问:

"哪年开始有的?"

"二十年了。"

方玲说:

"是农场那次大病,死里逃生后留下的根子。劳累就易犯。"

"就是为了研究防治出血热落下的病根?"

"是的。"

老人的眼睛湿润了,心里翻腾着。那天解剖白腹巨鼠,在火塘边方玲谈论陈炳岐时,老人知道了一段经历,体察到一位做科学工作的人的品性。纵然在蒙受着天大的不白之冤时,他还舍命去救护大众,却没想到自己在捡了条命后,还留下了这样的病根。

不用问,发病已有两天了。这是连续爬山的结果。用老人的话说,是“纠了筋”。可以想到,他每走一步,都要忍受像刀割一样的疼痛。然而,他在这两天内走了多少路程!他的心和他的面貌一样,质地是铁,是石,是钢!他这样做,图的是什么呢?……

雷大爷不再想下去了,也不忍心再埋怨陈炳岐不早说,只是吩咐几个孩子:

“把鹿角拿出来,想办法从它根子上锉下一包粉子来,让你们陈老师先就着水喝下去,咱到山上去采点儿草药。”

他又向方玲交代几句,就走出了蝙蝠洞。

陈炳岐看大家都在为自己忙碌,很是过意不去。但是,雷大爷和方玲带来的消息更使他焦急。原来他们在划分的区域里搜索的结果是令人失望的。虽然乖戾的高山气候留下了一些未雨区,大花角的足迹却根本没有到那些地方。雷大爷还特别绕路到了一些居民点,那都是打鹿队可能留宿的地方,但仍无打鹿队的踪迹。

大花角的刁钻古怪是可以理解的,打鹿队的行动却是常理说不通的。只能这样推测了:打鹿队是有意识地避开了居民点,是因为发现了追踪的自然保护小组,还是也发生了意外?无论是前者还是后者,都使大花角的处境更加危险。

出乎意料的是,雷大爷从居民点带来了翠枝和强生捎来的信。两人汇报了观察点上的情况,生动地叙述了在小学四、五年级同学中已组织起了两个护鹿小组,怎样在公社帮助下,劝阻梅坡解散了已上山的打鹿队。

但是,这封信主要还是报告发现了豺狗群。这些残忍的野兽,在西岭那边捕杀了一只母鹿。等到他们得信赶去,只看到一个被啃啮过的鹿头。另外,一共四次有人送信来说发现豺狗群。他们希望老师们注意,而且要想出法子来对付猖狂的豺狗。

对陈炳岐和方玲说来,豺狗群不仅直接威胁着大花角和今天发现的鹿群,而且还提出了一个更严重的问题:为什么豺狗群大量出现?这几年它们为什么增殖得这样快?据了解,过去,豺狗群极少到草山上活动。它们大都隐匿在森林里,主要在次生林和灌木丛中觅食野猪和黄鹿,只是在食物匮乏的冬季,才有时窜到居民点附近,且数量也不太多。

引起这种变化的根源是什么呢?这种宏观的现象预示了什么呢?这倒是他们更为迫切需要揭示和采取适当办法解决的问题。否则,会影响梅花鹿保护工作。

雷大爷拾掇采来的草药,又随手从地上抓了一把蝙蝠粪放到草药里,把它们砸烂。翠杉问舅公:

"蝙蝠屎也是药?"

"你胖孩想不到吧。这蝙蝠屎,药房叫'夜明砂',是活血消炎的。中药中还有味药叫'望明砂',那是野兔屎。又有'五灵脂',是种鼯鼠的屎。名堂多哩!"

翠杉和蓝泉真没想到这满地的干粪,也可入药治病哩!

翠杉说:

"难怪陈老师想采蝙蝠的标本哩!是为了这码事!"

陈炳岐说:

"倒不是为了这事。先是想到这片草地为什么长得特别好,后来看到成千上万只蝙蝠飞出来了……"

"咱明白了,一定是因为蝙蝠吃虫,护卫了这片草地。是食物链揭示的秘密。"小叮当忍不住打断了陈老师的话。

“着啊，蝙蝠还能帮助咱们找鹿哩！”翠杉被篝火映红了的圆脸上，放光流彩似的，“不是吗？有蝙蝠护的草场好，花鹿喜欢待在好草场……”

雷大爷也听得停止了砸药。方玲很满意他们学会了动脑筋。但是，陈炳岐觉得问题还不是这样简单，他说：

“科学不是简单的推理。你们说得有一定道理，但生物群落之间的关系究竟如何，还需要多次观察，深入研究。研究蝙蝠的，也不全是仿生学家，因为它体内有个细小而精确的回声辨位器。另外，还有关于蝙蝠在自然生态平衡中的地位，引起很多人的关注。

“这种能飞翔的兽类，品种很多，并不全都捕食昆虫。譬如说，兔唇蝠能到水中捕鱼；食花蜜的蝙蝠能像蜂鸟那样，把头插进花朵；吸血蝙蝠还能趁其他哺乳动物和鸟类酣睡时，轻轻刮破它们的皮肤，吮吸鲜血。这个蝙蝠洞里栖息的是哪种蝙蝠，不是一眼就能看出，需要采到标本，研究它的食性，然后才能对它在这个地区的自然生态中的作用，得出初步印象。”

翠杉、小叮当和蓝泉都听得入了神。他们随着老师的引导，思想进入更为广阔的科学领域。

雷大爷将调制好的药，敷到陈炳岐的腿上。他感到火辣辣的腿肚很快就凉润而舒松起来。

蓝泉他们开始记考察见闻了，围绕四只小鹿的性别问题发生了争论。小叮当说小车菊是公鹿，翠杉偏说是母鹿。蓝泉说小马驹是母鹿，小叮当又说是公鹿。争得热火朝天，谁也不服谁。两位老师正需要统计仔鹿群中的性别，又想到在野外识别仔鹿的意义，当然不去调和，倒是时而拨拉两下，把暂时的沉静再引向喧腾。

雷大爷几次想讲讲自己的经验，可是两位老师的举动引起了他的思索：对了，两个老师是有意让他们争，争出在野外识别小鹿公母的本领……直到蓝泉他们都找舅公评判时，他还是说：

“嘿嘿,这件事嘛,就像两位老师说的,还要你们在观察中自己找出答案。”

停了会儿,听听几个孩子都不作声了,理由已摆完了,雷大爷才又说:

“你们都见过成年的茸鹿、草鹿,比比看,它们么子地方不一样?”

这一问,立即引来了一串话,比早晨树林里鸟雀唱的还要热闹。

“茸鹿野!”

“草鹿的花点子没茸鹿的亮!”

“不能用‘野’这个字,该说茸鹿比草鹿活跃。”

“用‘活泼’这个词也可以。”

“草鹿身子比茸鹿小。”

“它们年纪不一样大,当然有大有小。”

“这是从整体讲呀!公鹿长了茸,草鹿带了崽——当然就说明它们都成年了。要不然,谁个能认出哪只鹿有几岁了?”

“这应该算一条。”

翠杉忽然大声说了一句:

“茸鹿的花点子确实漂亮,也大一些,但花点子没草鹿多。”

“你数过吗?”小叮当抬上杠了。

“咱是凭印象,明天再数好了。”翠杉倒心平气和。

“光数草鹿的没用,咱们又没数过公鹿的。还要求平均数哩,一两只也不管经。”小叮当直摇头。

“先数草鹿的留着做档案嘛,就像方老师上次量步链一样,以后找到茸鹿再数,再求平均数。一比较,还得不出常数?”蓝泉慢条斯理地说。

“嗨!原来数学有这么多的妙用,咱以后一定努力学习。”小叮当又一次表态。

这次野外考察,经常要用到数学,对小叮当的教育特别大。原来他只以为那些数字像绳索一样捆绑人，没想到在实际生活中，这些绳索能捆住一束一束的收获。数字可以表达出那么多的意思、那么多深刻的内容。

直到孩子们基本上争出个眉目，陈炳岐才说了自己观察的结果：小马驹、黑鼻子是弟兄俩，星星、小车菊则是它们的小姐妹。临了，他还要孩子们以自己的观察，总结出在野外区别仔鹿性别的体会。

方玲几次动员孩子们休息，但是他们都不肯放下笔记本，仍然在火光下记述考察见闻，描述拨动心弦的趣事，直到疲劳、困倦征服了他们……

经过再三的劝阻，陈炳岐终于留下休息了。方玲和雷大爷刚出洞口，蓝泉也跟了出来。这个机灵鬼不知是故意装睡着了，还是他们轻微的响声惊醒了他？方玲看撵不回去，只好叫他去把陈老师的枪带上，以防万一。

月光没有上晚时那样清澈。淡淡的地气浮荡起来了。起伏的岗峦也像熟睡似的昏沉。风是冷的，空气是湿的。蓝泉感到头发也湿漉漉的，心想：下露水了。

月亮快落山了，山野又逐渐暗了下来。身边的浮溪闪着粼粼的幽光，像是挤满了游动、戏水的鸭群，拍打得水哗哗响。当鸭群消失在草丛、树林、山岩中时，浮溪又以清脆的歌喉在纺织娘、蟋蟀等无数昆虫的伴奏中不断地吟唱着。

蓝泉按照舅公的安排，伏在方老师的身边。方玲没来得及研究豺狗的动向，她对于在这样漫长的警戒线上狙击，觉得问题较多。但在目前的情况下，又没有更好的办法。趁潜伏在警戒线上的时间，对出现大量豺狗群的问题，她倒是想了一下。

这个问题对她说来不陌生，早在二十年前研究保护、开发动物资源时，她就接触过。她和陈炳岐认为这是保护动物资源一个问题的两个方面。不研究害兽的威胁，自然保护圈的环节就连不起来。从我国的具体情况看来，在北方和西北的草原，主要是由狼结群后形成的危害；而南方，虽然也有狼，但相对说来,数量少,且又不结群,倒是豺狗群成了主要的威胁。

当时只是朦胧地感到害兽的问题并非孤立的,但还没有像今天这样,认识到是整个的生态平衡问题。豺狗的增长和消降,是受整个自然生态、生物群落之间关系制约的。这大约也是因为自然生态平衡遭到破坏后,把问题暴露得更明显了……

突然,远处传来了一声轻微异样声,方玲一惊。她刚想寻找声源,鹿群栖息地的方向又响起了一声尖厉的惊叫:

噫嘶——!

它像是警哨,尖厉而急促,撕裂了山野冷凝的寂静。

刹那间,鹿群箭出行的蹄声、树枝草叶的哗啦声,狂风般掠过山麓,犹如千军万马骤然在山谷里奔驰。

蓝泉慌得一跃而起,提脚就跑。

方玲一把没拉住他,却见草丛中闪起几只野兽狂突的黑影。

一声单调而洪亮的独火铳子声响起……

二十四　戴帽子的鹿

蓝泉的双筒猎枪也跟着响起来了。

已经避开豺狗的突然袭击，奔到山脊上的鹿群，却奇怪地突然折转，迎着蓝泉的枪声，斜刺里回头奔来。

正一边奔跑，一边装填霰弹的蓝泉，慌乱得不知如何是好。

雷大爷发现山坡那边又冒出了几只豺狗的影子。这位富有经验的老猎人，心里也不免紧张起来。在这场风驰电掣般的狩猎中，他的独火铳子的弱点全部暴露出来了，火药铅条还未装好，转眼间鹿群已陷入了被两面夹攻的危险境地。

随着一声清脆的步枪子弹出口声，眼看冲在前头的豺狗忽然打了个趔趄，扎下了头，翻滚起来。跟在后面的几只立即乱了阵脚，散开了攻击队形。

老人立刻神情振奋。这一枪已为他争得了时间，他端起火枪，及时地向追击鹿群的豺狗放了一枪。接着，步枪又连击了两发点射，打散了豺狗的追击。蓝泉也从慌乱中清醒，不再奔跑，沉住气向山脊那边放了两枪。

鹿群终于冲出重围，在左前方的山岗上消失。

直到这时，方玲才一跃而起，追着已经溃散的豺狗群，交替着用步枪和霰弹射击。豺狗像阵风一样卷走了，融进了草丛中……

一场紧张的护鹿战斗，只不过三四分钟就结束了。

三个人又在附近搜索一会儿，没有发现什么。蓝泉拖着一只被打死的豺狗往回走。他想起方老师在那样紧急的情势下，能沉着迎战，既料到了豺狗不会只从一个方向攻击，又利用了天空的反衬进行瞄准，所以头一枪就射中这只拦击鹿群的豺狗，真是有策略，枪法好。他佩服得五体投地。

其实，方玲在这几分钟内的表现，何止牵动了蓝泉的小小心灵！她的沉着、多智、神手，赢得了老人对她更深一层的敬重。

陈炳岐和翠杉、小叮当早已站在蝙蝠洞口，迎接方玲他们归来。

翠杉看蓝泉拖回来的死豺狗，发现和那次碰到的“不卷尾巴的狗”有所不同，除了体型较小，耳朵没有那样尖外，赤褐色的毛衣成了明显的特点。它和红狐太相似了。方玲告诉他们，在澳大利亚，有人称它为“红狼”。它们常常结成几百只的大群，在草原地区为非作歹。

蓝泉忽然想起了一个问题：

“舅公，仔鹿呢？”

这还真把舅公给问住了。老猎人给自己在警戒线上的任务规定得很清楚、很单纯，打散豺群，护住花鹿。

“方老师，你见到小鹿了吗？”蓝泉又转过头来问。

陈炳岐很注意这事，反过来问蓝泉：

“你没见到仔鹿群的动静？”

“咱只顾目标大的母鹿和张牙舞爪的豺狗了。”蓝泉如实地说。

在第一次听到老师说到“观察”是科学研究的开端时，蓝泉并不理解。但后来的切身体会，使他逐渐认识到细致的观察是多么重要的问题。

“报警的鹿鸣声一起，仔鹿群也惊动了。不知是因为没有母鹿带领，还是因为害怕，它们没有逃走。在豺狗只顾追击母鹿群时，仔鹿群却悄悄地向后溜走了。”

方玲对于鹿群夜栖的奇异行为比较注意。在豺狗来偷袭的紧急情况下，她以动物学家特有的敏锐，观察到了仔鹿的活动。她的话，立即引起了纷纷的议论。雷大爷不禁又打量起这位文静的女同志来。

陈炳岐默默地点了点头,似乎这一切都在预料之内。他傍晚时形成的印象更加鲜明了,但是还需要在天亮后,到现场考察中去印证,因而他并未急于说出想法。

雷大爷问了问陈炳岐的腿的情况,得知药已见效,于是又帮他换了敷药,然后一迭声地催着大家抓紧有限的时间休息,迎接更为紧张的明天。要知道,大花角的命运,吉凶未卜啊!

按当前的紧迫形势,自然保护小组在天不亮就得动身。可是,要观察豺狗攻击鹿群的详细情况,不得不等到晨色微露时再开始行动。

熄灭篝火后,大伙儿刚往洞口走,迎面碰上了几只归来的蝙蝠。它们像是赴宴归来的醉汉,摇摇晃晃地飞着,躲开了人群,一眨眼,已消失在洞内。

翠杉看得不想走了。心眼多的小叮当要大家把枪、草帽都举起来,像栅栏一样拦住洞道。可是,这些装有特殊测位器的飞兽,都能灵巧地避开阻挡,顺利地飞回大本营。翠杉乐了:

"着啊!又给咱瞎碰上了,真像导弹发射井哩!你们瞧吧!"

飞回来的蝙蝠,有的极准确地一下落到石壁上,翼膜收拢,双腿往上一伸,两只爪子已钩住石头,身子倒悬起来,开始它们颠倒世界的睡眠;有的还绕壁飞行一圈或半圈,寻找导航目标,然后才降落。不多久,穹隆顶上的石壁,挂起了一只只蝙蝠,就像是挂满了宇宙飞行器。

翠杉的圆眼眨了几下,立即跑去捕捉停歇的蝙蝠。可是他刚到跟前,那些小兽一展翅又飞走了。小叮当和蓝泉也都参加了这种徒劳的奔波。直到陈炳岐说了蝙蝠的生活习性,在这样的时刻还难以捕捉它们时,三个人才罢手了。

到了山谷,各个小组都紧张地忙开了。方玲和蓝泉观察母鹿群的栖息地。陈炳岐和小叮当到了仔鹿群栖息地。雷大爷领着翠杉,循着母鹿群逃跑的方向搜索。

方玲那里的工作结束后，连忙又往雷大爷这边赶。她刚爬上山岗不远，就见雷大爷和翠杉停在一个小沓里观看什么。方玲到跟前一看，原来是一只血肉模糊、四分五裂的母鹿尸体。从撕扯的状态，可以想见一群豺狗扑食、争夺的穷凶极恶的情形……

陈炳岐和小叮当沿着仔鹿群偷偷溜走的路线，继续搜索下去。陈炳岐想尽可能找到仔鹿群的最后归宿，是否逃脱掉豺狗的攻击？逃脱后，是否还要和母鹿群会合？抑或是单独营群生活？假如又合群了，一定是存在某种联络的信息。假如没有合群，只得到短期哺乳的仔鹿怎样生活？……这些问题，都是陈炳岐急于了解的。而探索清了鹿群在这种情况下的行为，对将来的保护和开发工作是十分重要的。

小叮当看陈老师走路不得劲，眼前老是浮起他红肿的腿。虽然舅公的药有效，但哪能好利索？一劳累还要复发的哩！可是他们清楚，在今天的关键时刻，陈老师即使匍匐在地，向前爬行，也不会留在村寨休息的。

清晨，高山地区还是寒冷的。小叮当为寻找失去的仔鹿足迹，连跑带急，却是满头大汗。他瘦削的小脸拉得更长，两只眼睛却更加有神。他想站住凉快一下，迎面吹来的充满野花清香的悠悠微风，恍惚中给小叮当送来了令他惊讶、迷惘的声音：

噫——！噫——！

是调皮的山风，故意在花丛中吹起口哨，还是虫鸣鸟叫？小叮当用食指钻钻耳孔，又摇了摇头，没错，是小鹿的叫声。小叮当回头刚要招呼陈老师，却见他也在凝神倾听着什么。小叮当跑到跟前，急促地说：

“仔鹿的叫声。它是在呼喊母鹿！”

刚才听到的声音，确实有点奶声奶气。

陈炳岐没有说话，那副聚精会神的模样就是回答。小叮当追随着陈老师的眼神,落到一片墨绿墨绿的森林里,叫声像是从那里传来。

“看看去。”陈炳岐说了就走。

走了有二十来步,小叮当拉住了陈炳岐的衣角:

“咱们上当了。小鹿哪里会躲到森林里!”

陈炳岐拉住小叮当的手,只顾往前走:

“别急着下结论,实际观察了再说。”

要不是陈炳岐注意了地物特征,他们早就迷失了方向。森林里传来的小鹿鸣叫,声音微弱,时断时续,使行进中的师生两人不时失去目标。神出鬼没的浮溪、难以攀越的山崖,时常迫使他们改变道路。

终于,他们更清楚地听到了小鹿叫声:

噫——! 噫——!

小叮当停住了脚步:

“这个小鹿叫得咋这样尖? 怪里怪气!”

“是有些异样。”

小叮当从陈老师的话音中听出,他已注意了这个问题。他一个劲儿大步向前跨去。

现在,进入了森林,绿色世界的各种成员都在急着向他们报告消息:

宽大而肥厚的拔葜叶在说:谁也没从我这地方经过,连风也没吹落我头上的露珠。

叶前翻转的草莓在说:一个鲁莽的家伙刚擦身而过。

歪歪趔趔的小草在说:它撞倒我,拉也不拉一把,就扬长而去……

连山雀也叽叽喳喳地说:往那边去! 往那边去!

小叮当迅速地判读着这一切信息,陈炳岐的眼睛搜索着周围。那个奇怪的叫声却沉静了。

噫——!

猛然又一声叫喊,把他们俩吓了一跳。

哪里是昨天的美丽小鹿?原来是一只全身披了赤乌色毛衣、似鹿非鹿又像麂子似的小动物,正站在一丛枝蔓纠葛的忍冬花藤里。它没精打采,目光呆滞,像是经历了一场大灾难,被失望、恐惧和沮丧笼罩着。那尖细而凄厉的叫声,似乎是对不幸遭遇的申诉……

他们虽然没找到仔鹿,小叮当还是为发现了这奇异的小动物而高兴。他还从来没有见过这样的小东西:

“这也是鹿?”

作为一个动物学工作者,陈炳岐首先是注意观察它分类学上的特点。从身体形态看来,它具有鹿科动物的特征,属于鹿科动物是无疑的。小巧的体格说明它是种小型的鹿类。赤乌色的毛衣,只有珍贵的毛冠鹿和黑麂才有。

最后判定它是谁,只有以它额部冠毛来裁决了。可是,它正仄着身子,只露出额头的侧部。陈炳岐想移动一下位置,但想到不管是黑麂还是毛冠鹿,都生性胆怯、警惕性高、行动诡秘,一动可能惊跑了它,也就没作这样的尝试。

是什么原因使它处于这种失魂落魄的境地?看样子,它是今年才来到这个世界的,按照鹿科动物繁殖的一般规律,眼前的季节,它还应该偎依在妈妈的身边。它的妈妈哪里去了?纵然也要像梅花鹿一样互相寻找,叫喊到现在,母兽也该来了。一般说来,哺乳动物,在哺乳期的母性是强的,那么,是什么事故造成了母子分离?是那群豺狗作的恶?

毛冠鹿和黑麂都生活在高山林下,森林里的猛禽悍兽多,它们遇到的危险相应增加。只能用这种原因解释。是的,应该是这样,在这样的季节里,这个小东西离开了妈妈,还无法生存下去,没有两三个月的哺乳期,是无法具有独自生活的能力的。它现在这副绝望的神态,不就是最清楚的证明吗?

“它为么事不走动,老是站在那里叫?”

小叮当这句话提醒了陈炳岐,就说那赤乌的脖颈子吧,也只有小幅度的转动,直到现在也没扭过来,这与它机警的性格太反常了。一个很有诱惑力的想法出现了。

“注意!”

陈炳岐说完这两个字,就轻轻地摇了一下身边的树枝。那个小家伙还是耷拉着头。他又撞了一下树枝,响声使它立即竖起耳朵,本能地将头向这边偏来。在这一刹那,陈炳岐欣喜地说:

“毛冠鹿!”

是的,额上一丛黑毛像是个U形的冠冕。

小毛冠鹿蹬起后腿,可是提了几次也未能提起来,于是又凄凉又哀伤地叫了一声。它无比惊恐,更加错杂地蹬蹄、提腿。

跟在后面的陈炳岐,只见小叮当不顾一切地扑到毛冠鹿的身上,一把搂住它的脖子。毛冠鹿发出了更加尖厉而短促的叫声。

哈哈!小叮当利用了难能可贵的机会,活捉了毛冠鹿!陈炳岐高兴、紧张得手忙脚乱地去扯解羁绊住小鹿后腿的忍冬藤子。小叮当急着说:

“刀!刀!”

陈炳岐抱歉地笑了,抽出身后的猎刀,割断了藤子。

小叮当对于在怀里乱拱的毛冠鹿,不知怎么办才好:搂紧了,怕勒坏了它;搂松了,又怕它猛地蹿了出去。

陈炳岐看着小叮当这种无可奈何的样子,连忙从背包里取出了一个小网络,刚好把它兜住。突然,有种灵感触动了他——一个成熟的思想,正像是毛冠鹿一样,一下被思维的网络兜住了。小小毛冠鹿的境况,刚好从另一面有力地证实了他对鹿群夜栖行为的解释。

阳光灿烂的山岗上,回荡着保护小组热烈的争论、冷静的分析。有了夜里的经历,清晨又进行了实际考察,现在,已经能够对夜里发生的一场生存竞争的搏斗,作一番描绘了:

豺狗中的“侦察员”,先发现了鹿群的栖息地。临离开时,它留下了粪便,以作为夜间突击的导航目标。

偷袭的时间,选择在下半夜,月亮落山之后。这正是鹿群酣睡的时刻,容易取得出其不意、猝不及防的效果,同时,又利用了梅花鹿在黑夜视觉上的弱点。

显然,正面进攻的豺狗只有四五只,重兵却埋伏在山脊那边的坡后和山岗的小岙里。

尽管进攻的一方作了如此严密的部署,但正当豺狗要发起攻击时,母鹿群还是发现了敌情,迅速地发出了警报,组织了突围。

雷大爷的枪声,并未吓退豺狗的进攻,只是起到了催促鹿群快逃的作用。

鹿群突围中,正中了豺狗在山脊那边的埋伏。鹿群被伏兵拦回后,豺狗群正要合围时,方玲射中了一只领头的豺狗,打乱了它们的部署。鹿群又冲出去了。

谁知,还是没有逃脱另一路的伏击。

豺狗硬是从枪林弹雨中攫得了一只母鹿,得手后迅速瓜分了果实,然后撤退。

多么狡猾凶残的野兽,难怪人们用“豺狼本性”形容人间的邪恶。

母鹿群中,谁能在沉睡中及时发出警报?只能认为鹿群中有放哨的。陈炳岐的观察也证实了这一点。他昨晚之所以坚决留下,一则是为了警戒,二则也有观察夜间鹿群生活的想法。他在月光下,曾看到母鹿群的栖息地有动静。

鹿群的哨兵是怎样发现敌情的?主要是靠听觉、嗅觉还是视觉?豺狗偷袭时,脚步声很轻,它的蹄子和狗的一样,有个软垫子。月亮落山后,山谷黑暗。这一点应该感谢蓝泉,他想起了昨晚的风向。这下,问题比较清楚了。豺狗对突击正面的出发阵地选择不当,或是有误差,这刚好使它们居于母鹿群的上风。四五只豺狗的臊腥气味是浓重的。

狡猾透顶的豺狗,先进行了侦察,又留下了导航粪,但为什么还是选错了突击出发地呢?正是聪明反被聪明误。

鹿群奇异的夜生活的谜,被揭开了。

豺狗选择的突击正面,正是母鹿群第一次栖息的地方,它们真睡的栖息地,却远离这里几十米。原来鹿群的假睡、真睡,主要是为了迷惑敌人。

母鹿在夜晚离开仔鹿,单独营群,其主要的目的,也是在突然发生敌情时,保护仔鹿生存。因为母鹿群的目标大,可以将敌人引开。事实证实了这一点,小叮当活捉了毛冠鹿是立了一功的。小毛冠鹿也正是在母亲保护下,劫后余生。这说明鹿科动物母性较强,为了种群的延续,母鹿承受了重任和牺牲。这也是恢复梅花鹿种群时的有利条件。

这些奇异的发现、珍贵的资料,为自然保护小组以后的工作,奠定了稳定的基础。

这些收获,是令人喜悦的。但是,科学的收获,却又带来了实际中的忧虑,根据各种迹象判断——

豺狗群正向大花角可能出现的方向移动。

二十五　扑朔迷离

自然保护小组以急行军的速度赶往栗树岙。今天是追踪打鹿队的第四天了,也是抢救大花角成败与否最关键的一天。按计划,这里是激战前唯一可以休憩的地方。雷大爷安排好早饭,张罗好一天的干粮,陈炳岐和翠杉才赶到。

临离开鹿群栖息地时,翠杉突然说他丢了东西在蝙蝠洞,未等别人答话,已像小鹿箭出行那样,飞蹿走了。雷大爷领着队伍先行,留下腿疾还影响行动的陈炳岐,边走边等待翠杉。

当翠杉满头汗水地跑回来,解开标本袋时,陈炳岐一看,里面有二三十只蝙蝠,他高兴得像个孩子似的抱住了小胖孩。因为时间紧急,他和方玲昨夜已将蝙蝠洞的内外都勾了草图,测定了方位,准备以后再来考察。谁知一向粗心的翠杉这次变得心细了,抓住时机采了这么多标本。翠杉问正在检视蝙蝠的陈老师:

“品种、数量都够了吧?”

“你用了心思,采来这么多标本,还照顾了品种的差异,不简单呀! 即使咱和方老师去采,也得费一番脑筋哩!”

“咱只是从外表上看大小,瞎碰的,要是懂得更多的知识,采得还要全些。”

“你看,这是大马蹄蝠,这是中华鼠耳蝠、毛腿鼠耳蝠、长翼蝠、大足蝠、中菊头蝠、短指菊头蝠……”陈炳岐简直是如数家珍，“还有一时鉴别不出的。这是多么庞大的一个蝙蝠聚居区！你再看，这种大马蹄蝠前臂多长？”

翠杉掏出尺来量：

“真的，前臂有九十二毫米哩！”

“把它的两臂都展开，”陈炳岐说，“翅长达到五百六十六毫米！多大的体型！”

“难怪咱早晨看到像个筛箩大的家伙往里飞咧！”

“这斑蝠多好看！头是橙棕色，背上栗棕色，下体暗褐色，有白色长斑。”

这些夜行飞兽在白天还沉浸在如泥的酣醉中，温驯地让人随意摆弄。

陈炳岐不敢再多耽搁，催着翠杉赶路。路上，他说凭自己的印象，这些蝙蝠大致都是吃昆虫的，最后的结论还要看解剖的结果。想到昨晚陈老师讲的蝙蝠在自然生态平衡中的意义，翠杉高兴得走路都轻快了。

今年是栗树大年，粉白藕嫩的栗花拥雪堆银，把山岙塞满了，像是潜入雪山冰峰的深处，才找到了小寨。

一批特殊客人的到来，惊动得栗树岙比过年都热闹。小小山村的男女老少都来参观他们逮来的野兽，又听说毛冠鹿是我国的特产，是世界上别的国家没有的珍禽异兽，更是左瞅右瞧。小孩们人前人后钻着看热闹，妇女们为小毛冠鹿的吃喝犯愁。

这小家伙不吃不喝，饿得在笼里都站不起来了。到底是妇女们经历的这码事多，年轻的妈妈们从家里拿来了奶粉、奶瓶。当小鹿咂巴着橡皮奶头子时，屋子里立即爆发出笑声，连正在吃饭的雷大爷、方玲也被吸引过来。

陈炳岐端着饭碗，回答人们各式各样的问题。这些问题是：

“能在山上养？”

“长足了，有多重？”

“生产队也养得成？”

“它长不长茸?”

“咱们三十九岗还出这种鹿!没想到草棵里、林子下头还藏着这么多宝贝!要富不难啦!老师,你说对吧?”

当听说毛冠鹿只长短短的小角,不长茸时,人们不免感到有点美中不足,可是,还是为富饶的动物资源而欢欣鼓舞。连刚才那几个小伢们都数出了梅花鹿、马鹿、水鹿、麋鹿、白唇鹿、驼鹿、黄麂、香獐、黑麂……多么庞大的鹿科家族!如若真能像两位老师说的,从南到北、从东到西,都把这些有价值的各种鹿在荒山野岭里养起来,是多大的一笔财富!

常说:“吃不穷,穿不穷,算计不到年年穷。”有学问的人算计到了,咱们为么子不做起来?陈炳岐也没想到,一只小小的毛冠鹿,居然能对自然保护工作起这样大的宣传作用!

老人们更是心疼三个孩子。小叮当活捉小鹿的事被人们口口相传,描绘得活灵活现。

“是个机灵鬼!换了个人,咋说也想不起小鹿是被藤子绊住了!”

“老师精明,学生还能笨?”

“科学能叫人脑子活!”

“看这小猴头,嘴唇薄薄的,肯定能讲会说。么事脸上火烧云,就是不开口?”

这些甜甜的话,直臊得小叮当低了头。

意外的珍贵收获,使自然保护小组异常兴奋。两位老师简直是乐不可支。活捕毛冠鹿的报道并不多,更何况发现了三十九岗动物资源中的重要一员,为开发生物资源的蓝图增了色、添了彩!翠杉的“综合开发”计划中,又添了一项:在森林、灌木丛中放养毛冠鹿!

话题很自然由毛冠鹿谈到和它毛色差不多、体型大、冠毛不一的黑麂。雷大爷立即说:

“咱见过,三十九岗就有。咱们叫‘乌金麂’。每年都能吊到一两只!”

陈炳岐更高兴了,他听方玲说王陵阳同志在紫云山山区采到了黑麂的标本。但在这一地区,还没见过有珍贵动物黑麂的报道。雷大爷的话,使他想起老人还是吊麂的能手,因而一再说:

“雷大爷,一定要帮咱们吊只活的。”

雷大爷笑了:

“不难,这倒不是吹牛皮。”

“那明天就做弓下吊吧!”孩子们嚷嚷。

雷大爷微微地摇了摇头。

“等咱们救下了大花角,过几天也行。”

雷大爷还是摇头,说:

“眼下不行。麂子要到立冬才有路,没路下不成吊。”

小叮当瞪眼了:

“奇怪……”

“真奇怪。”雷大爷学起小叮当的腔调,逗他了。几个人都笑了。小叮当可不为这句口头禅发窘,接着说:

“麂子满山跑嘛,啥时听说它有路!是马路、汽车路?”

日子愈久,雷大爷愈了解孩子们的脾性。蓝泉寡言多思;胖孩好争、急躁;小叮当喜欢打破砂锅问到底。听了小叮当说的有些呛人的话,他一点儿也没生气,用烟锅轻轻敲了敲他的头:

“记住,猎人有句经——山羊走岩麂走岗。麂子要到立冬至春分这段时间才有路。这个‘路’,是讲它走的道有了规律,来来去去有了准头,不再像平日撒着脚在山上跑。吊麂子的,找到麂子路,就能大致算出它来回的时间,装上吊,到了日子去取,十有七八不空吊,稳当哩!”

一席话把几个人都说得张嘴扯眼的。不信吧,舅公吊麂子的名声,只比

打鹿的本事小一点点;信吧,讲得太玄。哪有这样神的事! 还是小叮当的脑子多了几道绕绕子:

“三伏天尽讲冰凌子的事。舅公眼前尽哄咱们,到了立冬后,要是吊了只黑鹿,咱们才信服。”

雷大爷眨了眨眼:

“行,一言为定!”

昨天虽然没找到大花角蹄印和打鹿队的踪影,但是跑了不少地方,搜索了很大的一个区域,看来大花角可能藏在雨区,要往凸凹岭一带窜逃。雷大爷帮助方玲和陈炳岐制订了今天的计划,规定了集合地点、行动时的纪律和联络的信号。

根据天气转晴、三天来跟踪的情况,今天如果不发生特殊情况,打鹿队一定要围鹿放铳了。也就是说,自然保护小组和打鹿队的最后决战来临了。

雷大爷单独搜索大花角最可能出现的区域。方玲也单独行动在保护小组的另一侧翼。陈炳岐居中,翠杉跟随一道行动。在地形这样复杂的地区,他们的对手又是经验丰富的打鹿队和性格刁钻古怪的大花角,保护小组的力量显得太单薄。

经过反复考虑,决定将蓝泉和小叮当编成一组,也单独行动,活动的区域在陈炳岐和方玲之间。陈炳岐的双筒猎枪蓝泉已使用过,这次教给他用来自卫。

蓝泉和小叮当转过山脊后,就看不到左右两组的人了。山坡还算平缓,可是很不好行动。这些荒山僻野的地方,平时很少有人来往,只是偶尔留下猎人和采集山货者的足迹,没有路。好在山区的孩子都有逢山开路的才能,又具有身材矮小的优点,有时只是手脚几下一踢打,人就过去了,再不行,几柴刀一砍,路影也出来了。蓝泉在前领着路,处处照顾小叮当。

不久,进入一片竹林。这片竹子,竿子全是紫莹莹的颜色,像是涂了层油彩,在阳光下熠熠发亮,连竹枝也是紫色,秀气的叶柄也泛着紫光。两人很喜爱这些紫竹,摸了这根,又抚那根。想到电影上的登山队和考察队总是每人有根手杖,他们也就随手各砍了一根,用柴刀几下一剔巴,一支紫竹手杖就成了。

刚涉过小溪不久,蓝泉在前面向小叮当招手:

"小叮当,你看!"

草地上有一行蹄印。

"像小鹿留下的?"蓝泉问。

蹄印前端尖尖的,印痕也不浅,只是小一些,比大花角的蹄印小得多。

"不太像。"小叮当指了指蹄印,"你向那边找,我往这边,看看还有没有别的蹄印。"

他们寻找了一会儿,仍然还是这一种蹄印。小叮当说:

"不是小鹿的蹄印,是黄麂来过。和那次找小月亮时在森林里碰到的蹄印一样。"

"蹄印是尖了些。"

"还有重要的一条:这个时期,仔鹿不单独行动,总是跟着妈妈要奶喝……"

"对,旁边没发现母鹿蹄印。"

"从步链看来,它走路挺自信和稳健,不像仔鹿刚刚学走路的样子。"

"对了,那次看小月亮走路,还像个罗圈腿哩!"

蓝泉一边走,一边想:小叮当进步真快,学到的东西比自己还多。又想:将来一定要根据这些实际的经验,研究出寻找花鹿的更简便、更科学的办法。或许真的能一点名就自动来报到哩!

嘭!

突然的声响吓了两人一跳,一只长尾巴野雉从草中飞起,彩色的羽毛闪出金属的光泽。可惜老师规定不准随便开枪,小叮当惋惜了一番。

在这大山里行走,四面不见人影,像是整个世界只有蓝泉和小叮当。不能随便讲话,眼睛要紧张地四处搜寻,天又这么热……这一切,都容易使人更感到疲倦。只有想到大花角的安危,才使他们抖擞起精神。

终于走到一个大的哨口。这哨口像是一条窄窄的坝子,蓝泉和小叮当一看,立即乐得手舞足蹈:

"大花角！一定是大花角!"

坝子上窄窄的一溜有泥沙,四周全是碎石和山体裸露出的岩石。就在这窄窄的泥沙地上,却印满了蹄印,碎石上也有踩踏过的足迹,草丛中也有践过的地方。有几处,草叶上沾有溅落的泥沙,明显是后蹄尥起来的。小叮当亲眼见过小车菊和黑鼻子耍的尥蹄子把戏,还听说花鹿和麂子往往用这种方法侦察周围是否存在危险。

他们现在已有一些经验了,一眼能认准是梅花鹿的蹄印。在这些杂乱的蹄印中,他们终于找到了一个比较清楚的印迹。虽然还不能像舅公那样眼睛一睃,像木匠吊线那样一瞄,就能断定是不是大花角留下的足迹,但他们可以借助于测量。蓝泉得到了一些必要的数据后,不禁欣喜地说:

"真是大花角的蹄印!"

"嘻嘻,咱们找到大花角了!"

"一点儿不错!"

"赶快通知他们。"

"通知不了,隔得太远。"

"那怎么办?"

"咱们还没判读出它留下的这些符号。"

"先得翻译这些密码啰!"

"让你说着了。这才是奇怪真奇怪,么样才能留下这些横叉竖舞,反复践踏的蹄印?”

一句话叫小叮当皱紧了眉头。要译出密码,首先得找出规律。这些蹄印却一点儿没有规律,像是个任性而又胡闹的家伙,跑到这里后,不知发了什么神经病,又踢又蹬又刨,乱蹦乱跳一气。这从哪里下手呢? 真是,找不到时,一个蹄印不见,碰到了,却是这一大窝。大花角真捣蛋! 有意找麻烦。他沉了沉气,稳了稳神,掏出尺……对! 要用数学来分析密码的奥秘。

蓝泉沉静地观察着蹄印,两道墨玉般的浓眉,不时在高眉骨上变换——舒散,攒紧。他一会儿测量,一会儿又扒开旁边的草丛,就像是正在叩击神秘的大门,一定要把它敲开,窥视出里面的奥妙。

“小叮当,帮着把这个步链量一量!”

量完了,两人各自记下了数据。就这样,一会儿互相帮着量,一会儿又分开各量各的。现在的小叮当已喜欢上数字了,每一个过去在他看来枯燥无比的数字,都告诉了他新的生动的消息。但是,步链并不是那样容易找到的。深密的草、松散的碎石,像有意要难为他们。

“不要急,小叮当。这就像解方程式一样,只要能求出一个未知数,下一个未知数也就在向你招手了。”

不错,他们又找到了几个被认为是步链的足迹。测量的结果,两人的本子上留下了两组不同的数据。再一核对,两人测量、计算出的数字,几乎全部一样。用前两天测的大花角的步链对照,不难发现,其中有一组是它留下的。还剩下一组数据,又有三个大致相同的数字支持它的存在,是怎么回事呢?

“还能是两只花鹿碰到一起了?”蓝泉虽然不太相信,可事实摆在面前。

“看样子是的。”小叮当也学得沉住气了。

“嗨,找一来两,又像前天一样!”

“还需要旁证。看样子,它们是从这条路上来的。”小叮当指着西边的一座石山,“咱们到那边看看。”

蓝泉很乐意地跟着走了。沿着青色的石头没走多远,终于在一处发现了梅花鹿留下的五个蹄印,虽然模糊不清,但已证实确实是两只鹿一同走来的。这个未知数的答案一出现,两人高兴得跳了起来。

“是两只花鹿在这儿耍了一阵子?”

“这样的结论比较合理。”

“咱们追吧,它们是向那个山谷里去的。”

小叮当指着一条东南、西北向的山谷。蓝泉不说话,只是把墨玉眉又蹙到了一起。机灵鬼小叮当心里一咯噔,猛地想起了一个漏洞……对呀!刚才只注意了步链,蹄印上数字报告的消息还没全清楚哩,还藏着未知数!

“蓝泉,就咱俩,得细心哩!再观察测量一下两只鹿的蹄印形状特点,是不是一样。”

蓝泉笑了,眉眼舒开了。小叮当说的,正是他刚才想的。

两人认真地找起来了,如果是把两只鹿的蹄印分别清楚地印在一起,他们有可能看出不同的特征,但在这一堆乱糟糟的蹄印中,实在难以辨别。小叮当想起了在森林里看茸鹿的事:

“你记得前天,舅公是怎么考咱们的?”

蓝泉豁然开朗:

“花鹿步链上的特征,对呀!这一组步链的两足之间的距离,么事这样短?比大花角的要短得多!”

小叮当弯下腰,忙起来了,瞅了这个蹄印,又去瞄那个,还学起舅公,头一偏眼一睃地吊起线来。最后,他终于认定了一个:

“这是步链链距短的一个蹄印。咱还分不出它是前蹄的还是后蹄的。”

蓝泉认真地打量起小叮当了:那瘦小的脸上,配了两片薄薄的嘴唇、小巧的鼻子,显出从未见过的秀气……小叮当被看得不好意思:

“鹿的蹄印也不在咱脸上。”

蓝泉这才蹲了下来,横竖看了一会儿,说:

“这是后蹄印,花鹿后腿比前腿长,要分清不难。这蹄印也清楚……”

说着说着,蓝泉一屁股坐到地下,连忙翻本子上记的蹄印图——那是方老师教他们画的,图虽画得不高明,但有关特征是清楚的。他们刚才就是凭这个图和实际印象、其他的数据,认出大花角蹄印的——把图上大花角后蹄印往地上的蹄印旁一放,各自的特征显出来了:

“大花角的蹄印前端尖。”

“就是,快分不出两个趾了。舅公说过,雄鹿后蹄两趾前头靠拢,后头分开。”

“这后端是宽。地上的蹄印,前端两趾分得很清楚。”

“叉开了嘛!后端又往一起并了。”

“大花角蹄印深。”

“头上有大货。”小叮当又说,“再翻翻小月亮妈妈的蹄印看。”

当蓝泉翻出本子上金竹潭的记录时,两个人头都抵到了一起,又不约而同闪开,跳了起来:

“除了大花角,还有一只草鹿!”

“谁说不是哩!”

如果这些蹄印所组成的步链很清楚,这个问题也不要费这样大的周折了:步链上后足能踩在前足印上的,是茸鹿;后足踩不上前足印的,是草鹿。这就像一加一等于二那样简单明了。可花鹿有意把这一切都搅乱,让你闹个稀里糊涂。

蓝泉高兴的神色转眼间暗淡下来了。只见他又在四周的地下寻找什么。小叮当问:

“找么事?”

“仔鹿的蹄印。”

“舅公说过,这季节,仔鹿要和母鹿在一起。”

“对哩!”

“昨儿在落花坞观察鹿群时,不是有只母鹿没带崽?”

“嗨!你这家伙学鬼了!咱正想证证逆定理是不是成立哩!”

“不过,咱倒是有了新怀疑。”

蓝泉以为小叮当故意逗自己,但一看,他满脸正经,黑眼果上的黄圈圈也像是在旋转,显得深邃……只听小叮当说:

“舅公说过,茸鹿养茸期,和草鹿分家,不在一起过日子。草鹿找它,它也不理。咱们这多天来,茸鹿、草鹿、仔鹿,单个的、成群的都见过,就是从没见过草鹿和茸鹿在一起。可是……”

蓝泉也开始怀疑起刚才的结论了。问题还挺复杂的哩!两人沉默了很长时间,蓝泉忽然想起两位老师曾经议论过的一个问题,连忙说:

“不用急,咱俩再量一下它们的裆距。”

几下一量,一对照,问题又清楚了:大花角和前天看到的茸鹿的裆距,比这个步链链距短的裆距宽,裆距的比例大。

蓝泉对小叮当说:

“老师说过,已有的材料,证明茸鹿的裆距比草鹿宽,裆距比例大。”

小叮当点头表示同意。

蓝泉接着说:

“一切都证明了大花角确实从这里走过,又还来了只草鹿。”

小叮当也点头同意了。

“至于它俩为么事跑到了一起,咱们先不管……”

“哪能不管呢?大花角单个逃跑,和跟着草鹿跑,不是一码事。这直接关系到咱们下面跟鹿哩!”

“你说得对。可咱们闹不清楚这事,能坐在这里研究个三天三夜?”

“唉,咱俩的知识太少了。”小叮当叹了一口气。

“舅公说的是一般规律,哪能没有特殊情况呢?”

“也是……”

“事不宜迟,咱俩赶快走,一边跟鹿一边往集合点赶。从现在的情况看,可能要偏离一点儿集合点,但大方向差得不多。紧急的事情,不能误在咱俩手里!”

蓝泉一副小大人相,说得小叮当没有了话。更何况经这么一提醒,小叮当也确实感到需要的是快速行动。

两人循着大花角的蹄印,从哨口折向东南向的山谷。常说,上山容易下山难。坡有些陡,全是沙子和碎石,一不当心,会像滑梯那样溜下去,想止住脚还不容易哩!小叮当要替换蓝泉背枪,蓝泉不同意。

别看此刻的山谷里宁静而安详,但它藏着风暴,可能还藏着凶残的豺狗群……

“鹡鸰!”一只麻雀样的小鸟,翅膀一挟一驰,呈大波浪形往前飞去。

“白鹡鸰鸟。它是水边的鸟,前面大概有小溪了,可能有了好路。”小叮当说。

又走了段路,蓝泉说:

“咦,是大河哩!下面有条大河!”

刚才,河谷边茂密的灌木丛和伸出的山体,把它遮住了。突然蹿出的河流,倒真像出山的蛟龙,穿行于层峦叠嶂之间,忽而如线抽丝,忽而如带飘逸。昨夜下了一场雨,急流在水面划下了一道道富有速度感的曲线。

碎沙石的山坡、离离的荒草、小灌木丛,增加了小叮当和蓝泉跟踪的困难。

突然,蓝泉大惊失色:

“不好!大花角的蹄印没有了!”

小叮当连忙找了起来，千真万确，山坡上留下的只有草鹿的步链！只有一只鹿的足迹！大花角的踪迹消失得无影无踪。

难道它还能长翅膀飞掉？两人火速往回走，看看它究竟是从哪里溜掉的。

奇怪！往回没走多远，大花角还是和草鹿一道走的。步链清清楚楚，没有向旁边岔开的一丝痕迹。两人只得再折转身，但是，它又忽然消失了，消失得那样干干净净。像是一眨眼的工夫，天上的云朵都消失了，只剩下深洋大海般的蓝天！

刚找到的大花角，又失踪了。

二十六　鸟岛水怪

莫名其妙地失去了大花角足迹，使两人心里火烧火燎。毕竟蓝泉心细一点儿，既然往后找，没发现一点儿可疑之处，他提议再往前走一段路，探个究竟。大花角既没有白胡子寿带鸟的翅膀，也不像鲮鲤那样会打洞。

每走一步都充满了希望、失望、焦急。好不容易挨了几十步，蓝泉高兴得话也说不出，只是拉着小叮当的手往前指。

只见光裸裸的石头坡上有两堆鹿粪，从鹿粪的堆垛来看，明明白白是两只鹿拉的。他们走到跟前，大花角的足迹又在这里出现了，还比较清晰哩！

俩小伙伴深深地舒了口气。小叮当擦了擦满头的汗水：

“这个捣蛋家伙，调皮得出格！”

蓝泉只笑了笑，又望望头顶上的日头，就催着上路。他俩走了段路，大花角足迹又奇怪地消失了。他俩在这里没发现大花角岔开的情况，又有了刚才的经验，也就不怎么着急。反正草鹿的足迹在，追着草麀走就是了，不怕它再飞掉。但小叮当总感到心里被个什么搅得不安宁：

“还能是草鹿背着茸鹿走？么事大花角的足迹一会儿有，一会儿没？”

蓝泉何尝不在想这些事！他说：

“尽是难题、偏题！偏偏时间又紧，跟鹿重要。咱俩路上费的时间不少了，舅公、老师会等得着急的。”

山排掉在山谷里，只偶尔有阵小风悠来。俗话说：“早穿棉袄午披纱。”中午,是这样的小气候带最热的时候,简直像是蒸笼一样。小叮当感到头发涨,眼发涩,浑身难受。他不时取下草帽当扇子扇着。

“累吗,小叮当?”

“不累,只是热得难受。”

蓝泉也取下帽子扇起来,活动了一下晒得烫皮的双筒猎枪管子,他想给困倦的小叮当提提神:

“你听是么雀子叫?”

这时,鸟儿也都躲起了,只有不怕炎热的短翅树莺用浑厚的喉音,一声接一声地叫着,像是从瓶口往外倒水一样,咕嘟嘟地响着。小叮当看了看站在树枝上昂首高歌的小鸟,兴趣不大。

蓝泉看他的话没达到应有的效果,学了一声雀子叫:

“骨碌碌碌碌碌——粪球!”

小叮当听出调皮味儿了,张开干裂的嘴唇,笑了:

“仔细看着路。当心被它说着了,一失足,真的要成粪球骨碌碌往下滚哩!”

他俩又默默地走了一大段路,还是没有发现大花角的足迹。连草鹿的蹄子,也进入山排上逐渐深起的草棵里,向前面左上方的一片小灌木丛走去。

小叮当主动跑到前面搜索。他一面用手杖拨拉草棵一边往上走。正走着,他听到了灌木丛方向有微微的瑟瑟声,回头看了蓝泉一眼,他也正侧耳捕捉什么声音,眼睛向两边扫视……

小叮当心里一喜:嘿,大花角可能就躲在那边,足迹忽隐忽现的谜底也该揭开了。

这个叫人高兴的想法刚在脑里闪过,就见山坡上像是有股水流冲下,劈得草丛向两边分披,嗤瑟一声——哪里是什么大花角,蹿出了一条黑色的大蛇!它昂头瞪眼,直冲他们飞来。

小叮当猛地转身，拔腿就往斜刺里跑。

“别跑！”

蓝泉比小叮当早一两秒钟，判断出是碰到了蛇，已经快速往前冲来。眼看小叮当这样跑很危险，他急忙大喊一声。

疾行的蛇，突然刹住了身子——大约是纷乱的脚步声吓了它一下。

小叮当从蛇主动向人攻击这一点判断，这是剧毒蛇，想到蓝泉就在那边，所以他向另一方向跑去，以免蛇伤害了蓝泉。

转而一想，在这样的山坡上，蛇能很快追上，他反而镇定了下来，准备同蛇搏斗，手里的紫竹杖，就是锐利的武器。这时，他听到蓝泉已冲了过来，连忙回身，只见蓝泉正拦在蛇前。他刚起脚要往回冲，蓝泉又大喊了一声：

“别动！”

那条黑乎乎的大蛇竖起了上半身，足有一尺多高，后面的身子还藏在草里，腹部灰白的鳞片，现出可怕的光泽。它怒气冲冲，颈子一鼓一扁的。最显眼的是颈背黑色鳞片上有两块白色的斑纹，活似魔鬼戴了副眼镜，露出穷凶极恶的狰狞面目。

小叮当在心里猛叫一声：眼镜蛇！

眼镜蛇一边发出呼呼呼的威胁声，一边不断伸出血红的舌头，像是为了试探虚实，打量如何下口。那可怕的眼镜蛇一会儿对着小叮当，一会儿对着蓝泉，不知该先向谁进攻。

眼镜蛇，是主动向人进攻的毒蛇之一。陈老师在讲防护蛇伤知识时，说他曾亲眼看到一条眼镜蛇，从山坡上飞似的向正在公路上疾驰的汽车进攻。驾驶员只觉得有支黑箭在眼前划过，连忙紧急刹车，下车一看，路上横卧着一条长长的、被轧得血肉模糊的眼镜蛇。

不知什么时候，蓝泉已将草帽拿在左手，像是盾牌一样挡在胸前，右手却高高地举着竹杖，准备随时扑过去。蛇离蓝泉大概有他手中竹竿长度的两三倍,从他所采取的行动看来,他是绝不会让蛇去伤害小叮当的。

小叮当也连忙拿起草帽当盾牌,右手举着竹杖,只要眼镜蛇敢向他的伙伴扑去,他就要叫它尝尝厉害。他还想往前走两步,可是,蓝泉用眼神阻止了他。

小叮当心里纳闷:蓝泉么事不用枪打呢?

蓝泉在蛇追击小叮当的一刹那,不是没考虑这一点,可是,现在正在跟鹿中。舅公说得很清楚,不到万不得已,不能开枪,怕惊动了花鹿。他觉得危险还没达到"万不得已"的程度。再说,枪膛里装的是对付猛兽的两颗大号霰弹,铅砂大、粒数少,客观形势又不允许细心地瞄准,且距离近,目标又是细长的眼镜蛇,未必能一枪射中。万一射不中,那后果就不堪设想……

小叮当看到蓝泉正在慢慢向山坡上移动脚步。他很快明白了:蓝泉所处的地理位置不利。眼镜蛇正占着制高点,可以快速进攻。蓝泉是要转移到山坡上,并且,在移动时改变着他和小叮当、眼镜蛇这三者之间的角度。这样既占据了有利地形,又可保护小叮当的安全,对付眼镜蛇的进攻。

不料,蓝泉脚下滚动了一块石头,眼镜蛇突然把头扭向他,呼呼嘶叫。小叮当看到蓝泉手中的竹竿对着蛇直晃动,同时又用眼角向他示意。小叮当立即踢翻了块石头,造成更大的响动。果然,眼镜蛇又匆忙把头偏到响动石头的地方。

小叮当想起陈老师说过,眼镜蛇的视觉不很发达,只在近距离时才能看到东西。它只有耳柱骨,没有外耳及中耳,对空气传送的声波无感觉作用。这个特殊的耳柱骨,一头连在内耳的卵圆窝,一头接在方骨上。特殊的结构使它对地表传播的震动很敏感。所以,石头的响动,引起眼镜蛇灵敏的反应。

两边配合得很好的动作,使眼镜蛇有些茫然了,不知究竟该向哪边进攻为好。它连连摆动竖立的身子,吞吐着蛇芯子。

山区的毒蛇多,孩子们很清楚它们带来的严重威胁和灾难。陈老师所讲的蛇类常识,更给了他们强烈的印象。他们知道那蛇芯子并不可怕,可怕的是那长长的毒牙。

毒牙是空心的,蛇咬人时,肌肉收缩,挤出毒液,通过毒牙的孔道注进人体。眼镜蛇的毒液中有血液毒和神经毒,这种毒液的每一克结晶体,能毒死几百只兔子,几万只鸽子,只要有百分之几克进入人体血流,就能送命……

一想到这些,小叮当的心又提起来了。他距离眼镜蛇要远一些,只要能沉着应战,一定有机会躲开它,然后再给它狠狠的一击。蓝泉的处境却比他危险得多,那样的距离,只要眼镜蛇决心攻击,也只是一刹那的事情……可是,他看到蓝泉炯炯的目光密切地注视着毒蛇的姿态,这使他悬着的一颗心,稍稍安定一些。

从眼镜蛇的出现,小叮当所想的一切,都像电光石火一样在脑子里一闪而过。小叮当机灵的眼,一刻也没离开眼镜蛇;同时,又不放过蓝泉的安危和他脸上的每一个细微的变化。

蓝泉不时晃动手中的竹竿,像个击剑运动员,不断用虚虚实实的剑影迷惑对手,使眼镜蛇难以捕捉攻击的目标。当眼镜蛇把注意力偏向蓝泉时,小叮当就立即配合,制造响动,转移蛇的视线。就这样,蓝泉终于完成了战略转移。他现在已站到眼镜蛇的背后,居高临下,缓缓向蛇接近。

眼镜蛇发觉了腹背受敌的局面不妙。要向背后攻击,得掉转身子,这可是困难的事,它终于作出了决定:向正面攻击。它把脖颈挤得更扁,发出更响的呼呼声,正往后一弓身子……

但这一切怎能逃得了蓝泉的眼睛!他一个箭步落地,发出异常大的声响,使眼镜蛇快速扭转了头。就在这一刹那,蓝泉的竹竿带着呼啸声,拦腰劈了下去。

这是致命的一击!眼镜蛇立即瘫痪。

小叮当飞奔而上,举起竹竿敲打,蓝泉拉住了他的手:

“要完整的标本!”

几秒钟之前,那蛇还是不可一世地昂首挺胸,向人们挑衅;而现在,却成了一条断了脊骨的长虫。

蓝泉说:

“这是一条难得的、完整的眼镜蛇标本。带到学校去,供同学们研究。”

小叮当看着蓝泉舒开了眉眼,荡漾着胜利的喜悦,不禁想起了曾经轰动过金竹潭中学的一件事——

去年暮春时节,一个雨后乍晴的下午。同学们正在建校劳动,不知谁喊了声:

“蜂子!”

小叮当抬头一望:乖乖隆地咚,空中黑压压一片,蜂群嗡嗡叫着向人们飞来。前锋队形特别稠密,在一个金色大点的四周,布满了飞兵,简直像个蜂球,隆隆向前滚动。后面扇形的蜂群,振翼急催……

山里的孩子谁不知蜂子的厉害!像黑牛蜂、黄马蜂、黑驴蜂,人们要碰上它们,非给螫个鼻青脸肿不可。场地上的同学遇到了这样突然的空袭,哗啦一声乱了营,都往教室跑。只有几个胆子大的未挪窝,站在那里看稀罕。

小叮当吓得也要跑,可小心眼一转:自己离教室远,以蜂群的速度算,要想幸运逃脱,太难……

模样古怪的大蜂球,对直不打弯地向还站在那里的蓝泉、翠杉飞来。轰地一下,翠杉感到身上已落下了蜂子,他急得缩脖子弓腰,甩起巴掌就要打……

“别动!”

蓝泉大喊一声,翠杉一抬头,我的妈呀!那个大蜂球正堆在蓝泉的头上!他的脸上、耳朵上、鼻子上、眼睑上、嘴上……全都落满了蜂子,后面的蜂子还在往身上冲。这些飞兵简直把他当成了航空母舰!

这情景吓得大家目瞪口呆，谁也不知该怎么办。

蓝泉呢，倒像个泥塑木雕，不！像是蜂子堆起来的怪物，动也不动地站在那里。只在那些蜂兵蜂将压得他眼睛睁不开时，他才轻轻地用手把它们往边上推推。

“谁给搞点儿蜜来？糖也行！”蓝泉说。

一句话提醒了大家。蜜、糖能吸引蜂子，可是没有谁敢靠近蓝泉。正在这时，场地上有个倒扣的篾箩动起来了——真古怪，篾箩下面长了两条腿，挺快地跑了起来，小屁股蛋子直扭。

“篾箩”未跑多远，就碰到闻讯赶来的老师。老师手上拿着涂了蜜的斗笠。“篾箩”说：

“给我！”拿了斗笠就往回跑。

这时，教室里逐渐有人走出来了，窗子也打开了。

“斗笠给我！”翠杉实在忍受不了散兵游勇的侵扰，蜂子爬得他浑身痒得打战战。

“篾箩”不睬，只管跑到蓝泉跟前，轻轻地将斗笠递给了他。

蓝泉接过涂了蜜的斗笠。一会儿，蜜蜂就全部爬进了斗笠。

翠杉还愣愣地站着，抚摸着被螫肿了的嘴。有人掀开篾箩，小叮当冒了出来。同学们乐得笑呀跳呀，原来他急中生智，抓了个篾箩扣到了头上。

从此，他们班上的班费是最富裕的——蓝泉收来的一桶蜜蜂，就养在教室外。

事后有人问蓝泉，他么事不跑，他只笑笑。翠杉却代他答了：

“看出了是蜜蜂，有意要收蜂哩。”

“么事蓝泉没被螫，你被螫了？”

“咱稳不住劲呗！”这真是实话，谁都知蜜蜂落在身上，你不惊不慌，一点儿事没有，越是慌张，非出事不可……

刚才和眼镜蛇的一场遭遇战，前后不过两三分钟，小叮当却觉得时间那么长，比那次遇到“空袭”还紧张、恐惧。

“科学不仅给人智慧，而且给人勇敢！没有科学的勇敢，是盲动！”

小叮当在当天的考察见闻上，写下这简单而质朴的一句话，它将永远激励他在科学的崎岖道路上攀登！

紧张的神经刚一松弛，小叮当和蓝泉都不自觉地坐了下来。刚刚舒一口气，无形存在的大花角又蹦蹦跳跳地撞击胸膛，使他们坐不住。

他们又前进了。愈往前走，愈使小叮当、蓝泉感到困惑和不安。能见到的影影绰绰的足迹，只有一种步链，是草鹿的步链。大花角的步链一次也没发现，这是怎么回事？

从前一段的观察来看，它们确是依傍着走的，但不能只留下草鹿的足迹呀！也许又是要花招？抑或是半途溜走？假若是溜走，又是从哪里开始溜走的？前面并没有发现疑点啊。

在这种情况下，只有继续往前走了。若是到了山谷的尽头，还找不到大花角的足迹，那就只得一个人往集合点送信，一个人再返回寻找。

嘎！嘎！

一阵尖厉而又粗莽的鸟叫声传来。不远处有一棵孤零零的老枫树，在这满眼是荒草、小灌木丛的河谷地带，它独树参天，如一小片郁郁绿洲。无数羽毛雪白的、青灰的大鸟，在苍绿的树冠中纷纷飞起，狂乱地啼叫着，一会儿，又往下俯冲，在低空盘旋、扑腾。河面上也有几只白色的大鸟响应，扇动着有力的翅膀，向树冠飞来。

“嘻嘻！老枫树成了鸟岛了！”

蓝泉笑了。这个小叮当，硬是有一眼抓住事物特征的本领。他比喻得确实不错！在这被蓝色河水映得溢出蓝光的河谷里，参天的老枫树，真像冒出的一个小岛，群鸟飞起降落，在蓝天、青山的衬托下，更增加诗情画意。

“是鹭鸶吧?”小叮当问。

“这是老在池边歇的鹭鸶。你看,这只的头紫红色,飞翔姿势很优美,喜欢在大树上集体做窝。咱家门前毛竹林里就有它的窝,做在竹梢上。有回刮大风,还摔死两只小鹭鸶哩!灰青毛的是青庄(苍鹭)。白的冬天往南飞,青庄在咱们山里过冬。”蓝泉说得头头是道,他对物候真有研究。

“么事这么吵吵闹闹的?不会是又出现么样怪事了吧?陈老师说过,鸟类的惊叫,总和周围环境有关。”

蓝泉举起望远镜,搜索树冠周围的征候。

“好像是家务事,大概是在争一条鱼。下面可能有个水潭或流向大河的小溪。”

小叮当拿过望远镜,也没发现什么特殊情况。

梅花鹿的足迹,竟然把他们引到大树下。粗壮的老枫树,披满了青苔,薜荔藤左旋右转地攀着它,繁茂盘错的枝节上,架着数不清的鹭鸶巢。白鹭、苍鹭对这两位不速之客睬也不睬,只管进行它们繁忙的内政、外务,大声地吵嚷,悄悄地哺育雏鸟,起起落落地飞进飞出。

果然,大树下确实有条小溪,小溪经过一段短短的河床,汇入了滔滔的大河,而溪源却是山岩上的一眼泉水。

泉水的出口处,是个形似三角的宽大洞口。水流不大,缓缓地从里面溢出,淌到一条深沟里,再向大河流去。

梅花鹿的足迹在溪边消失了,像是一下潜入了泉眼。

小叮当和蓝泉寻找可以涉过小溪的地方,发现只有汇入河流的喇叭形口子那里水浅一点儿。几只池鹭在那里盘来旋去,还有两只苍鹭单腿独立水边。当他们走近时,它们发出一种极不友好的聒噪声。蓝泉毫不客气地将它们撵走了。

小叮当一下到水里,便发现了奇妙的事情。汇口处的小溪比大河水位高，在这个小小落差造成的水瀑中，不断响起泼剌剌的声音，原来正有一条条红尾、红鳍的鱼在戏水，从大河跃身向上冲击。有的冲上来了，立即闪入蓝色的溪水中；有的冲到半途，又被急流刷下……

“蓝泉！鱼，大鱼！”

蓝泉正在搜寻梅花鹿的足迹，说：

“别急，一会儿就来！”

小叮当还没见过这种长腰红尾的鱼，一条总有半斤多重。这些活泼可爱的红鱼，有好几次都是擦着他的脚面游走的，逗得小叮当心里痒痒的，几次伸手去抓也没抓住。要不是追踪大花角，在这样热的天气，他真想游水、捉鱼，玩个痛快。

凭着敏锐的目光和细心，蓝泉终于在溪边发现了梅花鹿的足迹，看样子是从这边跳过去的。他招呼小叮当向泉口走去。

小叮当恋恋不舍地摆脱了红鱼的诱惑，又沿着溪岸，在水里向泉口走去。他找到了花鹿跳到这边的痕迹。因为岸边全是石头，只是从被践踏的草上看出的。一会儿，他又发现了新情况：花鹿过来后，又走到泉眼边一个稍缓些的地方喝了水。

花鹿喝水地方的足迹比较清楚。小叮当立在水里，左瞅右瞄，又掏出尺来量，希望能找出大花角的影子。他多盼着这是大花角留下的蹄印！

蓝泉在离小叮当还有七八步的时候，突然听到一声沉雷一样的轰响，脚下的山岩也在颤动。还没等他意识到是怎么回事，只见泉口蹿出一条怪物……

“小叮当！”

蓝泉拼命向前扑去。可是，怪物一口吞没了小叮当……

蓝泉声嘶力竭地喊着：

“小叮当！小叮当！”

可是怪物冲击时带起的呼啸声,淹没了他的呼喊。

蓝泉从突发的事故中清醒过来,把皮带一挽,双筒猎枪就到了手里:

砰!砰!

二十七 老爷河上

已经到达集合点的雷大爷，听到山谷回音送来的枪声，吃了一惊！是打鹿队将大花角放倒了吗？方向不太对。按理，打鹿队不可能在那个方向把大花角围住，也没好场地让他们放铳。是谁放的枪？也不是另外几个组应该在的方位。再说，这枪声有点儿不一般。

一般人瞧不起猎人用的火铳，放一枪得装半天的药，又是个独铳头。可猎人对火铳倒是挺讲究的，特别对枪的出口声很熟悉。

那声音要脆，还带一点儿特殊的味道。

有人喜欢花哨一点儿，有人喜欢干脆利落，有人喜欢带着种尖厉的啸声……那是由于火铳的口径只有一个大致的尺寸，并非全由统一机器造出，而是八仙过海，各显神通，猎人自己加工的。所以，互相熟悉的猎人，只要听到枪声，也大差不离能判定是谁在行猎。

雷大爷敏锐地感到枪声不像火铳放的。正在这时，山上转出了陈炳岐和翠杉。陈炳岐老远就问：

“蓝泉、方玲他们来没来？”

“咱也刚到。”

“出事了！”

“是啊，我也听到了。”

“是双筒猎枪的声音。”

这句话提醒了雷大爷:刚才听到的确是连击两发。

翠杉还是那样大大咧咧:

“方老师跟的那条路,正是豺狗去的方向,说不定是豺狗群又碰到她枪口上了。”

陈炳岐果断地说:

“不可能。正在跟鹿,讲话都怕惊动花鹿。方老师只会想法子驱散豺狗群,不会轻易开枪。再说,打豺狗,她该用步枪,不会用霰弹。要出事,就是蓝泉、小叮当一组,他们背的是双筒猎枪。”

雷大爷紧张起来了,偏偏是两个伢子!陈炳岐心里更是七上八下,一定是出了什么危险。

“别是碰到豹子、野猪了?”翠杉也担心起来。

谁都无法回答这样的问题。

“枪声从什么地方传来?”陈炳岐问雷大爷。

“像是从老爷岭那边。”雷大爷指了指隔了矮岭的东边大山,“刚才看到有群白鹭从那边飞起来。”

陈炳岐说:

“蓝泉他们的路线不是该往西偏点儿吗?怎么会走到老爷河?”

陈炳岐说得很重的“老爷河”三字,使雷大爷想起了那一带很复杂的地形,更急了:

“别的先不说,咱们快去吧!”

陈炳岐看了看手表,脸上更像山岩般严峻。共同的战斗生活,使他们每根神经都是相通的。雷大爷和翠杉都明白了陈炳岐的意思:时间不早了,按各种情况推测,打鹿队今天非追上大花角,围场放铳不可。要不,大二杠茸砍不成,逼得放三叉,又要去跟上十来天鹿,那等于是放生。

“人要紧。真没法子,大花角也只好丢。”雷大爷说。

翠杉圆脸上显得很有神采，一扫平时那股憨相，他庄重地说：

“舅公、陈老师，要是信得过咱，咱先去找打鹿队。找不到，你们也可少跑点儿地方；找到了，咱会想法子让他们放不成铳！”

短短的话，使陈炳岐和雷大爷觉得胖孩一下长高了，已脱了“迷糊”气。但是，为了去找两个出了事的伢子，又要放一个伢子到大山野岭独闯，万一……

翠杉没有再说话了，他要容老师和舅公考虑。但是，那双恳切、真诚、不畏艰难和充满信心的大眼睛，说服了陈炳岐。他和雷大爷小声叽咕了一会儿，说：

“行！翠杉，这几天你经历的事不少，懂得的也多了，咱不需要再说什么，凡事多动动脑子。去吧！”

翠杉又望着舅公，那是在等老人家的嘱咐。

难道还有更好的法子吗？老舅公默默地抚摸着翠杉的肩头，用闷劲按了按，似乎是在打量能否承得住重担。停了会儿，老人才向翠杉叮嘱了几项具体的事，特别是要他沿途丢“路条子”，以便他们跟着去找。最后，舅公动情地说：

“孩子，去吧！雏鹰总是要独立练翅的。”

直到这时，翠杉才按舅公指定的方向走了。

陈炳岐在集合点留下了木牌，写了字，以备万一方玲他们从别的路上来了，也好知道他们的去向。

路上，两人一交换情况，才知道都没发现大花角的足迹。但是，雷大爷提供、分析了一些重要情况，他已有七分的把握猜出大花角逃跑的路线，只要方玲、蓝泉他们来核证一下就行了。谁知那边却传来了令人不安的枪声。火急火燎的事全碰到了一起。

刚到小岭上，一条湍急的大河映入眼帘。它从小岭脚下兜了个圈子，向

东北方向流去。雷大爷说,这是老爷河。陈炳岐用望远镜搜寻周围的山谷,什么也没发现。他想起雷大爷刚才说的情况,又问:

“雷大爷,你刚才说,听到枪响后看到飞起一群白鹭?”

雷大爷很肯定地说:

“猎人的眼睛不会看错。”

陈炳岐在河面上寻找白鹭的踪影,凭着动物学的专业知识,很快发现了正在老爷河上空飞翔的有池鹭、白鹭。从雷大爷的话中推测,既然枪声响时飞起一大群白鹭,说明附近有巢,或者正聚集在一起觅食。

不管池鹭还是白鹭,它们的主要食物是鱼虾。这只能是水边,或者它们喜欢筑巢的大树或毛竹林。在水边寻找有困难,鹭鸟是涉禽,它那两只又细又长的腿,是专为在浅水中觅食而生的。河岸两旁都长满了挡住视线的灌木、杂草。只有往大树这方面去寻找了。

陈炳岐把望远镜递给雷大爷:

“你再看看,那边有棵孤零零的大树,树上像有白鹭的巢。枪声是不是就从那个方向传来的?”

雷大爷很不习惯用望远镜,过了一会儿才适应了,他一看那地方,心情更紧张:

“唔,像是那里,咱们快去!”

陈炳岐对雷大爷情绪的变化有些不安,但想到可能是焦急的缘故,也就没有多问。

离目的地还有一段路,陈炳岐边走边打量起老枫树来。粗略地统计一下,竟有近两百只鹭科鸟类,以绿郁郁的树冠作为乐园。这个混合的群体内,主要是池鹭、苍鹭、白鹭,甚至还有夜鹭。树上的鸟巢,犹如繁星一般。它们多是这一带的夏候鸟,习惯于每年回到老地方。看样子,它们在此经营已不止一年了。由这些情况分析,附近水域中,鱼虾丰富。

在人为干扰因素逐渐增大,迫使鸟类剧减,很多这样的鹭科鸟类的天堂已经毁灭的现在,这里倒是个很特殊的安全岛。特别是据他所知,由于它们复杂的食性(既吃大量鱼虾,又吃昆虫),对鹭科鸟类在生态平衡中的作用,尚未很好研究。此处倒是个难得的好地方……

两人走到大树旁边,全都惊呆了:

泉水入河的小溪岸上,一处放着鞋袜,一处放着背包和猎枪——是蓝泉和小叮当的。可是人影子也没有。陈炳岐一看,背包歪在地下,猎枪斜斜地躺在离它两尺的地方,这明明是被主人慌忙中遗弃的。他的心不禁往下一沉。

两个人顺着溪边寻找,任何痕迹也没有发现。雷大爷涉过缓缓流着的溪水,走到对面。陈炳岐急得大喊:

"蓝泉——!"

只有鹭鸟粗豪的叫声、巢中待哺的小鸟的嗷嗷声。

陈炳岐拾起猎枪,打开枪膛,退出了两颗空弹壳,枪膛还残存着黄色的硝烟灰末。这说明刚才那两枪确实是他们放的。是报警信号,还是为了自卫?他在猎枪射程的范围内寻找起来。别说野兽的尸体或受伤后留下的血迹,就连一点点可疑迹象也没看到。

"雷大爷,你那边看到什么没有?"

"看到花鹿足迹。"

"是大花角的?"

"不是,是只草鹿。看模样,他们是跟错了鹿,跟到这儿的。"

雷大爷心情沉甸甸的,打了几十年猎,还没碰上过这样的怪事!活生生的两个人,能给神使鬼差摄去了?他想了想,问道:

"陈老师,小叮当会不会水?"

"会,水性没有蓝泉好。"

陈炳岐随口答了一句，立即想起还没往水边找哩。不过，游泳是不可能的。因为蓝泉不会在这样的时候、这样的地方和小叮当去游泳。

老爷河边泼剌剌的声音引起了陈炳岐的注意，他跑去一看，是河里的鱼在奋力跳水。是不是孩子被鱼诱惑，捉鱼失足？不会，他们在这样的水流里是可以游上来的。是掉到小溪里去了？……突然，他瞪大了眼睛，愣愣地盯着溪岸：

“雷大爷，快来！”

雷大爷闻声快步走了过来。陈炳岐说：

“你看——水迹子，这上面全是湿淋淋的，说明不久前河里的水都溢到这里来了。”

雷大爷急得脚一跺：

“坏事！听说老爷河边有个叫么子怪泉的，别是碰到了这东西！”

“怪泉？”

陈炳岐不明白是什么意思。

雷大爷没答他的话，只是急风急火地说：

“陈老师，你从老爷河这边沿河找，一直找到那边大湾子；咱从这边插过去，往下游。谁先见到他们，放一枪。咱看八成是水怪作祟。”

说着，他衣服也未脱，手举着枪，扑通一声跳到老爷河里。不知什么时候，牛角火药也挂到了枪上。只见他像是走大路一样，膀子几下一晃，就泅到了河那边。陈炳岐心里连说：好水性！

陈炳岐背起了地下的包、枪，沿着河边向前找去。

雷大爷单身走路，像阵风似的，带得两边的草直摆动，所到之处，石头、树棵、杂草……都像自动闪开了一条路。他直插河套，往蛤蟆滩赶去。蛤蟆滩是老爷河下游第一个大滩。虽然水流得紧，可河面宽、水浅，中间还冲起了个沙洲。两个人都识水性，说不定能坚持到那里。要不然，只有再往下找，事情更是凶多吉少了……

陈炳岐焦急不安,虽然不明白“怪泉”的意思,但在这个神奇而充满奥秘的大山里,什么意想不到的危险都是会碰上的。现在也只有老爷河存在着找到他们的希望,而这种希望又被罩上了阴影。从蓝泉还来得及鸣枪报警,放下背包的情况推测,是小叮当先出了事,蓝泉是救助他的。

老爷河哗哗地流着,昨晚雨后的山洪已经下来,水流在河里旋着转转。陈炳岐的脑子里也像这老爷河的流水,不断翻腾、回旋。

原来,蓝泉看到泉口蹿出一条怪物,闪着耀眼的光亮,还发出尖厉而又惊人的吼声,就见小叮当蓝色的衣服在白花花的水里翻了一下,霎时不见了。他被弥漫起的乳白、闪亮、湿漉漉的烟雾裹起。他急得声嘶力竭地喊叫:

“小叮当！小叮当!”

泉口正拼命咆哮,射出巨大的水柱,它怒气冲冲,摇山撼岳……

蓝泉鸣枪告急后,随即纵身跳进汹涌奔腾的老爷河……

小叮当已被水流卷走了一段距离,蓝泉又看到他在水面上闪了闪。他知道小叮当虽会游水,但也只能来一段狗爬式。在这种湍急的河水之中,再加上冲出的水柱,老爷河变得更加汹涌。蓝泉十分担心小叮当的安危,他奋勇游到急游中,希望能借着水势加快速度,追上小叮当,可是长衣裤碍手碍脚。

不一会儿,蓝泉看到小叮当又浮到了水面上,心里一阵高兴:

“小叮当,往岸边游。坚持一下,我来了。”

小叮当没有回答,只是回头瞟了他一眼。他发现小叮当眼神是慌乱的,游水时的动作也很不协调,几次往岸上冲,都被激流卷得更远。

等到蓝泉潜游一段赶到小叮当跟前,他却又沉到水里。蓝泉费了很大的力气,才在水中摸到了他。蓝泉抓住了他的手臂,托出水面,再拼命往岸边冲去,可是激流一次次把他们卷了回来。

蓝泉感到全身的气力都快消耗完了,只得改为仰游顺水淌一段,借以恢复体力。这时,如果他放下小叮当,还是有把握通过潜泳冲到岸边的。可是,这种念头连在他脑子里闪也没有闪一下。

小叮当究竟是怎么回事呢?原来他正在量花鹿的蹄印时,被一种奇异的响声惊动了。他不知泉眼的洞口发生了么事,只是瞪着眼睛看它。等到可怕的怪物往外蹿时,他才急忙往岸上爬,可是已经来不及了,喷薄而出的水柱一下把他冲了老远。

小叮当这时还清醒,连忙用双手抱住了头。当他被水呛醒时,本能使他赶快浮出水面,奋力击水。但手脚都不太听使唤,头也木木地发涨。

蓝泉的喊声,使他陡增了勇气、力量。可是,滚滚的激流一点儿不讲情意,耗尽了他在往岸上冲击时剩下的一点儿余力。迷迷糊糊中,那个还未见过面的大花角,一下冲到了他的面前。他连忙伸手去抓,大花角却不见了。大花角哪里去了?是被打鹿队追上了?瞬间,小月亮、小月亮的妈妈都一下跑到了他的面前,成群结队的花鹿,在三十九岗的草海中奔跑……

当蓝泉从水里托起他时,他又醒了。他舒舒服服地喘了口气,自由自在地深深呼吸甜蜜蜜的空气,生命的营养又注入了胸膛。他向蓝泉微微地笑了,感到有些力气了,于是又挣扎着游动了几下。

到了一个回水湾,蓝泉拼出了全身的力气,利用回水的力量,终于把小叮当拖到了岸边。岸较高,蓝泉咬了咬牙,一狠劲,居然把小叮当托到了岸上。他刚宽慰地舒了一口气,突然一阵头晕目眩,跌到了水里……

再说雷大爷到了蛤蟆滩,一看这边不见人影,立即涉水向沙洲奔。石头上晒壳的两三只甲鱼,被惊得扑通、扑通地往水里跳。在沙洲上每跑一步,就有无数的小虫哄了起来,直往身上扑。雷大爷哪里顾得理睬这些玩意儿,只是径直向前奔。他刚钻出苦竹林,水滩上的人影立即跃入眼帘。老人眼一亮,心头一热:

"泉伢子!"

没有应声。

雷大爷随手扣动了扳机，一声洪亮、脆生的枪响震荡着河谷。

“泉伢……”

老人惊愣住了，以为是眼花了，但是那双他熟悉的、目光无比深邃的眼睛正盯着他。老人失声喊起：

“方老师！”

红叶子沙柳丛里的方玲坐起来了。蓝泉静静地躺在水面上，头枕在方玲的腿上，脸色苍白。微波拍打着他的身子……

雷大爷急忙赶上前去，托起蓝泉，放到干沙滩上。方玲却指着对岸，无力地说：

“小叮当在那边。”

雷大爷鹰一样的锐眼向对岸一看，接着他就在蛤蟆滩上飞跑了起来，水花溅得满天飞。到了对岸，他又放开步子猛跑。

小叮当横躺在岸上。雷大爷一摸还有鼻息，心放下一大半。小叮当的肚子胀鼓鼓的，老人抱起他，把他扛到自己的肩上。小叮当哇哇吐了起来。老人看看水控得差不多了，这才将他抱起，回到方玲这边来。

方玲已精神多了。她把蓝泉扶着坐了起来。蓝泉正用手指压着舌根，哇哇地吐水呢！眼泪、鼻涕满脸都是。雷大爷看着，心里轻轻地说：这伢子，还有股狠劲哩！像个畲家人的子孙！

“小叮当，小叮当！”蓝泉艰难地仰起头，喊着。

方玲起身为小叮当检查。雷大爷坐下，把小叮当靠在胸口，亲切地对方玲说：

“不碍大事了，你好生歇一会儿再说。”

方玲还是细致地检查了小叮当。在下放当农民的岁月，她粗知了一些医疗常识，这下全用上了。蓝泉也想过来帮忙，但被方玲制止了。他闭上了疲倦的眼睛,又仄着个身子,躺了下去。

“雷大爷!”

顺着枪声急急赶到的陈炳岐,鞋袜也顾不得脱,就从水里泼剌剌跑了过来。

陈炳岐看着眼前的情景,已有些明白,来不及细问,就忙着从背包里找出一些急救药物。方玲说她没什么,只是呛了点儿水,又太疲倦了。

等到小叮当和蓝泉都有些精神,没有危险了,陈炳岐才问起方玲:

“你怎么赶到这儿的?”

方玲说:

“是跟大花角足迹,跟到了这边。”

接着,方玲介绍了情况。在她搜索的区域,又发现了豺狗群的踪迹。由于形势紧急,没有时间和豺狗纠缠。她在周密地勘察了豺狗及地形情况后,利用豺狗生态特点,将早晨捡来的鹿肉、鹿骨、鹿皮,放在一个小山谷里,布置了迷魂阵。她相信,由于豺狗的贪婪,它们肯定要入圈套的。这样,自然保护小组也就能赢得时间。救下了大花角之后,再组织力量,对豺狗进行抄剿。

当她发现大花角的足迹后,她是多么欣喜,紧紧跟着大花角的踪迹。可是,跟着跟着,它却像早晨的雾,一阵清风就吹得消失了。她正在苦苦地思索、紧张地寻找时,听到双筒猎枪的惊响……

老爷河的旋涡,三番五次有意作难,方玲救蓝泉的冲击,几次都失败了。幸亏故乡的大海,汹涌的波涛,呼啸的海风,锻炼得她能在惊涛骇浪中信步穿行……

关于怎样救出蓝泉,她谈得很少,倒是详细地询问了蓝泉和小叮当的遭遇。听了两个孩子的说明,她不觉说道:

“哪里来的水怪?不就是泉洞里喷出的水吗?”

“喷出的是力量很强的水柱!”蓝泉回忆。

“奇怪，咱们刚去时，流水缓得很，洞也不特殊。哪知它翻脸不认人……”小叮当到现在也没想通，静静的一眼泉，么事一眨眼变得那么凶猛！

雷大爷眺望着在老枫树上空飞翔的鹭鸟，若有所思：

“听人说过，老爷岭一带，有种潮泉。”

“潮泉？是潮水的潮？”蓝泉问。

“对！潮水的潮。说是平时只慢慢往外溢，每到早、中、晚、子夜四个时辰，都要往外喷一次水。一喷水，地动山摇，虎啸龙吟。站在旁边，能被它一口吸进去，又吐出来。喷水一次要喷顿把饭工夫，有人亲眼见过，随水还喷出大群大群的红尾巴、红肚子的鱼……”

“咱看到了这种鱼，倒是从河里往泉水上戏！”小叮当证实有这回事。

“正是这么着，老辈人说它通东洋大海，每天应着潮起潮落。也有人说是老龙在炼嘴里那颗宝珠。还有人说红鱼是龙子龙孙，老龙派它们出来巡查大江大河，到了时候，龙子龙孙又跳水跑回去，报告情况。从前，山里人不太敢吃红鱼，还有人在那儿丧过命，所以猎人、采山货的情愿绕路避开它。去过的人实在不多。谁知，老龙看中了你们！”

小叮当只是摇头：

“咱可再不想和老龙王打交道了。”停了会儿又问，“陈老师，它真通东洋大海？么事一会儿喷水，一会儿不喷水？”

方玲带来的地质资料上，只是描绘了这一带的喀斯特地貌，根本没提到这种奇特的地质现象。陈炳岐说：

“真正的原因，要由地质部门来考察探究了。不过，可以肯定地说，它不可能通东洋大海，这只是一种地下水的现象。这一带山洞多，地下水丰富。你们舅公说过，这儿‘山是空的，地是通的’。过去，咱见过间歇喷泉的报道……”

“咱还看过它的照片哩！说科学考察队在西藏地区，发现了大片的热气田,热气田到处是温泉。队员还在上面烧饭、煮鸡蛋。有种喷泉间歇往外喷射,就像刚才说的,到一定时候往外喷射一次,景象非常壮观。几十摄氏度的热水,一下能喷几十米高,热气铺天,烟雾弥漫,不喷时,只往外冒热气。”

蓝泉也想起了曾看到过的画报。

小叮当眨了眨眼,说:

“咱也想起了,当地下水聚集到一定的程度,压力超过一定的界限时,喷口就打开,向外喷水。潮泉的道理也该这样。对哩,还有气体,嘶嘶叫着往外冒嘛!”

这么一说,孩子们兴趣都来了,问了很多问题。陈炳岐和方玲很高兴,好多问题连他俩也回答不了,说明孩子们的思路宽广了,眼界开阔了。

大花角,这个几天来一直叫人牵肠挂肚的大花角,它神秘而又调皮。一切的欢乐是它带来的,一切的灾难、忧愁也都是它带来的。雷大爷说:

“泉伢子、小叮当,你们开头看到的足迹,一定是一团糟,对吧?”

“你没见到,么事晓得的?”蓝泉奇怪了。

方玲也很惊奇,但只是安静地看着老人。舅公白皙的脸膛上,鱼尾纹里浮起了狡黠,甚至是得意:

“你们还认出了一只草鹿。”

“是呀!”小叮当已坐得直直的了。

“其实,大花角只和草鹿在一起玩了会儿,相傍走了一段路,后来,一撇腿就叉开了。你们还以为它一直跟着草鹿,只管傻追。你们上当在不知它的特性:草鹿常常护着茸鹿逃跑。”

不信吗?老人说的一枝一节都是他们见的。信吗?大花角玩弄的种种把戏,还能都是他事先导演的?

蓝泉还在一个劲儿地问,舅公讳莫如深,不开口了。小叮当脑子又灵起来了:

“你知大花角哪儿去了？”

舅公笑着用指头点着他：

“老爷河容不得你们，把你们冲到蛤蟆滩，倒让老舅公瞅到了大花角。”

“真的？”

“还能假？大花角丢下草鹿后，溜到这边了。咱和它猜了几天心思，断定它跑不了这个圈子。给小胖孩选的路线，差不离啊！嘿嘿，尽管它刁似鬼，还是逃不了掐准的命。”

一听说盯住了大花角，谁还能坐得住！经过紧急的磋商，陈炳岐和雷大爷出发了。出发前，雷大爷要看陈炳岐的病腿，陈炳岐只说了句：

“是看的时候吗？”

雷大爷缄默了。情况明摆着：蓝泉和小叮当身子还很软，方玲虽说没吃大亏，也相当疲倦。按理，现在应该把他们送到附近的村子里养息。可是，今天的太阳也走得特别快，一眨眼就往西首沉了一大截。

想必前面的打鹿队会急得冒烟，等着放铳。另外，又还放出了一个翠杉在单独行动……末了，只好把方玲留下照顾两个孩子了。

二十八 包围圈

雷大爷在一处清晰的蹄印旁,用他那特有的方式瞄了几下,然后告诉陈炳岐:大花角昨天窝了一整天,已得到了休息,恢复了体力,警觉得很,够打鹿队挖空心思费手脚的了。

两人又边走边计议。雷大爷根据新的情况,判断大花角虽然绕了个大圈子,终于还是要去地形复杂的凸凹岭,再和打鹿队周旋。

他要陈炳岐去集合点,沿着翠杉留下的路条子向前走,自己跟着大花角足迹,见机行事。以他的估计,陈炳岐的路线离他不会太远。他们立刻分头行动了。

陈炳岐对翠杉留下的路条子,见一个,心里就赞叹一声。譬如说,深草棵里的路标,若留在地下,当然难以寻找,可是,现在的路标是插在地下的树枝,多远就能看到。遇上小溪纵横的地方,他在过溪处,都留有搭在岸上的树枝,像是座横跨的小桥……路标显示了设置路标人的智慧,胖孩不迷糊哩!

每当有可能两人要见不到时,雷大爷都向陈炳岐发来了信号。他们能互相联系这一点,也让陈炳岐高兴,这说明翠杉对方位判别准确,并严格执行了雷大爷的叮嘱。

雷大爷到了凸凹岭的地界,没见到一个人影。尽管心里安慰自己,以大花角的精刁,不会在这里就被围住,但他还是生怕有个万一。他溜达了一圈,又发现了大花角的蹄印,这才放了心。又见陈炳岐已经到达山坡,还在往前走,他更是松了一口气,说明翠杉还在往前追。

种种情况说明,草鹿出来掩护茸鹿后,打鹿队也断了线,被迷糊了一段。

又翻过一个小岭,雷大爷见到哨口上的草被踏倒,心情猛然紧张了起来——有人在这里站过哨。除了打鹿队,不会有别人。

太阳已经擦着山尖子,围场一半被罩到大山的影子里,另一半还在阳光下。

凭着多年的经验,雷大爷到几处非站哨不可的哨口查了一番——不好!都有站过哨后留下的痕迹。情况清楚地表明:打鹿队在这里围住了鹿。难道他们已经放倒了大花角,收场走路了?他不大相信追了四天、历尽艰险后的结果是这样!

雷大爷像阵风一样,沿着大花角的足迹,径直往围场中心奔去。他脸上的鱼尾纹里,又浮起了一丝笑意。

原来大花角只从它逃的方向走了一小段路,突然溜到一条碎石铺就的小溪沟里,摆脱了打鹿队放置重兵的埋伏区。消灭了足迹后,它神不知鬼不觉地又回到了原来躲藏的地方。

正当打鹿队四出寻找时,它已从打鹿队走后留下的包围圈上的缺口冲出去了。这个刁货,竟然从打鹿队胳肢窝里溜掉了!

大花角再次突围后,一撇蹄子,往凸凹岭东首的虾形冲去。雷大爷用草帽向陈炳岐打信号,询问翠杉留下的路条子是往哪方去的。

巧哩!翠杉正是往虾形那边去的!雷大爷心里喜滋滋的:这个小伢子学精了,他不是见到了打鹿队,就是瞅到了大花角的蹄印,跟上了。

陈炳岐按照雷大爷的意见,仍沿着翠杉留下的路条子走。

走着走着,路条子边上,出现了大花角的蹄印。以后的路条子,实际上就是大花角的足迹。你看陈炳岐乐得吧,似乎腿也不疼了,人也不困倦了。

太阳沉到山那边,除了高山尖上还有一抹阳光,深山已开始了漫长的傍晚。

山区多彩的傍晚，很快扫荡了陈炳岐的好情绪，把阴影投到他的心上：打鹿队和自然保护小组，都在争夺今天剩下的有限时间。

对大花角说来，不仅是在争夺这一两个小时，而且是在争夺生存的权利。

但是，在这场激烈的角逐、争夺中，在一定意义上，打鹿队掌握着主动权，稳稳地控制着优势。时间愈急，打鹿队愈要争取早放铳，如果现在还没有放倒大花角，谁能担保它夜里不行动？

陈炳岐心里急，走得飞快。正走着，忽见远处飘起一顶黄草帽，草帽下一个瘦长的身影离开了哨位。那人没走几步，就隐入山岩树丛中了。雷大爷显然也看到了这一情况，他立刻打手势招呼陈炳岐。

陈炳岐来到了雷大爷藏身的地方。老人向凸凹岭东山坡上指了指。陈炳岐放眼望去，只见那深密的草海翻波卷浪，犹如一片汪洋向山下奔泻。这显然是一个围场，在风吹草低时露出了一顶顶草帽，草帽下是打鹿队站哨的。在这不平静的草海边，有三四个人围在一处指天画地。

正在陈炳岐不知该怎么办时，雷大爷用臂肘碰了他一下，要他注意那围在一起的几个人。天色已开始暗淡了。陈炳岐举起了望远镜，当镜头罩住了那一圈人时，他满脸皱纹的沟壑，突然像涨满了春水，跳动起喜悦、兴奋的浪花……

就像一块电影银幕，只有一张圆乎乎、稚嫩嫩的孩子头像特写。那对圆圆的眼睛正在和人争执，那是焦急的、激烈的，大张着的嘴在喊叫，圆圆的鼻头、憨憨的嘴角，却微露着含蓄和自信。

镜头再往下移，孩子正不顾别人的拉扯，要往围场冲去。镜头慢摇，拉扯他的人和站在旁边手持火铳的打鹿队队员们，是一副副无可奈何、懊丧至极的面孔。

“胖孩！是咱们的胖孩！”陈炳岐激动地说。

“小把戏神哩！他拖住了打鹿队，比缠黏的还紧，叫人甩不掉，丢不下，等着咱们来。鬼头，又精又刁的小鬼头，调皮得出格的小鬼头……”雷大爷搜肠刮肚地找他认为评价最高的赞美词。

“咱们怎么办？”

“嘿嘿！天快晚了，咱们按兵不动，用不着露面，让这个小鬼头和他们胡搅蛮缠吧！打鹿队能拿个拉青屎的黄嘴丫有么办法！嘿嘿，今儿放不成铳了，打鹿队内部也要离心了……咱们有了一整夜的时间，还能思摸不出好点子？”

老人不再收收藏藏了，鱼尾纹里的狡黠、得意，充分地表露了出来。

陈炳岐一想：对呀！他们不知翠杉扮的是什么角色，如果自己和雷大爷现在突然冒出去，打乱了翠杉的计划不说，更是惊动了打鹿队。他们辛苦了几天的收获，能是空口白话说得下来的？谈得好，费点唇舌也值得；谈不拢，能料得到在黑夜里会发生什么事？山没打盖，岙没箍桶，打鹿队多的是法道，有什么法子能保住大花角安然无恙？

“好办法。咱们就在这里等小胖孩！他会沿着路条子往回走的。”

在这之前，他们怨恨太阳滑得太快，现在，又以更焦急的心情，盼着黑夜快快降临。

性急的月亮，已经逐渐亮堂起来了，晚风轻轻盈盈、悠悠闲闲地在山野散步，沙沙的脚步声比一支抒情曲还要美妙。

四天以来，自然保护小组的宿营地，还从来没有过这样轻松的说笑。房东是雷大爷几十年的老相识，一顿热腾腾的饭菜，更增添了三个孩子的生气。翠杉的一功，虽然还不能说彻底解救了大花角，但起码是暂时从枪口下救出了它，为小组争夺了取得胜利的时间。这一段时间，对小组说来是多么可贵啊！

三个孩子只分离了一天，就像三年没见面，叽叽喳喳有说不完的话、叙不完的事。

为了明天的决定性的一战，老舅公为陈炳岐瞧了腿，换了药，然后对大家下了一道命令：

早熄灯休息！

等到又香又甜的鼾声四起时，一个人影提了支枪，轻轻地拉开了门，悄悄地走了出来。只见他左右两边扫视了几眼，溶溶的月光中，只有树影婆娑。他稍稍地转身回手去带门，手却被人一把抓住，吓得他猛地抽手，抓他的人却顺势跨出了门。他刚张嘴：

“蓝……”

蓝泉伸手捂住了他的嘴，拉住他往前走。出了村，蓝泉轻声问：

“到哪儿去？”

“随便遛遛。”

“胖孩，你使刁！早就打了埋伏，半夜三更又摸走了咱的枪，还不说老实话？咱去报告老师！”说着，蓝泉往回就走。

翠杉急了，一把抓住蓝泉的衣服：

“你身子骨硬了？”

蓝泉胸脯一挺，抬起胳膊：

“不信试试。”

翠杉看了四周一眼，这才扳过蓝泉的头，咬着他耳朵说了一阵话。蓝泉扑闪了几下大眼，想了一会儿，推着他的脊背就走。

月光明亮亮的。翠杉早就有心夜里再来，从围场回来时就仔仔细细看了路，两人走得飞快。到了围场，他们俩商量起了埋伏点。蓝泉白天没来，只能根据翠杉的介绍和他自己的知识、经验打量了一番，觉得翠杉选定的地方，确实是进入围场的要道，也就同意了。

高山的深夜，冷得蓝泉打哆嗦。翠杉不怎么在乎，倒是另有事情使他苦恼。没潜伏一会儿，他觉得眼皮有千斤重，老是往下沉。他竭力打起精神，扭自己的大腿，使劲瞪大眼睛监视路口。可瞅着瞅着，面前的山呀，树呀，竹子呀，都晃动了起来，模糊成一片……不一会儿，又拼成了一只转着黑眼珠、调皮地对他刨蹄的花鹿。翠杉猛一惊，立即采取了坚决措施，干脆脱掉了一件外衣，披到蓝泉身上。蓝泉一把掀掉衣服：

“像话吗？让你挨冻。”

“咱是和瞌睡打仗，反正不穿了。”

蓝泉心疼起这个小胖孩来了。记得还是在学校准备出发的日子，翠枝老是说她弟弟瞌睡大，若是夜里观察或走路时，千万不能把他丢掉。翠杉想为自己分辩，可是三家屋后山坡两次迟到，使他开不了口。他对小叮当说：

“孙悟空拔毫毛变的瞌睡虫黏上了咱，害咱净出洋相。你点子多，能想个法子让咱解脱呗？”

小叮当和蓝泉忍不住笑，可翠杉那忧心忡忡的样子，也确实让人同情。后来，小叮当想起有次蹬掉被子被冻醒的事，就把这经验告诉了翠杉。现在，翠杉真的采用了……

“胖孩，穿上衣服，冻病了怎么办！其实，你睡一会儿也不碍事，反正咱没瞌睡，到时候喊你。”

“多一双眼睛，多看一片地方，谁知他们从哪儿进来？”

一只黑影从头上划过，等到它再飞来时，面前的草丛里瑟瑟地直响，夜鸟扇翅的微微声也传来。过了一会儿，有道黑影往下一扎，只听叽叽几声，鸟已飞起。

“猫头鹰！”

“它在抓老鼠哩！”

翠杉被蓝泉拐了一肘：

“听!”

远处,草丛里又响起哧溜一声。不是兔子,就是刺猬溜走了。近处的瑟瑟声也更响了。翠杉看蓝泉把耳朵贴到地面上倾听,他也赶快照此办理。当他听出确实是人的脚步声时,月光已将山道上一个人影显出来:

“长条子!”

“是他来了!”

他俩的心快蹦出来了。这家伙果然来了,那每一步都像是踩在他们绷紧的神经上。

“着啊! 咱也算猜着他的心思了。”

“沉住气,到跟前再用枪口顶住他!”

“行!”

等着,比那天打豺狗时还要紧张。

“不好!”蓝泉心里暗暗叫起苦来,“他岔到路那边去了。”

竹林那边有条人不走的小路。这一点,翠杉事前没有想到。这咋办? 让他先进去,然后再跟踪……不行!

“抓住他!”翠杉急了。

“他会跑的,咱俩不一定追得上他。又不能放枪,放枪会惊动大花角。”蓝泉不同意。

“快拿主意。”

是的,咋办? 蓝泉脑子里闪过一个个方法,可是都不理想,眼看那人往岔路上走远了。现在,根本不会像他们事先估计的那样:那人进入围场偷鹿时,必须从他们面前经过。这个估计的小小差误,竟然把他们推到了这样困难的境地。

一记一笃的脚步声,像千军万马在他们脑子里来回驰骋,愈踏愈叫人思绪紊乱,愈踏愈叫人焦急万分。蓝泉急得满身大汗,翠杉鼻头上的汗珠也亮闪闪。

呼噜!

啪嗒! ——像掉下一件沉沉的东西。

接着是“哎呀”叫,竹叶的飒飒声。

两个小伙伴傻了眼,那人要的是哪家把戏? 转眼间,蹿到半空中去了,像是杂技团表演的“顶竿”,演员正在竹梢上杂耍卖弄哩! 叫人么样也想不起,他这种惊险动作,和偷鹿有么关系?

难道是要躲到粗毛竹上去放铳? 么事又还吊在那里?

“踩炸了吊弓!”蓝泉终于看清楚了,兴奋地说。

“着啊! 真妙!”翠杉乐了,“不是吊脚弓,是么子呀! 他头还朝下,像只大蝙蝠哩!”

这里的猎人,常用两种吊野兽的弓:

一种是锁脚弓,只要野兽踩发了机关,不管是前腿还是后蹄,一下就被弓的弹力拉紧、锁住。活扣的绳头藏在毛竹筒里,任凭野兽有多大的本事,最多只能把弓桩拽起,但也挣脱不了锁扣。野兽拖着弓桩很难跑远,且又常常在被锁住的一刹那被扣断腿骨,因而还是难逃被猎获的命运。

还有一种吊弓,主要是利用生长的树枝、毛竹的弹力。猎人可根据野兽的大小,选择适当的弹力,当然还要看下弓处有哪种东西可以利用。一旦野兽踩发了机关,弹力小的,起码要吊起它的一只前蹄或后腿,使野兽失去平衡,只有两蹄落地。弹力大的,特别是粗毛竹,一下就可把野兽吊到半空中,让它上不沾天,下不着地,只能打千秋。

这是很厉害的一招儿,再凶猛的野兽也毫无办法。若是哪个人误踩了弓,又没有人解救,天晓得怎样才能下来!

翠杉用手一撑,跃身欲起,蓝泉一拉,差点儿叫他啃一嘴泥。

“谁下的弓?”

翠杉只能眨巴着眼：

“是打鹿队?”

“也有可能,别惊动了他们。”

“一般的人,能有本事黑夜来偷鹿?”

“那是为了防止鹿跑,吊鹿的?”

“哎,说得有道理。”

毛竹梢上的人,不断举手屈腰,摆动另一条没被吊住的腿。看模样,他是想抓住么样东西,好解脱自己,可就是怎么也抓不到,愈是挣扎,愈是被弹得上下乱窜。

下弓的人很绝,有意要在吊起人时,让他四处不沾边。明摆着,不是有本事的猎人,根本下不出这样的吊弓。

不远处,传来了脚步声。

“还能是同伙来了?”

翠杉没答话,脑子里正转着这个问题。平日,他和他佩服的人在一起,常是不多动脑筋。现在,他也用起脑子来了,想得可细咧。

“抓住这个,要不,吓走也行。”蓝泉急了。

“沉住气。”轮到翠杉说他了,“看看么样发展。”

脚步声近了,一个人影在月光下显露出来。只见他东瞅西望了一会儿,才起步,没走几步,又犹豫了一下,不知该往哪处去,最后,脚一歪,往小路上岔去。

毛竹上的人,乖乖地吊在那里,一动也不动。

“是他!”蓝泉激动得声音发抖。

“着啊,是舅公!”

翠杉想起来了:当他和陈老师、舅公一同往回走时,舅公说烟袋丢了,急慌慌往回跑。他们走了好长一段路,舅公才赶上来。

蓝泉觉得事情太古怪了……

眼看舅公走过了毛竹林,并没有发现毛竹上的人,又走了一段路,才停下了,四处看了看,又掉头往回走。走到毛竹下,他自言自语说了声:

“没事,瞎操心,快回去补个半梢子觉。”

“救命!老雷大哥,救命!”竹梢上的人喊了。

蓝泉急得要跳起来,翠杉死死拉住了他。

“谁呀?”雷大爷转回身。

“老雷大哥,是我,是我!”

“你——你是哪个?”

“小弟蔡光金,蔡老三呀……”

“什么,蔡老三?”

“是呀,是我呀!”

“那天还在白鹿崖见了面,么时候跑到这块荒山野岭上来?又是半夜三更的!别是碰见鬼了!”

“想出来捞只野猪,捡两只兔子,谁想碰上了‘鬼打墙’,转不出这个岙子,迷路迷到这块的。”

“坏事!你转到现在,惊了花鹿没有?白天才围的一只鹿。”

“快放下我再说,我的头都要涨开了。哎哟!你做做好事吧!”

“惊了花鹿咋办?”

“我不是从围场里来的,是从外面刚进来,走的就是你来的路。”

“这就怪了,么事不走大路,偏往小路岔?”

“好大哥,亲大哥!你是菩萨的心肠、金刚的面。行行好,放了我。我全讲,么事都照实讲。”

“蔡老三,你认识我姓雷的几十年了,脾性你晓得,从来是有话讲在明处,有事做在明处。”

“我讲。我是想来把这只茸鹿捞走的。”

“你就喜欢做暗事,话也只讲一半,留一半。”

“求你先放下我。哎哟,我的头裂开啦,眼果子都快涨出来了。”

“你这个人属抓着四两,放掉半斤的。你不讲,咱也没工夫听。等天亮了,打鹿队来了,保护小组也来了,那时救你不迟。”

雷大爷说完话,掉头就走。

“不能见死不救呀,老雷大哥！我全讲。再也不干了。悔不该没听你的话。端午节找你,你不愿,我又去鼓捣新班子。鹿是我指的,实指望快手利脚放了铳,砍了茸就散伙。师傅不听我的话,只想等茸添足分量。我又不敢说有保护小组。傍晚先见个小伢子,没在意,谁知你们来得快。我只敢说有人也看中这只鹿,要来抢,师傅还是不信。我猴急了眼,就想趁大月夜……”

“你这人净做亏心事,也该总结自个儿的一生了。咱自个儿也在总结哩,老是帮你遮丑,想落个好名声,谁知有人做的坏事是隐不得的。好吧,再放你一次。记住:这是第二次从吊上放下你了,再碰到这事……”

“再也不干了。谁心都是肉做的,还能真被狗吃掉?”

雷大爷走到竹子下,动手压竹子……

“舅公!”

雷大爷惊得手一松,竹子一弹,竹梢上的人“哎哟,妈耶”叫着又回到半空中去了。

“你们么时跑来的?”

两个孩子不答话,只是嚷着:

“不能放他!”

蓝泉上前一步,两手往腰上一卡,说:

“蔡老三,你坦白,三家屋后的母鹿、仔鹿,是不是你撵的?”

“我坦白,是这码事。可你舅公打了招呼后,知是你们保护小组的,我就撒手了。”

“嗯……”雷大爷用鼻子说话。

蔡老三慌了,又连连求饶。翠杉说:

“不对!以你的心术,舍不得撒手哩!赶快交代,把咱们的小月亮处置哪儿去了?”

“后首,我也找不到了!”

“这就有大半句话是真的了。”雷大爷说,“是咱有意到西岭把鹿撵走了。”

蓝泉现在明白了一切,翠杉也清楚了。想起曾对舅公有过的误会,两人感到很不好意思。

雷大爷又要压竹子,放下蔡老三,两个孩子还是不让。直到他把如何撮弄打鹿队藏首遮尾,打鹿队明天如何安排围鹿放铳,全都说了出来……

雷大爷说:

“蔡老三,你现在是回家,还是回打鹿队?”

蔡老三坐在地上只顾揉腿,说:

“能回家吗?不敢,不敢!”

“跑掉和尚跑不掉庙,谅你也不敢!”

雷大爷也知道,他若真跑掉了,打鹿队也饶不了他。但雷大爷还是想把扣子勒紧一点儿。

回来的路上,舅公问翠杉怎想起来打埋伏的。

翠杉说,是因为看到蔡老三从围场偷偷溜走了。蓝泉又说出他们在白鹿崖对蔡老三的怀疑,陈老师在鹿街水凼边看到的草鞋印子,等等。翠杉又说,是想起了舅公在夜宿石门国时讲的月夜狩鹿故事……

二十九　采茸

在晨雾弥漫的山岗上,打鹿队的师傅井井有条地布置了各个哨位。队员们立即各自奔向哨口。这一切已无疑地说明,他们将不等大花角放好草,晒干毛衣,就要抄鹿放铳了。

陈炳岐和雷大爷把这一切都看在眼里,正在等待打鹿队各个哨位的信号。雷大爷懂得草帽挥动的秘语。一会儿,队员们完成合围的信号已经发出了。这也是保护小组开始行动的信号。

他们两人从隐蔽地出来,刚走了四五步路,打鹿队指挥位置站起了人,举着草帽向山坡围场绕了两圈。

雷大爷说:

"他们通知咱们,别往前走,不能惊动围住了的鹿。"

"喊吧!说咱们有事和他们商量。"

"不行!那样,他以为你想加进去分茸,说不定会不管三七二十一,早早就放铳子。打鹿队有规矩,围鹿时,见到扛铳子的人,讲交情的邀你参加,不讲交情的,叫你别往他那儿走。"

"他这是不讲交情了?"

"是这码事。扛铳子的要是不理他,往里冲,他们只得提前放铳,伤了你,你还不能找他。有扛铳子的横人,故意大喊大叫,有意放空枪,惊动鹿。那就结下怨了,下次碰到你在围鹿,他们就来报复。"

“还有这么多规矩！不管用什么法子，只要能够惊走花鹿……”

雷大爷狠狠地瞥了他一眼。

陈炳岐一想，刚才的话有些不合适。在追踪大花角中，雷大爷猎鹿的丰富经验、对梅花鹿生态的深刻了解，常常让他们惊叹。但是，也正是这一点，使他深切地感到，这些带班子的师傅对保护工作的严重威胁。如果不做好这些人的工作，不把他们争取到自然保护队伍的行列，珍贵动物的保护仍然是一句空话，光靠一纸法令，是无法做到深入人心的……

“要是叫他们暂停，有话商量，该怎么打手势？”陈炳岐问。

“把草帽倒过来托着，上下举两次就行了。”

“你就这样跟他们说吧！”

“这事得你自个儿来。”

陈炳岐并未听出话音，真的取下草帽，倒托在手上，上下举了两下。只见对方用草帽向自己人摇了两下。陈炳岐忙招呼雷大爷：

“咱们去吧！”

老人没有挪步，像在想心事。陈炳岐又催了一次，他还是没动。

陈炳岐以为他发现了什么新的情况，忙把眼向四周扫了扫，结果，并无异常。陈炳岐急急地发问：

“有什么事？”

“你自个儿去吧。”

这下轮到陈炳岐吃惊了。追了四天，就是为这个打鹿队。今天凌晨，当雷大爷和蓝泉、翠杉回到宿营地后，大家又进行了讨论，才决定了这个方案。虽然未研究每个具体的细节，但总的目标是很清楚的。雷大爷说得也很入骨。“出其不意”的主张，就是他提出的。为什么到临上阵却变卦了？

面上未动声色的雷大爷，头脑里可翻滚得厉害。活到六十多了，还没干过这样拆人家台的事。“一生不做亏心事”的原则，又非常活跃地占据了他的思想。猎人的道德、做人的原则,都极力反对他去把别人枪口下的猎物夺走。他,被一对青年人为了开发祖国生物资源而遭受的痛苦命运、顽强奋斗的精神感动后,能主动协助工作,已是了不得的进步。现在,又要去面对面交涉这样的事,对他来说那是太困难了。

陈炳岐想起了和雷大爷接触后的种种事,摸到了他的思路:

“雷大爷,咱们是为国家、为人民着想的。每个有觉悟的猎人,都很容易懂得保护野生珍贵动物的道理。咱们是宣传政府的法令,也不是从他们枪口下抢茸。再说,真要是围住了梅花鹿,他们也辛苦了几天,咱们还可想办法不让他们在经济上受损失。”

话一挑明,雷大爷反而感到有的话很难说出口,理在陈炳岐那边嘛。他忙问:

“你有么样好法子?一架好茸值上千块!”

“这你放心。咱会尽量做得让大家都高兴,也让他们尝到保护自然的甜头。走吧!”

雷大爷还是半信半疑,陈炳岐又拉又拽,两人才上了路。隐蔽在远处负责联络的小叮当,这时也追上了陈老师和舅公。

打鹿队领班子的洪师傅,因为怕在哨口讲话惊动了鹿,早已迎了过来。当看清来人时,他老远就说:

“哎呀!雷师傅,是您老呀!得罪得罪!刚才的草帽不是我绕的。还用得着你亲自前来?坐那儿就是了,砍了茸还能少你一份!”

谁知道洪师傅诚心实意的话,直说得雷大爷脸上火辣辣的。陈炳岐赶紧上前,互相作了介绍。洪师傅说:

“有雷师傅在,我也不相瞒。这只行山鹿是从紫云山那边跟过来的,到这边也四天了,是个大二杠,货大。这家伙又精又滑,昨儿下午就围上了,一抄时,被它溜掉。傍晚刚要二抄时,又被个小伢子搅乱了。眼下正围上,准备放铳。”

陈炳岐从国家颁布的保护野生珍贵动物法令，谈到保护自然的意义，又从开发动物资源，讲到保护梅花鹿、恢复野生种群、驯养的美好前途……

洪师傅没什么说的。陈炳岐以维护政策、执行法令的身份说话，洪师傅就是有什么也说不出口。但很显然，他面有难色：

“老陈同志，我在生产队是个队长，你讲的这些道理我明白。说远的，还没看到，政府有这法令已够了，只是……伙计们跑了这么多天，理也要大家认，眼下又是立马就要放铳子……”

陈炳岐懂得了他的意思：

“花鹿窝的地方看准了？”

洪师傅向雷大爷看了一眼：

“昨晚回来的人说，是看准了。谁知经了一夜，又有么样变化？打鹿的事，还能瞒得了雷师傅？”

雷大爷始终一言不发，很尴尬地站在一边。洪师傅讲话时，又老是有意地要挂上他。

陈炳岐把这一切都看在眼里，说：

“长话短说。洪师傅，这样吧，事情已经发生了，反正不让你们在经济上受大损失。要是有机会让咱看到鹿，咱准备试试看，想法留花鹿一条命，这架茸还归你们。要是真的跑了，咱们再用其他法子，补偿你们的损失。”

“又要留命，又要砍茸，这……办不到吧？”

“咱们试试吧。”

洪师傅觉得这位不显眼的人讲的话也实在，但还是不敢相信。别说没见过这样的事，打了几十年的鹿，连听也没听说过哩！

陈炳岐说：

“一言为定，老雷师傅做证。”他用下巴指了指雷大爷。到了这个地步，雷大爷也只好很勉强地点点头。"丑话讲在前头,请洪师傅马上通知你们的人,不管怎样,不准放铳。全部改成明哨,帮着围鹿。要是谁放铳,那就是知法犯法了。"

洪师傅只好答应。雷大爷有些着急,不知陈炳岐葫芦里卖的什么药,又怕把自己摆进去。打猎打了一生,临老要是做了没筋骨的事,挨人骂,实在叫人愧得慌哩!

他把陈炳岐拉到一边。陈炳岐却先对小叮当说:

"你去看看方老师离这儿还有多远,叫她快来,咱们在那边等她。"

小叮当答应一声,一溜烟跑走了。因为怕目标大,容易被打鹿队发现,方玲他们隐蔽在后面的地方。

陈炳岐估摸到了雷大爷的心理,如此这般地对他说了一番,老人的脸上才略略开朗了:

"可靠吗?"

"试试吧!做事应该十拿九稳,必要时也得冒点儿险,咱尽量把事做得圆满一点儿。跟鹿、指鹿的事是你的。只要你给咱机会,咱想不会让你太丢脸。"

"没想到你还藏了这一绝招儿。"雷大爷这次真的露出了笑容。通过短短几天的接触,他已看出陈炳岐不是个只说大话的人,没把握的事,不轻易出口。

陈炳岐掏出小本子,找到大花角的步链资料,在心里又默算了一遍,末了又问雷大爷:

"你估摸,大花角有多重?"

雷大爷说了个约算,刚巧和陈炳岐算出的差不多。

陈炳岐打开背包,从里面取出了一个物件。雷大爷瞅了瞅,也没看出个名堂来。等到陈炳岐又拿出一个像瓶子样的玩意儿,他更是莫名其妙。只见陈炳岐一会儿用笔在纸上算，一会儿又忙着手头生活，连眼都没工夫抬，他也就没好意思张口问了。

方玲很快就赶到了。陈炳岐和她商量了一阵，又将两个背包里的各种工具、仪器检查了一遍。雷大爷向她交代了蓝泉、小叮当和翠杉的具体任务，就和陈炳岐向洪师傅那边走去。

洪师傅迎了上来，说：

“话已传下去，事情也安排了。”他还有句话没说出口，那就是：现在就看你的了。

到了这时，雷大爷已觉得腰杆硬了一些，因而问了各个站哨的位置、大花角躲藏的地方。洪师傅是开朗的人，问话的又是大名鼎鼎的雷铜岭，因而一一作了详细的回答。至于大花角躲藏的地方，他只能说个大概，因为经过昨天的折腾，鹿惊得不得了，今天不敢迫近跟鹿。

雷大爷对凸凹岭的地形很熟悉，听洪师傅说后，感到他在兵力分配上存在一些问题，但自己又不愿喧宾夺主，重新调整。再说，时间也不允许了。雷大爷略一思索，说：

“咱们到虾形那一带去站暗哨。”

“那不是已出了我们围场的界？”洪师傅说。

“离得不远。”

洪师傅从没和雷大爷搭过班子，只晓得他是个狠人。今天刚刚共事，还知他是个怪人——站哨不站围场里，倒站到外头去了！想张漏网鱼？我姓洪的白吃干饭几十年了？又一想：反正是你姓雷的认的，也不是我指的。得了手，当然是一个呵呵三个笑，都高兴；失手了，也怨不得我。于是，他也就没有说什么，一任雷大爷自便。

陈炳岐说：

“洪师傅，一切由你指挥了。只是要等咱们到了虾形，向你发了信号后，才能抄鹿。”

“要得，要得！”洪师傅眼见雷大爷领着陈炳岐浮沉在草海里，不禁摇了摇头。

峰峦已抹了层朝霞。天边飘来一片云，那片云成了朵绛紫色的大丽菊。凸凹岭笼罩在朦胧的霓光雾霭中。

虾形在凸凹岭的南首，其实是片沼泽芦苇地。一提沼泽、芦苇，人们总是一下想到湖滩、江滨、平原。熟悉山情的人，不仅晓得高山上有山芒，也晓得还有苇丛。虽然无法和洪泽湖、白洋淀那些有名的苇荡相比，但因为这里地势低洼，地下水丰富，有水漫坡的，芦苇长了一丛一丛，弯弯扭扭，说“虾形”也不过分。

雷大爷和陈炳岐蹲的位置在围场的东侧。抄鹿的人将大致由北向南。他们守的这个哨口，却能看到整个包围圈。陈炳岐对于在包围圈外站哨，心里也有些嘀咕，不禁对雷大爷看了一眼。老人眼里出货，没等他挑明，自个儿先说：

“咱是在和大花角猜心思。猜得准不准，也像你说的：试试吧。”

陈炳岐会心地笑了：

“能给洪师傅发信号了？”

“发吧！”

雷大爷平静得很，那副神态，简直像是已把大花角拴在裤带上了。

洪师傅领着人开始抄鹿了，三个人成“品”字形前进。三顶草帽在草海上飘浮。各个哨口的人也都守在位子上，看着草帽的动静。陈炳岐直到现在才真正明白了雷大爷要他们戴草帽的意思，才懂得了不显眼的旧草帽和狩鹿的关系，像是一幕戏中的道具，还真少不了它！

苇丛、草里蚊子满天飞，黑黑的一片，大白天也往脖子、脸上叮。蚊子大得出奇，真够得上用棒子打。叮一口，鼓起一个大包，痒得难受。正在站哨

口,也无法老伸手去打,陈炳岐只好把衣服领子翻起来。雷大爷小声说:

“最厉害的是小黑虫,叮一口要痒四五天,临了还要落块疤。蚊子不算个啥!”

陈炳岐很奇怪,雷大爷对这些蚊子、黑虫毫不在乎,这些小小的吸血鬼像是惹不起他似的。

“咱的肉是酸的,它们不爱。”雷大爷风趣地作了解释。

抄鹿人的草帽,像是被风吹动一样,往南飘来。各个哨位上也没有动静。

八哥、鹌鸽、相思鸟、画眉成群结队地向山林飞去。

洪师傅同他的两个伙计,早已越过了陈炳岐他们的位置,可还是一点儿动静没有。

正在紧密观察的雷大爷,突然偏起了头。陈炳岐还没弄清是怎么回事,雷大爷已拉起了他的手,转过身,领着走了。

草真深,个子不高的雷大爷,时常只有肩膀以上露在外面。蚊子、花花绿绿的甲虫、蚱蜢,直往脸上扑。脚底下却是叽咕叽咕的水声。雷大爷一声不响,只是快速地走动,简直像是在冰上滑行一样。

陈炳岐也渐渐听出,前面确有种异样的声音,似乎还夹着水的哗哗声。还能是有小河拦了路?

好不容易才等到雷大爷回头:

“把你的‘秘密武器’拿出来吧。”

真是日思夜盼的事情在招手时,陈炳岐反而有些紧张了。他迅速地再次将“秘密武器”作了一番检查,同时,产生一种莫名其妙的不安。因为这玩意儿只是方玲作了简单介绍和示范使用,他还从来没用过哩!又听说还有些方面不太过关……可现在只能把希望寄托在它身上。

到了一片芦苇茂密的地方,雷大爷轻手轻脚地闪了进去。不一会儿,他扒开苇子,向陈炳岐使了个眼色。陈炳岐凑了上去,从苇丛缝隙中张望:

好一只俊美的梅花鹿！棕色的毛衣上，一朵一朵白花那样显眼，比白洁莹亮的野菊花还要引人。肚子正一起一伏地急剧鼓动，昂着头，嘴角挂着白沫，两只耳朵转动不停，黑亮亮的眼睛警惕地注视周围。一架大二杠茸显赫地顶在头上，足足有一两尺长，楣叉粗壮，茸形壮美，像是刚出窑的釉器，闪闪发光……

陈炳岐按住怦怦跳动的胸口，抬起了胳膊。雷大爷却按住了他的手，用眼神告诉他：等一等，苇丛太密。

大花角迈动了蹄子，缓慢地跨出步子。陈炳岐紧张极了，生怕它撒开蹄子，从眼前跑掉。幸而它走一步，停一停。那两只耳朵转向它来的方向，耳壳里绒密密的白毛都看得清清楚楚。

陈炳岐刚动身子要跟上去，雷大爷却对他狠狠地使了个眼色。他只好愣愣地站在那里，眼睁睁看着大花角消失在绿色的帘幕中。

多难耐的一刻。四周的一切像冻结了。初阳将血一样的霞光投到苇丛中。挺拔亭亭的苇秆、苇叶，像是被神奇的火焰燃烧起来……

燃烧的苇林深处，传出一片哗哗的水响，雷大爷脸上绽出无比喜悦的笑容。陈炳岐还从来没见他有过如此动人的微笑，如此富有感染力的微笑。

陈炳岐跟在雷大爷身后，轻轻地走着，没一会儿，他发现了其中的窍门。当水声响起时，雷大爷快速地向前走去，水声一停，他要么停下，要么轻轻移动脚步——借助于水响声，掩盖他可能造成的响动。

隔着苇帘，终于影影绰绰看到了大花角。它正在苇荡中间水凼里打汪，半个身子都浸在水里，头颈很难受地扭着，使那对漂亮的茸始终在水面上，左右晃动的身子打得水泼刺刺响。陈炳岐心里清楚了，刚才雷大爷一直在等待的，正是这个时机。

直到再往前走一步就到水凼沿时，雷大爷才指了指一个大的缝隙。陈炳岐明白了他的意思，立即用“秘密武器”瞄准——

扑噜！

并不太大的响声把雷大爷吓了一跳。大花角更是一惊，但为了小心翼翼地保护那对命根子，它费了很大的劲才笨拙地站了起来，猛然跳起，撒开蹄子就跑……

“跟上！”

雷大爷一跃而起，头一拱，出了苇丛，三步两脚穿过水凼。大花角固执而又狼狈，非常可笑地把头往后仰着跑，使陈炳岐看到一架几乎倒挂的茸角。它臀部雪白的“尾花”炸开了，黑黑的背中线一直拖到尾尖。

一穿过苇丛，大花角撒起野了，箭出似飞，犹如一匹长角的骏马，腾起四蹄，贴着深草尖子奔驰。

陈炳岐和雷大爷也不管脚下踩的是什么，只是舍命地追。

突然，大花角跃不起来了，只是快步走着。未走几步，它像是中风一样，摇摇晃晃站立不稳，向下倒去。

陈炳岐大喊一声：

“发信号！”

声音刚落，雷大爷的火铳已带着喜悦的呼喊，像礼炮一样震动了凸凹岭。

陈炳岐跑到大花角跟前，一边放背包，一边检查命中的部位。好！正中在左边的臀部。在拔下弹头时，他心里无限感激雷大爷为他选择了一个极好的射击机会。

雷大爷帮助陈炳岐从包里往外拿各种工具。陈炳岐利索地用皮尺测量起大花角的各个部位。

第一批赶到的是方玲他们。陈炳岐一会儿报肩高，一会儿报身长、尾长，蓝泉快速地记着。方玲不断揿动照相机快门，从不同角度为它摄影留念。翠杉和小叮当测量它的蹄子。要是翠杉有工夫说话，一定要说：嗨！真的当起了鹿裁缝、鹿鞋匠。

洪师傅带着人也赶到了。

“雷大爷,你带人把鹿按住。”陈炳岐说,“方玲,你们的工作完了没有?”

“快了。”

“准备锯茸的工具、止血药。”

雷大爷对七手八脚上来按鹿的人说:

“轻点,轻点!又不是杀猪,别用腿抵它肚子,不能伤了鹿。”

“咱们工作完了。”方玲报告。

“打耳号!”

方玲将钳子递了一把给陈炳岐。两人一个抓住左耳,一个抓住右耳,咔嚓两声,花鹿的耳朵上出现了两个豁口。

“锯茸!”

陈炳岐话一出口,方玲早已将工具都端来了。两人简直像是外科大夫在手术台上,配合得是那样协调一致。

陈炳岐拿起钢锯,在茸的基部打量了一下,看从哪里下锯比较适合。钢锯一落到茸上,大花角浑身猛一抖动。钢锯只两三个来回,茸已下来了。鹿血往外一喷,溅了陈炳岐一头一脸。方玲迅速将一包止血药按上。

“注意:我喊一、二、三,才能松手!”

陈炳岐顾不上擦一下脸上的血,只是向按鹿的人交代了一句,又去锯另一只茸。刚下锯,药力已开始消失,鹿在挣扎,陈炳岐手腕一使劲,茸快下来了,这时却发生了一件大事:

花鹿苏醒了,四只蹄子像车水一样猛蹬。抱鹿头的洪师傅哎哟一声倒到地下。花鹿一跃而起。陈炳岐就势在茸上拉下最后一锯,方玲冲上去按止血药。大花角一摆头,把方玲拱跌到几尺以外的地上……

“躲开!”雷大爷喊了一声。

说时迟,那时快,大花角一拧身子,猛蹬后腿,跳了起来,像离弦的箭一样,撞翻了雷大爷。

眼看它强有力的后蹄要踩到雷大爷身上,陈炳岐奋力跨出一步,用肩膀一扛花鹿身子,只见它一歪趔,蹄子落在雷大爷身边。

它的屁股只是晃了一下,却带倒了翠杉、蓝泉。陈炳岐也失去平衡,栽到地上。一时,人仰马翻,惊呼四起……

大花角雄健的身影,在青翠翠的山岗中逐渐成了一个花点,消融到大自然的怀抱里。

翠杉爬起来就往洪师傅身边跑去,要拉他起来:

“洪大爷,您老伤筋动骨没有?”

洪师傅正在搓揉胳膊的手停住了,看着面前这个圆脸、圆眼、圆鼻子、圆嘴的胖孩子,惊愣得好一会儿说不出话来:

“你……你从哪个石头缝里蹦出来的?”

“咱和舅公、老师一道来的。”

“你不是哑巴?”

翠杉乐了:

“大爷,不是正在跟你说话吗!哪能是哑巴哩!咱是胖孩赵翠杉,自然保护小组的组员!”

洪师傅想起了昨天的种种,恍然大悟,纵声哈哈大笑,点着他的圆鼻头说:

“打猎几十年,没想到老来被你这个黄嘴丫子耍了。闲了,我俩再来算账。”

这场对话早已惊动了打鹿队的伙计、保护小组的组员。昨儿见了那一幕的瞪着眼,张着嘴;没见到那一幕的,不知他俩之间发生了么事……

三十　判读密码

昨天太阳落山时，洪师傅的打鹿队已围上鹿，正准备二抄，突然有个孩子咿咿呀呀地往围场里闯，任凭怎么甩草帽打信号，他也不睬，急得洪师傅只好走去拉住了他。

孩子长得胖乎乎的，饱鼻子饱眼，有股蛮劲，两个人都拉不住。他一句话不说，只管犟着腰、拧着胳膊要走路。闹急了，他才哇里哇啦地又叫又嚷——天哪！原来是个哑巴！

又是手势，又是张鼻子扯眼地折腾了半天，才搞清：孩子是生产队放牛的，牛不见了。有人对他说，牛往这边跑了。天色近晚，他怎能不急！找不到牛，回家要挨爸爸打，向队上也交不了差。他的圆眼里充满焦急。

没嘴的苦恼，感动了洪师傅和打鹿队的人。

但是，打鹿队追了几天的花鹿，立马要抄鹿放铳。再说，谁也没有看到牛。几个人指天画地向“哑”孩子解释。不说还好，这一说，“哑”孩子把花鹿当成了牛，认定是打鹿队围住了牛，要伤害牛，蛮劲更上来了，提脚往里冲。去拉他的人，反被他咬了一口。

一个孩子哪里犟得过几个大人？“哑”孩子被拉住了，尽管洪师傅把天指破了，地画通了，唾沫溅干了，打鹿队的伙计又是威胁，又是恐吓，小“哑巴”也不买账。

洪师傅被搅得心烦意躁，急得埋怨自己为么事不是哑巴。

有的伙计要来硬的,说是派个人看住“哑巴”,打鹿队照样抄鹿放铳。可是,老成一点儿的,又怕真的有牛在深草里,铳子不长眼,误把耕牛当花鹿放倒,这不是一只鸡、两只鸭,谁能赔得起?再说,“哑”孩子家在近处,不管围场里有没有牛,真的放了铳子,孩子赖上了,洗也洗不清,讲也讲不明。

洪师傅想,这才真是豆腐掉到灰里——吹又吹不掉,打又打不得。

被缠到傍晚,洪师傅只好撤哨。小“哑巴”却赖着不走,哼哼叽叽跟在打鹿队屁股后头要黄牛。打鹿队被缠得没法。最后,还是一个人端起火铳装着要放的样子,才把“哑巴”吓走了。

打鹿队刚消失在山岭中,翠杉乐得想大笑。原来,这个小胖孩追上打鹿队后,肠子在肚子里绕开了:一人敌不过两张嘴,打鹿队七八个人,辛苦了这么多天,能凭一个孩子的话就松手?左思右想,他终于想出了这么一招儿,缠住了打鹿队,赢得了时间。

……

幸而,在刚才的一场乱子中,除了洪师傅,都还没有受伤。听了洪师傅刚才的叙说,小叮当和蓝泉笑得想抱着打滚,雷大爷眯缝起眼瞅着小胖孩。两位老师一边忙,一边也忍不住笑出声。

洪师傅挨了一蹄子的胳膊,已紫红了一块。但当醒悟了翠杉演的把戏后,他是既顾不得伤,又顾不得和小胖孩算账,只是一把抓起陈炳岐使用的“秘密武器”:原来是只手枪。但没平常见的手枪秀气,一副愣头愣脑的样子。洪师傅问:

“么子玩意儿?”

雷大爷的语气中充满了自豪:

“麻醉枪!”

“弹头把麻药打到花鹿身上?”

雷大爷捡起瓶状的弹壳递给他:

“这还错得了？你亲眼见花鹿给麻倒了。”

打鹿队前来后到的人,都抢着看稀罕。

陈炳岐抱歉地说:

“咱是头次用,又没见到花鹿对麻醉剂反应的资料,怕剂量过头,导致花鹿死亡,所以配药时只能往小剂量上打算。没想到时间这么短,它就醒过来了。要是药量适中,还能从容些,也不致出现刚才的场面。”

谁都没介意刚才跌的跌、倒的倒,关心的是麻醉枪的各种性能。方玲于是简单介绍了一番。大家都对它射程不够远,感到遗憾。听说这些缺点正在研究改进,一定能制造出更合用的麻醉枪,大伙儿又都高兴起来。

陈炳岐将搪瓷盘中一架沉甸甸的茸端给洪师傅。粗壮的茸角上像是要流下油来,金橘色闪亮亮的绒毛,柔软而鲜艳。茸皮一点儿没破。茸头饱满,像只元宝。茸体还带有一点儿微微的温暖和花鹿身上散发出来的香味……

“好大的一头货!”

“又俊又美,比玛瑙还要耐看。”

“多年没见过这样的大二杠了!”

“打鹿几十年,没见过这样的好法子,锯了茸,又不伤鹿!”

“是得这样。鹿越打越少,总有打完的一天。政府再不想办法,真要绝种!杀鸡取卵、车水捉鱼不是好法子。”

“咱们陈老师讲的,这只鹿在今年还能长次再生茸,产量要少些,可比没有强呀!”

“依老陈讲的,一个队办个养鹿场也不难。三十九岗土生土长的鹿,不娇气,好养!”

“前两年成天喊‘割尾巴’,只准种田,不准搞六畜。打猎也得偷偷来,都没让人的心思往这上想过。”

七嘴八舌的议论,比开座谈会还热闹。

自然保护小组和雷大爷听着这些议论,心里都喜滋滋的。陈炳岐、方玲更是兴奋,几天来的疲劳一扫而光。是的,他俩在二十年前研究开发动物资源时,就曾根据考察的情况,提出了要让保护区的群众,看到野生珍贵动物的经济价值,也就是所谓价值观吧。只有这样,才能使自然保护工作深入人心。有了基础,开发和利用工作才能迅速而稳步地推进。

譬如,中国的特产动物扬子鳄,在学术研究中有很大的价值,世界上各大动物园都想得到它,国家也将它列为一类保护动物。但是,由于扬子鳄其貌丑陋,生性打洞穴居,破坏堤塘堰坝,又偷食鹅鸭,群众见到就打,破坏它的巢区,捣毁它靠自然孵化的卵,这给保护工作带来了极大的困难。

可以办试验性、示范性的养殖场,开展扬子鳄的综合利用研究工作,让人知道扬子鳄就是鼍龙。古文献早已将其列入食谱中作为珍品。“龙”肉,是具有无限诱惑力的食物,鳄鱼皮在经济上的价值自不必说……这样,才能有力地改变扬子鳄的处境,恢复它的种群。

保护梅花鹿同样存在这个问题。

几千年来,这一带从来是猎鹿砍茸。现在禁猎,采取措施恢复野生的种群,筹办养鹿场,这些措施并不能使猎人很快看到成效。当然,在科学工作中,有时无法做到这一点。电磁学的理论早已有了,发电机还是在几十年后才被制造出来的。但如果能做到立见成效,又何乐而不为呢?暂不说养鹿场等等一些短、中、远期的规划吧,目前的具体事实表明,不打死鹿,照样可以采茸,不就很有说服力吗?尽管闹了点儿小乱子,他们的目的还是达到了,甚至超出了预期的效果,这怎能不叫他们兴奋?

洪师傅不肯接茸,他说:

“老陈同志,你先前跟我讲的那些话,不如这一枪。我信服了,不放倒梅花鹿,照样能取茸。咱们都是打了几十年鹿的人,今儿才看到还有比猎鹿砍茸更好的法子。咱们也都是国家的一员,种田、管理山林,还不是想国家富强起来,老百姓都能过上富裕的日子!能让三十九岗,还有那些大大小小的荒岭养上梅花鹿,一年该有多少收成!

“你说得一点儿不错,除了茸、鹿尾这些贵重的东西不讲,鹿肉也是粮食。过去,打猎的上山从来不带什么干粮,打到了野兽,割块肉放火上烤烤,就是一顿饭,比干粮抵饿。你讲的理,打猎的人容易明白,科学有这大用处,咱们盼着它兴旺。你别怪我眼皮浅,心眼窄,见面三句不离收入。

“现在,这架茸咱们不能收,留给你们去研究,兴许还能研究出好办法,叫所有鹿都能长出好茸!那时,就是几千架茸、几万架茸的事了。”

他又掉头问打鹿队的人:

“大伙儿同意我说的吗?”

“同意,该这样办!”

陈炳岐没想到,群众有这么高的觉悟,这样通情达理。他不禁为这些质朴的话感动,但又连忙解释,他们现在正研究的工作还不需要整架的茸。茸的基本成分,也早已研究清楚。要是研究三十九岗的梅花鹿,鲜茸只要一片,等茸制好,以后再要一点儿干茸也就行了。说着,他用快刀从茸上切下了一片,硬是要洪师傅他们收下茸。

雷大爷心里更是翻腾得厉害。他瞟了眼站在十多步外满脸尴尬相的蔡老三,说:

“蔡老三,话都听到了?”

“听到了。”

“你也来看看这架茸。”

蔡老三踮着个脚,不好意思地走近。当他感到蓝泉、翠杉射来的眼光时,一生都未红过几次的脸,立时成了猪肝色,口中讷讷地说:

“咱服了,口服心服,咱以后也要保护花鹿。”

孩子们鼓起掌来。

雷大爷说：

“成！咱还选你当那一带的护鹿组组长。”

洪师傅把这一切看在眼里，不禁问：

“你们认识？”

“住的山头不远。常年是咱班子里的伙计。”

翠杉听舅公这样说，感到不过瘾，插嘴说：

“咱们还有过不平凡的交道哩！”

谁知，舅公向他狠狠瞪了一眼，吓得翠杉缩起脖子不说话了。

洪师傅取笑说：

“怪道我们折在你手里，老雷师傅在我们班里早就安上眼线了嘛！”

“哪里，哪里，咱可不做这样缺德事！”

蔡老三哭笑不得，是真应了“猪八戒照镜子——里外不是人”的逗猴话。

洪师傅又重重地拍了一记大腿，说：

“嗨！老雷师傅呀，真是个狠人！明明摆下八卦阵，要救下花鹿，今早还让我站哨，帮着把鹿围好……嗨！”

这下把保护小组的人说乐了，一个个笑得合不拢嘴。雷大爷嘴上说着“能瞒得过你？”，但眼角鱼尾纹里的狡黠、得意，像是戏水的小鱼要往外跳！

刚到居民点落下脚，洪师傅那班子人就忙着烧水制茸。方玲他们都围在四周看。洪师傅也不保守，有问必答。

锅里的水烧得吱吱响时，洪师傅也把茸扎上架子了，他两眼盯着水锅说：

“砍下再俊的茸，制不好，也要大落价。制茸的关键是掌握水的温度。水温高了，茸皮要起泡爆炸；水温低了，血水排不出来……”

“小翻花了。”雷大爷忍不住说了声。

灶下的人连忙压火。

洪师傅说：

“雷师傅是行家。你们看，现在锅里的水直冒密密麻麻的小水泡，我们叫‘小花水’，这个温度正好。”

说时，他把架子上的茸放到锅里，不断来回摆动。茸口冒出殷红的血水。等到把茸拿出水时，方玲看了看表，问陈炳岐：

“已烫了多长时间？”

“大约四十秒钟。误差在正负两秒。”语气是那样自信。

方玲笑了，笑声中充满了称赞。

“像咱姐煮蕨蕨菜，烫狠了要损皮，嫩了又不出水。”翠杉嘻嘻笑着说。

洪师傅一会儿把茸放到水里，一会儿拿出，直到茸口冒出的水沫子由淡红到白色，才停下来。那边的炭火也烧旺了，正好移过去烘烤。不久，屋里弥漫起一股浓郁的茸香。

“这是粗制。带回去后，还要经过很多工序，一二十天后才能晾好茸。当中讲究很大。制好的茸，切出片子，能透亮，才是一级货。”洪师傅结束了手上的活儿。

在陈炳岐的要求下，洪师傅又谈了打鹿的经验、紫云山那边梅花鹿的分布等等。

方玲又邀请打鹿队的同志，商讨对珍贵野生动物的保护问题，特别是保护梅花鹿的问题。大家提出了很多好的办法。当谈到要把猎人组织起来，尤其是要将打鹿队的师傅组织起来时，方玲觉得很重要。他们不仅能够保护梅花鹿，保护珍贵的野生动物，而且可以接受科学工作者的指导，更好地开展狩猎活动。消极的禁止并不是最好的办法。

另外，又还委托洪师傅在家乡组织自然保护小组。洪师傅满口应承。他还提出办养鹿场的事，希望陈炳岐他们捕到鹿后，要首先满足他们的要求……

蔡老三一言不发，身上像扎满了麦芒子，坐不稳，立不住，可是，又走不掉。

在研究豺群的危害时,从猎人们的交谈中得知,由于迷信豺狗不伤人,另外,它的经济价值不高,还刁钻古怪奸猾,绝大多数的猎人都不愿专门对付它。这使陈炳岐想到东北和草原上实行的灭狼奖励制度。如果也能那样做,灭豺的工作能比现在做得好一些。

猎人们接受了保护小组的请求,同意在稍事休息后,协助狩猎已发现的豺狗群。

和打鹿队分手后,自然保护小组转向三十九岗主体。

路上,他们特意绕道岙口坝子,观看了蓝泉和小叮当迷失大花角足迹的地方。印迹虽没有昨天那样新鲜,倒还是原封不动地在那里。雷大爷指着现场,说:

“咱和花鹿打了几十年交道, 也还没摸透它们的心思。拿这件事来说吧,这个季节,茸鹿和草鹿一般不合群,断绝往来。茸鹿躲起来养茸,草鹿找场地产崽、带崽。不晓得么子理,茸鹿被猎人追紧了,想躲,躲不住,要跑,跑不了,常常是在这节骨眼上,神不知,鬼不觉,冒出了草鹿。茸鹿跟着草鹿,亲亲热热在一块耍,耍够了,草鹿领起茸鹿走了。走一段路,茸鹿再单溜,草鹿还走它的路。跟鹿的阅历不深,常常上当,只找到草鹿明显的足印,以为它们还在一起走。”

“不假,咱和小叮当看了,是从那个山头上下来的。”蓝泉证实。

“古怪得很哩! 么事偏偏挑了岔路口这个显眼的地方?”小叮当一直没想通这事。

雷大爷拍了拍小叮当的肩:

“你眼尖。多数是挑哨口耍,越是有泥、有沙的场地,脚迹越多。”

翠杉只顾歪着个头,踱着小方步,紧紧盯着地上留下的杂乱蹄印,像是在思考非常重大的问题:

“兴许是茸鹿把草鹿找来的。”

一直沉思的陈炳岐和方玲,都未轻易发表意见。这种不平常的现象,是偶然的还是有规律?雷大爷说“常常”,所提出的问题,也明明是多少次观察的总结,可算作具有普遍意义。现场看到的,和他前天推测的,几乎一模一样。

有很多野兽的母性很强,当有危险时,它们能舍出性命保护自己的孩子。浮溪边鹿群的表现,很生动地说明了这一点。另外,灵长目动物中的猴子、猩猩,有袋类的动物,在这方面都有特殊表现。

营群性的动物,在猎食中,异性分工不同,互相协作的事也是常见的。譬如母狮埋伏,雄狮却将野兽向埋伏点追赶。

然而,像梅花鹿异性之间——草鹿掩护茸鹿逃走(不知是否也有茸鹿掩护母鹿逃走的事例),这倒是梅花鹿在长期生存竞争中,培养的一种特殊本领。这种本领,还不是一两句话可以解释清楚的。陈炳岐问雷大爷:

“草鹿没出来之前,听到过茸鹿叫?”

“在养茸期,我还没听到过茸鹿叫。配窝季节,倒是容易听到。”

“要是茸鹿碰到猛兽,被追急了,草鹿也出来?”方玲问。

“没见过。在这个季节,无论茸鹿、草鹿都精透了。”

陈炳岐说:

“翠杉讲得有些道理。应该认为是茸鹿把草鹿找出来的,否则,难以解释清楚问题。但是,茸鹿用什么办法找出草鹿的呢?用什么样的信息?如果不是通过嘶鸣,很可能是通过一种气味或别的信息。

“当危急的时候,茸鹿分泌出一种信息,草鹿得到信息,很快找了来。动物有保持、繁荣种群的本能。茸鹿原来在鹿群的性别占比中就处于少数,保护茸鹿,成了梅花鹿种群的一种本能。这种信息,倒是以后要认真研究的,研究清楚,可以帮助解决很多问题……”

方玲微翘的嘴角，挂上了笑容。她看着陈炳岐：

“你又在研究动物行为学了。”

“专门有这个学科？咱们小叮当是专家了！”蓝泉说。

“是的。诺贝尔奖获得者劳伦兹，就是动物行为学的奠基人。诺贝尔奖获得者丁伯勤，也是著名的动物行为学家。这门科学正掀起热潮，努力探索动物生活的神秘内幕，以期学会防治那些有害的动物，培育、繁殖利用有益的动物。”

“嘻嘻，咱们是在研究花鹿的行为啰！老舅公也该得诺贝尔奖。”

陈炳岐听了蓝泉的话，说：

“咱们总是要找到在更广阔的天地驯养野生珍贵动物的途径。家养只能解决一部分问题，水平也不高。要使荒山野岭都成为饲养场，那才是要达到的高水平的目的。”

小叮当从自己的思路出发，也看到了有趣的事，他说：

“陈老师，要是把这信息研究清楚了，在这个季节，咱们想叫草鹿出来，不是只要一放特殊气味就行了吗？”

“对，你想得对！科学是应该能够在大山上为梅花鹿点名的。咱们只要在三十九岗设立几个检查站，到时候就招来一部分鹿，帮它们检查身体。检查完毕，手一挥，它们又回到原来的地方。茸成熟了锯下再放它们走，没熟的再养养。”

这句话，使蓝泉想起一件事：

“昨天给大花角耳朵上剪豁口，是编号吧？”

“是的。以后，还要给所有的花鹿都编上号，查起户口来多便当！”方玲说。

连雷大爷也笑着说：

“三个小伢子，快教教老舅公。要不，养鹿场的大门也看不成啰！”

山岭上腾起一片欢声笑语。

雷大爷顺着昨天小叮当、蓝泉走的路走。快接近山排时，看到了鹿粪。雷大爷问：

“昨儿，你们见到这两摊鹿粪？”

“见到了。”蓝泉说。

雷大爷岔到一边，走了段路才回来：

“大花角就是在这儿和草鹿分手，往老爷河那边岔去，从蛤蟆滩下首溜过去的。”

蓝泉耸起了墨玉眉，瞪大了眼。小叮当更是惊奇：

“你从哪儿看出了门道？”

雷大爷指指鹿粪：

“咱要先考你们：两堆粪粪有么子不一样？”

三个孩子都很认真地看了起来。翠杉心里咯噔一下：没想到还真的要研究鹿屎哩！他说：

“有么子名堂？还不都是黑不溜秋的、像羊粪一样的大粒子？鹿屎虽不很臭，也没招多少苍蝇，可也不香呀！”

“一摊当中捡一粒，放手心再比比看。”

一听舅公叫捡鹿屎，几个小伢子都没立即照办。两位老师倒是很乐意地捡起来，放到手心，陈老师还放到鼻下闻闻。孩子们这才红着个脸，用手指尖，各人捡了两粒。

这一切，当然逃不了雷大爷的眼。他摸摸索索地从衣袋里掏出个纸包。翠杉以为又是什么新鲜玩意儿，连忙把头凑了过去。谁知打开后，是一粒鹿粪，纸上还印着浅浅的粪迹。翠杉说：

“打猎的人，还带粒鹿屎，当押宝？”

“你又迷糊了。干鹿粪能像这个样？是昨天从蛤蟆滩那边捡的，思摸着要带给你们看看,人多,忘了。喏,拿去比比看。”

蓝泉、小叮当就着翠杉的手心研究起来。方玲和陈炳岐也在一旁小声议论。

小叮当问:

“舅公,你捡的这粒,是大花角的?”

“对!咱就凭它找到了大花角。”

“这粒和大花角的一样,粪粒子粗。剩下的那粒,粪粒子细小。”蓝泉终于发现了两摊鹿粪不同之处。

“不错,大花角粪粒子这头往外凸,那头却往里陷点儿,凹点儿。”小叮当说。

“着啊,凸凹岭下凸凹粪,嘿嘿……”翠杉乐了。

“这个粪粒两头都往外凸,倒像个黑枣核儿。”小叮当说。

“一粒扁些,一粒圆些。”蓝泉说。

“这点和粪粒子粗、粪粒子细有关。”雷大爷把烟荷包的带子往竹节烟杆上一绕,又问,“还发现么子不同?”

三人都没有说话,只是抬头用眼看着舅公。

“刚才说得都有理。你们要记住:茸鹿的粪粒子粗,一头尖,一头秃,还往里陷点儿。草鹿的粪两头尖。还有一点,你们没看出来。你们再看——”雷大爷从地上捡起一粒,“大花角的粪,粒子外面一层油光闪亮的,要是新鲜的,看得更清楚。喏,包它的纸都透了。草鹿的粪粒子发暗。”

“对呀!这点咱们没注意。”

“鹿粪上有这样大的讲究?”

“嗨,讲究大得很!一只茸鹿的粪月前和月后都不一样。茸鹿开始长茸,粪粒子开始发亮,咱们叫有油了。粪粒越亮,汪出的油多,说明鹿头上的货越大。再往后,粪粒上亮光暗下去了,有些灰,茸已开始老了。老成角,粪粒也就一点儿也不亮了。不是长茸季节,茸鹿粪和草鹿粪的颜色一样。这个绝招儿,是咱多少年摸索出来的。”

三人恍然大悟,小小的一个鹿粪粒,却有这么多的奥妙,能告诉人这么多情况!

翠杉拍了拍后脑勺子:

“对了,咱看过一本书,那上面说,帝国主义间谍,专花大价钱收买大人物的粪便,研究他有什么病,身体健康状况咋样,估估他能活多久,死了后对那个国家有么影响……咱还以为是扯淡,故意糟蹋人。看来,人畜同理,粪便当中还真有情报哩!”

大家都被他那副憨态逗笑了。

陈炳岐更是感慨万分:在生产实践中,有多少无名的土专家! 鹿粪上的学问,虽然还只是一些表面现象,但这些表面现象在狩猎中能解决实际问题。他说:

“雷大爷讲得很有道理。这个问题,在生物学上,属动物生理学范围。其实,这个研究题目是从猎鹿实践中提出来的,说明猎人早就注意到公鹿在长茸期间各种生理上的变化,新陈代谢的变化。作为科学,还要搞清它为什么产生这种变化,从这当中应能找出增产茸的措施。”

翠杉表示,自己将来要研究这个题目。小叮当说,只要他像昨天那样聪明,保险能研究出。两个人又叮当、叮当响起来了。蓝泉半天插上一锤。一台戏,唱得挺热闹的。

方玲深有所感:

“不了解透彻一个事物,难以取得自由。”

“咱们上当在两摊粪上。”

“谁知它这样刁滑? 明明要分道扬镳了,还特意留下两堆粪让人上当。”

自然保护小组一行刚踏上金竹潭溪上的石板桥，阵阵花香扑来。耀眼的榴火不见了，低垂的枝条上挂着正在圆肚的榴果。浓郁的绿荫下，挺出了朵朵洁白如玉的栀子花。方玲长期生活在北方，还没见过长到两米多高的肥栀。陈炳岐说，眼下正是盛花期，一棵树上，常能一早采六七十朵。现在已有地方收购，提炼芳香油。

三个孩子像小鸟一样，飞向似乎离别了很久的可爱的学校，飞向熟悉的教室，飞向亲爱的同学。

闻讯的老师和同学，纷纷拥出教室，欢迎战士们凯旋。

翠枝和张强生用厚厚的一本观察记录，向老师和小组的同学作了汇报。使孩子们兴奋和快慰的，是他俩在望觉岭那边，终于找到了令人牵肠挂肚的小月亮母子，记录了它们这一阶段的生活和小月亮的成长。这些丰富的材料，构成了小组科学报告的重要篇章。

两位老师投入了更为紧张的室内工作。初步考察的结果并不乐观：往年上百只鹿成群的三十九岗，如今，剩下的公鹿已不足一百只，母鹿和仔鹿也超不过三百只。恢复种群可不是轻而易举的事情！值得庆幸的，是不失时机地开展了保护工作。从各方面来的报告得知，这里只有两起打猎队打鹿，杀害了两只公鹿。比起去年，这是很大的成绩，了不起的胜利！

消灭豺狗群的巨大成绩，极大地鼓舞了陈炳岐。他和方玲、雷大爷、洪师傅率领的猎队，在前几天，一共消灭了七十多只豺狗。说巨大成绩，并不仅仅是因为消灭了多少豺狗，对动物学工作者说来，是揭示了生物群落之间的秘密。各种科学的事实证明了陈炳岐的看法：自然生态平衡的破坏，是豺狗增殖的最根本原因（直接原因是森林被乱伐滥砍，抑制豺狗增长的豹子、老虎、黑熊减少）。陈炳岐和方玲已为这一切，做出了数学模型。它虽然还需要随着研究工作的深入，不断修正补充，但是，它已经可以作为自然生态平衡的保持和破坏的预报，为保护梅花鹿做出重要的贡献。

自然生态平衡的被破坏，保护工作的初步成绩，恢复梅花鹿种群的艰难，所有这一切，都从不同的角度，更加激发了陈炳岐和方玲的工作热情。在撰写科学报告的同时，他们草拟了恢复、开发以梅花鹿为主的动物资源的计划。在共同生活的最后几天，雷大爷也帮助他们筹备了秋季捕鹿的各项事宜。省科委、林业局和动物学会，已决定将三十九岗作为试点，摸索开发、建设荒山野岭的经验教训。

王陵阳同志给他们写了一封信，除了商量工作以外，特别谈到了陈炳岐的问题。据说，组织上准备给历史上遗留的冤案，重新作结论。二十多年来的事实证明：1957 年，陈炳岐是从人民的利益出发，关心祖国科学事业的发展，说了真话，坚持了真理。现在，是到了应该平反、作出正确结论的时候。希望陈炳岐能写一份申诉，带到省里。

对于这个消息，陈炳岐并不像方玲那样高兴。他是当事人，有过很多惨痛的教训。但这仍然给人以希望。

希望——它使世界阳光灿烂，孕育着幸福和胜利，鼓舞人们百折不回地奋斗。

叫孩子们成天叽叽咕咕、议论不休的是，收到了胭脂河大鲵保护小组、天柱山麝保护小组、敬亭扬子鳄保护小组、洪岭长尾雉保护小组、白荻港白豚保护小组、紫云山短尾猴保护小组……遍布在全省的各个自然保护小组的少年朋友们的来信，他们各自描绘了五光十色的生活，报告了在自然保护岗位上，难以忘怀的日日夜夜。那每个字、每句话，都是向科学进军的鼓点，回响着在崎岖道路上攀登的豪情壮志！

是的，这是一种崭新的幸福的生活。在老师、科学家叔叔的帮助下，孩子们用自己的勤奋、智慧，开拓了少年一代崭新的生活！

省里已经决定举办科学夏令营，正式邀请蓝泉和他的伙伴们。你看翠杉、小叮当、翠枝、强生他们乐得吧，用翠杉的话说：“乐得心都涨得疼。”

是的,孩子们的心已飞向了夏令营,飞到了熊熊的营火旁,飞到了考察见闻宣读书上……

飞吧,小伙伴们!快快地飞吧!科学已敞开大门欢迎你们!

1979 年 11 月 17 日凌晨脱稿于合肥防震大厦

1980 年春夏改稿于合肥、北京

1996 年春修订于合肥

后　记

《呦呦鹿鸣》初稿于1979年11月，合肥，人民文学出版社1981年初版。

1996年，中国青年出版社将其收入“刘先平大自然探险长篇系列”（五卷本）出版。1997年，“刘先平大自然探险长篇系列”获第六届中宣部精神文明建设“五个一工程”奖、第三届国家图书奖提名奖。

刘先平四十多年大自然考察、探险主要经历

1974—1980 年

•参加野生动物科学考察队和筹备建立自然保护区的考察，主要区域在皖南的黄山和皖西的大别山。

•1980 年以前，这里一直是刘先平的生活基地，至今每年至少会去考察两三次。美丽奇绝的自然风光、深厚的人文底蕴，曾吸引了诗仙李白等长期在此漫游。目睹了生态的恶化、珍稀动物的灭绝、人与自然的矛盾，他于 1978 年重新拿起笔来呼唤生态道德，孕育了描写在野生动物世界探险的长篇小说《云海探奇》《呦呦鹿鸣》《千鸟谷追踪》及散文集《山野寻趣》等。1978 年完成、1980 年出版的《云海探奇》，被认为是中国大自然文学的开篇之作、标志性作品。

•那时的野外考察异常艰难，在山里行走，只能凭着“量天尺”——双脚。根本没有野营装备，只能搭山棚宿营。使用的还是定量的粮票、布票……

1981年

•4 月，考察云南西双版纳热带雨林及访问昆明植物研究所。为热带雨林繁花似锦的生物多样性所震撼，从此走向更为广阔的自然，将认识大自然作为第一要务。5 月，到四川平武、黄龙、九寨沟、红原、卧龙等地探险，参加对大熊猫的考察。之后，前后历时六年，参加保护大熊猫、金丝猴的考察。著有长篇小说《大熊猫传奇》、考察手记《在大熊猫故乡探险》《五彩猴树》等。

1982年

•在浙江舟山群岛考察生态和小叶鹅耳枥（当时是全世界唯一的一棵）。

1983年

•10 月，在大连考察鸟类迁徙路线。11 月，在广东万山群岛考察猕猴，到海南岛考察热带雨林、长臂猿、坡鹿、珊瑚。

1985年

•7 月，在辽宁丹东、黑龙江小兴安岭考察森林生态。

1986年

•8 月，在新疆吐鲁番、乌苏、喀什等地探险及考察生态。

1988年

•在甘肃酒泉、敦煌等地考察生态。

1991年

•9 月，应邀赴法国、英国访问和交流，同时考察生态。

•8 月，在黑龙江大兴安岭、内蒙古呼伦贝尔考察森林、草原生态。

1992年

•8 月，应邀赴澳大利亚访问和交流，同时考察生态。

1993年

•9 月，在黑龙江考察东北虎。

1995年

•12 月，考察鄱阳湖、长江中游湿地、候鸟越冬地。

1996年

•11 月，应邀参加中国作家代表团赴泰国访问，考察亚洲象。12 月，在海南岛考察五指山、霸王岭黑冠长臂猿。

1997年

•7 月，到云南考察。先赴澄江考察寒武纪生命大爆发化石群；之后抵达腾冲，原计划去高黎贡山寻找大树杜鹃王，因雨季受阻，未能进入深山；嗣后抵西双版纳探险野象谷。8 月，在新疆考察野马、喀纳斯湖、巴音布鲁克天鹅故乡，第一次穿越塔克拉玛干大沙漠。著有《天鹅的故乡》《野象出没的山谷》等。

1998

1999年

•4月，在福建考察武夷山等地的自然保护区及动物模式标本产地、小鸟天堂，寻找华南虎虎踪。7月，应邀赴加拿大、美国访问和交流，考察两国国家公园。8月，一上青藏高原，主要考察青海湖。9月，在贵州探险，考察麻阳河黑叶猴、梵净山黔金丝猴。著有《黑叶猴王国探险记》《金丝猴的特种部队》。

2000年

•1月，考察深圳仙湖植物园。5月，考察江苏大丰麋鹿国家级自然保护区。7月，二上青藏高原。探险黄河源、长江源、澜沧江源。由青海囊谦澜沧江源头和大峡谷至西藏类乌齐、昌都、八宿（怒江上游），再至云南德钦、丽江、泸沽湖。沿三江并流地区寻找滇金丝猴。10月，在广西考察白头叶猴。11月，至海南，再次考察大田坡鹿、红树林生态变化。著有《掩护行动——坡鹿的故事》。

2001年

•8月，应邀赴南非访问和交流，考察野生动植物。

2002年

•3月，考察砀山。4月，在高黎贡山寻找大树杜鹃王，终于得偿心系二十一年的夙愿。一探怒江大峡谷，但因大雪封山，未能到达独龙江。6月，在湖北石首考察麋鹿。7月，再去江苏大丰考察麋鹿。8月，三上青藏高原，探险林芝巨柏群、雅鲁藏布江大峡谷、珠穆朗玛峰国家级自然保护区。著有《圆梦大树杜鹃王》《峡谷奇观》《麋鹿回归》等。

2003年

•4月，在四川北川、青川考察川金丝猴、大熊猫、羚牛。8月，应邀访问英国、挪威、丹麦、瑞典，由挪威进入北极圈。著有《谁在跟踪》。

2004年

•8月，横穿中国，由南线走进帕米尔高原，考察山之源生态、风土人情。路线及主要考察对象为：青海柴达木盆地、察尔汗盐湖→可可西里→雅丹地貌→花土沟油田→翻越阿尔金山到新疆若羌→第二次穿越塔克拉玛干大沙漠→帕米尔高原。10月，随中国作家代表团访问南非、毛里求斯、新加坡。著有《鸵鸟小骑士》等。

2005年

•7月，横穿中国，由北线走进帕米尔高原，寻找雪豹、大角羊、野骆驼。路线是：甘肃河西走廊→罗布泊边缘→从北线再次穿越柴达木盆地到花土沟油田→回敦煌（原计划进入阿尔金山国家级自然保护区，未成行）→库尔勒→第三次穿越塔克拉玛干大沙漠→托木尔峰→伽师→帕米尔高原→红其拉甫。10月，在重庆金佛山寻找黑叶猴，到沿河土家族自治县再探黑叶猴。著有《走进帕米尔高原——穿越柴达木盆地》等。

2006年

•4月，二探怒江大峡谷。但又因大雪封山未能到达独龙江，转至瑞丽。6月，在黑龙江佳木斯考察三江平原湿地。10月，第三次探险怒江大峡谷，终于到达独龙江。著有《东极日出》等。

2007年

•7月，到山东等地考察候鸟迁徙路线。9月，在四川马尔康、若尔盖湿地、贡嘎山等地寻访麝、黑颈鹤及考察层层水电站对生态的影响等。

•7月，考察东北火山群及古生物化石群，路线是：黑龙江五大连池→吉林长白山天池→辽宁朝阳古生物化石群。9月，应邀访问英国、丹麦。

2008年

•6月，赴陕西考察秦岭南北气候分界线、大熊猫、羚牛、金丝猴、朱鹮。

2009年

•9月，应邀出席在西班牙举行的国际安徒生奖颁奖典礼，考察瑞士高山湖泊、德国黑森林的保护。

2010年

•6月、9月、10月，在海南，包括西沙群岛探险。著有《美丽的西沙群岛》等。

2011年

•7月，探险神农架国家级自然保护区。8月，六上青藏高原。经青海湖、可可西里、花土沟油田，前后历时八年，历经三次，终于进入阿尔金山国家级自然保护区（四大无人区之一），看到了成群的野驴、野牦牛、藏羚羊、岩羊，终点站是拉萨。著有《天域大美》等。

2012年

•7月，考察湘西和张家界的生态。8月，在呼伦贝尔大草原考察。9月，在温州南麂列岛考察海洋生物。

2013

2014年

•3 月，在云南、贵州考察喀斯特地貌的森林和毕节百里杜鹃——“地球彩带”。

2015年

•3 月，在南海考察珊瑚。8 月，在宁夏考察贺兰山、六盘山、沙坡头、白芨滩、哈巴湖自然保护区。著有《追梦珊瑚》《一个人的绿龟岛》等。

•7 月，在英国考察皇家植物园和白崖。9 月，考察黄山九龙峰省级自然保护区。10 月，考察长江三峡自然保护区、恩施鱼木寨、水杉王、恩施大峡谷。

2016年

•4 月，在牯牛降考察云豹的生存状况。10 月，在福建、广东考察海洋滩涂生物。11 月，在黄山市徽州区考察中华蜂的保护状况。

2017年

•4 月，考察安徽芜湖丫山国家地质公园。5 月、6 月，考察黄山九龙峰省级自然保护区。7 月，考察青岛滩涂海洋生物。8 月，考察九龙峰省级自然保护区。11 月，考察四川攀枝花苏铁国家级自然保护区、宜宾金沙江和岷江汇合处、重庆嘉陵江与长江汇合处。

2018年

•2 月，重返高黎贡山，终于亲眼一睹盛花时节的大树杜鹃王。3 月，在当涂考察蜜蜂养殖。5 月，到雷州半岛考察海洋滩涂生物。8 月，考察长江三峡地区生态变化。9 月，到昆明植物研究所考察。12 月，在高黎贡山考察沟谷雨林和季雨林。著有《续梦大树杜鹃王——37 年，三登高黎贡山》等。

2019年

•10 月，应邀去江西横峰讲课，同时考察那里的生态。

2020年